Elias Haller
Leid und letzter Tag

AF217000

Das Buch

Er zwingt dich zu einem Spiel auf Leben und Tod. Du kannst mitspielen, aber niemals gewinnen.

Auf dem Marktplatz umstellt die Polizei einen vermeintlichen Irren, an dessen Oberkörper ein Aktenkoffer mittels Kette und Zahlenschloss befestigt ist. Er behauptet, von einem Unbekannten strikte Anweisungen bekommen zu haben: Wenn er den Koffer nicht rechtzeitig an die Mordkommission übergibt, stirbt seine Frau.

Zeitgleich macht Kriminalhauptkommissar Erik Donner in seinem eigenen Schlafzimmer einen abscheulichen Fund. Rasch erkennt er einen Zusammenhang zwischen seiner Entdeckung und dem Aktenkoffer. Von da an beginnt für Donner und vier Kollegen ein Albtraum. Ab sofort sind sie Teil eines Spiels. Des perfiden Spiels eines Serienkillers, dessen Regeln grausamer nicht sein könnten ...

Der Autor

Elias Haller, Jahrgang 1977, lebt in einer sächsischen Großstadt. Den Zündstoff für seine packenden Thriller bezieht er aus seiner beruflichen Erfahrung mit Rechtsbrechern und deren Opfern. Seine Leidenschaft fürs Schreiben ermöglicht es ihm, kaltblütige Mörder und tragische Helden aufeinander loszulassen, ohne dabei ein schlechtes Gewissen zu haben.

ELIAS HALLER

LEID
UND
LETZTER
TAG

Thriller

Deutsche Erstveröffentlichung bei
Edition M, Amazon Media EU S.à r.l.
5 Rue Plaetis, L-2338 Luxemburg
Oktober 2018
Copyright © der deutschsprachigen Ausgabe 2018
By Elias Haller

Umschlaggestaltung: semper smile, München, www.sempersmile.de
Umschlagmotiv: © DenisNata / Shutterstock; © Africa Studio /
Shutterstock; © Ensuper / Shutterstock
Lektorat und Korrektorat: Verlag Lutz Garnies, Haar bei München,
www.vlg.de
Gedruckt durch:
Amazon Distribution GmbH, Amazonstraße 1, 04347 Leipzig /
Canon Deutschland Business Services GmbH, Ferdinand-Jühlke-Straße 7,
99095 Erfurt /
CPI books GmbH, Birkstraße 10, 25917 Leck

ISBN 978-2-91980-270-8

www.edition-m-verlag.de

Für Mr Fiesling, irgendwie fehlst du in der Geschichte

PROLOG

Dreieinhalb Minuten bis zum Verstummen der Musik

Ihr Leben lang war Maria an die falschen Kerle geraten. Damit war heute endgültig Schluss. Am Vormittag hatte sie mit dem Mann ihrer Träume vor der Standesbeamtin die Eheringe ausgetauscht. Kurz nach dreiundzwanzig Uhr war die Feier im kleinen Rahmen zu Ende gegangen. Eingeladen hatten sie nur seine Eltern, seinen Bruder, ihre Eltern, eine Handvoll Verwandte, darunter Marias Lieblingsonkel, und eine gute Freundin.

Diese zweite Ehe würde glücklicher verlaufen. Überstanden waren die Zeiten mit ihrem ersten Mann, den sie nach wenigen Wochen des Kennenlernens geheiratet und der sie ständig verprügelt hatte. Zum Glück hatte das Martyrium an dem Tag ein Ende gefunden, an dem sie Thomas kennengelernt hatte.

Jetzt war sie achtundzwanzig und ab heute durfte sie seinen Nachnamen tragen: Maria Burgschick.

Das klang edel. So edel, wie Thomas sich ihr gegenüber verhielt.

Um die Hochzeitsnacht zu einer besonderen zu machen, hatte er ein Zimmer in einem Waldhotel im Erzgebirge gebucht. Für eine Auslandsreise reichte das Geld leider nicht – das meiste davon brachte ohnehin er nach Hause, sie arbeitete nur stundenweise in einem Supermarkt. Sie war überglücklich, dass sie diese erste Nacht ihrer Ehe mit ihm allein in dem Hotel verbringen konnte. Nach endlosen Rückschlägen hatte sie das einfach verdient.

»Ich kann es kaum erwarten, dir das Teil auszuziehen«, knurrte er mit einem Lächeln.

Während sie in dem etwas zu langen Kleid die Treppe hinaufwankte, stützte er sie am Hintern. Getrunken hatte sie wie die übrigen Gäste. Das gehörte zum Geselligsein dazu. Früher hatte sie täglich an der Flasche gehangen. Auch das war inzwischen vorbei. Sie war überzeugt davon, dass sie die Alkoholkrankheit im Griff hatte – genau wie ihr Leben.

»Sind wir auf einem Schiff?«, fragte sie und kicherte dabei. »Die dämlichen Stufen schwanken.«

»Ach, das kommt daher, weil du noch immer tanzt. Du kannst dich so aufreizend bewegen.«

Tatsächlich hatte sie innen drin nicht aufgehört zu tanzen. In ihrem Ohr hallte eine Glockenmelodie. Sie kam von der winzigen Spieluhr, die ihr Ehemann ihr als Zeichen der Verbundenheit geschenkt hatte und die sie wie ein Kleinod festhielt. Drehte man an der kleinen Kurbel, erklang eine Melodie aus der *Zauberflöte*. Sie liebte die Oper von Mozart.

Sie erreichten die Etage, auf der sich ihr Zimmer befand. Seine Hand wanderte von ihrem Hintern den Rücken hinauf. Sie schnupperte sein dezent scharfes Parfüm.

»Ich tanze nur für dich«, hauchte sie.

»Oh, das wirst du. Da bin ich mir sicher.«

Er schloss die Zimmertür auf. Alte Holzdielen knarrten.

»Ob die Feier allen gefallen hat?«, fragte sie.

»Mach dir keine Sorgen. Deinen Onkel wären wir fast nicht mehr losgeworden.«

»Er hätte doch hier übernachten können, es sind noch etliche Hotelzimmer frei.«

Er küsste sie auf die Wange, schaltete das Licht an und zog sie über die Schwelle. »Vergiss die anderen für eine Nacht und denk daran, was wir alles machen können. So ungestört …«

Sie lachte und stellte sich vor, wie er ihren Stoff zerriss und sie leidenschaftlich liebte. »Wir können verrückte Sachen anstellen.«

»Das können wir allerdings.«

Er warf das Jackett zur Seite und knöpfte sich das Hemd auf. Dann ging er zielstrebig zum Tisch, auf dem ein Geschenk mit roter Schleife stand.

»Wo kommt das denn her?«, wunderte sie sich.

»Es ist von meinem Bruder.«

Das Band fiel zu Boden, Geschenkpapier riss. Draußen am Fenster schwebte ein Blatt vorbei. Im Hotel herrschte Stille.

»Ein weiteres Hochzeitsgeschenk von ihm? Kann er sich das überhaupt leisten?«

»Es ist eben eine besondere Überraschung.«

Etwas in seiner Stimme kam ihr seltsam vor, doch wahrscheinlich spielte die Wirkung des Alkohols ihr einen Streich. Neugierig lehnte sie sich an ihn und schaute ihm über die Schulter. Sie stellte die Spieluhr auf dem Tisch ab und sah zu, wie er den Pappkarton öffnete.

»Eine Videokamera?«, fragte sie, als er das Gerät auspackte, zusammen mit dem Zubehör.

»Und das passende Stativ ist auch dabei.«

»Wozu?«

Sie wusste, dass Thomas sich für Technik begeisterte. Seelenruhig baute er das Stativ vor dem Bett auf und befestigte darauf die Kamera. Als alles stand, legte er eine Kassette ein.

Er hatte ihre Frage nicht beantwortet, fiel ihr auf.

Stattdessen griff er noch einmal in den Karton und holte ein Bündel Lederriemen daraus hervor. Die metallenen Schnallen glänzten im diffusen Lampenschein.

»Oha!«, stieß sie aus. Sie wusste nicht, ob sie lachen sollte, tat es überraschend doch, weil sie an ein Spiel glaubte. »Was habt ihr beide euch da ausgedacht?«

Ein Knall. Sie zuckte zusammen. Er hatte das Leder auf die Tischkante geschlagen. Erschrocken sah sie ihn an. Etwas in seinem Gesicht hatte sich verändert. Nein, sein ganzes Wesen schien wie verwandelt. Am schlimmsten war das tierische Funkeln in seinen Augen.

»Ich hatte doch versprochen, dass ich dir eine neue Anstellung besorge«, erklärte er und richtete den Kamerafokus auf das Bett mit den Eisenstäben am Kopf- und am Fußende. »Mit dem heutigen Tag bist du meine Ehehure.«

Sie erbleichte und riss angstvoll die Augen auf.

Thomas lachte nur.

»Nein!«, sagte sie und wich von ihm fort Richtung Tür, um das Zimmer zu verlassen.

Weit kam sie nicht, denn sie stieß mit jemandem zusammen. Erschrocken kreischte sie und stolperte zurück. Im Türrahmen stand ein nackter Mann mit einer schwarzen Ledermaske. In der rechten Hand hielt er ein Gerät aus Edelstahl. Maria war zu schockiert, um es zu identifizieren. Der Unbekannte musste sich im Bad versteckt haben.

»Mein Bruder ist Tätowierer«, sagte Thomas wie beiläufig. »Bevor er in deine Löcher stechen darf, wirst du dir von ihm ein Tattoo stechen lassen. Ein Zeichen, dass du für immer mir gehörst. Verstanden?«

»Nein«, jammerte sie, doch ihre Stimme war so kraftlos wie ihr gesamter Körper. »Thomas, warum?«

»Weil du eine Scheißhure bist«, antwortete er. »Schwänze machen dich geil, das hast du mir oft genug beim Sex gesagt.«

»Ich meinte …« Bisher hatte sie geglaubt, dass es Thomas im Bett gefiel, wenn er ihr leichte Schläge verpasste und sie seine obszönen Fragen mit Ja beantwortete. Deshalb hatte sie ihm den Gefallen getan und lustvoll gestöhnt und nach mehr verlangt. Niemals hätte sie gedacht, dass ihm das nicht reichte.

»Warum sollen wir damit kein Geld verdienen? Mein Bruder wollte schon immer mal deine Fotze sehen. Hey, er ist mein Bruder, wir teilen untereinander.«

»Das mache ich nicht mit!«

Ein Lederriemen peitschte ihr ins Gesicht. Trotz des Schmerzes verstummte sie. In der Vergangenheit hatte sie gelernt, sich nicht zu wehren, wenn man sie schlug. Gegenwehr stachelte den Trieb eines Sadisten umso mehr an. Wie damals bei ihrem ersten Ehemann.

Thomas breitete die Arme aus, doch statt einer Umarmung packte er sie am Oberarm und an den Haaren. »So ist das also, du willst kein Geld für unsere kleine Familie verdienen. Lieber sitzt du deinen faulen Arsch auf der Couch breit.«

Sie nickte heftig und flüsterte: »Nein, nein, ich will alles tun!«

»Na also, du Ehehure.« Kurz ließ er von ihr ab, um gleich darauf ihr Kleid am Ausschnitt zu packen und es ihr vom Körper zu reißen. Er gab seinem Bruder ein Zeichen, der augenblicklich die Tätowiernadel bereit machte. »Dann fangen wir an.«

Minuten später fand Maria sich gefesselt auf dem Bett wieder. Thomas betrachtete sie und schaltete die Videokamera ein. Als sich sein Bruder über sie beugte und ihre Brüste leckte, sagte Thomas: »Übrigens fürchte ich, es wird nicht bei einem Tattoo bleiben. Schließlich hast du ja auch mehr als nur ein Loch …«

KAPITEL 1

Dreiundzwanzig. Exakt so viele tote Fliegen hatte Kriminalhauptkommissar Erik Donner seit seiner Rückkehr zum K11 gezählt. Aufgereiht wie bei einer Massenbestattung lagen die Tierchen auf dem Fensterbrett. Morbide und still ging es um ihn herum zu. Eine solche Atmosphäre liebte Donner über alle Maßen. Gleichzeitig verriet ihm das bizarre Stillleben eines: Das Reinigungspersonal machte seinen Job nur unzureichend.

Ich muss es schließlich wissen, denn streng genommen beseitige auch ich Dreck. So es welchen zu beseitigen gäbe …

Während in seinem Büro eine Fliege nach der anderen krepierte, starben in der Stadt in letzter Zeit für seinen Geschmack deutlich zu wenig Leute. Abgesehen von ein paar Krankenhausleichen, einer Handvoll eindeutiger Suizidenten, einem autoerotischen Unfall mit einer Latex-Kopfbedeckung voller Käsescheiben und einem Arbeitsunfall, bei dem ein Unglücksvogel in einem Bierfass ertrunken war, gab es für die Mordkommission nichts zu tun. Tötungsdelikte? Fehlanzeige. Streng genommen war Donner arbeitslos.

Aktuell sortierte er eine Kiste mit beschlagnahmten Liquids für E-Zigaretten. In anderen Bundesländern waren angeblich durch deren Inhaltsstoffe bisher fünf Menschen ums Leben

13

gekommen. Egal, ob es stimmte, die Aufgabe nervte ihn, besonders, weil es sich um eine Zuarbeit für einen Kollegen aus München handelte. Und mit was für veralteten Methoden die in Bayern arbeiteten, kannte man ja zur Genüge.

»*Bezeichnung*«, las er ratlos die Beschriftung auf dem Sicherstellungsprotokoll. Er wusste nicht recht, wie er die einzelnen Liquidfläschchen benennen sollte, weil darauf nur asiatische Schriftzeichen standen. Vielleicht sortierte er sie anhand der Gerüche und schrieb dann fortlaufende Zahlen daneben. Oder er suchte sich einfach einen Dummen, der das für ihn übernahm.

Nie ist ein Praktikant in der Abteilung, wenn man dringend einen braucht.

Unwirsch schob er Stift und Papier zur Seite und blickte den Karton grimmig an. Allein durch seine Anwesenheit schien der Karton ihn zu verhöhnen. Donners Blick schweifte weiter zu einem Notizzettel. Auf dem stand unterstrichen: *Wohnung kündigen!!!* Er und Anne wollten endlich zusammenziehen, aber auch das schob er ähnlich wie die Dinge auf seinem Schreibtisch vor sich her.

Minutenlang passierte nichts im Zimmer. Dreiundzwanzig tote Fliegen, ein Karton mit möglicherweise tödlichen Liquids, eine unerledigte Notiz und ein gelangweilter Kommissar. Der Rest war Stille …

… bis das Telefon klingelte.

Der Anruf kam vom Festnetz. Dresdner Vorwahl. Er hob ab und meldete sich mit Namen. Zurück kam keine Begrüßung, stattdessen ein Schniefen, gefolgt von einer Männerstimme.

»Sind Sie der, den man Monster nennt?«

Monster. So nannte man Donner innerhalb der Polizeidirektion tatsächlich. Wegen seines vernarbten Gesichts und weil er sich in der Vergangenheit mehrfach aggressiv gegenüber

Kollegen verhalten hatte. Allein die dämliche Frage reichte aus, dass sich das Untier in ihm regte.

»Wieso? Brauchen Sie ein Monsterbildchen für Ihr Stickeralbum?«

Kurzzeitig wirkte der Unbekannte erheitert. »Sie sind der perfekte Kandidat, Herr Donner.«

»Wofür?«

»Kennen Sie das Zehn-kleine-Negerlein-Prinzip?«

Langsam ging ihm der sonderbare Anrufer auf die Nerven. Und zwar gehörig. Die Zeiten in der Kriminalpolizeilichen Erstkontaktstelle, in denen ihn Bürger mit der geistigen Strahlkraft einer ausgedienten Glühbirne täglich belästigt hatten, waren zum Glück vorbei. Seit fünf Monaten war er wieder ein Mordermittler – und damit rangierte er im Ansehen zwar nicht ganz an der Spitze der Polizeipyramide, aber doch recht weit oben. Demzufolge musste er sich nicht mehr mit jedem Trottel abgeben.

Vorsichtshalber notierte er die Telefonnummer.

»Dieses Prinzip ist mir völlig unbekannt«, log er. »Außerdem weiß ich gerade nicht, ob der Begriff Negerlein noch politisch korrekt ist.«

»Ich bin mir sicher, Sie sind mit dem Prinzip vertraut. Immerhin habe ich in den vergangenen Jahren Ihre Triumphe in den Nachrichten verfolgt. Ja, ich glaube, Sie werden sich sehr gut schlagen.«

Sekundenlang vernahm er nur Atemgeräusche im Hörer, bis ihm die Geduld ausging. »Wer sind Sie? Nennen Sie mir Ihren Namen oder ich beende das Gespräch.«

»Bestimmt sehen Sie meine Nummer auf Ihrem Display, also werden Sie mich auch finden. Bis dahin würde ich sagen, wir wärmen uns ein wenig auf, bevor das eigentliche Spiel beginnt.«

Aufwärmen vor dem Kampf. Das habe ich schon als aktiver Boxer gehasst.

Sosehr Donner sich anstrengte, kannte er weder die Telefonnummer noch die Stimme des Anrufers. Etwas ahnte er jedoch inzwischen: Der andere war kein dahergelaufener Spinner. Dafür klang er zu kontrolliert und zu souverän.

»Wissen Sie«, sagte er, »ich habe gleich Feierabend und heute Abend steht das Achtelfinale im Sachsenpokal an. Der Club spielt gegen den 1. FC Lok Leipzig. Diesen Kracher will ich nicht Ihretwegen verpassen.«

»Warum belügen Sie mich, Herr Donner? Wir beide wissen, dass Sie sich nicht für Fußball interessieren.«

Das stimmte wohl, doch woher war das seinem Gesprächspartner bekannt? »Und was glauben Sie noch, über mich zu wissen?«

»Dass Sie dringend mal wieder nach Ihrer Wohnung sehen sollten.« Der Unbekannte kicherte leise.

Tatsächlich übernachtete Donner inzwischen fast ständig bei Annegret. An seine Wohnadresse trieb es ihn nur, um den Briefkasten zu leeren und den Kümmerling von Topfpalme zu gießen. Laut Kalender hatte er das vor drei Tagen getan.

»Was erwartet mich in meiner Wohnung?«, spielte Donner mit.

»Exakt um achtzehn Uhr bekommen Sie einen Anruf. Den sollten Sie nicht verpassen.«

»Und was ist, wenn doch? Ich meine, wegen des Fußballspiels ist ziemlich viel los da draußen. Vielleicht bleibe ich im Stau stecken oder gerate in eine Schlägerei zwischen rivalisierenden Fans. Als Polizist bin ich manchmal zum Handeln verpflichtet.«

»Ihr Engagement in Ehren, aber von diesem Anruf hängen Menschenleben ab.«

»Ach, was Sie nicht sagen.«

Der darauf einsetzende Belustigungslaut am anderen Ende der Leitung blieb einseitig, was den Anrufer wohl zum Weitersprechen animierte. »Denken Sie an das Schicksal der zehn kleinen Negerlein.«

»Ein Anruf also … Da gibt es ein weiteres Problem: Ich habe zu Hause kein Festnetz.«

»Ich weiß.«

Kapitel 2

Selbst ein Hellseher konnte anhand der Wolken am Himmel schwer abschätzen, welche der beiden Mannschaften das anstehende Pokalspiel für sich entscheiden würde. Ebenso wenig konnte man sagen, ob das aufziehende Sommergewitter die ausverkaufte Community4you ARENA verschonte. Irgendwo würde es jedoch bald gewaltig donnern und blitzen. Seit dem Anruf braute sich in Donners Magen ein ungutes Gefühl zusammen. Nachdem der Unbekannte aufgelegt hatte, hatte Donner sofort die Rückruftaste gedrückt und es lange klingeln lassen. Niemand war drangegangen. Danach hatte er seine Kollegin Marie Lehnhard beauftragt, die übermittelte Telefonnummer zu überprüfen, und war zu seinem Wagen aufgebrochen.

17:50 Uhr.

Trotz Heerscharen an Fußballverrückten, wahlweise mit himmelblauen oder blau-gelben Fanschals, gelang es ihm, seinen Volvo mit Bravour durch den dichten Verkehr zu manövrieren. Eine Ampel nahm er bei knalligem Orange. Er ließ das Stadion hinter sich, beschleunigte den Wagen ein letztes Mal und hielt mit quietschenden Reifen vor dem Wohnhaus, in dem er immer noch Miete zahlte. Der dreibeinige Hund aus dem Nachbarhaus, der gerade an eine Laterne pinkeln wollte (ohne dabei ein Bein heben zu müssen), sprang vor Schreck in ein Gebüsch.

Donner verriegelte den Wagen und eilte zur Haustür. Beiläufig ging sein Blick zur Briefkastenanlage. Später würde er hineinsehen. Jetzt blieb keine Zeit dafür. Er schloss die Eingangstür auf, machte Licht im Hausflur und stieß beinahe mit Elvira Schmidt zusammen.

»Ach, Herr Donner, endlich treffe ich Sie an.« Die Witwe aus dem Erdgeschoss sah ernsthaft besorgt aus, wobei er sie ständig in dieser Gemütsverfassung antraf, seit er seltener herkam. »Hatten Sie die Handwerker im Haus?«

»Nicht, dass ich wüsste.«

»Aus Ihrer Wohnung kam so ein komisches Klopfen, da habe ich bei Ihnen geklingelt, aber niemand hat geöffnet. Danach war alles wieder ruhig. Vielleicht habe ich mir die Geräusche in meinem Alter auch nur eingebildet.«

Nachdenklich schaute Donner die Treppe hinauf und murmelte: »Ein komisches Klopfen ...«

Nein, du hast dich vermutlich nicht geirrt, nette alte Dame.

»Ist alles in Ordnung?«, fragte sie. »Sie schauen so angespannt.«

Er schenkte ihr ein Lächeln – soweit das bei seiner Visage möglich war. Seit er Annegret kannte, versuchte er es öfters mit Lachen. »Alles in Ordnung.«

Das war eine glatte Lüge. Aber eine notwendige. Längst war sein Instinkt für Gefahr geweckt. Um die Witwe nicht zusätzlich zu beunruhigen, führte er sie an der Hand zurück in ihre Wohnung. Gleichzeitig behielt er die Uhrzeit im Blick.

17:54 Uhr.

»Besuchen Sie mich denn jetzt wieder öfter?«

Abermals lag ihm eine Lüge auf der Zunge, doch er besann sich. »Tut mir leid, ich werde demnächst umziehen. Zu Annegret, Sie wissen schon. Gemeinsam haben wir kürzlich Ihre neue Kühltruhe in den Keller gebuckelt.«

Elvira Schmidt nickte traurig. »Oh, ja, die Frau ist wahrlich ein Glücksfall. Halten Sie sie gut fest.« Sie winkte und verschloss die Wohnungstür.

Donner atmete tief durch und rannte die Treppenstufen nach oben. Bevor er den Wohnungsschlüssel ins Schloss steckte, lehnte er das Ohr ans Türblatt. Bis auf das Summen der Hausflurelektrik herrschte absolute Stille. Mit den Fingerspitzen prüfte er Türrahmen und Verriegelung. Keine Einbruchsspuren.

Er hatte keine Pistole eingesteckt. Vielleicht sollte er Verstärkung rufen, aber wegen was? Wegen eines seltsamen Anrufs? Wegen dem, was seine dreiundachtzigjährige Nachbarin gehört hatte?

17:56 Uhr.

Nichts kann mich in meinen eigenen vier Wänden erschrecken.

Er wischte sich die verschwitzte linke Hand am Mantel ab und drehte mit der anderen den Schlüssel herum. Nach dem Klicken schwang die Tür nach innen auf. Der Korridor empfing ihn, wie er ihn zurückgelassen hatte. Seine Hausschuhe standen noch unordentlich an derselben Stelle, wo er sie hingekickt hatte, und von der Kommode hatte auch niemand den Staub weggewischt. Irgendwie hatte er damit gerechnet, dass auf ihn ein fremdes Telefon wartete. Auf dem Schuhschrank vielleicht. Oder direkt im Eingangsbereich auf dem Laminat.

Nichts.

Er schaltete das Licht ein, schaute in die Küche. Der Kühlschrank brummte leise. Aus dem Backofen roch es nach eingebranntem Fett. Alles normal.

Nacheinander kontrollierte er die übrigen Räume. Wohnzimmer, Bad ... Schlafzimmer. Als dort das Deckenlicht Bett und Schränke erhellte, stach ihm sofort die bräunliche Farbe an der Wand ins Auge. Nein, keine bräunliche *Farbe*, sondern ein Schriftzug – wie mit Blut geschrieben: RETTE DIE ANDEREN!

So habe ich den Raum garantiert nicht verlassen.

Ein übler Harngeruch lag in der Luft. Außerdem waren Decken und Kissen sonderbar hingerichtet.

17:58 Uhr.

Er näherte sich dem Bett und griff eine Ecke der Bettdecke. Mit einem Ruck riss er sie zu Boden. Sogleich erstarrte er. Er hatte mit vielem gerechnet, aber nicht mit dem reglosen Menschen, der an Armen und Beinen gefesselt auf der Matratze lag.

Es war eine ihm unbekannte Frau. Die Augen friedlich geschlossen. Sie war vollständig entkleidet. An ihrem Körper stachen die Knochen und Rippenbögen hervor. Augenscheinlich war sie auf unter vierzig Kilo abgemagert. Haare und Fingernägel waren knallbunt, fast wie die Farben des Regenbogens. Im völligen Kontrast dazu wirkte die Haut blass, beinahe grau. Die Lippen waren spröde, stellenweise aufgeplatzt. An einem Nasenloch klebte getrocknetes Blut. Zahlreiche Nadeleinstiche, besonders an den Armen, zierten ihren Körper.

Unverkennbar handelte es sich um eine Drogenabhängige. Vermutlich hatte Heroin oder Methamphetamin die Frau dahingerafft. Donner kannte den Geruch des Todes in seinen mannigfaltigen Facetten. Und hier roch es nach beginnender Verwesung. Sie lag höchstens einen Tag in seiner Wohnung. Und eines war ebenfalls sicher: Selbst hatte sich die Unbekannte nicht ans Bett gebunden.

Ein Merkmal am Körper der Frau forderte seine Aufmerksamkeit: eine große Naht im Bauchbereich. Die Wunde sah frisch aus, als hätte ein Laie erst kürzlich eine Operation durchgeführt und die Haut notdürftig geflickt.

Während eine einzelne Schmeißfliege – erkennbar an den blaugrün schimmernden Flügeln und dem tiefschwarzen Körper – direkt neben dem Bauchschnitt landete und vom Wundschorf kostete, sprangen die Uhrzeiger auf 18:00 Uhr.

KAPITEL 3

Kriminalhauptkommissarin Annegret Kolka lenkte den Dienstwagen mit überhöhter Geschwindigkeit die Bahnhofstraße entlang. Sie war genervt, weil sie längst Feierabend machen wollte. Zu allem Überfluss blinkte schon wieder das Display ihres Smartphones. Den Klingelton hatte sie bereits abgestellt. Zum dreizehnten Mal innerhalb der letzten Stunde rief dieselbe Nummer an. Sobald Kolka den Anruf jedoch annahm, meldete sich niemand.

»Soll ich für dich rangehen?«, fragte Jens Wagner, der vor vier Monaten vom Operativen Abwehrzentrum beim LKA in die Polizeidirektion versetzt worden war und seitdem das K11 verstärkte.

»Es spricht keiner. Offensichtlich erlaubt sich da irgendein Spinner einen Scherz.«

»Vielleicht stimmt etwas mit der Verbindung oder dem Gerät beim Teilnehmer nicht.«

»Kann sein. Sobald wir unseren Auftrag erledigt haben, kümmere ich mich darum.«

Vor einer Viertelstunde hatte das Führungs- und Lagezentrum Kolka verständigt. Man hatte beunruhigt geklungen und auf Dringlichkeit gepocht. Daraufhin hatte sie ihre

Dienstwaffe und ihren Kollegen geschnappt und war vom Hof der KPI gebraust. Jetzt näherten sie sich dem Marktplatz, wo ein Verrückter mit einem Koffer die Polizei in Atem hielt.

Auf ihre schroffe Antwort hin zuckte Wagner bloß mit den Schultern und schaute demonstrativ durchs Beifahrerfenster nach draußen, wo aus einem Pulk Fußballfans soeben eine Flasche geworfen wurde, die auf dem Gehweg zerschellte. »Du bist die Chefin, du musst es wissen.«

Weil sie den Unterton trotz der Anspannung heraushörte und just in diesem Moment das Display erneut aufblinkte, griff sie nach dem Handy und drückte es ihm gegen die Brust. »Hier, versuch es selbst, du Nervensäge.«

Der junge Kollege feixte. »Ich mag es, wenn du mich so nennst.«

Sie verdrehte die Augen.

Er nahm das Gespräch an. »Geisterjäger-Alarmzentrale«, meldete er sich. »Was können wir für Ihre vier Wände tun?«

Amüsiert darüber klopfte sie ihm auf den Oberschenkel, was er mit einem verschmitzten Lächeln quittierte.

»Hallo, ist da jemand?« Nach wenigen Sekunden kappte er die Verbindung. »Anscheinend doch ein Spinner.«

»Siehst du? Hör auf deine Chefin.«

»Soll ich die Nummer für dich checken lassen?«

»Später.« Sie stoppte den Wagen unmittelbar hinter einem Fischverkaufsstand vor der Galeria Kaufhof und löste den Gurt. »Da vorn wartet der Außendienstleiter auf uns, damit wir uns den Verrückten vornehmen. Wie es aussieht, hat der Typ nämlich längst die Aufmerksamkeit, die er sich erhofft hat.«

Tatsächlich standen unzählige Schaulustige herum und beobachteten das Treiben eines Unbekannten, der vor der Polizei mit einem Koffer am Körper herumspazierte. Nur mit Mühe schafften es die Streifenbeamten, den Bereich abzusperren und eine Gasse für die Einsatzkräfte freizumachen. Am schlimmsten waren die Hooligans von Lok Leipzig, die in vorderster Reihe standen und sich der Sache am liebsten selbst angenommen hätten. In Sprechchören skandierten sie ihr Missfallen an dem zögerlichen Vorgehen der Polizei.

»Krassikowski!«, stieß Wagner einen seiner nervigen Schlachtrufe aus. »Hier geht es ja ab.«

Genau wie Wagner versuchte auch Kolka die kuriose Situation vor dem Rathaus zu erfassen. Dort lief ein Anzugträger sichtlich angespannt auf und ab. Er war mindestens fünfzig Jahre alt, trug ordentliche Herrenschuhe und wirkte, abgesehen vom zerzausten Haar, gepflegt. Auf den ersten Blick sah er nicht wie ein entflohener Patient aus der Psychiatrie aus, allerdings änderte sich der Eindruck, sobald man bewertete, auf welche Art er das Gepäckstück mit sich führte. An seinem Bauch war mittels Ketten und eines Schlosses ein schwarzer Aktenkoffer befestigt. Eingehende Notrufe hatten von einem Terroristen gesprochen, der sich in die Luft sprengen wollte. Gegenüber der Streifenbesatzung vom Revier Mitte hatte der Mann jedoch behauptet, er wolle niemandem schaden, sondern sei gezwungen worden, hierherzukommen und den Koffer an die Polizei zu übergeben. Allerdings nicht an den erstbesten Uniformträger, sondern ausschließlich an einen Beamten vom Kommissariat 11. Und damit an Kolkas Abteilung.

Aus diesem Grund war sie persönlich hier.

Unmittelbar beim Betreten des Sperrbereichs kam ihr der Außendienstleiter entgegen. Der junge Kollege machte den Job noch nicht allzu lange. Seinen Namen hatte sie im Intranet gelesen, ihn inzwischen jedoch vergessen. Dafür kannte sie den Führungsgehilfen, der hinter ihm lief: Ben Lichtenberg, ein Riese, der sich den Ruf erarbeitet hatte, polizeiliche Einsatzmaßnahmen eifrig und konsequent anzugehen. Auf ihn konnte sich jeder Außendienstleiter verlassen.

»Annegret Kolka«, stellte sie sich vor. »Leiterin vom K11. Das ist mein Kollege Jens Wagner.«

»Tim Forchner«, antwortete ihr Gegenüber. »Ich bin der Einsatzleiter. Danke, dass ihr so schnell gekommen seid.«

Trotz der angespannten Lage kam es zu einem kurzen Händeschütteln.

»Um wen handelt es sich?«, wollte Kolka wissen und deutete auf den Mann mit dem Koffer.

Forchner strich sich den Pony aus dem Gesicht und las von einem Personalausweis ab. »Den hat er uns ausgehändigt. Laut Dokument heißt er Peter Peschel. Er hat sich zwar anständig mit den Beamten vom Revier unterhalten, aber irgendwie scheint er trotzdem durchgeknallt.«

»Und er hat ausdrücklich nach dem K11 verlangt?«

»Nun ja, den hat er uns auch noch gegeben.«

Er reichte ihr einen handgeschriebenen Zettel. Darauf stand: *Schicken Sie jemanden vom Kriminalkommissariat 11 her oder es passiert eine Katastrophe.*

So wie es aussah, sollte das hier Kolkas erste echte Bewährungsprobe als Kommissariatsleiterin werden. Ratsuchend schaute sie Wagner an, der nur mit den Schultern zuckte und vor lauter Aufregung die Hände knetete. Besser, er blieb vorerst im Hintergrund und sie regelte die Angelegenheit allein.

»Klingt alles ziemlich riskant, meinst du nicht?«, sprach sie Forchner an.

Er wiegte den Kopf hin und her. »Er scheint unbewaffnet zu sein und verhält sich weitestgehend kooperativ.«

»Was ist mit dem Koffer?«

»Angeblich kann er ihn nicht ablegen. Er behauptet, er wisse die Kombination des Zahlenschlosses nicht. Ein Unbekannter habe ihn betäubt, entführt und ihm strikte Anweisung gegeben. Für mich klingt das alles nach einer Räuberpistole. Nähere Angaben wollte er dazu aber auch nicht machen. Wie gesagt, er besteht darauf, dass jemand vom K11 mit ihm spricht.«

»Ich schlage vor, wir wagen einen Zugriff«, intervenierte Lichtenberg.

Ja, du würdest ihn am liebsten wie ein Stier überrennen.

Zu allem Überfluss blies Wagner in das gleiche Horn: »Gute Idee, erst mal Handschellen anlegen, der Rest regelt sich dann quasi von allein.«

»Und was denkst du?«, zwang sie den Außendienstleiter zu einer Entscheidung.

Der junge Polizeiführer wackelte wie ein dickes Gummimännchen mit den Armen, doch im Feuer wurde schon mancher stählerne Kerl geboren. »Zuerst wollten wir die Verhandlungsgruppe vom LKA anfordern, aber jetzt, wo ihr da seid, können wir die Situation hoffentlich ohne die klären.«

Kolka nickte. »Ich kann ja mal mit ihm reden. Was wissen wir sonst noch über Peschel?«

»Weitere Informationen sind in Arbeit. Bisher hatten wir Mühe, die Leute vom Marktplatz zu drängen. Die Händler zum Verlassen ihrer Stände zu bewegen, war dabei noch die leichtere Aufgabe. Ihr seht ja, was hier los ist. Zu viele Bürger, zu wenige Polizeikräfte. Und dazu noch jede Menge unvernünftige Fußballfans. Beide Stadtreviere operieren personalmäßig mal wieder an der Kotzgrenze. Und wegen der Brisanz am Stadion kann man uns momentan keine Unterstützung schicken. Die gesamte Stadt scheint im Ausnahmezustand.«

Ausnahmezustand, hoffentlich nicht. Wenigstens einmal in der Woche will ich zusammen mit Erik und Malte zu Abend essen.

»Okay, dann mal los«, entschied sie und machte sich bereit, Peter Peschel zuzuhören. »Falls wir mehr über die Hintergründe erfahren, schickt ihr Jens zu mir. Der ist am ehesten entbehrlich.«

Sofort machte Wagner große Augen, woraufhin sie ihn gegen die Brust knuffte.

Nicht nur du kannst schlechte Witze machen.

Kurz darauf trat sie Peter Peschel gegenüber.

KAPITEL 4

Damals (vierzehn Jahre zuvor)

03:54 Uhr. Es war eine kalte, verregnete Frühlingsnacht.
Ein zweiundvierzigjähriger Mann, der tagsüber ein kleines
Unternehmen führte und in seiner Freizeit Software ent-
wickelte, schob eine Drehorgel die innere Klosterstraße entlang.
Er zitterte am ganzen Körper. Nicht wegen des Wetters – das
auch –, sondern vor allem, weil er Angst hatte. Fürchterliche
Angst. Hinter einem Fenster wackelte eine Gardine. Die Frau
dahinter sah gerade noch, wie ein dunkler Schatten mit einem
viereckigen Gefährt auf den Markplatz einbog. Nur die Klänge
eines fröhlichen Lieds blieben zurück.

Der Vogelfänger bin ich ja.

Während der Mann die Kurbel des Leierkastens drehte und
die Pfeifen ihre Töne in die Nachtstille spuckten, ratterten die
Holzräder über das Kopfsteinpflaster. Er tat es nicht freiwillig.
Er war Programmierer, kein Musiker. Und zudem machte sich
niemand um diese Uhrzeit auf den Weg, um die Leute in ihrer
Nachtruhe zu stören. Entsprechend beklommen und mutterseelenallein fühlte er sich.

Noch.

Es war eine schöne Drehorgel aus dunkelrotem Holz. Bis auf einige wenige Pfeifen kamen die Töne klar und laut. Passend dazu trug der Mann eine rote Weste, eine farblich abgestimmte Fliege und einen Strohhut, ebenfalls mit einem roten Bändchen. Man hätte meinen können, über Nacht sei ein Musikant aus einem vergangenen Jahrhundert aufgetaucht. Es fehlte lediglich ein Kapuzineräffchen, das als zusätzliche Attraktion diente und das Geld der Zuhörer einsammelte.

Und inzwischen gab es etliche Zuhörer.

»Mach die Scheißmusik aus, du Hornochse!«, drang es aus einem Haus, gefolgt vom Zukrachen eines Fensters.

Der Spielmann ließ sich nicht unterbrechen. Er weinte und leierte weiter an der Kurbel. Das Lied spielte schnell. Zu schnell. Er merkte, wie die Kraft im Arm schwand, aber er musste weiterspielen. Wenn er aufhörte, starb sein Sohn. Deshalb drehte er ununterbrochen und die Orgel spie ihre Töne aus. Eine fröhliche Melodie, die im völligen Widerspruch zu seinen Empfindungen stand.

»Ey, du Pimmelschlucker, hast du 'nen Knall?«, regte sich ein weiterer Anwohner auf.

»Ruhe!«, schallte es gleichzeitig aus etlichen Wohnungen.

Einer der gestörten Bürger, ein Rentner, der nicht mehr bei bester Stimme war, schrie nicht zum Fenster hinaus, sondern wählte direkt den Notruf und meldete eine Ruhestörung durch einen »beknackten Dudelheini«.

Unterdessen stand der Mann vor dem Rathaus, wo er weiterhin sein Lied spielte.

Der Vogelfänger bin ich ja.

»Oarschwerbleede!«, geiferte eine Frau im perfekten Sächsisch. »Kann ma enor den Gnusbogobb dodgloben?«

Auf diese Aufforderung schien einer der Anwohner nur gewartet zu haben. Stylisch im Feinrippunterhemd und in

29

gestreiften Boxershorts, stürzte aus einem der Hauseingänge ein Kerl, den seine Arbeitskollegen nur »Muskel« nannten und dessen Hände so groß wie Schaufeln waren. Diese zur Faust geballt, stapfte er auf den Mann mit der Drehorgel zu.

»Ich glaube, es hackt!«, brüllte der erboste Anwohner. Zusätzlich spannte der Gorilla die Brustmuskeln an. »Aufhören oder ich ramme dir das Ding samt Räder in den Arsch.«

»Bitte, nein!«, bettelte der Musikant, verzweifelt weiterorgelnd. »Sie verstehen das nicht. Ich muss das tun. Ich werde gezwungen.«

Einen kurzen Moment schien das den anderen zum Nachdenken zu bringen. Bis er sich an die Stirn tippte. »Klar, da oben in deinem Hirn sitzt ein Männchen, das dich dazu zwingt. Du gehörst nämlich in die Klapse.«

Fünf weitere Menschen im Nachtgewand verließen ihre Wohnungen und rotteten sich auf dem Marktplatz zusammen, um endlich für Ruhe von der schrecklichen Musik zu sorgen.

»Nein, mein Sohn liegt in diesem Kasten«, sagte der Musikant und zeigte mit der freien Hand auf den Unterbau, der tatsächlich so aussah, als wäre nachträglich eine Holzverkleidung angebracht worden, in der ein Kind zusammengekrümmt Platz hätte. »Er ist erst fünf. Jemand hat ihn betäubt und in den Kasten gesperrt. Ich kann ihn nicht öffnen. Darum warte ich hier auf den Schlüssel.«

Nur halbherzig betrachtete Muskel den Kasten, vielmehr galt seine Aufmerksamkeit dem Irren. »Was redest du da für einen Stuss?«

»Es ist die Wahrheit, bitte glauben Sie mir! Die Lunge meines Sohnes ist mit einer Apparatur verbunden, die ihm nur Sauerstoff liefert, wenn ich an der Kurbel drehe. Sobald ich aufhöre, erstickt er.«

Inzwischen standen sechs Männer um ihn herum. Und bei jedem hatte sich ordentlich Wut im Bauch angestaut.

»Ersticken, ja?« Muskel packte zu.

Augenblicklich stoppte die Musik.

»Nein!«

Der Mann mit der Orgel war dem Hünen kräftemäßig weit unterlegen. Vergeblich versuchte er, weiter an der Kurbel zu drehen, doch der Griff des Gegners war zu fest. Seine Finger wurden zusammengequetscht.

»Mein Sohn stirbt!«

»Du stirbst gleich.«

Es folgte ein Schlag ins Gesicht. Die Zuschauer grölten.

Bis eine Sirene ertönte und Blaulicht flackerte. Ein Funkstreifenwagen näherte sich. Kurz darauf stiegen zwei Uniformierte derart träge aus, als wollten sie sich an einem Imbiss einen Kaffee und einen Hotdog bestellen.

»'n Abend«, sagte einer der Polizeibeamten. »Kann man helfen?«

Muskel ließ von seinem Opfer ab, dem die Nase blutete. Sofort stürzte der Mann mit der roten Weste wieder zu seiner Drehorgel und bewegte die Kurbel. Wieder setzte die Musik ein. Wieder schimpften die Anwohner.

»Ich muss spielen!«, bekundete der Mann mit verheultem und blutigem Gesicht. »Ich brauche einen Schlüssel, sonst kann ich meinen Sohn nicht retten.«

Alle Umstehenden schauten sich verwundert an. Dann ging der Tumult erst richtig los und Muskel und zwei weitere Leute schleiften den Verrückten vom Instrument weg. Unterdessen schienen die Polizisten mit der Situation überfordert, denn sie kratzten sich an den Hinterköpfen. Schließlich kam einer der beiden auf die Idee, über Funk Verstärkung anzufordern. In der Folge trafen weitere Streifenbesatzungen ein. Sogar ein Beamter des K11 musste in den Dienst versetzt werden.

In dieser Nacht spielte auf dem Marktplatz keine Musik mehr. Mangels eines Schlüssels konnte man die Tür am Unterbau der Drehorgel erst nach fünfunddreißig Minuten mit Gewalt öffnen. Im Inneren des Leierkastens fand man ein totes fünfjähriges Kind.

KAPITEL 5

Heute

Die Totenstille im Schlafzimmer wurde von einem Klingelton durchbrochen.

The Game Is On.

Den uralten Song der Gruppe Helloween erkannte Donner sofort, denn das Album verstaubte in seinem Regal. Aufgeschreckt vom plötzlichen Beben des Frauenkörpers, stob die Schmeißfliege davon und brachte sich im Flur in Sicherheit. Auch er wich vom Bett zurück.

Es war 18:00 Uhr und er bekam tatsächlich einen Anruf. Direkt aus dem Bauch der Frau. Durch ihre Haut schimmerte das Displaylicht. Zusätzlich war die Vibrationsfunktion aktiviert.

Donner kannte den Tod und seine grausamen Darstellungen. Doch nie zuvor hatte er etwas ähnlich Abartiges gesehen. Wenn er das Gespräch annehmen wollte, musste er erst die zugenähte Wunde aufschneiden.

Sein Blick ging zur Wand, wo die blutigen Buchstaben standen.

RETTE DIE ANDEREN!

Hastig zog er sein eigenes Handy aus der Manteltasche und wählte die Dienststelle an. Im Raum hallte der Helloween-Song, in seinem Ohr das Freizeichen.

»Verdammt, geh endlich ran!«, sprach er und eilte unterdessen in die Küche auf der Suche nach einer Schere.

Nach einer gefühlten Ewigkeit hob Kriminalkommissarin Lehnhard ab. »Ich wollte …«

»Hast du die Nummer überprüft?«, unterbrach er sie.

»Erik, was ist los? Du …«

»Ich muss wissen, wer mich im Büro angerufen hat«, fuhr er sie an, weil keine Zeit für Erklärungen blieb.

»Ich habe das Ergebnis eben erst bekommen, es handelt sich um einen Telefonanschluss der JVA Dresden.«

The Game Is On.

Aus dem Schlafzimmer klingelte es ununterbrochen. Während Donner zwei Schubfächer durchwühlte und endlich nach einem Messer mit scharfer Klinge griff, überlegte er. Auf die Schnelle fiel ihm kein Name von einem Häftling ein, der ihm aktuell etwas heimzahlen wollte.

»Hast du herausbekommen, wer mit mir gesprochen hat?«, fragte er.

»Die Anstalt konnte mir sofort Auskunft geben. Es war ein Insasse.«

Weil sie zögerte, hakte Donner nach. »Wie ist der Name?«

»Jonny Herzig, genannt der Spielmann.«

Auch wenn Donner Herzig nie begegnet war, kannte er die Taten des Serienmörders. Zumindest in Auszügen. Vor allem aber kannte er den leitenden Ermittler von damals …

Dieser alte Idiot …

Mangels Einweghandschuhen nahm er aus dem Flurschränkchen ein Paar Lederhandschuhe und betrat erneut das Schlafzimmer.

»Erik«, hörte er Lehnhard sagen. »Muss ich mir Sorgen machen, dass du etwas Unvernünftiges tust?«

Wieder ging sein Blick zur Wand.

RETTE DIE ANDEREN!

Er antwortete nicht, sondern beendete mit einem Tastendruck das Gespräch. Unsicher, ob er das Richtige tat, hob er das Messer. Jeden Moment konnte der Klingelton verstummen. Er musste jetzt handeln, denn wenn er tatsächlich mit dem Spielmann gesprochen hatte, war das hier vermutlich nur der Anfang eines todernsten Spiels.

Routiniert beugte er sich über den Frauenkörper. Leichen machten ihm, egal in welchem Zustand, nichts aus, aber diese Operation war schon eine besondere Situation. Widerstandslos durchtrennte die Schneide den Faden. Wie von selbst klaffte die Wunde auseinander. Er legte das Messer zur Seite und streifte sich den rechten Handschuh über. Vorsichtig fuhr er mit den Fingern unter die Haut. Der metallische Geruch von Blut stieg ihm in die Nase. In der Vergangenheit hatte er oft in Leichen gegriffen, auch ohne die notwendige medizinische Qualifikation, hatte Organe und Knochen berührt, wenn es die Umstände erforderten. Doch das hier fühlte sich anders an. Seltsam lebendig. Während er nach dem klingelnden Handy tastete, bemerkte er schlagartig seinen Irrtum. Die Frau war nicht tot.

In diesem Moment erwachte der Zombie. So weit es die Riemen an den Gelenken zuließen, bäumte sich die Gefesselte auf. Ihr gesamter Körper zuckte. Fiebrige Augen fixierten Donner. Die Unbekannte schrie und geiferte. Ihre Zähne blitzten auf. Sie versuchte, ihn zu beißen.

»Verfick… Schei…!«, brüllte sie verwaschen. »Wa … du Schlappsch… Schwanz … min mir gema…«

Donner sprang zurück. In der Hand hielt er das bluttriefende Handy. Bevor er jedoch die grüne Taste berühren konnte, erstarb der Klingelton. Gleichzeitig tobte der Zombie. Wie vom Teufel besessen zerrte die Frau an ihren Fesseln. Das Bettgestell hämmerte gegen Wand und Nachtschränkchen. Speichel lief ihr aus den Mundwinkeln. Ihre Finger verkrampften, ihre bunten Nägel bildeten Krallen. Schmerzen und offensichtlich Drogen machten aus der vermeintlichen Toten eine Furie.

»Oh Go...! Scheiß... mei... Bau...!« Das Schreien ging in ein Bellen, dann in ein Jammern über, bis sie winselnd zusammensackte.

Nur ein Exorzist kann dir noch helfen.

Geistesgegenwärtig legte er das fremde Handy weg und zog sein eigenes hervor. Er wählte die 112 und forderte mit Nachdruck einen Notarzt an. Mehr konnte er für die Wahnsinnige nicht tun. Angesichts des körperlichen Zustands und der Bauchwunde musste sie längst tot sein. Ihr Hirn hatte es nur noch nicht gemerkt, weil die Drogen es betäubten und ihren Organismus fremdsteuerten. Während sie weiterwinselte und mit übermenschlicher Kraft vergeblich gegen die Gefangenschaft ankämpfte, dachte Donner darüber nach, was in den letzten drei Tagen in seiner Wohnung geschehen war. Ein Unbekannter war hier eingedrungen, hatte einen Junkie in sein Schlafzimmer gelegt, die Bauchdecke geöffnet, um im Körper ein Handy zu platzieren. Über all das wusste ein Häftling aus der JVA Dresden Bescheid. Nicht irgendein Häftling, sondern der Spielmann ...

The Game Is On.

Der Klingelton war eine Botschaft.

Und nach dem Moment des Schweigens setzte er wieder ein. Ein weiteres Mal wollte Donner seine Chance nicht verpassen. Er wischte das Blut, so gut es ging, vom Gehäuse ab, nahm den Anruf an und führte das Handy zum Ohr.

KAPITEL 6

Aus den Zuschauerreihen wurden Handykameras hochgehalten. In Echtzeit gelangten die Bilder vom Polizeieinsatz auf dem Marktplatz ins Internet und von dort in alle Welt. Kolka konnte die Objektive und die Blicke der Umstehenden regelrecht spüren. Spätestens jetzt waren sämtliche Augen auf sie gerichtet. Und jeder fragte sich, ob die Polizistin den Verrückten zur Aufgabe zwingen konnte.

Absurdes Publikum! Niemand rennt um sein Leben, weil er eine Bombe fürchtet. Nein, man will live dabei sein, wenn der Koffer hochgeht.

Per Handzeichen gab sie ihren Leuten zu verstehen, dass jeder sich zurückhalten sollte. Aus dem Augenwinkel nahm sie wahr, wie der Außendienstleiter ihr zunickte und danach die Einsatzkräfte strategisch positionierte, falls etwas schieflief. Selbst die Sanitäter und der Notarzt gingen hinter einem Rettungswagen in Stellung.

»Herr Peter Peschel«, redete sie auf den Mann mit dem Koffer ein, der zuletzt ununterbrochen zur Rathausuhr hinaufgeblickt hatte und anfing zu telefonieren. »Wen rufen Sie an?«

»Verdammt, ich weiß es nicht!«

Kurzzeitig nahm er das Mobiltelefon vom Ohr und tippte hektisch darauf herum. Er murmelte unverständliche Worte. Tränen liefen ihm übers Gesicht. Mit dem Jackettärmel wischte er sich den Rotz von der Nase.

Behutsam näherte sie sich ihm. »Können wir uns in Ruhe unterhalten?«

Er schien die Frage überhört zu haben, stattdessen führte er Selbstgespräche. »Ich muss es weiter versuchen. Irgendjemand wird abheben. Bestimmt. Oder sie ist … Verfluchte Technik!«

»Von wem reden Sie da?«

»Von meiner Frau. Ich rede von meiner …« Erneut verstummte er, weil er sich wieder auf die Töne im Handy konzentrierte.

»Was ist mit Ihrer Frau?«

»Der Spielmann hat sie. Es ist ein Spiel. Sie wird … Verdammt, geh endlich ran!«

»Sie müssen es mir erklären«, wurde sie energischer, da sie spürte, dass er mehr und mehr die Nerven verlor.

»Verstehen Sie denn nicht, dass ich diesmal nicht versagen darf?«

Nein. Kolka verstand überhaupt nichts. Bevor er sich von ihr herausgefordert fühlte und seine Stimmung vollends kippte, wartete sie einige Sekunden schweigend ab. Keinesfalls durfte sie ihn durch störende Nachfragen provozieren.

In diesem Moment trat Wagner von hinten an sie heran. »Anne, ich habe Neuigkeiten …«

»Jetzt nicht.«

»Doch, es ist enorm wichtig!«

Er hielt ihr einen handgeschriebenen Zettel vors Gesicht. Darauf stand die Telefonnummer, die am heutigen Tag mehrfach auf Kolkas Handydisplay erschienen war. Darunter befand sich ein Name: *Simone Peschel.*

»Es ist seine Frau«, antwortete der Kommissar, bevor sie fragen konnte. »Wir haben die Daten überprüft. Du wurdest von ihrem Handy angerufen. Immer und immer wieder.«

Schlagartig regte sich in ihr ein fürchterlicher Verdacht. Der Mann mit dem Koffer war definitiv kein Durchgeknallter, sondern ein verzweifelter Mensch, der offenbar versuchte, seine Frau zu retten. Zwar ergab sich für sie kein vollständiges Bild, aber man musste kein Hellseher sein, um zu verstehen, dass eine dritte Person ihre Finger im Spiel hatte.

Er sagte, der Spielmann habe sie.

»Wissen wir, woher die Anrufe kamen?«, erkundigte sie sich bei ihrem Kollegen.

»Wir geben die Standortabfrage sofort in Auftrag. Danach hängt es an der Rückmeldung des Providers, wie lange es dauert.«

Sie nickte Richtung Außendienstleiter und befahl: »Stimm dich mit dem ADL ab, falls wir umfangreiche Suchmaßnahmen einleiten müssen. Ich habe da nämlich ein ganz mieses Gefühl.«

»Da gibt es noch etwas«, flüsterte Wagner. »Vor vierzehn Jahren hat Peter Peschel exakt an dieser Stelle seinen fünfjährigen Sohn verloren. Laut Polizeisystem war das Kind Opfer eines Serienmörders. Es war der Spielmann.«

Bevor Kolka diese Information vollends verarbeiten konnte, änderte sich die Situation vor dem Rathaus. Peschel telefonierte auf einmal.

»Wer ist dort?«, bellte er ins Handy. Sofort darauf nannte er seinen eigenen Namen. »Verraten Sie mir jetzt bitte, wer Sie sind?«

Kolka schickte Wagner weg und lauschte dem Gespräch. Was sie danach hörte, führte die gefährliche Szene nahezu ins Absurde.

»Sie heißen Donner?«, redete Peschel. »Und Sie sind wirklich Polizeibeamter?«

»Donner?«, konnte sie sich nicht mehr beherrschen.

Erik, wenn du das am anderen Ende bist, werfe ich dich aus der Abteilung!

Peschels Blick und ihrer trafen sich. Sie zwang sich, das Gespräch nicht zu unterbrechen.

»Ich sollte Sie anrufen«, gab Peschel ins Telefon kund. »Andernfalls stirbt meine Frau.« Er unterdrückte einen neuerlichen Gefühlsausbruch und redete so gefasst wie möglich weiter. »Wie bitte? Sie glauben mir?«

Das klingt nun wiederum nicht nach Erik. Ganz und gar nicht …

»Gut, Herr Donner, hören Sie mir aufmerksam zu. Auf der Gehäuserückseite Ihres Mobiltelefons muss sich ein vierstelliger Zahlencode befinden … Sie sehen ihn? Geben Sie ihn mir rasch.« Er verstummte. Bald machte er sich mit der freien Hand am Schloss der Kette zu schaffen.

Ein Raunen erfasste die Reihen der Zuschauer. Polizisten gingen in Stellung. Allen voran Ben Lichtenberg. Mit der Hand am Pistolenholster wirkte der Gehilfe des Außendienstleiters, als wollte er nicht einmal für den Bruchteil einer Sekunde ein unnötiges Risiko eingehen. Kolka blieb an Ort und Stelle stehen, doch auch sie ertastete sicherheitshalber die Waffe unter ihrer Lederjacke.

»Eins. Acht. Eins«, wiederholte Peschel die Zahlenfolge, die der Gesprächspartner ihm per Telefon durchgab. »Und die Eins. Okay.«

Unmittelbar darauf klickte das Schloss, die Kettenglieder rasselten nieder und das Koffergehäuse krachte zu Boden.

Ein Aufschrei aus mehreren Mündern.

Keine Explosion.

»Danke«, japste er und stieß den Koffer mit dem Fuß von sich fort. Dann sprach er Kolka an. »Nehmen Sie schon! Sie sagten, Sie seien von der Mordkommission, also gehört das Teil Ihnen. Sie können hineinsehen. Nein, Sie *müssen* hineinsehen.«

Lichtenberg und drei weitere Uniformierte stürzten nach vorn, um den Mann endlich festzunehmen, doch Kolkas Hand schnellte nach oben, woraufhin sie stoppten. Mehrere Wimpernschläge lang wägte sie ab, ob sie ihm trauen konnte, dann entschied sie, sich ihm und dem Koffer zu nähern.

Peschel wich einen Schritt zurück. »Bitte lassen Sie mich zu Ende telefonieren, ja?«

Kolka betrachtete den Aktenkoffer und stellte ihn schließlich auf, denn bisher war nichts passiert. Vielleicht würde sie aus dem Telefongespräch heraus etwas zum Inhalt erfahren. Leichtfertig wollte sie die Verschlüsse jedenfalls nicht öffnen.

Erik würde so handeln und auf der Stelle nachsehen. Erik hält sich aber auch für unkaputtbar.

Sie gab Peschel zu verstehen, dass sie das Telefonat abwartete, woraufhin er dankbar nickte.

»Auf Ihrem Handy befindet sich eine App«, ging das Telefongespräch weiter. »Das Programm heißt *Death Rescue*. Der Spielmann sagte, Sie sollen es starten und den gleichen Code eingeben, den Sie mir genannt haben.«

Sekundenlanges Schweigen.

»Wenn Sie es nicht tun?«, stieß Peschel aus und fing an zu schluchzen. »Dann läuft die Zeit für meine Frau ab.«

Plötzlich war Kolka sich unsicher, ob es nicht doch klüger war, sofort in den Koffer zu blicken. Den Spielmann-Fall kannte sie nur aus Vorträgen und als Lehrmaterial bei Fortbildungen. Zu der Zeit war sie vom Kriminaldauerdienst zur Wirtschaftskriminalität gewechselt. Außerdem hatte sie in der Polizeidirektion Leipzig gearbeitet. Doch so viel wusste sie: Jede einzelne Tat des Spielmanns war perfide und grausam gewesen. Am Anfang hatten die Presseleute ihn als den Telefonkiller bezeichnet, bis man eine vermeintlich passendere Bezeichnung für ihn gefunden hatte. Er hatte die Polizei monatelang mit Telefonanrufen und tödlichen Spielchen genarrt und mindestens sieben Menschen umgebracht – bis man ihn geschnappt hatte.

Eriks Vater und sein Team haben ihn geschnappt.

Von dem, was sie über die damaligen Morde wusste, sprach einiges dafür, dass sie den Koffer öffnen sollte.

Jetzt sofort.

»Ich kann Ihnen nicht mehr erzählen, weil ich nicht mehr weiß«, hörte sie Peschel ins Telefon schreien. »Ich weiß nur, dass Sie die verflixte App starten sollen.«

»Ich habe alles unter Kontrolle!«, rief sie währenddessen ihren Kollegen zu, die immer unruhiger die Köpfe hoben und senkten.

Die Aussage war eine Lüge. Mit hochschnellendem Puls beugte sie sich über den Koffer. Als sie die Daumen an die Verschlüsse legte, riss auch Peschel die Augen auf. Sein Blick verriet ihr, dass er tatsächlich keine Ahnung hatte, was sich im Inneren befand. Unterdessen führte er sein Gespräch fort.

»Herr Donner, bitte tun Sie es!«

Kolka hielt den Atem an. Wagner, der noch immer in der Nähe stand, rief ihr eine Warnung zu.

Zu spät.

Klick. Klick.

Die Verriegelung schnappte auf. Sie hörte jemanden von ihren Kollegen lauthals fluchen. Spätestens bei der Auswertung des Einsatzes würde man ihr Verantwortungslosigkeit vorwerfen. Als Kommissariatsleiterin hätte sie sich der Gefahr des ungeöffneten Koffers bewusst sein und entsprechend streng nach Dienstvorschrift handeln müssen. Großflächige Räumung, warten auf einen Sprengstoffsuchhund und die LKA-Beamten der Abteilung für unkonventionelle Sprengvorrichtungen …

Doch von dem Inhalt ging keinerlei Bedrohung aus.

Bisher nicht.

Im Koffer lagen fünf Smartphones. Die Geräte waren ausgeschaltet und sorgfältig in Folie eingepackt. Auf der Deckelinnenseite befand sich eine Botschaft. Und diese war an das K11 adressiert, einschließlich des Spitznamens eines ausgewählten Ermittlers.

Für Monster.

»Starten Sie endlich die Scheiß-App!«, brüllte Peschel.

Kolka sprang auf, ging die letzten Schritte auf ihn zu und riss ihm das Handy aus der Hand. »Erik, bist du das?«

»Anne?«, kam es erstaunt von Erik zurück. Er war es wirklich. »Was machst du …?«

»Wir haben keine Zeit für Erläuterungen. Ich weiß nicht genau, was Peter Peschel meint, aber du solltest unbedingt auf ihn hören.«

»Unbedingt? Was ist, wenn ich mit dem Starten der App den Bundestag in die Luft jage?«

»Berlin ist weit genug weg. Das hier ist todbringender Ernst und passiert gerade in unserer Stadt.«

Eriks Schnaufen verriet ihr, dass er nicht überzeugt war. Umso erstaunlicher seine Antwort. »Okay, ich gebe die PIN ein, aber das tue ich nur, weil du meine Chefin bist und ich weiß, wie oft deine Entscheidungen richtig sind im Gegensatz zu meinen.«

Sekunden später erwachten die fünf Mobiltelefone im Koffer zum Leben.

KAPITEL 7

Die Drogenabhängige atmete nur noch flach. Ihre Bewegungen waren erlahmt, der Kampf gegen die Fesseln hatte ihr die Kräfte fast gänzlich geraubt. Irgendwo hallte ein Martinshorn. Donner bangte und konnte nur untätig zusehen, wie ihr Lebensgeist schwand. Hoffentlich trafen Rettungswagen und Notarzt ein, bevor die Frau vollends das Zeitliche segnete. Angewidert betrachtete er die Bauchwunde, dann das Mobiltelefon in seiner Hand, das er Minuten zuvor aus ihrem Körper herausgeholt und mit dem er eben noch mit einem gewissen Peter Peschel geredet hatte und jetzt mit Anne. Sie wartete in der Leitung darauf, dass er Peschels Anweisung befolgte und die App startete.

In Sachen Handytechnik war er alles andere als ein Genie. Seine Finger waren einfach zu grob und seine motorischen Fähigkeiten inkompatibel mit der Smartphonebedienung. Allein für das Wechseln des Klingeltons brauchte er gewöhnlich einen halben Tag. Trotzdem schaffte er es, die App namens *Death Rescue* aufzurufen und die PIN einzugeben.

1-8-1-1.

Eine Spieluhrmelodie ertönte und auf dem Bildschirm erschien ein Text.

Herzlich willkommen bei Death Rescue, *das Spiel, bei dem Menschen sterben. Wie viele es werden, darüber entscheidest du.*

Darunter leuchtete ein Pfeil für »Weiter«.

Statt ihn anzutippen, führte Donner das Handy zum Ohr. »Steht der Bundestag noch?«

»Ich denke, ja«, begann Anne, »dafür hast du wahrscheinlich soeben unsere Eintrittskarten zu Dantes Hölle gelöst.«

The Game Is On.

»Eine verdammte Halbleiche ruiniert mir gerade mein Bettlaken, deshalb wäre mir jetzt etwas Positives von dir echt wichtig. Was ist hier los?«

Anne antwortete nicht sofort. Vermutlich glaubte sie, dass die Sache mit der Halbleiche ein Scherz sein sollte, dabei versprühte er für gewöhnlich so viel Humor wie ein Teerfass.

»Wie es aussieht, hast du fünf nummerierte Handys aktiviert«, erklärte sie, ohne auf das eben Gesagte einzugehen. »Auf den Displays leuchten die Zahlen eins bis fünf. Darunter sind ein Symbol und der Schriftzug *Death Rescue* zu sehen. Eines der Geräte wartet auf eine PIN-Eingabe.«

Während vor Donners geistigem Auge ein klareres Bild von der Situation entstand, gab das Handy, mit dem er telefonierte, einen Warnton ab. Der Akku ging zur Neige.

»Was ist mit Peschel? Kann der uns etwas dazu sagen?«

»Der Mann ist völlig fertig. Momentan wird er medizinisch betreut.«

Ich hätte da auch noch eine Patientin.

Sein Blick schweifte zum Bett, von wo aus ihn die Gefesselte wie wahnsinnig anblickte. Speichelblasen hatten sich auf ihrem Mund gebildet. Sie gab keinen Laut von sich, sondern stierte ihn aus glanzlosen Augen an wie eine besonders hässliche Puppe.

»Gibt es Anweisungen? Irgendwelche Hinweise?«

»Es gibt eine Nachricht.« Etwas Beunruhigendes schwang in ihrer Stimme mit. »Und sie ist an dich persönlich gerichtet.«

»An mich?«

»Kennst du den Spielmann?«

»Hab vor Kurzem mit ihm telefoniert.«

»Echt?«

»Was steht in der Nachricht?«, überging er die Frage.

»Ich mache dir davon ein Foto und schicke es dir.«

»Tu das.«

»Erik ...«

»Ja?«

»Danke für die Überstunden.«

»Gibst du mir etwa die Schuld?«

Sie seufzte. »Ach, vergiss es, Entschuldigung. Wir wollten nur heute ...«

... über den Umzug reden.

Was zwangsläufig dazu führen würde, dass sich sein Leben unweigerlich änderte. Ein Schritt, bei dem er Bedenken hatte, weil es sich ein Stück weit wie Kontrollverlust anfühlte. Beinahe empfand er deshalb das abartige Spiel des Unbekannten als willkommene Ablenkung.

»Ich liebe dich«, sagte er.

»Ich weiß.«

Auf der Straße verstummte das Martinshorn. Er stürzte in den Flur und öffnete die Wohnungstür. Schon ertönte im Hausflur Getrampel von festem Schuhwerk. Die Retter kamen.

»Wir treffen uns in der KPI, sobald ich hier fertig bin«, sprach er ins Telefon.

»Ich glaube, die Sache hat mit deinem Vater zu tun.«

Ich weiß.

Kommentarlos beendete er das Gespräch. In diesem Moment traten der herbeigerufene Notarzt und zwei Rettungssanitäter ein. So gut es ging, schilderte Donner die Situation, doch das änderte nichts daran, dass der Mediziner, der das Schlafzimmer als Erster betrat, erbleichte.

»Grundgütiger, was ist denn das für eine abartige Scheiße?«

»Fragen Sie nicht«, wies Donner ihn an. »Helfen Sie endlich der Frau. Sie sehen doch, dass sie gleich kollabiert.«

Wie auf Befehl zuckte der gefesselte Körper, von einem plötzlichen Anfall ergriffen.

»Was haben Sie mit der gemacht?«, setzte einer der Assistenten nach und öffnete hastig den mitgeschleppten Sanikoffer.

Abgesehen davon, dass ich ihr bei der Geburt eines Handys geholfen habe?

»Ich habe gar nichts mit ihr gemacht. Ich bin Polizist.«

»Ja, klar. Auch Polizisten haben spezielle *Vorlieben*.«

»Nicht solche.«

»Beruhigungsspritze«, wies der Notarzt an, nachdem er sich gefangen hatte.

Bald darauf drang die Nadel in den Arm der Frau. Ein letztes Mal verkrampften sich ihre Hände, bis sie einschlief und die Wundversorgung und die Stabilisierung des Kreislaufs beginnen konnten. Während der medizinischen Maßnahmen stierte Donner unablässig auf die bunten Fingernägel der Patientin. Rot, gelb, grün, schwarz. Erst als sein eigenes Handy einen Nachrichtenton von sich gab, löste er sich aus der Erstarrung und verließ das Zimmer.

Am Küchentisch rief er das Foto auf, das Anne ihm gesendet hatte, und las die enthaltene Botschaft.

Für Monster.

Hier ist eine kurze Erklärung: Fünf Spieler müssen jeweils eine Spielfigur retten. Damit wird endlich fortgeführt, was einst begonnen hat. Vielleicht kannst du es diesmal besser machen. Beeil dich, denn euch läuft die Zeit davon, wenn ihr die Spielfiguren nicht verlieren wollt.

Weitere Informationen erhältst du, sobald die Mitspieler eingeloggt sind.

Death Rescue – *wer wird sterben und wer wird leben?*

Auch wenn der Text sich kryptisch las, so bekam Donner dennoch eine Vorstellung, welche Schritte als Nächstes zu tun waren.

The Game Is On.

Er legte das fremde Smartphone auf die Tischplatte und wischte über das Display. Die App war noch aktiv. Wie in dem Helloween-Song musste er in eine virtuelle Welt eintauchen.

Er drückte das Pfeilsymbol und bei *Death Rescue* begann der nächste Schritt.

KAPITEL 8

Damals (vierzehn Jahre zuvor)

Grimmig blickte der Erste Kriminalhauptkommissar Franz Donner durch den venezianischen Spiegel. Fast so grimmig wie sein Konterfei in der *BILD*-Zeitung, die neben der Kaffeekanne lag.

Dieser Mann schnappte den Spielmann!, so titelte das Klatschblatt. Darunter hatten sie von ihm ein Foto abgedruckt. Es war mindestens zehn Jahre alt, und sein Gesichtsausdruck darauf erinnerte stark an Clint Eastwoods eisige Westernmimik.

Der Zeitungsartikel log. Donner hatte den Spielmann nicht allein geschnappt. Er war fünfzig Jahre, Leiter des Kommissariats 11, einer der besten Ermittler, ehrgeizig und total besessen gewesen von dem Gedanken, den Serienkiller zu ergreifen. Und er war Teil der Soko Spielmann. Das Team hatte ihn letztlich überführt und festgenommen. Allem voran durch die akribische Arbeit und unzählige Überstunden der vier Leute, die jetzt in diesem Nebenraum standen und durch die getönte Glasscheibe auf Jonny Herzig blickten.

»Er will reden«, durchbrach Henrike Sommer das Schweigen. »Also wie wollen wir dabei vorgehen?«

49

Sommer war Kriminalhauptkommissarin und Donners Vertreterin. Ständig hielt sie ihm den Rücken frei oder bremste ihn, falls er mal wieder mit dem Kopf durch die Wand wollte.

»Ich schlage vor, wir gehen da jetzt alle Mann rein und geben ihm das, was er verdient hat«, schlug Bertram Dienelt vor, ein Kriminalist, auf dessen Spureninstinkt und Technikverständnis ein Leiter ungern verzichtete. Zudem war er durch und durch ein Familienmensch. »Dieses miese Schwein hat ein Kind kaltblütig umgebracht.«

Donner wusste, dass der Kriminaloberkommissar schon seit Monaten Karten für das heutige Depeche-Mode-Konzert in Leipzig hatte. Spätestens in den nächsten zwei Stunden musste er seiner Frau beichten, dass er es nicht rechtzeitig schaffen würde.

»Ohne seinen Anwalt sollten wir uns hüten, den Raum auch nur zu betreten«, sprach Sommer einen wichtigen Punkt an.

Im Stillen gab Donner ihr recht, denn Herzigs Verteidiger hatte sich den Ruf einer gewissenlosen Koryphäe erarbeitet. Nicht zuletzt, nachdem er einen namhaften Landtagsabgeordneten vom Mordverdacht an dessen Ehefrau befreit hatte, obwohl sämtliche Beweise zuungunsten des Politikers gesprochen hatten.

Falls Herzig eine vollumfängliche Aussage zu den Morden machen wollte, musste ihm zuvor Beratung durch seinen Strafverteidiger gewährt werden. Andernfalls würde ein späteres Gerichtsverfahren ausgehen wie das Hornberger Schießen.

»Ist mir scheißegal, welcher Winkeladvokat das Schwein vertritt«, blaffte Dienelt. »Die Presse feiert uns als Helden. Wir sind quasi kugelsicher.«

Eigentlich feierte die Öffentlichkeit Franz Donner, das stimmte wohl, aber ein solcher Ruhm war vergänglicher als Schnee in der Sonne. Andernfalls gab es da vielleicht noch weitere Opfer. Menschen, die bisher niemand als vermisst gemeldet hatte. Menschen, die möglicherweise noch lebten, jedoch in irgendeinem dunklen Loch gefangen waren. So lange, bis sie vor Panik, Krankheit und Durst verreckten, weil die Polizei untätig blieb.

Irgendetwas führte Herzig im Schilde. Sein Lächeln verriet ihn. Sogar bei seiner Festnahme hatte er gegrinst. Und das störte Donner am meisten, Herzigs selbstgefällige Miene.

»Mir gefällt das alles nicht«, meldete sich nun auch Alexander Mettmann zu Wort. Jeder nannte ihn nur Metti. Er war der Jüngste im Bunde und erst vor wenigen Monaten zum K11 gewechselt, weil man in der Abteilung unbedingt jemanden brauchte, der sich mit Computern auskannte. »Ich denke auch, wir sollten nicht zögern. Wenn er bereit ist zu reden, umso besser. Später überlegt er es sich vielleicht.«

Donner blieb unschlüssig.

»Franz?«, riss Sommer ihn aus seinen Überlegungen.

»Du und Metti, ihr bleibt hier«, entschied er. »Berti kommt mit mir. Wir knöpfen ihn uns vor.«

Minuten danach betraten die beiden Männer den Vernehmungsraum, in dem dringend eine Neonröhre gewechselt werden musste. Einen neuen Anstrich konnte er ebenfalls gebrauchen, so wie das gesamte Gebäude der Kriminalpolizeiinspektion.

Donner schickte die beiden Kriminalbeamten, die den Gefangenen bewachten, aus dem Zimmer. Herzig grüßte freundlich. Weder Donner noch Dienelt erwiderten die Begrüßung.

»Wasser?«, fragte Donner stattdessen, denn auch wenn vor ihm ein Sadist und Mörder saß, musste er gewisse Regeln einhalten. Falls ein Tatverdächtiger reden wollte, dann sollte es flüssig gehen.

»Ein Wasser wäre in der Tat ein gelungener Einstieg«, antwortete Herzig.

Donner gab Dienelt ein Zeichen, worauf der die Anweisung mit einem Knurren nach draußen weitergab. Bis jemand den Becher brachte, musterten Donner und Herzig sich gegenseitig. Während man Donner nachsagte, er habe Augen, die Kompromisslosigkeit ausstrahlten, lag in Herzigs Blick etwas Warmherziges. Vielleicht bestand da ein Zusammenhang zu seinem Nachnamen. Jedenfalls wollte Donner sich nicht von der friedlichen Gestik des Ingenieurs und Leichtathleten blenden lassen.

Irgendwann stellte Dienelt den Wasserbecher so kräftig auf den Tisch, dass die Hälfte der Flüssigkeit herausspritzte.

»Bitte schön«, knurrte der Oberkommissar.

»Danke«, antwortete Herzig mit einem Lächeln.

Donner bemerkte, wie Dienelt die Faust ballte.

»Herr Herzig«, sprach er den Gefangenen schließlich an. »Sie wissen, was wir Ihnen vorwerfen. Bestreiten Sie die Tatvorwürfe?«

»Warum sollte ich das? Die Beweise sprechen gegen mich. Vor Ihnen sitzt ein Mörder.«

Dieses Eingeständnis überzeugte Donner nur bedingt. Irgendwie schien ihm das Ganze hier zu einfach.

»Sie geben also zu, sechs Menschen, darunter ein Kind, bestialisch umgebracht zu haben?«, mischte Dienelt sich ein.

»Berti«, versuchte Donner ihn zu bremsen, doch sein Kollege ließ sich nicht aufhalten, sondern beugte sich wie ein Kneipenschläger über die Tischplatte.

»Sie geben zu, dass Sie einer Frau mit einem Staubsauger die Luft aus der Lunge gesaugt haben? Sie geben zu, dass Sie einem Mann Arme und Beine mit vier elektrischen Winden abgerissen haben? Sie geben zu, dass Sie einen Fünfjährigen in einer Drehorgel erstickt haben?«

»Was wird das hier?«, fragte Herzig in ruhigem Ton. »Das Guter-Bulle-böser-Bulle-Spiel? Ich spiele gern, das wissen Sie, aber ich denke, hier und jetzt können wir darauf verzichten.«

Dienelt schnaubte. »Selbstgefälliges Arschloch.«

Das Gespräch wurde nicht aufgezeichnet, alles, was gesagt und getan wurde, blieb im Kreis von fünf Menschen. Den drei Personen im Vernehmungsraum und den beiden hinter dem Spiegelglas.

»Fühlen Sie sich gut?«, wandte Herzig sich plötzlich an Donner.

Donner verzog keine Miene. Im Gegensatz zu Dienelt würde er sich nicht zu einer unüberlegten Handlung hinreißen lassen.

»Habe ich Ihre Karriere durch meine Taten befeuert?«, machte Herzig weiter und traf einen Punkt, der Donner innehalten ließ.

Der Spielmann war klug. Anscheinend konnte er Menschen sehr gut analysieren. Nach seiner Festnahme standen Donners Chancen, demnächst die Stelle des Dezernatsleiters zu übernehmen, extrem günstig. Auf diesen Posten hatte er zielstrebig hingearbeitet. Falls er tatsächlich auf der Karriereleiter kletterte, würde vermutlich ein fader Beigeschmack bleiben. Denn es hatte fast ein volles Jahr gedauert, bis man Herzig gefasst hatte. In der Zeit waren etliche Menschen auf grausame Weise gestorben.

Aber das war nun einmal Donners Job. Er klärte Tötungsdelikte auf. Egal, wie lange er dafür brauchte.

Herzig führte den Wasserbecher zum Mund und befeuchtete die Stimmbänder. »Spüren Sie Genugtuung, weil ich jetzt wehrlos vor Ihnen sitze, Herr Donner?«

»Nichts von alledem«, log Donner. »Ich trauere um die Opfer.«

»Ah, verstehe, das müssen Sie sagen.« Mit den Fingern deutete er Gänsefüßchen an. »Gehört zu Ihrem Job.«

»Halts Maul!«, blaffte Dienelt ihn an, doch Herzig behielt seine Arroganz bei.

»Lieben Sie Ihren Job, Herr Donner?«

»Ja, ich liebe diesen Job«, antwortete Donner. »Es ist der beste Job der Welt.«

»Sie lieben nicht den Job«, sagte Herzig und schüttelte dabei den Kopf. »Sie lieben den Tod, genau wie ich.«

Vielleicht enthielt diese Aussage die Wahrheit, im Moment verdrängte Donner es, darüber nachzudenken, doch der Satz würde ihn fortan zeitlebens beschäftigen.

»War das Kind Ihr letztes Opfer?«, schwang Donner um. »Oder müssen wir mit weiteren Leichen rechnen, die auf Ihr Konto gehen?«

Statt einer spitzfindigen Erwiderung wackelte Herzig unschlüssig mit dem Kopf. »Haben Sie Angst, dass Sie noch jemanden nicht retten konnten? Wie den Jungen?«

»Es bestand nie die Chance, das Kind zu retten. Ihr Plan war so perfekt, wie er perfide war. Keines Ihrer Todesspiele war fair.«

»Ah ja, womit sich einmal mehr bewahrheitet, dass ihr Bullen immer einen Schritt zu langsam seid, nicht wahr?«

Wieder trat Dienelt an ihn heran. Diesmal packte er den Gefangenen am Kragen. »Antworte einfach auf die Frage, okay? Andernfalls schlage ich dir die Zähne ein.«

Donner fühlte sich genötigt einzugreifen. Er fasste Dienelt an der Schulter und zog ihn zurück. »Das bringt doch nichts, Berti.«

Dienelt brachte eine gezwungene Entschuldigung über die Lippen und stellte sich eingeschnappt in eine Ecke. Von dort schaute er finster auf Herzig herab.

»Also, was wollten Sie sagen?«, kam Donner auf seine zuletzt gestellte Frage zurück.

»Natürlich gibt es weitere Opfer«, antwortete Herzig. »Und egal, was Sie tun und wie sehr Sie sich anstrengen, Herr Donner, Sie werden immer verlieren.«

»Sie weichen aus.«

»Sie wollen einen Hinweis?«

»Gibt es weitere Opfer?«

»Wollen Sie einen Hinweis, fragte ich?«

Donner legte den Kopf schief. Dabei musste er wohl genickt haben.

Herzig nickte ebenfalls, nahm einen großen Schluck vom Wasser, lehnte sich zurück und drückte auf seinen Bauch. »Dann habe ich hier einen neuen Trick für Sie.«

Plötzlich steckte er den Zeigefinger in den Rachen, er würgte, seine Augen vergrößerten sich, er röchelte und stieß einen Rülpser aus. Donner wollte schon zur Tür hinaus nach einem Arzt rufen, weil er glaubte, sein Gegenüber würde ersticken. Stattdessen spuckte Herzig Teile seines Essens über den Tisch und dabei kam ein zusammengedrückter Kronkorken zum Vorschein.

»Heilige Scheiße!«, stieß Dienelt angewidert aus.

Wegen des Mageninhalts traute Donner sich nicht, danach zu greifen. Auf dem Blechdeckel war das Logo einer regionalen Privatbrauerei zu erkennen.

»Sie sollten lieber nicht zögern«, sagte Herzig und wischte sich über den Mund. »Nehmen Sie ihn! Immerhin haben Sie schon bei dem Fünfjährigen versagt. Wollen Sie für einen weiteren Toten verantwortlich sein?«

»Sie haben den Jungen umgebracht.« Donner zeigte mit ausgestrecktem Finger auf Herzigs Brust. »Sie allein.«

»Aber Sie haben nichts unternommen, um ihn zu retten.«

»Ich persönlich hatte in der entsprechenden Nacht Rufbereitschaft«, entgegnete Donner. »Ich war auf dem Marktplatz, als Peter Peschel seinen Sohn verlor. Wir hatten keinen Schlüssel, um den Kasten zu öffnen.«

»Doch.«

»Sie lügen.«

Herzigs Grinsen verbreiterte sich. »Wann haben Sie eigentlich zuletzt in die Innentasche Ihres Jacketts gesehen?«

Reflexartig schoss Donners Hand zur linken Brusttasche.

»Nein, die andere Seite«, konkretisierte Herzig.

Donner schaute Dienelt an, dann griff er in die rechte Jackettinnentasche. Einen Wimpernschlag später hielt er einen Schlüssel in der Hand.

»Ach, sieh an«, kommentierte Herzig.

Es dauerte genau drei Sekunden, in denen Donner jegliche Beherrschung verlor. Seine Faust krachte in Herzigs Gesicht. Zwei Zähne klimperten zu Boden.

Blutend und mit aufgeplatzten Lippen lachte der Spielmann. »Bewahren Sie den Schlüssel gut auf. Vielleicht brauchen Sie ihn irgendwann einmal.«

KAPITEL 9

Heute

Auf Donner warteten im Besprechungsraum des K11 bereits Marie Lehnhard, Jens Wagner, Anne und ein Aktenkoffer.

»Möchtest du mir etwas zu der Frau in deinem Bett erzählen?«, kam Anne auf ein Thema zu sprechen, das Donner noch immer erschreckend schwer im Magen lag.

»Es ist nicht das, wonach es aussieht.«

»Das ist echt nicht komisch, Erik. Nach Auskunft des Klinikpersonals kann die Dame von Glück reden, wenn sie die heutige Nacht überlebt. Der Notarzt hat während der Erste-Hilfe-Maßnahmen Blut und Wasser geschwitzt, aber nicht wegen der medizinischen Herausforderung, sondern weil er dachte, du wärst ein Psychopath.«

Psychopath. Nun ja, knapp daneben.

»Was glaubst du denn, wie ich mich gefühlt habe?«

»Marie hat mir erzählt, dass Jonny Herzig dich aus dem Gefängnis angerufen hat«, legte Anne nach. »Von daher wären ein paar mehr Informationen echt hilfreich für unser Team.«

»Schon klar, dass das alles seltsam klingt, aber ich weiß weder, wer sie ist, noch, wie sie in meine Wohnung gekommen ist.« Resigniert winkte er ab, weil er selbst nicht verstand, was aktuell um ihn herum passierte. »Die Kriminaltechniker haben das Türschloss ausgebaut, aber bei oberflächlicher Betrachtung keinerlei Beschädigungen festgestellt.«

»Das ist ja auch nicht verwunderlich«, redete Wagner dazwischen. »Sicherheitsschlösser kann jeder halbwegs intelligente Kleinkriminelle mit ein wenig Übung und einem handelsüblichen Lockpicking-Set überwinden.«

Danke, dass du mich daran erinnerst, den Sicherheitsstandard meiner Unterkunft zu erhöhen, falls mal wieder jemand auf die Idee kommt, seine übel zugerichtete Braut bei mir einzuquartieren.

»Soso, ein Lockpicking-Set«, äffte Donner die Bezeichnung nach. »Früher hießen die Dinger noch Dietriche. Das war wenigstens ein guter, alter, deutscher Name. Was haben denn moderne Einbrecher noch so im Repertoire? Abendländische Krummsäbelfeilen?«

»Wir sollten aufhören, über Wortklauberei zu streiten«, schaltete sich Marie Lehnhard ein, die kleine, aber fleißige Kollegin, die sonst nur redete, wenn man sie ansprach.

»Wer hat denn angefangen?«, maulte Donner.

Warum er so gereizt auf Wagners Kommentar reagierte, wusste er selbst nicht. Vielleicht, weil der junge Kommissar deutlich durchtrainierter war, das glattere Gesicht hatte und aktuell mehr Zeit mit Anne verbrachte als Donner.

»Ja, konzentrieren wir uns lieber auf das Rätsel«, sagte Wagner, zeigte auf das Handy und führte einen Energydrink an die Lippen. Eine schwarze Getränkedose mit einem krakeligen grünen M als Logo.

Das M stand für *Monster Energy*.

M wie Kommissar Monster.

»Ich habe dir schon zig Mal gesagt, du sollst das Zeug nicht in meiner Nähe saufen«, schimpfte Donner.

»Komm schon«, entgegnete Wagner und nahm provokant einen weiteren Schluck. »Sieh es einfach als Zeichen, wie sehr ich dich bewundere. Monster sind nämlich verdammt cool.«

Donner packte Wagners Hand, in der er das Getränk hielt, und drückte zu, woraufhin das Dosenblech knackte und der Inhalt herausschwappte. »Nee, die meiste Zeit sind sie echt angepisst und deshalb hochgradig gefährlich.«

»Krassikowski!«, stieß Wagner aus und schüttelte die klebrige Flüssigkeit von seinen Fingern. »Musste das sein?«

»Erik, es reicht!«, ermahnte Anne ihn.

»Ach, jetzt nimmst du ihn auch noch in Schutz?«

»Du regst dich über einen blöden Energydrink auf.«

Nein, ich bin ziemlich stinkig, weil ich nie wieder ruhig in meinem Bett schlafen kann.

»Fein«, knurrte er und schaute zwischen Anne und Wagner hin und her. »Ihr zwei versteht euch ja bestens. Vielleicht zieht er ja demnächst bei dir ein, dann könnt ihr noch mehr Zeit miteinander verbringen.«

Allen drei Umstehenden klappte die Kinnlade hinunter. Als Donner die Gesichter sah, wurde ihm bewusst, dass er sich soeben vollkommen daneben benommen hatte. Wieder einmal war er in seine alte Charakterrolle zurückverfallen. Aber es missfiel ihm einfach, dass ein junger Schnösel seiner Freundin schöne Augen machte.

»Machst du ihr schöne Augen?«

»Was?«, fragte Wagner hörbar irritiert.

Anne konnte sich ein plötzliches Lachen nicht verkneifen, und Lehnhard tat das, was sie immer tat: so tun, als wäre sie nicht anwesend.

Gott, habe ich das gerade laut gesagt?

Als hätte es die peinliche Situation nie gegeben, wandte er sich dem Koffer zu und betrachtete den Inhalt.

Fünf Mobiltelefone für fünf Mitspieler.

Er selbst hielt ein sechstes Handy in der Hand, bei dem die Akkuanzeige bereits gefährlich leuchtete. Mit diesem Instrument hatte er die App gestartet, nun stand auf dem Display eine Rätselaufgabe. Die Lösung gab die PIN für das erste Gerät aus dem Koffer preis.

Ich bin der Spielmann, ich bin Papier in einem Archiv, ich bin sieben und nur ein Teil von einem Ganzen. Wer bin ich?

Er hielt das Telefon in die Höhe, sodass die anderen drei den Text erneut lesen konnten. »Hat jemand eine Idee?«

Kopfschütteln und ratlose Gesichter.

»Dachte ich mir.«

»Es geht um eine Handy-PIN«, meldete Wagner sich schließlich doch zu Wort. »Demnach muss die Antwort aus vier Ziffern bestehen.«

»Okay, damit hast du soeben einen Pluspunkt gesammelt.«

Sofort grinste Wagner. Es war ein unsicheres Grinsen, als wägte er ab, wie ernst Donner es meinte. Dabei konnte Donner gar nicht anders, als es ernst zu meinen. Ständig.

»Erik, würdest du bitte aufhören, uns wie Kleinkinder zu behandeln?«, sagte Anne.

»Wieso?« Er stellte sich demonstrativ neben Wagner und fasste ihm um die Schulter. »Wenn ich ihn für gute Mitarbeit belohne, passt es dir wohl auch nicht?«

Erst jetzt bemerkte er, dass Wagner minimal größer war als er, was ihm ebenfalls sauer aufstieß.

Einen Punkt Abzug.

»Ich weiß ja mittlerweile, wie er das meint«, verteidigte Wagner Donner.

Ja, genau so, wie ich es sage. Noch ein Punkt Abzug.

»Was ist aus Papier und liegt in einem Archiv?«, kam er wieder auf das Rätsel zu sprechen.

»Eine Akte«, erhob Lehnhard die Stimme.

»Sehr gut.«

»Die Akten von Jonny Herzig eventuell«, ergänzte die Kriminalkommissarin.

Donner nickte anerkennend.

»Der Spielmann meint seine Fallakten«, fasste Anne es zusammen. »Sieben Mordopfer, jede Tat hat ein eigenes Aktenzeichen.«

»Streng genommen hat ein Strafverfahren, das vor Gericht landet, drei Aktenzeichen«, wandte Wagner ein. »Polizei, Staatsanwaltschaft und Gericht.«

»Zählt man den Strafverteidiger dazu, werden es sogar vier«, ergänzte Donner besserwisserisch. »Nein, das funktioniert nicht. Wir sind seine Marionetten. Demzufolge meint er definitiv eine Vorgangsnummer von uns. Marie!«

Lehnhard saß bereits am Computer und tippte hastig auf der Tastatur herum. »Hier, ich habe alle sieben Vorgänge auf dem Bildschirm.«

Die Vierergruppe versammelte sich vor dem Monitor und stierte in das polizeiliche Auskunftssystem.

»Aber welches Aktenzeichen ist es?«, fragte Wagner.

»Für diese Handys brauchen wir eine vierstellige Nummer«, sagte Anne. »Die Mordserie des Spielmanns hat sich über elf Monate hingezogen, die Fälle haben unterschiedliche Vorgangsnummern bekommen. Die erste Akte trägt am Anfang eine zweistellige Registriernummer: Vierundsechzig. Der letzte Fall hat eine vierstellige.«

»Vielleicht wird die PIN aus mehreren Ziffern zusammengesetzt«, sagte Wagner.

Donner schüttelte den Kopf und murmelte: »*Ich bin sieben.* Er meint alle Akten.«

»Wie steht es damit?«, fragte Lehnhard und tippte auf den Bildschirm. »Ein Teil jeder Vorgangsnummer ist überall gleich: der Dienststellenschlüssel des K11.«

»Eins, eins, acht, eins.«

1181.

»Jede Abteilung bei der sächsischen Polizei hat ihre eigene Zahlenkennung, anhand derer man in der Vorgangsbearbeitung eine Akte schnell zuordnen kann. Ein paar Jahre später hat man dann von einem vierstelligen System auf ein sechsstelliges umgestellt«, sagte Anne.

»Ein Teil vom Ganzen«, wiederholte Wagner einen Ausschnitt des Rätseltextes.

Und diese PIN ähnelt der ersten: 1-8-1-1 und 1-1-8-1.

Donner griff in den Koffer und nahm das Handy mit der Nummer eins zur Hand. »Was soll's? Wir haben ja drei Versuche.«

Kapitel 10

Donner tippte die erste Ziffer ein.

»Warte«, hielt Wagner ihn auf. »Sollten wir nicht vorher einen Technikspezialisten befragen? Ein ehemaliger Studienkollege von mir arbeitet beim LKA, der ist extrem versiert in solchen Sachen. Den könnte ich anrufen und wenigstens um seine Meinung bitten.«

Unwillkürlich musste Donner an den Satz an seiner Schlafzimmerwand denken.

Rette die anderen!

Bevor er Wagner widersprechen konnte, übernahm Anne. »Halt den Gedanken fest, Jens, aktuell sollten wir schnell handeln. Nach Peter Peschels Aussage müssen wir davon ausgehen, dass sich seine Ehefrau Simone in der Gewalt eines Psychopathen befindet. Wir wissen, dass ihre Handynummer mehrfach bei mir angerufen hat. Die Ortung ihres Geräts läuft, aber wir können nicht untätig bleiben.« Sie nickte Donner zu, woraufhin er auch die restlichen drei Zahlen in das Mobiltelefon mit der Nummer 1 eingab.

Zum Erstaunen aller funktionierte die PIN.

Herzlich willkommen bei Death Rescue!

Das Foto, das zum Begrüßungstext auf dem Display erschien, ließ ihm nur kurz den Atem stocken. »Ist das Simone Peschel?«, fragte er und reichte das Bild herum.

Darauf war das Gesicht einer Frau zu sehen. Mit verquollenen Augen starrte sie direkt in die Kamera, die Schminke war von vielen Tränen verlaufen. Über ihrem Mund befand sich ein Klebeband.

»Was hat sie da auf dem Kopf?«, sprach Wagner ein unübersehbares Detail an.

»Scheint eine Art Haube aus Metallstäben mit einer im Zentrum senkrecht montierten Bohrmaschine zu sein«, beschrieb Donner die Apparatur. »Ich denke, jeder von uns ahnt, welche Funktion der Bohrer hat.«

Obwohl es im Moment ein verdammt schlechter Vergleich war, erinnerte das Gestell an die Konstruktion, mit der Christopher Lloyd in *Zurück in die Zukunft* versucht hatte, Marty McFlys Gedanken zu lesen. Im Film hatte die Maschinerie nicht funktioniert. Diese hier würde es unter Garantie.

»Mist«, stieß Anne aus. »Es gab keine neuen Anrufe von ihrem Handy aus. Ob sie noch lebt?«

Donners Zeigefinger schwebte über dem *WEITER*-Button unter dem Foto. »Das werden wir hoffentlich gleich herausfinden.«

Statt einer Erklärung zum Bild erschien ein Fingerabdruckfeld mit einer Aufforderung: *Spieler 1, registriere dich mit deinem Daumen.*

»Weißt du, was du da tust?«, fragte Anne.

»Nein, aber du bist meine Chefin, also kannst du mich anweisen, das Handy auszuschalten und die Hände in den Schoß zu legen.«

»Hast du jemals auf einen deiner Vorgesetzten gehört?«

»Wenn du mir ein paar Minuten zum Nachdenken gibst, fällt mir bestimmt eine Situation ein.«

Sein Daumen senkte sich auf das Display. Die App scannte die Papillarleisten, bestätigte die Registrierung und fuhr schließlich mit den Spielregeln fort.

1. Das Spiel startet, sobald alle fünf Mitspieler an ihrem jeweiligen Mobiltelefon angemeldet sind.

2. Sollte jemand versuchen, ein Gerät zu manipulieren oder die Daten auszulesen, ist das Spiel für alle vorbei.

3. Sollte die Akku-Kapazität eines Geräts auf null Prozent sinken, ist das Spiel für denjenigen Mitspieler vorbei.

4. Sollte ein Gerät beschädigt oder zerstört werden, ist das Spiel für denjenigen Mitspieler vorbei.

5. Sollte jemand seinen Daumen verlieren, ist das Spiel für denjenigen Mitspieler vorbei.

Unter der Aufzählung befanden sich zwei Schaltflächen: *ZUSTIMMEN* und *ABLEHNEN*.

»Ablehnen«, sagte Donner.

»Nein!«, schrie Anne, doch er hatte bereits zugestimmt.

»Ich glaube, jetzt geht es richtig los.«

Er irrte. Statt Aufklärung zu geben, wie es um Simone Peschel stand, erschien erneut ein Text.

PIN 1182 eingeben, um das nächste Gerät zu registrieren und Tutorial zu starten. Restzeit für die Verlinkung: 5:00.

Der Countdown startete. Gleichzeitig erwachte das Display des Handys mit der Nummer 2. Das Gerät wartete auf die PIN-Eingabe.

»Du bist dran«, sagte Donner zu Anne.

Sie verstand und nahm das entsprechende Mobiltelefon aus dem Koffer. Genau wie er zuvor, tippte sie die vier Ziffern ein und registrierte sich ebenfalls mit ihrem Daumenabdruck. Auch das funktionierte problemlos und die folgende Anweisung zielte wiederum auf das nächste Gerät ab.

Restzeit für die Verlinkung: 4:46.

»Jens«, forderte diesmal Anne den Kollegen auf, sich als dritter Spieler anzumelden.

»Krassikowski«, sagte Wagner. »Die drei ist ohnehin meine Glückszahl.«

Sogleich tippte er die PIN 1183 ein, legte den Daumen auf die Glasoberfläche und gab mit einem anschließenden Nicken seine Bereitschaft kund.

»Marie«, sagte Donner, woraufhin Lehnhard zusammenzuckte.

»Nein, bitte, Erik, tu mir das nicht an«, entgegnete sie. »Ich kann das nicht, wenn ich weiß, dass Menschenleben davon abhängen.«

»Wir brauchen dich, also drück gefälligst deinen Daumen auf das Gerät Nummer 4. Denn wenn du es nicht tust, dann stirbt definitiv eine Frau. Ist dir das lieber?«

»Das ist nicht fair«, schluchzte sie. »Ich will das nicht!«

»Marie, ich wünschte, wir hätten eine Wahl.«

Stocksteif stand die Kommissarin da.

Als Donner sie erneut anfuhr, schritt Anne ein. »Es reicht, du siehst doch, dass sie das nicht durchsteht.« Sie nahm die Kollegin zur Seite, um sie zu trösten. Dann sprach sie behutsam auf sie ein. »Es ist okay, Marie. Erik hat es nicht so gemeint.«

Oh doch, das habe ich!

Restzeit für die Verlinkung: 4:15.

»Ich dachte, wir sind alle Polizisten«, versuchte er an Lehnhards Pflichtgefühl zu appellieren.

»Und ich bin der Meinung«, begann Anne, »dass Marie uns mehr hilft, wenn sie im Hintergrund bleibt. Da kommt sicher noch einiges auf uns zu. Ich denke da zum Beispiel an Jonny Herzig, der in der JVA Dresden sitzt. Jemand muss sich um ihn kümmern. Außerdem müssen die alten Fälle untersucht werden. Marie hat Zugriff auf die Vorgänge im K11. Demnach halte ich es für besser, wenn sie die Recherche übernimmt und als Kontaktperson für sämtliche Belange fungiert, sobald *Death Rescue* startet. Wenn die App sie ablenkt, wird sie für all das keine Zeit haben.«

»Falls du es nicht mitbekommen hast, *Death Rescue* ist bereits gestartet. Wir als die Mitspieler verpassen nur gerade den Start.«

Jeder im Raum wusste, dass er recht hatte. Gnadenlos lief die Uhr abwärts.

KAPITEL 11

Restzeit für die Verlinkung: 3:58.

»Gut, Anne, dann entscheide du«, sagte Donner trotzig und lehnte sich mit verschränkten Armen an einen Schrank. »Ich sehe hier fünf Telefone und ohne Marie sind wir nur zu dritt.« Zur Bekräftigung hielt er drei Finger hoch.

»Ich kann selbst zählen«, erwiderte sie. »Wir machen Folgendes: Jens, geh runter zum KDD und bring einen Kollegen mit.«

»Aber einen, der ein Handy richtig bedienen kann«, ergänzte Donner.

Mit fragender Miene blieb Wagner an der Türschwelle stehen.

Anne verdrehte die Augen. »Schnapp dir einfach jemanden, der zuverlässig ist.«

»Jemanden, der auf mich hört«, konnte Donner sich einen Nachtrag nicht verkneifen.

»Erik, bitte, das ist doch bescheuert.«

»Stimmt, also vergiss, was ich gerade gesagt habe, und finde jemanden, der bekloppt genug ist, um sich dieser Aufgabe freiwillig zu stellen.«

»Du meinst, jemanden wie dich?«, fragte Wagner und zwinkerte ihm zu.

»Los, mach die Fliege!«

Der Kommissar verschwand und abermals ging Donners Blick zum Countdown.

Restzeit für die Verlinkung: 3:20.

»Vielleicht funktioniert es auch mit vier Handys«, brachte Lehnhard sich wieder ein, während Wagners Schritte auf dem Flur verhallten. »Immerhin wäre das kein Vorteil für uns.«

Donner und Anne schüttelten gleichzeitig die Köpfe.

»Nein, Erik hat recht«, erwiderte Anne und griff zum Telefonapparat auf dem Schreibtisch. »Es müssen zwingend fünf Mitspieler sein, jede Wette.« Sie berührte das Tastenfeld, wählte jedoch nicht. Vermutlich überlegte sie, wen sie auf die Schnelle als fünften Freiwilligen anrufen konnte.

Lehnhard fasste sich an den Bauch und nahm auf ihrem Stuhl Platz, als müsste sie sich jeden Augenblick übergeben. »Das ist vollkommen krank.«

Genau wie der Typ, der mir eine Drogenabhängige ins Bett gelegt hat.

Auch wenn Donner Anne liebte, störte es ihn, dass sie und nicht er das Sagen im Kommissariat hatte. Einmal mehr stellte er fest, dass ihm echte Teamarbeit mittlerweile unendlich schwerfiel, weil er verlernt hatte, sich unterzuordnen. Fast konnte man den Eindruck gewinnen, der Unbekannte habe genau das gewusst und ihn deshalb zu diesem Spiel gezwungen – um Donners größte Schwäche auszunutzen.

Restzeit für die Verlinkung: 3:05.

Noch immer forderte das vierte Mobiltelefon eine Registrierung per Daumenabdruck.

»Was schlägst du vor?«, überließ er Anne die Entscheidung über das weitere Vorgehen.

Statt zu antworten, hielt sie den Blick gesenkt und schüttelte den Kopf. Doch bald schaute sie auf, und in ihrer Mimik lag eine Konsequenz, die ihn erstaunte.

»Wenn kein Wunder geschieht, Marie, bleibt dir keine Wahl. Dann bist du unsere fünfte Mitspielerin.«

Zusammengesunken über den wenigen bisherigen Unterlagen saß Lehnhard da. Sie war sichtlich den Tränen nahe. Selbst Donner spürte es und auf einmal tat sie ihm leid. Niemand konnte abschätzen, wie weit das Spiel des Unbekannten gehen würde. In der Vergangenheit hatte Donner manch unvorstellbares Grauen erlebt, entsprechend wusste er, dass Lehnhard es niemals bis zum Ende durchstehen könnte. Sie wäre immer das schwächste Glied im Team.

Restzeit für die Verlinkung: 2:35.

Auf dem Korridor näherten sich Stimmen. Schneller als erwartet kehrte Wagner zurück. Tatsächlich brachte er einen Kollegen vom Kriminaldauerdienst mit. Und zwar Kriminalhauptmeister Ulf Konopka.

Der schlenderte hinter dem Kommissar ins Zimmer wie einer von diesen unzähligen Beamten, denen nach etlichen Dienstjahren jeglicher Elan abhandengekommen war. Gemächlich schloss er die Tür und blieb dann mit den Händen in den Hosentaschen stehen.

Donner zog Wagner zur Seite. »Nach welchem Kriterium hast du denn deine Auswahl getroffen?«

»Er war der Einzige, der abkömmlich war.«

»Das glaube ich aufs Wort.«

Donner winkte ab und musterte den Hauptmeister, der sich im Ohr pulte und wartete. Wie immer stank Konopka aus jeder Pore nach Zigarettenqualm. Er trug ständig dieselbe speckige Jeans. Mit seinem Haarschnitt, der wie mit Spucke zur Seite gestrichen aussah, und dem Oberlippenbart wirkte er auf

Donner wie ein typischer Säufer. Zudem wussten alle, dass er bereits zwei Therapien wegen Spielsucht hinter sich hatte.

Abgesehen davon, dass Konopka alles andere als zuverlässig, seriös oder wenigstens gepflegt daherkam, galt er als Draufgänger.

Das gibt zumindest einen halben Pluspunkt.

»Also gut, Ulf«, sprach Anne Konopka an. »Hat Jens dir erklärt, worum es geht?«

Der Kriminalhauptmeister wedelte unschlüssig mit einer Hand. »In groben Zügen, ja. Er meinte, ihr hättet da so eine Art Handyspiel. Hat wohl mit dem Koffertyp vom Markt zu tun. Mehr weiß ich nicht.«

Anne sah Wagner mit hochgezogenen Augenbrauen an und erwartete eine Erklärung.

»Wir hatten nicht viel Zeit«, verteidigte der sich.

»Okay, hat er dir erzählt, dass Menschenleben auf dem Spiel stehen?«, wandte sie sich wieder Konopka zu.

»Ja, aber ich dachte, das wäre ein Scherz.«

Donner knirschte mit den Zähnen.

Perfekt, willkommen in unserem traurigen Team.

In Rekordtempo briefte Anne den KDD-Mann und reichte ihm schließlich das vierte Handy. »Es ist absolut ernst. Wir brauchen dringend deine Hilfe. Traust du dir das zu?«

Konopka zuckte mit den Schultern. »Klar, ich lass euch doch nicht hängen.«

Er aktivierte das Mobiltelefon und die App hieß einen neuen Teilnehmer bei *Death Rescue* willkommen. Gleichzeitig leuchtete die fünfte und letzte PIN-Eingabe auf. Ein Mitspieler fehlte noch.

Restzeit für die Verlinkung: 1:55.

Donner klatschte in die Hände, um sich Gehör zu verschaffen. »Falls jemand eine zündende Idee hat, wen wir auf die

Schnelle noch zu unserer Party einladen können, dann immer her mit den Angeboten.«

Als wollte sie flüchten, rollte Lehnhard mit dem Bürostuhl vom Schreibtisch weg.

»Ich fürchte«, sprach Wagner, »bis auf die Dienstgruppenführerin vom Dauerdienst und den Pförtner arbeitet heute niemand mehr in der KPI.«

»Wir könnten …«, begann Anne, doch in dem Moment klopfte es an der Zimmertür.

Donner, der am nächsten stand, riss die Tür auf und musterte einen älteren Herrn in einem abgewetzten grauen Trenchcoat und im krassen Gegensatz dazu in eleganten schwarzen Schuhen.

»Wer sind Sie denn?«, fragte Donner schroff.

Der Mann hielt einen zerkratzten Dienstausweis hoch, auf dem das Landeswappen von Bayern prangte. »Malchius Fitz«, antwortete er. »Und ich suche einen gewissen Kriminalhauptkommissar Donner.«

KAPITEL 12

Malchius Fitz unterdrückte das Keuchen und den Hustenreiz, so gut es ging. Weil im Gebäude der Fahrstuhl defekt war und er die Treppe hatte nehmen müssen, erinnerte ihn sein chronisches Atemleiden daran, dass es um seine Kondition im Allgemeinen schlecht bestellt war. Das Stechen in der Lunge war die logische Folge der Erschöpfung.

Seit drei Tagen reiste er kreuz und quer durch die Republik, um von verschiedenen Dienststellen giftige E-Zigaretten-Liquids abzuholen. Bei der Staatsanwaltschaft München war nämlich ein Sammelverfahren anhängig, bei dem der Vorwurf der fahrlässigen Tötung durch ebenjene Aromastoffe im Raum stand. Börnemann, Fitz' Vorgesetzter, hatte ihn mit der undankbaren Aufgabe beauftragt. »Mach dir ein paar schöne Tage«, hatte Börnemann gemeint. Statt ihn mit der Aufklärung echter Mordfälle in seiner Heimatstadt zu beauftragen, hatte man Fitz zum Kurier degradiert. Andernfalls hätte er den Weg nach Sachsen niemals freiwillig angetreten. Allein weil er schlechte Erinnerungen an den Freistaat hatte. Und jetzt stand vor ihm auch noch so ein Grobklotz, der auf ihn herabblickte, als wäre er tatsächlich nur der Laufbursche.

»Der, den Sie suchen, steht vor Ihnen«, sagte der Mann mit dem bedrohlichen Blick und der großflächigen Narbe, die sein Gesicht mittig teilte und ihn insgesamt noch finsterer machte.

»Sie sind Erich Donner?«

»Haben Sie mich eben …?«, kam es düster. »Innerhalb der Direktion gibt es nur noch einen Beamten mit demselben Nachnamen, aber der arbeitet im Revier Rochlitz und ist dort für den Fuhrpark zuständig.«

»Komisch, am Telefon klang Ihre Stimme zarter.«

»Da hatte ich bestimmt bessere Laune.«

Auf Fitz machte Donner nicht den Eindruck, als wüsste er, was das ist.

»Egal, worum es geht«, kam es hörbar genervt. »Versuchen Sie es morgen noch mal.«

Fitz versuchte in der Mimik seines Gesprächspartners zu ergründen, ob er gerade verschaukelt wurde. Doch so, wie der Kriminalhauptkommissar auf ihn wirkte, schien er auch keinerlei Humor zu besitzen.

»Warten Sie, ich möchte die Liquids abholen. So wie wir es telefonisch besprochen hatten.«

Auf einmal tippelte der andere Kommissar unsicher hin und her. Für einen Augenblick blieb ihm sogar der Mund offen stehen. »Sind Sie etwa der Oberkommissar von der Münchner Mordkommission?«

»Meinen Namen haben Sie also vergessen … Schön, dass Sie sich wenigstens an Ihren eigenen erinnern.«

»Ich dachte, Sie wollten übermorgen vorbeikommen.«

»Heute ist übermorgen.«

»Ach.«

»Würden Sie mir jetzt bitte die sichergestellten E-Zigaretten und die Liquids geben?«

»Wieso, sind Sie Raucher, weil es so dringend ist? So wie Sie schnaufen, sollten Sie damit vielleicht aufhören. Obi-Wans Atemgeräusche sind nichts gegen Ihr Rasseln.«

Irgendwie hatte Fitz geahnt, dass die Anspielung auf den röchelnden *Star-Wars*-Bösewicht nicht lange auf sich warten lassen würde. Früher oder später sprach jeder ihn darauf an.

»Der Kerl heißt Darth Vader«, berichtigte Fitz Donner. »Obi-Wan ist der andere.«

Donner kräuselte die Unterlippe. »Und wenn schon, ich mache mir nichts aus *Star Trek*.«

Und offensichtlich aus so manch anderen Dingen auch nicht, mutmaßte Fitz. Zum Beispiel aus Dingen, die in Verbindung mit seiner Arbeit standen. Bestimmt hatte dieser Donner bezüglich der Liquids bisher keinen einzigen Finger gerührt. Und gleich würde er versuchen, sein Versäumnis mit einer fadenscheinigen Ausrede zu rechtfertigen.

»Hören Sie, Herr Donner«, kam Fitz ihm zuvor. »Vor mir liegen noch mindestens fünf Stunden Autobahn, es ist spät und in meinem Alter sieht man nachts besonders schlecht. Sie wollen bestimmt nicht, dass ich bei Dunkelheit einen Unfall baue. Deshalb wäre ich Ihnen dankbar, wenn Sie mir einfach die sichergestellten Beweismittel aushändigen und ich Ihnen den obligatorischen Wisch quittiere. Einverstanden?«

»Erik«, mahnte plötzlich eine attraktive dunkelhaarige Frau aus dem Hintergrund in alarmierendem Ton.

Donner fuhr zu ihr herum und sie tippte demonstrativ auf ihre Armbanduhr. Offenbar fand im Raum gerade ein hochwichtiges Meeting statt, bei dem Fitz störte. Falls die fünfköpfige Gruppe unter Zeitdruck stand, umso besser. Dann wollten sie ihn vermutlich schnell wieder loswerden.

»Was ist nun mit den Beweismitteln?«, drängte er.

Als Donner herumschwang, hatte sich etwas in seinem Gesichtsausdruck verändert. Auf einmal sah er beinahe zufrieden aus. »Sie bekommen Ihre Liquids, aber erst nachdem Sie uns einen Gefallen getan haben.«

»Einen …?«

»Seit wann arbeiten Sie schon bei der Mordkommission?«

»Lange genug, um einen Toten von einem Lebenden unterscheiden zu können.«

»Das reicht mir vollkommen. Haben Sie gesundheitliche Einschränkungen?«

Langsam fand Fitz die Situation unerträglich, vor allem, weil er unter seinem Mantel schwitzte. Geduldig beantwortete er auch diese Frage. »Ich huste manchmal.«

»Können Sie ein Handy bedienen?«

»Jetzt platzen mir gleich die Schuhe!« Vom plötzlichen Wutausbruch waren seine Lungenflügel so überrascht, dass er es förmlich herausbellte. Er hustete und spuckte, und weil er verkrampfte, beugte er sich vornüber.

»Schlappmachen können Sie später«, sagte Donner, klopfte ihm auf den Rücken und reichte ihm etwas. »Wir brauchen Sie. Hier, nehmen Sie das, dann geht es Ihnen gleich viel besser.«

Als Fitz' Anfall vorüber war, hielt er ein Mobiltelefon in der Hand. Anscheinend wartete das Gerät darauf, dass jemand seinen Daumen auf ein entsprechendes Sensorenfeld drückte.

Restzeit für die Verlinkung: 0:12.

»Das kannst du nicht machen«, hörte er die Dunkelhaarige sagen.

»Kann ich wohl«, entgegnete Donner. »Wir brauchen einen fünften Mann. Und laut seinem Ausweis ist er Polizist, auch wenn er mehr wie ein Schuhverkäufer aussieht.«

»Was soll ich damit?«, fragte Fitz und wollte das Handy zurückgeben, doch Donner wehrte ab.

»Sie arbeiten bei der Mordkommission«, sagte er. »Also retten Sie zur Abwechslung mal Menschenleben.«

»Ich habe keine Zeit für diese Zirkusnummer.«

»Okay, ich kann Sie natürlich nicht zwingen«, lenkte Donner unvermittelt ein, was Fitz skeptisch machte. »Na los, geben Sie es mir schon zurück.«

Zögerlich hielt Fitz ihm das Handy hin. Plötzlich packte Donner zu. Und zwar so kräftig, dass Fitz' Daumen auf das Display gequetscht wurde. Sofort darauf erschien ein Text.

Herzlich willkommen bei Death Rescue. *Nach Synchronisation der Mitspieler starten wir unverzüglich mit dem Tutorial.*

KAPITEL 13

Damals (vierzehn Jahre zuvor)

Schlussendlich hatte die Soko das letzte Todesopfer des Spielmanns gefunden. Eine Frau, die in einer Strumpffabrik gearbeitet hatte. Ertrunken im Bierkessel der Privatbrauerei ihres Mannes. Erneut war die Polizei zu spät gekommen, wie bei den anderen sechs getöteten Menschen zuvor.

Das war vor zwei Wochen gewesen. Inzwischen saß der Mörder Jonny Herzig in der JVA auf dem Kaßberg. Selbst nach der Untersuchungshaft würde er nie wieder auf freien Fuß kommen, daran hegte der Erste Kriminalhauptkommissar Franz Donner keinerlei Zweifel.

In Gedanken versunken saß er an seinem Schreibtisch. Den Schlüssel, den er zu spät in der Innentasche seines Jacketts gefunden und den der Spielmann zuvor unbemerkt hineingelegt hatte, drehte er in seinen Fingern. Es war der Schlüssel, der über den Tod eines Fünfjährigen entschieden hatte.

Oder hatte Donner tatsächlich versagt? Hatte er die unzähligen Hinweise des Gegners zu oft falsch gedeutet? War er zu eitel, zu engstirnig, zu besessen von der Mordserie gewesen, um zu erkennen, was der Spielmann mit ihm machte?

Er wusste, dass er sich für keines der Opfer die Schuld geben durfte. Trotzdem nagte tief im Inneren das schlechte Gewissen. In all seinen Dienstjahren hatte er nie einen bösartigeren Menschen erlebt. Grausame Morde ja, aber niemals eine derart verkommene Seele wie die von Herzig. Und nachts, wenn Donner versuchte einzuschlafen, vernahm er eine intensive Stimme, die immerzu sagte, dass der Spielmann gewonnen habe.

Es klopfte an der Bürotür.

Donner bat nicht herein, sondern saß nur stumm da auf der vergeblichen Suche nach klaren Antworten. Irgendwann senkte sich die Klinke und die Tür ging auf. Es war Henrike Sommer, im Arm hielt sie einen Stapel mit weiteren Unterlagen. Als würden die Morde des Spielmanns nicht schon genügend Aktenordner füllen.

»Egal, wo du steckst, ich finde dich immer«, sagte sie.

»Du kennst mich eben.«

»Ja, in der Tat. Und ich kenne die Stille aus deinem Zimmer. Und den Geruch, wenn du deine Körperpflege vernachlässigst.«

Unwillkürlich kratzte er sich den Bart, der dringend eine Rasur benötigte. Andererseits wusste er, dass sie ihn auch unrasiert attraktiv fand. In der Vergangenheit hatten sie mehrfach Komplimente ausgetauscht.

Er kannte seine Wirkung auf Frauen. Es war sein Kinn, das wahrlich zu einem Sieger passte, und es war seine Gangart, die den Alphamann erkennen ließ.

Sie legte ihm die Unterlagen auf den Tisch. »Hier sind die Untersuchungsergebnisse aus der Rechtsmedizin.«

Ausgelaugt von zu vielen Überstunden, blätterte er durch den Bericht. »Irgendwelche Besonderheiten, die uns weiterhelfen?«

»Kommt darauf an, wonach du suchst.« Sie verzog die Mundwinkel und seufzte. »Es war Flüssigkeit in der Lunge der Toten. Hannelore Merz ist eindeutig ertrunken.«

»Darum geht es mir weniger. Gibt es Hinweise, Zeichen, irgendwas, das man bei der Leichenschau nicht zuordnen konnte?«

»Es sind wieder ein paar von diesen sonderbaren Buchstaben aufgetaucht.«

Er blätterte schneller durch den Bericht, fand aber die entsprechende Stelle nicht.

»H+S+U+E«, half sie ihm aus und schlug die Seite für ihn auf, wo die Rechtsmedizin es protokolliert hatte.

Es war eine winzige Tätowierung unter der Achsel des linken Arms der Toten. Bei drei der vorherigen sechs Tatorte waren ähnliche Buchstaben aufgetaucht.

»Ich wusste es«, sagte er, dabei kannte niemand die Bedeutung.

»Du denkst ernsthaft, Herzig ist noch nicht fertig mit seinen Gräueltaten?« Eigentlich war es keine Frage ihrerseits, sondern vielmehr eine Feststellung. Behutsam legte sie ihre Hand auf seine Schulter. »Ach, Franz. Bist du nicht froh, dass es vorbei ist?«

Die Berührung fühlte sich warm an und lenkte ihn kurzzeitig ab.

»Weiß nicht, ich will nur auf Nummer sicher gehen. Ich will, dass wir alles noch mal überprüfen. Vielleicht haben wir etwas übersehen.«

»Es ist vorbei«, flüsterte sie. »Wir haben ihn. Es ist doch egal, was die Buchstaben des Spielmanns bedeuten, er wird nie wieder einen Menschen töten.«

Vielleicht hatte sie recht.

Sein Blick schweifte über den Schreibtisch. Zwei Sachen fehlten darauf, die er vorher nie vermisst hatte: ein Bild von seiner Frau Elke und eines von seinem Sohn Erik. Er liebte beide, aber seine Arbeit hatte immer über allem gestanden. Sein Beruf hatte ihn stets ausgefüllt und gleichzeitig verzehrt. Und auf einmal fühlte er sich leer.

»Ist es denn wirklich vorbei?«, fragte er nach einer Weile.

»Jedenfalls solltest du aufhören, so verbissen zu sein, sonst macht es dich fertig.«

Obwohl er ein äußerst erfolgreicher Ermittler war, wusste er momentan nicht, ob mit Herzigs Festnahme der Albtraum tatsächlich ein Ende gefunden hatte. Wieder dachte er an seinen Sohn. Erik war ein guter Junge, der den Ehrgeiz und die Auffassungsgabe für kriminalistische Zusammenhänge von seinem Vater geerbt hatte. Vielleicht würde Erik einmal so erfolgreich werden wie Franz Donner. Ja, das war gut möglich, denn fokussiert genug war er, wenn es um die Arbeit ging. Mittlerweile hatte der Junge das Studium abgeschlossen und arbeitete beim Kriminaldauerdienst. Sein Dienstgruppenführer hielt große Stücke auf ihn und wollte ihn fördern. Erik liebte den Tod, und er liebte die Geheimnisse, die dieser mit sich brachte. Schon als Kind hatte er ständig gefragt, was mit einem Körper nach dessen Ableben passiert und ob es tatsächlich eine Seele gebe, die wahlweise in den Himmel oder die Hölle fuhr. Aber vielleicht würde Erik irgendwann einmal genauso ratlos in einem Bürostuhl hocken wie sein Vater jetzt. Vielleicht würde er beizeiten begreifen, dass man in diesem Job niemals gewinnen konnte …

Grimmig ballte Donner eine Faust und schob die Gedanken beiseite. Irgendjemand musste diesen Job schließlich machen. Jemand wie er. Auch wenn man dabei vor die Hunde ging.

»Weißt du, was ich die ganze Zeit überlege?«, fragte Donner nach einer Weile des Schweigens.

Sommer schüttelte den Kopf.

»Warum sucht sich jemand, der seine Taten mit größtmöglichem Aufwand und fraglos mit erstaunlich perversem Einfallsreichtum plant und durchführt, seine Opfer willkürlich aus? Allein für die Tötungsmethode mit der Drehorgel fehlt mir die Fantasie. Kannst du mir erklären, warum er völlig unbescholtene Leute tötet?«

»Darauf hat Herzig einmal selbst die Antwort gegeben. Er meinte, die Gnadenlosigkeit des Lebens könne jeden treffen. Und das hat er in gewisser Weise beweisen wollen.«

»Ja, ja, ich kenne seine Aussage, aber für mich ergibt das keinen Sinn.«

»Tut mir leid, dazu fehlt mir eine bessere Begründung. Vielleicht sind die Taten genau deshalb so furchtbar, weil man das Handeln nicht erklären kann und sie gleichzeitig Urängste in einem jeden von uns wecken. Beim Gedanken an manche Tatortfotos graut es mir nach wie vor, und diese Bilder werde ich nie wieder aus meinem Kopf bekommen. Für mich ist Herzig ein Psychopath, der in seiner eigenen brutalen Welt gefangen ist.«

Donner nickte, ohne mit der enthaltenen Aussage einverstanden zu sein. »Hm, vielleicht stimmt das, trotzdem möchte ich, dass bis zur Verurteilung jeder im Team weiterhin sein Bestes gibt. Ich möchte nicht, dass irgendwas an der Abteilung hängen bleibt.«

»Klar.« Sie ging davon. An der Tür drehte sie sich noch einmal um, als hätte sie etwas vergessen. »Ach, übrigens, Herzig hat deine Entgleisung bisher mit keiner Silbe erwähnt. Gegenüber seinem Anwalt hat er behauptet, er sei vom Stuhl gekippt und mit dem Kinn auf die Tischkante geschlagen. Er hat dich also nicht angezeigt.«

Donner konnte es nicht glauben und noch weniger konnte er sich Herzigs Verhalten erklären. Er hatte fest mit einem Strafverfahren wegen Körperverletzung im Amt und einem Disziplinarverfahren gerechnet, nachdem er ihm wegen der Finte mit dem Schlüssel die Faust ins Gesicht geschlagen hatte. »Ist das wahr?«

»Ich fürchte, ja.«

Beunruhigt von dieser Mitteilung, irrte Donners Blick umher. Er fand einen Fixpunkt in dem Schlüssel, der zu dem Kasten unter der Drehorgel gepasst hatte, in dem ein Kind gestorben war. Er musste endlich mit dem Spielmann abschließen.

»Henrike«, hielt er sie auf und zeigte den Schlüssel hoch. »Nimm den hier mit und leg ihn zu den Asservaten für die Staatsanwaltschaft.«

Er warf ihr den Schlüssel zu und sie fing ihn.

»Das mache ich.«

Als er wieder allein im Zimmer war und sich gefangen hatte, las er den Bericht der Rechtsmedizin aufmerksam durch. Ganz am Ende der Mappe rutschte ein Notizzettel heraus. Darauf hatte jemand handschriftlich geschrieben.

Jetzt habe ich etwas gut bei dir. Und das werde ich irgendwann einfordern.

Unterzeichnet hatte den Text der Spielmann.

KAPITEL 14

Heute

Seit knapp einem halben Jahr bekleidete Polizeikommissar Tim Forchner den Posten des Außendienstleiters der Polizeidirektion. Bei Ad-hoc-Einsätzen mit erhöhtem Kräfteaufwand kam ihm damit die Rolle des Einsatzleiters zu. Eigentlich war er stellvertretender Dienstgruppenführer im Polizeirevier Marienberg, doch sein Revierleiter fand, dass Forchner weder das Durchsetzungsvermögen noch die Statur noch die notwendige Härte für den Polizeijob mitbrachte. Wie der dicke, unsportliche und stotternde Forchner überhaupt den Einstellungstest geschafft hatte, war dem Dienststellenleiter bis heute ein Rätsel. Natürlich hatte er das gegenüber Forchner nie so direkt geäußert, sondern ihm die Abordnung in die Direktion als Chance zur persönlichen Entwicklung verkauft. Allerdings wusste Forchner genau, dass sein Vorgesetzter ihn in Wahrheit loswerden wollte. Er war zwar ein wenig zu dick, hasste Sport und kam beim Sprechen immer wieder ins Stocken, aber er war schließlich nicht blöd. Die neue Aufgabe hatte er dennoch – begünstigt durch fehlendes Durchsetzungsvermögen – widerstandslos übernommen. Nach Lage der Dinge war er somit als

Außendienstleiter völlig ungeeignet und weitestgehend überfordert, doch bis zum heutigen Tag hatte er Glück gehabt, dass sich keine komplizierten und gefährlichen Großeinsätze ergeben hatten, und außerdem stand ihm der erfahrenere Polizeiobermeister Ben Lichtenberg mit Rat und Tat zur Seite. Vor allem seinem Gehilfen hatte Forchner es zu verdanken, dass der Einsatz auf dem Markt ohne Zwischenfälle verlaufen war. Der Verrückte mit dem Koffer hatte schließlich aufgegeben. Niemand war verletzt worden.

Alles in allem ein guter Tag für Forchner und die Polizei.

Wäre da nicht die vermisste Frau von Peter Peschel, hätte Forchner schon längst Feierabend. So jedoch hatte er über das Führungs- und Lagezentrum eine Handyortung durchführen lassen und, weil diese nur einen groben Suchradius ergeben hatte, zusätzlich die Mobile Funkaufklärung vom LKA zwecks Einsatz eines IMSI-Catchers angefordert.

Ein IMSI-Catcher ist ein Gerät, das eine Funkzelle simuliert, in die sich das gesuchte Mobiltelefon von Simone Peschel eingeloggt hatte. Von der Mobilfunkkarte konnte somit die International Mobile Subscriber Identity (IMSI) ausgelesen und so der Standort des Handys eingegrenzt werden.

»Wir haben die Adresse«, verkündete der Kollege vom LKA. Stolz zeigte er Forchner und Lichtenberg die Messergebnisse auf dem Laptop. »Zietenstraße 86A.«

Da Forchner sich in der Stadt noch immer nicht besonders gut auskannte, fragte er, wo sich die Örtlichkeit befand.

»Auf dem Sonnenberg«, gab Lichtenberg Auskunft. »Beste Blut-und-Messer-Gegend.«

Forchner bedankte sich mit einem knappen Kommentar. Das klang nach neuerlichen Schwierigkeiten. Gedanklich wog er bereits ab, ob es Zeit war, Unterstützung anzufordern.

»Worauf warten wir?«, drängte sein Gehilfe.

Daraufhin nickte Forchner und schob die Bedenken beiseite. Verstärkung konnte er immer noch rufen, sobald es brenzlig wurde.

Kaum fünf Minuten später erreichten sie eine ehemalige Videothek. Über dem Laden stand in großen Buchstaben *Vide par di s*. Die Kunststoffhülle der Leuchtreklame war durchlöchert. Vermutlich hatten Vandalen mit Steinen Zielübungen gemacht. Ein Wunder, dass die Schaufensterscheibe noch unbeschädigt war. Auf dem Glas wechselten sich lediglich die Aufkleber von AfD und Antifa ab. Außerdem hatte jemand ein gelbes Graffito gesprüht: *Sex macht freu!!!*

Das U war durchgestrichen und durch ein Y ersetzt worden.

Hinter dem Schaufenster hing ein Schild mit einer Handynummer und der Aufschrift: *Gewerbeobjekt in bester Lage provisionsfrei zu vermieten*.

Forchner näherte sich dem Mehrfamilienhaus. Allein die schäbige Fassade erinnerte ihn an das Ganovenviertel vom letzten Kinofilm. Offenbar wohnten über der leer stehenden Videothek noch Leute, denn in den Fenstern hingen Gardinen und standen Blumentöpfe.

Weit oben beugte eine Frau ihre fleischigen Arme über das Fensterbrett und zog an einer Zigarette. »Ey, Eddi, du Saufsack, die Bullen sind da!«, rief sie in ihre Wohnung hinein, gefolgt von einem kratzigen Lachen. »Pack deine Sachen, endlich holen die dich ab.«

Forchner grüßte die Dame höflich. Vor ihm auf den Gehwegplatten schlug ein großflächiger Spuckebrei ein. Davon ließ er sich nur kurz irritieren, dann trat er dicht an die Scheibe. Im Ladeninneren standen lauter leere Regale. Teilweise waren Furnier und Holz stark beschädigt. Auf der Auslegware zeigten sich diverse Risse und Flecke. In einer Ecke entdeckte er etwas, das eine tote Maus sein könnte. Er konnte sich beim besten Willen nicht vorstellen, dass sich jemand im Inneren aufhielt.

»Mit der Ortung kann etwas nicht stimmen.«

»Der IMSI-Catcher lügt nicht.« Der Beamte der Mobilen Funkaufklärung reagierte beleidigt. »Das Signal zeigt eindeutig an, dass sich das Handy der Frau da drinnen befindet.«

»Wenn es das Signal sagt, dann ...«, stammelte Forchner, weil ihm die Argumente fehlten. Er war einfach ratlos.

Lichtenberg schien seine Unsicherheit zu bemerken. Tatendurstig richtete er sich die Schussweste, trat an ihm vorbei und stieß heftig gegen die Eingangstür. Zu Forchners Verwunderung schwang die Tür nach innen auf. Vermutlich hätte sogar ein Schubs ausgereicht. Sie war nämlich unverschlossen.

»Erwartet euch jemand?«, fragte der LKA-Beamte.

»Hm«, machte Forchner und folgte Lichtenberg, der nicht zögerte.

Beim Betreten bemerkten der Außendienstleiter und sein Gehilfe nicht, dass durch das Öffnen der Tür ein Kontakt ausgelöst und eine winzige Kamera in Betrieb gesetzt hatte. Dafür stellten die Polizisten etwas anderes fest: Die eben noch dagewesene Stille wurde von einem einsetzenden Maschinengeräusch durchbrochen.

Lichtenberg reagierte sofort. Während Forchner sich am Kopf kratzte, stürzte er vorbei an den beschädigten Regalen nach hinten.

Was die beiden Sekunden darauf in einem der Nebenräume entdeckten, nahm Forchner seinen gesamten Mut und obendrein eine Menge Körperbeherrschung. Er stand kurz davor, sich vor lauter Schreck einzunässen.

Gefesselt an zwei Eisenstangen, die mittels Schrauben quer durch das Zimmer an den Wänden verankert waren, hing dort die Gesuchte. Ihre Haltung erinnerte abstrakt an eine Kreuzigung. Simone Peschel lebte noch. Trotz verheulter Visage, des struppigen Haars und des vielen Klebebands erkannte er ihr Gesicht. Gedämpft durch einen Knebel, drangen Laute aus ihrer

Kehle. Bis auf einen einzigen Finger waren ihre Hände umwickelt und fixiert. Unter dem Finger lag auf einer Erhöhung aus Ziegelsteinen ein Handy. Vermutlich handelte es sich um ihr eigenes. Das, dessen Signal der IMSI-Catcher geortet hatte. Ihr Finger ruhte auf der Wahlwiederholungstaste. Offensichtlich hatte die Frau dadurch Kriminalhauptkommissarin Annegret Kolka in den letzten Stunden anrufen können.

Das schrille Geräusch, das beim Betreten der Polizisten eingesetzt hatte, kam von einem Bohrer, der sich in einer seltsamen Stahlkonstruktion auf ihrem Kopf befand und der sich rasend schnell drehte. Zusätzlich senkte er sich Millimeter für Millimeter. Viel Zeit blieb nicht, dann würde sich die Spitze durch ihre Schädeldecke und in ihr Gehirn schrauben.

Ihre weit aufgerissenen Augen flehten die beiden Polizisten an, denn schreien konnte sie nicht. Der Knebel im Mund erstickte jeden Hilferuf.

Während der Obermeister ohne Zögern nach dem Gestell griff, stand Forchner wie angewurzelt da. Seine Beine gehorchten ihm nicht länger. Die Situation überforderte ihn. Sein Revierleiter hatte recht gehabt, er hatte den falschen Beruf gewählt.

Bei der Vorstellung, was jeden Augenblick mit dem Kopf der Gefesselten passieren würde, merkte er, wie ihm das Blut absackte.

»Stell den Bohrer aus«, hörte er sich reden.

»Verflucht!«, stieß Lichtenberg aus. »Das Scheißding ist an ihrer Kopfhaut festgeklebt.«

Als Forchner das vernahm, wurde ihm schwarz vor Augen.

KAPITEL 15

Das Gezeter des Münchner Kommissars kommentierte Donner mit gelangweiltem Brummen. Statt zuzuhören, stierte er auf die beiden aktiven Mobiltelefone in seiner Hand.

»Gut, wie Sie wollen«, sagte Fitz, der wie ein ins Abseits gestellter Fußballspieler schimpfte, weil sich plötzlich alle auf das konzentrierten, was auf den Handys passierte. »Schicken Sie mir das Zeug mit der Post.«

»Warten Sie«, hielt Anne ihn auf und holte eilig einen Handschlag nach. »Kolka, Kommissariatsleiterin. Entschuldigen Sie das Auftreten meines Kollegen, er hat es nicht so gemeint. Wir stecken momentan nur in erheblichen Schwierigkeiten.«

Fitz musterte sie mit hochgezogenen Augenbrauen. Vermutlich empfand der alte Mann sie für den Posten als zu jung. Sie war sechsunddreißig und die meisten schätzten sie sogar noch einen Tick jünger, worauf Donner besonders stolz war.

»Oh, falls Sie einen Tipp von einem erfahrenen Kriminalbeamten annehmen wollen«, Fitz' Zeigefinger zielte auf Donner, »schmeißen Sie ihn raus.«

Donner wartete auf ihre Reaktion und darauf, dass sie ihn in Schutz nahm.

Wobei ...

Heimlich stimmte sie dem Bayern bestimmt zu. Gleich bei Antritt der Stelle als Kommissariatsleiterin hatte sie nämlich sogar versucht, Donner loszuwerden – schon allein deshalb, weil sie miteinander liiert waren –, doch mit der Bemühung war sie beim Polizeipräsidenten abgeblitzt und somit war er immer noch in der Abteilung.

Ich bin eben wie eine Lebensversicherung, niemand will mich wirklich, aber wehe, es stirbt jemand.

»Vorhin hatten wir leider keine Zeit für Erklärungen«, redete Anne weiter. »Ein Wahnsinniger hat eine Frau entführt, und wenn wir nicht handeln, wird er sie höchstwahrscheinlich ...«

»Scheiße!«, unterbrach Donner das Gespräch, weil sich auf den Displays aller fünf Handy etwas Erschreckendes tat.

Es erschien ein Video mit einer Überschrift.

Tutorial: Rettet die Frau, indem ihr die Drähte in der richtigen Reihenfolge durchtrennt. Beginnt links.

»Krassikowski«, kommentierte Wagner die Videoszene. »Ist das etwa live?«

»Das ist eine Art Bohrmaschine«, ergänzte Lehnhard. »Jemand hat sie eingeschaltet. Das Ding wird ...«

»Wird höchstwahrscheinlich *was?*«, kam es nun neugierig von hinten.

Fitz hatte Annes Erklärung aufgeschnappt und wollte nun anscheinend das Ende des Satzes hören. Der kleine Mann reckte den Hals und stellte sich auf die Zehenspitzen, weil er, in zweiter Reihe stehend, nichts erkennen konnte.

Anne hielt ihm ihr Smartphone hin. »Deshalb brauchen wir Ihre Hilfe.«

»Ist das echt?«, fragte Fitz.

»Scheiße, dass das so läuft, hat mir aber niemand erzählt«, nörgelte nun auch noch Hauptmeister Konopka, der bis dahin am wenigsten von sich gegeben hatte. Anscheinend begriff er nun, worum es bei *Death Rescue* tatsächlich ging.

»Moment, da ist Bewegung im Raum«, sagte Donner, als er eine Person durchs Bild huschen sah.

»Das ist Ben Lichtenberg«, erkannte Anne den Kollegen. »Er und der Außendienstleiter haben Simone Peschel gefunden.«

»Was macht denn der Idiot da?«, schimpfte Donner, als er sah, dass der Führungsgehilfe am Metallgestell auf dem Kopf der Gefesselten herumzerrte. Man sah deutlich, dass Simone Peschel sich weder bewegen noch sprechen konnte, sondern lediglich die Augen voller Todesangst aufriss.

»Die Kamera überträgt keinen Ton«, bemerkte Wagner. »Wir müssen den beiden irgendwie mitteilen, dass wir alles sehen können.«

»Ruf unverzüglich den ADL an!«, forderte Donner Anne auf.

»Schon in Arbeit«, kam es zurück, denn sie hatte bereits ihr eigenes Telefon am Ohr. »Verdammt, geh endlich ran.«

Donner beobachtete das Geschehen in der Livesequenz. Lichtenberg schien jemanden außerhalb des Kamerabereichs anzuschreien, vermutlich seinen Außendienstleiter. Kurz darauf griff er nach einem Kabel, das mit der Haube verbunden war.

»Nicht die Kabel!«, brüllte Donner, wohl wissend, dass der Obermeister ihn nicht hören konnte.

Dann verschwand Lichtenberg aus dem Fokus der Kamera.

»Wo ist er hin?«

»Ben?«, sprach Anne plötzlich ins Telefon. »Ben, bist du das?«

Zur Verdeutlichung, dass sie ihn in der Leitung hatte, gab sie der Gruppe ein Zeichen und stellte auf Lautsprecher.

»Ben, hier ist Erik, wir können dich sehen …«

»Ich kann die Scheißmaschine nicht abstellen«, dröhnte Lichtenbergs sich überschlagende Stimme aus dem Handy. »Am Schaltkasten sind alle Sicherungen raus und ich finde die Stromzuleitung nicht. Und jetzt ist mir auch noch Tim weggekippt.«

»Wer ist Tim?«

»Der neue ADL«, flüsterte Anne.

Donner konzentrierte sich wieder. »Okay, hör mir zu, Ben ...«

Inzwischen schwebte die Bohrspitze nur knapp drei Zentimeter über Peschels Schädeldecke. Zuerst würde der Bohrer ihr die Haare herausreißen, danach die oberste Hautschicht versengen, anschließend in die tieferen Schichten eindringen, den Schädelknochen durchdringen, dann das Hirnwasser verdrängen und schließlich ins Gehirn stoßen. Unter unendlichen Schmerzen würde Peschel sterben.

»Wie viele Drähte kannst du an der Konstruktion sehen?«, übernahm Donner.

Lichtenberg trat zurück ins Bild, hielt ein Handy am Ohr und schaute sich suchend um. Vermutlich wollte er wissen, wo sich die Kamera im Raum befand. Erst nach einer Ermahnung konzentrierte er sich auf die Haube.

»An den Metallstreben sind mehrere Drähte befestigt«, beschrieb er, was er entdeckte. »Es sind vier Stück.«

»Sind da irgendwelche Markierungen zu erkennen? Zahlen oder etwas Ähnliches?«

»Da ist nichts, nur verschiedenfarbige Ummantelungen.«

»Welche Farben?«

»Rot, gelb, grün. Und ein Draht ist schwarz. Beeilung, was soll ich tun?«

Während die Zeit drängte, brauchte Donner ein paar Sekunden zum Nachdenken.

»Krassikowski, vier verschiedene Kabel?«, sprach Wagner in das Schweigen hinein. »Woher sollen wir denn die richtige Reihenfolge kennen? Da gibt es auch kein Links, wie es die Anweisung auf dem Handy angibt. Sieht eher aus, als wären die Leitungen kreisförmig angeordnet. Sie wird sterben, wenn wir nichts tun!«

Unterbrochen in seinem Denkprozess, schimpfte Donner: »Würdest du gefälligst mit diesem Krassiquark aufhören?«

»Danke«, pflichtete Fitz ihm überraschend bei. »Ich dachte schon, ich wäre der Einzige, den das stört. Und jetzt treffen Sie endlich eine Entscheidung. Sonst stirbt die Frau tatsächlich.«

Den Einwurf des Kollegen fand sogar Donner sympathisch.

Na gut, ein halber Pluspunkt geht nach Bayern.

»Hast du ein Messer oder eine Zange?«, fragte Donner Lichtenberg über die Telefonverbindung.

»Wie lange kennst du mich schon, Erik?« Er zog ein Multifunktionswerkzeug aus der Hosentasche und hielt es in die Höhe. »Was jetzt?«

Krampfhaft dachte Donner nach.

Rot. Gelb. Grün. Schwarz. Ampelfarben.

Simone Peschel wackelte immer hektischer mit dem Kopf, was Lichtenbergs Aufgabe zusätzlich erschweren würde.

»Es sind die gleichen Farben wie die Fingernägel der Drogenabhängigen«, dachte Donner laut.

»Was?«, kam es sofort aus mehreren Mündern.

Ihm blieb keine Zeit für Erklärungen, weil er sich an die farbliche Reihenfolge der Fingernägel erinnern musste. Er kniff die Augen zusammen und ging gedanklich zurück in seine Wohnung, wo die Unbekannte gefesselt auf seinem Bett lag.

Beginnt links.

Offensichtlich bezog sich der Text damit auf den kleinen Finger der linken Hand. Vor seinem geistigen Auge sah er die Fingernägel.

Rot. Schwarz. Schwarz. Gelb. Schwarz.

Das war die linke Hand gewesen.

Schwarz. Grün. Schwarz. Schwarz. Rot.

Rechte Hand, diesmal beginnend am Daumen.

Er schaute auf eines der Displays, wo das Livevideo lief. Ein Zentimeter, bis der Bohrer Peschels Haaransatz erreichen würde.

»Auf keinen Fall den schwarzen Draht durchschneiden!«, entschied er. »Das sind Leerstellen.«

»Ich habe zwar keine Ahnung, was das bedeuten soll, aber ich glaube dir, Erik«, antwortete Lichtenberg. »Also definitiv nicht schwarz.«

Donner spürte, wie er am ganzen Körper schwitzte. Seine Hände wurden feucht und konnten das Smartphone kaum noch halten. Zeitweilig hörte er auf zu atmen. Vor lauter Anspannung kratzte er sich die Narben im Gesicht. Erst als Anne ihn beruhigend berührte und seine Hand senkte, fasste er einen Entschluss.

»Schneide den roten Draht durch.«

Lichtenberg hielt, so gut es ging, das Gestell fest, denn die Gefesselte schüttelte noch immer heftig den Kopf. »Bist du dir ganz sicher?«

Nein.

»Schneide ihn durch. Jetzt!«

Geräuschlos glitt die Klinge durch das dünne Kabel. Der Bohrer drehte mit unverminderter Geschwindigkeit weiter.

Gelb oder grün? Beginnt links. Die Ampelfarben. Es ist ein Tutorial. Eine Übung.

»Gelb!«, entschied er und Lichtenberg gehorchte. Keine Veränderung. »Und jetzt grün.«

Die Bohrspitze erfasste Haare und riss blitzschnell ein großes Büschel heraus. Alle Zuschauer im Raum der KPI waren wohl dankbar, dass sie Peschels Laute nicht hören konnten, denn das Ausreißen der Haare musste unvorstellbar wehgetan haben. Wenigstens behielt Lichtenberg die Nerven. In einer fließenden Bewegung durchtrennte er auch den grünen Draht.

Augenblicklich erstarrte der Bohrer.

Simone Peschel war gerettet.

Neben Donner atmete man auf. Er selbst sackte auf einem Stuhl zusammen. Rot, gelb und schließlich grün war die richtige Kombination gewesen. Den Hinweis hatten ihm die bemalten Fingernägel der Drogenabhängigen gegeben. Allmählich bekam Donner eine genauere Vorstellung, wie das Spiel ablaufen würde.

»Einfach unglaublich, Erik.« Anne war die Erste, die sich bedankte. Sogar einen Kuss drückte sie ihm auf die Wange. Dann wandte sie sich an Fitz. »Verstehen Sie nun, warum wir Sie brauchen?«

»Soll das heißen, es geht weiter?«

»Ich fürchte, ja.«

Kaum, dass der Satz ausgesprochen war, wurden die Handydisplays aller fünf Mitspieler schwarz und eine weiße Schrift erschien.

Kapitel 16

Gebannt stierten Donner und die übrigen fünf Kriminalbeamten auf den Text.

Gratulation, ihr habt das Tutorial erfolgreich bestanden!

Für die weiteren Aufgaben könnt ihr mit diesen Handys untereinander kommunizieren. Dazu müsst ihr lediglich das rote Kreissymbol bei Death Rescue *drücken, wodurch automatisch eine Sprechverbindung zu den verlinkten Geräten aufgebaut wird. Nutzt die Funktion, ihr werdet sie dringend brauchen. Und jetzt steht eine Kontrollphase an ...*

Ein paar Augenblicke blieben die Zeilen noch sichtbar, ehe der Bildschirm erneut wechselte. Unter der Überschrift *Kontrollphase* zählte ein Timer von zehn Sekunden abwärts. Die App wartete darauf, dass alle fünf Mitspieler ihr jeweiliges Mobiltelefon im dafür vorgesehenen Feld per Daumen bestätigten.

Indem er uns ständig an die Geräte zwingt, behält unser Gegner die Kontrolle.

Ohne zu zögern, drückte Donner seinen Finger auf das Display.

»Hier«, sagte Anne und reichte das Gerät mit der Nummer 5 an Fitz weiter. »Natürlich kann niemand Sie zwingen.«

Der Angesprochene beäugte sie skeptisch. »Meine Frau sagt immer, wenn das Leben dir ein Handy schenkt, frag, ob genügend Guthaben vorhanden ist.«

Annes Augenbrauen schnellten nach oben. »Das sagt sie?«

»Nein.« Fitz riss ihr das Mobiltelefon aus der Hand und hinterließ seinen Daumen. »Meine Frau hasst die Dinger mindestens genauso wie ich dreckige Schuhe.«

»Was sind Sie?«, mischte Donner sich ein, während er beobachtete, dass die übrigen Mitspieler ebenfalls ihre Handys aktivierten. »Polizist oder Schuhverkäufer?«

»Natürlich bin ich zu hundert Prozent Kriminalist. Mein Vater war Schuhverkäufer. Aber circa zehn Prozent von ihm stecken eben auch in mir.«

»Donnerwetter, einhundertzehn Prozent also! Auf Sie haben wir echt gewartet.«

»Außerdem steckt in mir so viel Weitblick, um zu wissen, dass wir keine besonders guten Freunde mehr werden.«

»Zu wie viel Prozent?«

Offenbar befürchtete Anne eine Eskalation der Debatte, woraufhin sie dazwischenging. »Können wir uns jetzt bitte wieder auf das Wesentliche konzentrieren?«

»Okay, bald können Sie es mir beweisen, Nummer 5«, spielte Donner auf die Nummer von Fitz' Handygerät an, denn es erinnerte ihn spontan an einen Film aus den Achtzigern mit einem gleichnamigen Roboter.

Vorausgesetzt, dir geht nicht vorher die Luft aus – und zwar zu einhundert Prozent.

Zwei Sekunden vor Ablauf des Timers hatten sich alle Teilnehmer über ihren Daumenabdruck identifizieren lassen. Das System bestätigte und erneut änderte sich der Bildschirm.

»Was soll denn das nun schon wieder werden?«, fragte Konopka und befeuchtete sich mit Spucke den Oberlippenbart.

Eine Musik ertönte. Zusätzlich erschien eine Spieluhr mit einer sich in Dauerschleife drehenden Kurbel. Darunter standen die Worte: *Lade nächstes Level …*

»Scheint eine Art Schlummermodus zu sein«, antwortete Wagner, denn bis auf die Animation tat sich nichts weiter.

»Die Melodie kommt mir bekannt vor«, sagte Anne. »Kennt jemand das Lied?«

Kopfschütteln.

Schließlich räusperte Fitz sich. »*Der Vogelfänger bin ich ja. Es stammt aus der Zauberflöte* von Wolfgang Amadeus Mozart. In der Oper singt es Papageno. Er ist der Vogelfänger.«

Beeindruckt von diesem Wissen, nickte auch Donner. Obwohl er mit klassischer Musik auf Kriegsfuß stand, konnte selbst er mit dem Titel und der Erklärung etwas anfangen. Die *Zauberflöte* war weltbekannt und außerdem hatte Anne sich letztes Jahr gewünscht, dass er mit ihr zur Adventszeit in die Dresdner Semperoper fuhr. Leider waren die Karten für ebenjenes Bühnenwerk extrem begehrt. Wie so oft hatte er es verpasst, rechtzeitig welche zu besorgen.

Bestimmt erinnert sie sich gerade wieder an diese Enttäuschung.

Statt es auszusprechen, warf sie ihm lediglich einen zweideutigen Blick zu und klopfte auf die Tischplatte, um sich Gehör bei den Anwesenden zu verschaffen. »Ich liebe zwar Computerspiele, aber das hier geht selbst mir einen Schritt zu weit. In dem sogenannten Tutorial konnten wir die Frau retten, doch sobald das nächste Level geladen ist, stehen wir vor einer neuen todbringenden Herausforderung.« Sie ging zum Computerarbeitsplatz und hielt die Akte hoch, in der Lehnhard in der Kürze der Zeit den bisherigen Ermittlungsstand zusammengetragen hatte. »Ausgenommen vom Kollegen aus Bayern, der mit den aktuellen Geschehnissen noch nicht vollständig vertraut ist, kann sich jeder von uns denken, dass Jonny Herzig, genannt der Spielmann, nicht direkt für die Entführungen von Simone Peschel und der unbekannten Frau in Eriks Wohnung verantwortlich sein kann. Er sitzt lebenslänglich in der JVA. Möglicherweise hat er die Sache jedoch geplant und demzufolge von alledem Kenntnis. Davon können wir sogar ausgehen, denn immerhin hat er Erik aus dem Gefängnis angerufen. Dennoch müssen wir uns auf einen Nachahmer, Komplizen oder Bewunderer von Herzig konzentrieren.«

»Wir müssen dringend mit Herzig sprechen«, drängte Donner.

»Das werden wir.« Anne tippte Lehnhard auf die Schulter. »Marie, du wirst dich umgehend mit der Staatsanwaltschaft in Verbindung setzen und darauf drängen, dass wir Herzig per Telefonkonferenz befragen können. Dieses Vorgehen ist zwar unüblich, aber in Anbetracht der Situation unbedingt notwendig.«

Die Angesprochene nickte. »Wird sofort erledigt. Falls wir das Okay vom Staatsanwalt bekommen, wer soll dann das Telefonat übernehmen?«

»Das mache ich«, preschte Donner vor, denn ihm brannten endlos viele Fragen auf der Seele, die er Herzig stellen wollte.

Vor allem brauche ich jemanden, dem ich die Rechnung für die Bettreinigung schicken kann.

»Nein«, widersprach Anne.

»Nein?«

»Ich halte es für keine gute Idee, wenn du dich mit ihm unterhältst.«

»Ach, und warum das nicht?«

»Erstens bist du emotional aufgeladen …«

Das kannst du laut sagen.

»… und zweitens halte ich es für klüger, wenn eine unbefangene Person die Befragung des Häftlings übernimmt. Kollege Fitz, würden Sie das nach einem entsprechenden Briefing übernehmen?«

Sehr zu seinem Missfallen nahm Donner wahr, wie Lehnhard, Wagner und sogar Konopka beipflichtend nickten. Der Einzige, der genauso skeptisch dreinblickte wie Donner, war Fitz selber.

»Sie verlangen ganz schön viel, Kollegin Kolka.«

»Nein, ich glaube, Sie bringen die Erfahrung und das nötige Redetalent mit.«

Während Donner schmollte, schwoll Fitz der Brustkorb. Beim Luftholen hatte er dabei anscheinend zu hastig eingeatmet, denn sofort brach ein Hustensturm los. Mit schier letzter Kraft krächzte er: »Okay, ich mach's.«

Dankbar nickte Anne ihm zu, bevor sie die nächsten Schritte plante. »Als Erstes schicken wir ein paar K-Leute zur Videothek, die sich den Tatort von Simone Peschel vornehmen. Ich will wissen, was das für eine abartige Bohrmaschine ist und wer so eine Apparatur herstellen kann.«

»Das wird der Dauerdienst übernehmen«, brachte Konopka seine Abteilung ins Spiel. »Ich informiere gleich meine Dienstgruppenführerin.«

»Danke, Ulf. Unterdessen sollten wir uns auf die fünf Smartphones konzentrieren. Wen bekommen wir auf die Schnelle von den IT-Fachleuten?«

»Von unserer IuK-Abteilung ist niemand mehr im Haus«, sagte Lehnhard. »Bei denen habe ich schon sämtliche Nummern abtelefoniert.«

»Wir haben doch den LKA-Typen mit dem IMSI-Catcher in der Stadt«, erinnerte Wagner. »Vielleicht können wir den einsetzen.«

»Gute Idee, aber da würde ich vorsichtig sein, ich denke, unser Gegner hat berücksichtigt, dass wir versuchen würden, das Quellsignal zu orten. Was ist mit deinem Studienkollegen, von dem du vorhin gesprochen hast.«

»*The Brain?*«

»Was?«

Wagner feixte. »Eigentlich heißt er Olaf Gladbeck, aber alle nennen ihn nur *The Brain*, weil er schon als Genie auf die Welt gekommen ist. Beim LKA im Dezernat 31 habe ich gelegentlich mit ihm zusammengearbeitet. Er sitzt beim IT-Ermittlungsservice und war bereits an unzähligen internationalen Abhöraktionen beteiligt. Einmal hat er sogar einen übergelaufenen Agenten vom BND enttarnt. Der hat echt Ahnung von Computern, Handys und solchem Technikkram. Besser gesagt, er ist genau unser Freak.«

»Wie schnell kann der hier sein?«, hielt Donner sich nicht länger zurück. Bald würde die Spieluhranimation verschwinden und eine neue Aufgabe anstehen. Eine Aufgabe, bei der das Leben eines weiteren Menschen auf dem Spiel stand.

»Wenn ihr wollt, rufe ich ihn gleich an«, antwortete Wagner und durchsuchte bereits das Telefonbuch seines eigenen Smartphones.

»Mach das«, bestimmte Anne. »In der Zwischenzeit gehen wir die alten Spielmann-Akten durch. Außerdem werden wir sicherheitshalber das Sondereinsatzkommando und die Verhandlungsgruppe informieren.«

Tatsächlich erreichte Wagner den IT-Spezialisten und erklärte dem ehemaligen Studienkollegen am Telefon das Anliegen.

Donner hörte kaum noch zu, weil er dringend einer anderen Sache nachgehen musste. Zur Verwunderung aller schnappte er sich seine Jacke, steckte das Handy mit der *Death-Rescue*-App in die Tasche und gab Anne einen flüchtigen Kuss auf die Wange.

»Wo willst du hin?«, fragte sie.

»Zu meinem Vater.«

»Jetzt?«, mischte Fitz sich ein. »Ist es für einen Familienbesuch nicht der denkbar ungünstigste Zeitpunkt?«

»Haben Sie eine Ahnung! Ein Besuch bei meinem Vater ist für mich in etwa so angenehm wie für Sie eine Arztvisite beim Pneumologen.«

Anne schien zu verstehen, dass er mit Franz Donner über die damalige Mordserie reden wollte. Trotzdem fragte sie: »Kannst du ihn nicht anrufen?«

»Du kennst ihn und weißt, wie er am Telefon zuweilen reagiert. Besonders, wenn sein Sohn anruft.«

KAPITEL 17

Knapp eine halbe Stunde benötigte Donner bis zu dem Haus, in dem seine Eltern wohnten. Es befand sich in einer Gegend im Stadtteil Altendorf, wo es permanent nach Rentnern roch. Zumindest bildete Donner sich den Geruch ein, denn der Großteil der Anwohner war altersbedingt dem Tod näher als dem Leben. Sein Vater selbst war mittlerweile vierundsechzig, eigentlich kein wirkliches Alter, aber weil er Donners kranke Mutter schon ein paar Jahre pflegte, hatte er körperlich enorm abgebaut. Elke Donner saß im Rollstuhl, und von dem ehemaligen stolzen und kräftigen Dezernatsleiter Franz Donner war nur noch ein Schatten geblieben, der dann und wann, ähnlich einem Rumpelstilzchen, aus seiner Ecke über die Welt schimpfte.

Stets kam Donner mit einem mulmigen Gefühl hierher. So wie jetzt. Als die Wohnungstür aufging, trat ihm sein grauhaariger Vater auch gleich mit übellauniger Miene entgegen.

»Gibt es einen Grund, dass du mich ausgerechnet während der Pokalspielübertragung störst?«

»Seit wann bist du denn Fußballfan?«

»Bin ich nicht. Ich will nur nicht verpassen, wie der Club verliert.« Er lachte höhnisch. Im Hintergrund ertönten

Fanchöre aus dem Fernseher. »Also, was ist los, warum kommst du unangemeldet her?«

Donner drängte sich an ihm vorbei, weil er sich ungern im Hausflur unterhalten wollte. Im Korridor kam ihm seine Mutter im Rollstuhl entgegen. Vermutlich hatte sie seine Stimme erkannt.

»Wo ist denn Annegret?«, fragte sie und gab Donner, der sich zu ihr hinunterbeugte, den obligatorischen Kuss auf die Wange.

»Auf Arbeit«, antwortete Donner knapp. »Wenn wir es schaffen, kommen wir am Sonntag zum Kaffee. Vorausgesetzt, du machst meinen Lieblingskuchen.«

»Kalter Hund«, erriet Elke Donner mit einem Lächeln. »Bist du für solche Süßigkeiten nicht langsam zu alt?«

Anne würde sagen, ich bin und bleibe ein Kindskopf.

Statt zu antworten, schaute er auf die Uhr und wandte sich seinem Vater zu, der es niemals wagte, die Zweisamkeit zwischen Mutter und Sohn zu stören. Schließlich wusste er genau, wie glücklich seine Frau in diesen Augenblicken war.

»Lass uns in deinem Arbeitszimmer unter vier Augen reden.«

Donner meinte das Zimmer, in dem sein alter Herr seine Vergangenheit wie einen wertvollen Schatz aufbewahrte.

Franz Donner ging vor, Donner folgte ihm. Wenn man den kleinen Raum das erste Mal betrat, dachte man, es sei unordentlich, aber der Eindruck täuschte. Jeder einzelne Gegenstand war streng nach System geordnet und die Anordnung gehörte zum Konzept des alten Sammlers. Hier gab es jede Menge Berichte, Fotos, Urkunden, Zeitungsausschnitte, Bücher über Polizeigeschichte, Waffenzeitschriften, historische Orden, Uniformteile. In Donners Augen war das meiste Trödel. Für seinen Vater dagegen hatten die Dinge einen unschätzbaren Wert. Leider waren sie der Grund, weshalb er gedanklich immer noch in einer Epoche seines Lebens festhing, die niemals wiederkehren würde.

Um seine Mutter nicht zusätzlich zu beunruhigen, schloss er die Zimmertür.

»Komm zur Sache, du Geheimniskrämer.« Vorsichtig wie ein gebrechlicher Greis nahm Franz Donner in seinem Drehsessel Platz, ließ die Hausschuhe in der Luft baumeln und schaute auf seine Uhr. »Die zweite Halbzeit läuft bereits und Lok Leipzig ist am Drücker.«

Nein, jetzt bin ich am Drücker.

»Weißt du, wer mich heute aus dem Knast angerufen hat?«

Desinteressiert zuckte Franz Donner mit den Schultern und lächelte sarkastisch. »Da du die Liebenswürdigkeit in Person bist, hätte dazu wahrlich niemand von den Knastbrüdern einen Grund.«

»Jonny Herzig.«

Schlagartig versteifte sich seine Haltung und seine aufkeimende Heiterkeit blieb ihm sprichwörtlich im Hals stecken. Von plötzlicher Luftknappheit ergriffen, krächzte er: »Sag das noch mal.«

»Nein, du hast es schon verstanden.«

»Hat er nach mir gefragt?«

Donners Neugier war geweckt. »Wie kommst du darauf, dass er ausgerechnet etwas von dir wollte?«

Franz Donners Oberkörper schoss nach vorn, genau wie sein Zeigefinger. »Junge, ich mag zwar aussehen wie ein infantiler Tattergreis, aber ich bin es nicht.« Er tippte sich gegen die Schläfe. »Vor allem hier oben nicht. Wenn der Spielmann sich bei dir meldet, hat es unweigerlich mit meiner Person zu tun. Wie oft hast du als Grünschnabel mich damals zu den Fällen gelöchert, wolltest unbedingt Einblick in die Ermittlungen?«

»Oft, und du hast mich jedes Mal vertröstet. Bis ich selbst ins K11 kam und die abgeschlossenen Fälle studieren konnte.«

»Dann weißt du ja schon alles.«

»Nein.« Donner widersprach im besonnenen Tonfall. Denn er wusste, dass sein Vater verbohrt reagieren würde, sobald man ihn bedrängte. Dahin gehend ähnelten sie sich gewaltig. Trotzdem wollte er die elterliche Wohnung nicht ohne zufriedenstellende Auskünfte verlassen. »Erzähl mir das, was nicht in den Akten steht. Ich ... ich meine, Annes Team braucht deine Hilfe.«

»Anne«, murmelte Franz Donner. Offenbar wirkte der Name auf ihn wie ein Zauberwort. »Ich mag deine Freundin. Ehrlich, ich bin froh, dass sie die Leitung über mein altes Kommissariat bekommen hat und nicht du.«

Das musstest du jetzt nicht unbedingt betonen.

»Dein altes Kommissariat ...« Mit einem verkrampften Nicken stimmte Donner ihm zu. »Wie war das damals? Was ist vor vierzehn Jahren tatsächlich passiert?«

Obwohl Donners Vater ein harter Mann war, hockte er auf einmal kraftlos und angreifbar da. Und er flüsterte, anstatt mit fester Stimme zu sprechen. »Das frage ich mich bis heute, Erik. Der Spielmann war auf einmal da, fegte wie ein Hurrikan über die Stadt und verlangte mir alles ab. Du weißt doch noch, wie angeschlagen ich zu der Zeit war. Fast ein halbes Jahr habe ich kaum gegessen, wenig geschlafen und hatte ständig diese Herzprobleme. Es war Stress, purer Stress. Und zudem verfolgte mich pausenlos die Angst, das Unheil nicht stoppen zu können. Das kann einen Mann ganz schön fertigmachen. Ich glaube, der Spielmann hat mir ein Stück meiner Gesundheit und meiner Seele geraubt. Es war nur ein Jahr, aber es fühlte sich wie ein Jahrzehnt an. Jonny Herzig hat niemals verraten, warum er all die Menschen umgebracht hat, vermutlich, weil er den Grund selbst nicht kannte. Doch genau das Unausgesprochene hat mich noch etliche Zeit danach zermürbt. – Und jetzt geht es wieder los.«

»Herzig sagte mir, sein Spiel gehe weiter. Was meint er damit genau?«

»Woher soll ich das wissen? Mehrfach haben wir ihn befragt, ob es weitere Opfer gibt; darauf antwortete er nur, dass es immer ein vergessenes Opfer gebe. Was er damit andeuten wollte, konnte bis heute nicht geklärt werden. Ich glaube nicht, dass wir irgendetwas versäumt haben. Lange Zeit habe ich versucht, mir einzureden, Herzig sei nur ein kranker Mensch ohne jeglichen Funken Empathie. Er ist schlicht und einfach ein Psychopath – der schlimmste, den ich kenne.«

»Habt ihr damals irgendetwas übersehen?«

Franz Donner lächelte bitter und erhob sich, wobei seine Gelenke knackten. »Gib es zu, du denkst, *ich* hätte etwas übersehen oder vertuscht. Du denkst, ich sei an allem schuld.«

Donner schüttelte den Kopf, doch sein Vater sah die Geste nicht mehr, denn er öffnete auf einmal ein Schubfach und holte einen dicken Hefter hervor. Damit trat er auf seinen Sohn zu und drückte ihn ihm in die Hände.

»Irgendwie hatte ich geahnt, dass die Sache damals nicht gänzlich ausgestanden war. Im Grunde hatte Herzig mich ja sogar gewarnt. Deshalb habe ich mir vorsorglich ein paar Unterlagen aufgehoben.« Er schlug die Mappe auf. Neben etlichen Schriftsätzen und zahllosen Fotos lag eine Magnetbandkassette darin. »Sieh es dir ruhig an, vielleicht entdeckst du etwas, was mir verborgen geblieben ist. Falls du dir das Band mit der Notrufaufzeichnung anhören möchtest, darfst du gern meinen Kassettenrekorder benutzen.«

KAPITEL 18

Damals (vierzehn Jahre zuvor)

»Notruf der Polizei!«

»Hier spricht der Spielmann.«

Zuerst glaubte der Polizeibeamte im Führungs- und Lagezentrum an einen Scherz, allerdings klang der Anrufer weder betrunken noch wie ein Verrückter, im Gegenteil. In seiner Stimme lag etwas Besitzergreifendes und gleichzeitig Angenehmes.

»Ähm, wie ist denn Ihr richtiger Name?«

Es folgte Lachen als Erwiderung. »Netter Versuch. Sie klingen noch recht jung. Wie alt sind Sie? Ende zwanzig?«

Volltreffer. Der Notrufbeamte war vor zwei Monaten achtundzwanzig geworden, hatte vor drei Monaten geheiratet, weil er vor einem halben Jahr erfahren hatte, dass er Vater werden würde. Sein erstes Kind. Und er wusste, dass der Mann in der Leitung – falls es sich um den echten Spielmann handelte – einen Fünfjährigen auf dem Gewissen hatte. Er hatte den Jungen eiskalt in einem Drehorgelkasten ersticken lassen.

Mit diesem Wissen fiel es dem Polizisten besonders schwer, angemessen auf den Gesprächsteilnehmer zu reagieren. Vor

Aufregung vergaß er sogar die fünf W-Fragen, die er sonst im Schlaf aufsagen konnte.

»Wie kann ich sicher sein, dass Sie der echte Spielmann sind?«, fasste sich der Beamte ein Herz. »Ich meine, über ihn wird in sämtlichen Zeitungen und den Nachrichten berichtet.«

»Soll ich Ihnen einen Finger von meinem neusten Opfer schicken? Direkt zur Hartmannstraße auf Ihre Dienststelle? Dort sitzen Sie doch gerade in Ihrem bequemen Bürosessel, nicht wahr? Ich könnte den Finger in der nächsten halben Stunde in den Briefkasten der Direktion stecken, dann müssten Sie ihn sich nur noch abholen. Wenn Sie sich beeilen, ist er sogar noch ein bisschen warm. Wie wäre das? Würden Sie mir dann glauben, dass ich der Spielmann bin – oder muss ich Sie erst zu Hause besuchen, damit Sie mich ernst nehmen?«

Der Polizist hatte schon oft kuriose, anstrengende oder abartige Gespräche am Notruf geführt, aber niemals eines, das ihn so sehr einschüchterte wie dieses. Wären die Kollegen im Raum aufmerksamer gewesen, hätten sie mitbekommen, dass der Jüngste von ihnen inzwischen bleich wie eine Kalkwand dahockte. Und zwar derjenige, der mit dem Spielmann telefonierte.

»Ich muss Sie darauf hinweisen, dass das Telefonat aufgezeichnet wird«, brachte er mit klopfendem Herzen heraus. »Alles, was Sie sagen, haben wir als Beweismittel auf Band.«

»Umso besser«, fuhr der Anrufer unbeeindruckt fort. »Dann kann sich Franz Donner meine Worte immer und immer wieder anhören. Denn für ihn ist diese Nachricht.«

»Für wen?«, stellte der Beamte sich unwissend, denn jeder kannte den Leiter des K11. Gleichzeitig gab er seinem Kollegen am Nachbarplatz ein Zeichen, dass er unbedingt eine Streife an die vom System automatisch übermittelte Adresse schicken sollte.

»Ich werde mich nicht wiederholen, weil Sie erstens genau zugehört haben und zweitens notfalls Ihr Band noch mal abhören können.« Diesmal sprach der Spielmann mit düsterer Klangfarbe, was ihn noch unmenschlicher machte. »Und jetzt versuchen Sie mich nicht hinzuhalten, denn jedes Kind weiß, dass die Nummer des Münzfernsprechers bei Ihnen angezeigt wird.«

Der Anruf kam von einer Telefonzelle am Stadtrand. Bis dorthin würde das zuständige Revier selbst mit Sondersignal mindestens zehn Minuten benötigen.

Aus dem Augenwinkel beobachtete der Notrufbeamte, wie sein Kollege den Dienstgruppenführer von Nordost alarmierte.

»Sie haben also eine persönliche Botschaft für Franz Donner. Warum rufen Sie ausgerechnet über den Notruf an?«

Ein Knurren. »Sie sollten jetzt still sein und an den Finger denken. Teilen Sie ihm mit, dass er jedes einzelne Opfer zu verantworten hat. Ich rate ihm, mich aufzuhalten, bevor er alles verliert. Er glaubt, er wäre für den Beruf eines Kriminalbeamten geboren, er hält sich für etwas Besseres, aber in Wirklichkeit klebt alle Schuld der Welt an seinen Händen. Er sollte anfangen, die Hinweise, die ich euch gebe, zu verstehen, andernfalls wird es nie enden.«

Ende der Notrufaufzeichnung.

Kapitel 19

Heute

»Warum tun Sie das?«, durchbrach der Staatsanwalt die Stille des Raumes.

Malchius Fitz schaute auf. »Warum tue ich *was*?«

»Dauernd Ihre Schuhe putzen.«

»Reine Angewohnheit.« Er ließ sein Taschentuch in der Tasche seiner Cordhose verschwinden. »Ich lege eben Wert auf saubere Schuhe.«

»Jetzt? Ich meine, Sie sollen eine Befragung per Telefon durchführen. Niemanden interessiert, ob Ihre Schuhe sauber oder schmutzig sind.«

»Saubere Schuhe sind grundsätzlich ein Zeichen von Anstand. Außerdem fühle ich mich dadurch wohler.«

Auf diese Erklärung reagierte Staatsanwalt Krause mit einem Schniefen, bevor er wieder verstummte. Erneut kehrte Stille ein. Fitz befand sich allein mit dem Anzugträger in einem Raum der Kriminalpolizeiinspektion, in dem sonst Vernehmungen stattfanden. Nach der Entführung von Simone Peschel hatte die Leiterin des K11 darauf bestanden, dass der Staatsanwalt bei der Befragung des Häftlings und Serienmörders anwesend war.

Zähneknirschend hatte Krause daraufhin sein bequemes Büro verlassen und war auf der Polizeidienststelle erschienen. Alles im Sinne einer späteren Gerichtsverwertbarkeit der Aussage.

Dem Aussehen nach war Krause ein ganzes Stück jünger als Fitz. Geschätzt nicht mal fünfzig. Trotzdem trug er das Kinn arrogant erhoben wie etliche Staatsanwälte, die Fitz im Laufe seines Berufslebens kommen und gehen gesehen hatte. Wenn es stimmte, was Kolka bei der Einweisung über den Mann erzählt hatte, war Krause zumindest fachlich auf Zack. Und er konnte diesen Donner ebenfalls nicht besonders gut leiden. Wobei das Krause in Fitz' Augen nicht unbedingt sympathischer machte. Letztlich hatte Krause sich direkt beim Kennenlernen als Paragrafenreiter entpuppt, wie er im Buche stand. Ein Jurist, der das Risiko scheute und sich hinter einer Mauer aus Fachliteratur verbarrikadierte, sobald es brenzlig wurde. Entsprechend hatte er gleich nach der Begrüßung gewarnt, dass er bei dem Telefonat sehr genau hinhören und es abbrechen würde, sobald er nur den geringsten Zweifel an der Rechtmäßigkeit der Gesprächsführung hätte. Wortwörtlich hatte er zur Kommissariatsleiterin gesagt: »Ein Bayer? Sind Sie komplett verrückt geworden, Frau Kolka? Meinetwegen, Hauptsache der Polizeibeamte baut keinen Scheiß, sonst mache ich Sie persönlich verantwortlich.«

Fitz hatte sich nicht eingemischt, sondern gleichgültig auf das Okay gewartet. Nein, das stimmte nicht. In Wahrheit war es ihm nicht egal, was bei der Sache herauskam. Er wollte einen ordentlichen Job machen und helfen. Streng genommen tat er der sächsischen Polizei gerade einen unschätzbar wertvollen Dienst. Was wohl sein Chef Börnemann gesagt hätte, wenn er wüsste, was sein Mitarbeiter hier eigentlich trieb?

Börnemann würde aus dem Jackett springen und sagen: »Verdammt, Malchius! Da schicke ich dich Zigaretten holen, und du gerätst in so eine beknackte *SAW*-Geschichte!«

SAW, eine Horror-Thriller-Filmreihe, deren ersten Teil Fitz irgendwann im Nachtprogramm gesehen hatte – bis ihm vor Langeweile die Augenlider schwer geworden waren.

Und wenn das Telefon auf dem Tisch nicht endlich klingelte, würden ihm auch hier bald die Augen zufallen.

Um sich abzulenken, spähte er auf seine Armbanduhr. Kurz vor zwanzig Uhr.

»Was denn?«, fragte Krause erstaunt. »War das eben eine …?«

Hastig winkte Fitz ab und ließ die Pink-Panther-Uhr in seiner Ärmelhöhle verschwinden. »Fragen Sie lieber nicht.«

Fast in derselben Sekunde erwachte das Telefon. Der Klingelton schrillte extrem laut und extrem unheilvoll.

Ein letztes Mal lüftete Fitz seinen Hemdkragen und nahm Blickkontakt mit Krause auf. Dann hob er ab. Ein hochwichtiger Justizbeamter meldete sich, den man extra für diese Sache aus dem Feierabend geholt und der nun die Aufgabe hatte, dafür zu sorgen, dass es bei Herzigs Befragung keine Zwischenfälle gab. Obwohl Fitz sich beileibe nicht vorstellen konnte, was schiefgehen könnte, bekundete er Verständnis für die heldenhafte Aufopferung des Beamten. Dass unter Umständen Menschenleben auf dem Spiel standen, erwähnte er nicht.

Schließlich wechselte am anderen Ende der Leitung der Sprecher.

»Herr Jonny Herzig?«, erkundigte Fitz sich, um sicherzugehen, dass er mit dem richtigen Mann redete.

»Sie haben um dieses Telefonat gebeten, wen also haben Sie erwartet?«

Seltsamerweise klang es nicht wie eine Konfrontation. Herzigs Stimme verlieh der Aussage auf kuriose Weise einen geselligen Touch.

»Sie sprechen mit Kriminaloberkommissar Malchius Fitz.«
Kurz überlegte er, ob er ergänzen sollte, dass er eigentlich bei
der Münchner Polizei arbeitete, aber Herzig kam ihm zuvor.

»Dem Dialekt nach kommen Sie nicht aus der Gegend,
oder?«

»Nein, aus Bayern.«

»Aha. Entschuldigung, ich hatte Sie unterbrochen, fahren
Sie fort.«

»Danke, dass Sie zu diesem Gespräch eingewilligt haben.«
Ein wenig Schmeichelei schadete nie, dennoch musste er sich
auf das Wesentliche konzentrieren. »Außer mir befindet sich der
zuständige Staatsanwalt Herr Krause im Raum.«

Sichtlich zufrieden nickte Krause ihm zu.

»Krause«, wiederholte Herzig und legte eine Pause ein, als
ließe er sich den Namen auf der Zunge zergehen. »Scheint ein
Neuer zu sein.«

»Keine weiteren Zuhörer«, ergänzte Fitz. »Es handelt sich
reinweg um eine informatorische Befragung. Von dem Gespräch
gibt es auch keinen Mitschnitt, ich mache mir lediglich ein paar
Notizen.«

»Warum sprechen ausgerechnet Sie mit mir?«, stellte Herzig
schließlich die erwartete Frage.

Fitz brauchte einen Moment, um abzuwägen, wie forsch
er vorgehen durfte. »Man hat einfach einen Dummen gesucht.
Und ich sah dumm genug aus.«

Krause biss die Zähne aufeinander und machte mit der flachen Hand am Hals eine Kopf-ab-Geste. Fitz hob den Daumen
zum Zeichen, dass er sich für das entgegengebrachte Vertrauen
des Staatsanwalts bedankte.

Anders als Krause schien Herzig amüsiert. Ein dezentes
Lachen drang aus dem Lautsprecher. »Fitz, nicht wahr? Sie
gefallen mir schon jetzt. Also fragen Sie ruhig, im Gegensatz zu
Ihnen habe ich nämlich Zeit.«

»*Death Rescue*«, warf Fitz den Namen der App in den Raum. »Sagt Ihnen das etwas?«

»Soll ein tolles Spielzeug sein, habe ich gehört.«

»Ich habe gehört, es sei grausam.«

»Mag sein, aber das ist das Leben schließlich auch.«

»Philosophieren Sie lieber über das Leben oder über den Tod?«

Herzig schnalzte hörbar mit der Zunge. »Eine gute Frage. Mittlerweile bin ich fünfundfünfzig und bei der Verpflegung hier drin vermutlich dem Tod näher als dem Leben. Ich glaube also, dass mich der Tod mehr beschäftigt.«

»Finden Sie es gut, wenn durch *Death Rescue* Menschen gewaltsam sterben?«

»Niemand stirbt durch eine App. Eine App ist seelenlos und ohne Verstand und Intelligenz und kann demzufolge niemals falsch handeln. Nein, Menschen sterben, weil ihre Zeit gekommen ist oder andere versagen.«

Über diesen letzten Satz sinnierte Fitz einen Moment, denn er fand ihn bemerkenswert. Auch Krause schien ihn sich auf seinem Block zu notieren.

»Sie wissen also, dass es sich um eine Mobile App handelt«, nahm Fitz den Faden auf.

»Selbst im Knast hört man so einiges.«

»Anders gefragt: Wird *Death Rescue* uns mitteilen, dass weitere Menschen gestorben sind?«

»Das hoffe ich.«

Es klang emotionslos.

»Sie sagen das so einfach.« Fitz rieb sich den Nacken, weil ihn das Gespräch, trotz Herzigs Bereitwilligkeit zum Reden, enorm anstrengte. »Haben Sie nicht schon genug Leute umgebracht?«

»Wollen Sie mir ernsthaft unterstellen, ich würde von meiner Zelle aus jemanden ermorden können?«

»Sie sind der Spielmann und *Death Rescue* trägt Ihre Handschrift.«

»Schon mal an einen Trittbrettfahrer gedacht?«

»Natürlich ist uns klar, dass Sie in einer JVA sitzen und demnach keine Frau entführen und ihr einen Bohrer auf den Kopf kleben können ...«

»Oh, jetzt wird es interessant. Ist die Frau gestorben?«

Fitz wog ab, ob er ihm die Wahrheit sagen sollte. Krause schüttelte den Kopf und wedelte zusätzlich mit den Händen.

»Nein. Sie ist nicht gestorben.«

Der Staatsanwalt schlug sich gegen die Stirn.

»Gut für die Frau«, sagte Herzig. »Und natürlich für ihren Mann.«

»Woher wollen Sie wissen, dass die Frau verheiratet ist?«, hakte Fitz ein.

»Ach, bitte, beleidigen Sie mich nicht. Bei diesen Spielchen geht es immer um einen schmerzlichen Verlust. Wenn ein Mann seine Frau verliert, ist das äußerst schmerzlich, finden Sie nicht?«

Fitz holte tief Luft, weil es ihn an seine eigene Situation erinnerte. Seine Lungenflügel stachen, aber er bekämpfte das aufkommende Engegefühl im Brustkorb. »Sie wissen alles über *Death Rescue.*«

Herzig schwieg.

Nach einer Pause redete Fitz weiter. »Also, was möchten Sie erreichen?«

»Nun, falls es diese Todes-App tatsächlich geben sollte und jemand ein tödliches Spiel damit veranstaltet, dann drücke ich demjenigen ganz fest die Daumen. Reicht Ihnen das als Antwort?«

Nein, das reichte ihm absolut nicht, aber er ließ es dabei bewenden. Auch so hatte er genug erfahren. Eine andere Sache interessierte ihn mehr.

»Ich sollte das nicht fragen, aber ich tue es trotzdem …«

»Sie wollen wissen, ob ich meine Taten bereue.«

Wieder war Herzig ihm zuvorgekommen. Offensichtlich verfügte er über eine erstaunliche Auffassungsgabe.

»Und? Tun Sie es?«

»Selbst wenn, man würde mich niemals begnadigen. Also wozu bereuen?«

»Meine Frau sagt immer, wer nichts bereut, hat nie gelebt.«

»Wie geistreich von Ihrer Frau. Vielleicht stellen Sie sie mir bei Gelegenheit einmal vor. Allzu gern würde ich bei ihr nach weiteren Weisheiten bohren …«

Die unterschwellige Drohung ignorierte Fitz. Stattdessen versuchte er eine neue Taktik. »Nehmen wir an, ich könnte etwas für Sie tun, was wäre das wohl?«

Obwohl Fitz den Blick absichtlich gesenkt hielt, sah er aus dem Augenwinkel, wie Krause hektisch den Kopf schüttelte. Vermutlich fürchtete er, Fitz würde ohne vorherige Absprache mit ihm ein Versprechen abgeben.

»Es gibt nur eine Sache, die Sie für mich tun könnten«, begann Herzig völlig unaufgeregt, als hätte er den Wortlaut lange geprobt. »Arrangieren Sie ein Treffen mit dem Ersten Kriminalhauptkommissar Franz Donner. Ich möchte ihm noch ein einziges Mal gegenübersitzen.«

Franz Donner. Fitz hatte nur einen kurzen Einblick in die damaligen Fälle bekommen, aber er hatte den Namen des Chefermittlers in den Akten gelesen.

»Ist Franz Donner einer von den Menschen, die in der Vergangenheit versagt haben?«

Keine Antwort. Nur das leise, gleichmäßige Atmen des Spielmanns. »Sie sind ein cleverer Mann, Herr Fitz. Es war nett, mit Ihnen zu plaudern. Tun Sie etwas für mich, dann wird sich vielleicht alles auflösen.«

KAPITEL 20

Bei all der Aufregung und Tragik hatte Annegret Kolka vergessen, dass ihr Sohn nach dem Boxtraining auf sie wartete. Sie hatte ihm versprochen, ihn heute pünktlich vor der Sporthalle abzuholen. Danach wollten sie gemeinsam etwas vom Chinesen fürs Abendessen holen. Erst seine WhatsApp-Nachricht erinnerte sie an ihr Versäumnis.

Die Nachricht von Malte traf natürlich genau zu dem Zeitpunkt ein, als Polizeipräsident Calvin Magerhans das Zimmer betrat. Man hatte ihn über die Entführung von Simone Peschel und der unbekannten Drogenabhängigen, die Erik in seiner Wohnung gefunden hatte, informiert, während er sich in der VIP-Loge im Stadion das Pokalspiel angesehen hatte.

Hastig tippte Kolka eine Antwort in ihr Handy, ehe sie sich dem Polizeichef zuwandte. Sie würde ihre Mutter anrufen, damit sie Malte ersatzweise abholte. Auch wenn ihr Sohn inzwischen siebzehn war, wollte sie ihn ungern allein mit der Straßenbahn fahren lassen. Wegen des Fußballspiels waren heute zu viele Chaoten unterwegs.

»Also gut, Kollegin Kolka.« Der Polizeichef wartete ab, bis sie ihre Nachricht verschickt hatte. »Was können Sie mir zu den aktuellen Vorgängen in meiner Stadt sagen?«

»Es klingt verrückt, aber wir glauben, dass wir es mit einem Täter zu tun haben, der sich an den Verbrechen des Serienmörders Jonny Herzig orientiert und diesem nacheifert. Hiermit hält er uns zum Narren.« Sie hob das fremde Handy mit der Nummer 2 auf und zeigte Magerhans die darauf sichtbare Spieluhranimation. »Es ist eine Anwendung für Mobilgeräte, die uns Hinweise und Aufgaben gibt, um die Opfer zu retten. Seit über einer Stunde tut sich auf den fünf eingeloggten Geräten nichts, aber wir sind uns sicher, dass dieser Zustand nicht mehr allzu lange andauern wird. Wir befürchten, dass in Kürze das Leben eines weiteren Menschen bedroht wird.«

Magerhans schaute von Kolka zu Wagner und Konopka, als hoffte er, die beiden könnten ihm Erfreulicheres berichten. »Können wir das Signal nicht orten? Oder wenigstens die App abstellen, dann wäre Schluss mit den Spielchen.«

»Ein Computerspezialist vom LKA ist auf dem Weg hierher«, sagte Wagner, der seine Chance zum Mitreden gekommen sah. »Er hat uns eindringlich ermahnt, auf ihn zu warten, bevor wir versuchen, an den Mobiltelefonen irgendwelche Daten auszulesen.«

»Und falls wir, wie Sie vorschlagen, die App abstellen«, übernahm Kolka wieder, »werden Menschen sterben. Davon können wir ausgehen. Unser Gegner blufft nicht, dafür hat er sich schon jetzt viel zu viel Mühe gegeben.«

Der untersetzte Polizeipräsident strich sich über die Halbglatze. »Ich vertraue Ihnen voll und ganz, Frau Kolka. Wenn Sie es für zweckmäßig halten, werde ich den Führungsstab aufrufen.«

»Danke, Herr Magerhans, aber unser Team ist fürs Erste gut aufgestellt.«

»Ich bin vom KDD«, kam ein Zwischenruf von Konopka. »Auf mich kann das K11 jedenfalls zählen, ich bleibe bis zum bitteren Ende. Zu Hause wartet eh nur der Hund auf mich.«

Für diese Beteuerung bedankte Kolka sich mit einem Zwinkern. »Eine Sache wäre da allerdings. Staatsanwalt Krause hat seine eigene Auffassung, wie wir bei den Ermittlungen vorgehen sollen. Wir könnten ...«

»Verstehe. Um Herrn Krause kümmere ich mich. Außerdem werde ich mich mit dem Polizeiführer vom Fußballeinsatz abstimmen. Je nach Entwicklung der Lage im Stadion können sich die Unterstützungskräfte für mögliche Zugriffe bereithalten. Und das Lagezentrum soll vorsorglich ein paar Leute aus der Rufbereitschaft der Kripo aktivieren. Koste es, was es wolle! Dafür müssen Sie mir versprechen, diesen Albtraum ohne negative Presse zu beenden.«

Also wie immer.

Kolka wusste, dass Magerhans beim SMI unter besonderer Beobachtung stand, denn er hatte die Polizeidirektion erst vor wenigen Monaten übernommen. Wie so oft lauerten in den eigenen Reihen unterdessen blutgierige Königsmörder, die den Posten nur allzu gern übernahmen, falls der Polizeipräsident scheiterte.

»Außerdem haben wir festgestellt, dass die elektronischen Spielmann-Akten für Recherchezwecke nur bedingt geeignet sind«, erklärte sie. »Das hängt mit der damaligen Einführung der Integrierten Vorgangsbearbeitung zusammen. Am Anfang hat man die Datenbanken hinsichtlich Tatmerkmalen nicht so exakt geführt wie heute. Zudem gibt es einen Großteil der Unterlagen ausschließlich in Papierform, die jedoch bei der Staatsanwaltschaft archiviert sind. Normalerweise können diese tagsüber problemlos angefordert werden, aber in diesem Fall drängt die Zeit und Staatsanwalt Krause redet sich damit heraus, er habe um diese Uhrzeit keinen Zugriff auf das Archiv.«

»Sieht so aus, als müsste ich diesen Krause unbedingt einmal kennenlernen.« Magerhans knackte mit den Fingerknöcheln. »Jetzt erzählen Sie mir mehr zu diesem Spielmann.«

»Unsere Annahme hat sich bestätigt, Jonny Herzig weiß über *Death Rescue* Bescheid. Das Seltsame ist, dass der Spielmann seit fast vierzehn Jahren im Gefängnis sitzt. Derzeit telefonieren ein Polizeibeamter und Staatsanwalt Krause mit Herzig.« Dass es sich bei dem Beamten um einen bayerischen Kollegen handelte, verschwieg sie. »Parallel überprüfen wir sämtliche Personen, mit denen Herzig in der JVA Kontakt hatte. Eventuell steckt ein kürzlich entlassener Häftling dahinter, mit dem er im Bunde steht und der jetzt in seinem Auftrag agiert. Irgendwie muss er schließlich nach draußen kommuniziert haben. Ein solches Spiel funktioniert nicht von einer Zelle aus.«

»Was ist mit den Opfern? Konnten die uns schon Hinweise liefern?«

»Die Drogenabhängige liegt im Koma und sowohl Peter Peschel als auch seine Frau Simone sind momentan nicht vernehmungsfähig. Beide werden medizinisch und psychologisch betreut. Das Ehepaar hat damals seinen fünfjährigen Sohn durch den Spielmann verloren.«

»Das ist ja fürchterlich, was Sie mir da alles erzählen.«

»Aktuell konzentrieren wir uns …«

Kolka hielt inne, weil Lehnhard aufgeregt ins Zimmer gestürmt kam.

»Wir haben den Namen der BTM-Konsumentin! Eine Krankenschwester kannte die junge Frau von früheren Aufenthalten in der Notaufnahme. Sie ist zwanzig und seit sieben Jahren abhängig …« In den Händen hielt die Kommissarin ein ausgedrucktes Foto. Trotz der positiven Nachricht sah Lehnhard nicht besonders glücklich aus, im Gegenteil.

»Was ist los, Marie?«, hakte Kolka nach, weil sie stockte.

»Sie heißt Claudia Dienelt.«

»Dienelt?«, wiederholte Wagner und nahm ihr das Bild mit dem Porträt der Frau ab. »Willst du damit sagen …?«

Lehnhard nickte, bevor er es ausgesprochen hatte. »Es ist die Tochter von Bertram Dienelt. Einem der Polizeibeamten, die Herzig damals festgenommen haben.«

Alle schauten sich erschrocken und ratlos an.

In dem Moment piepten zwei Mobiltelefone. Es waren die Geräte 3 und 4. Die von Wagner und Konopka.

Level 1 startete.

KAPITEL 21

Donner stoppte die Tonbandwiedergabe Sekunden, nachdem der Spielmann den Notruf beendet hatte. Nachdenklich nahm er die Kassette aus dem Rekorder und wedelte mit ihr vor seinem Vater herum. »Gibt es noch mehr davon?«

»Insgesamt zehn Mal hat Herzig damals über die 110 angerufen«, gab Franz Donner Auskunft. »Immer an verschiedenen Tagen und meist kurz vor einem seiner Spielchen.«

Spielchen.

»Du meinst, bevor er wieder jemanden umgebracht hat.«

»Nenn es, wie du willst.« Müde schlossen sich Franz Donners Augenlider. »Nur bei einem Anruf hat er meinen Namen erwähnt. Die entsprechende Aufzeichnung hältst du in den Händen.«

»Was meinte er damit, du solltest anfangen, die Hinweise richtig zu verstehen?«

»Das liegt doch auf der Hand«, antwortete er hörbar gereizt. »Damit wollte er mich persönlich herausfordern. Ich sollte auf seine Provokationen einsteigen und nach seinen Regeln spielen. So wollte er Macht über mich gewinnen und mich stellvertretend für die Polizei verhöhnen.«

Er hat dich persönlich herausgefordert ...

123

»Und hast du?«, wollte Donner von ihm wissen, um zu erfahren, ob die Herausforderungen damals ähnlich abliefen wie aktuell mit *Death Rescue*.

»Was? Seine Spielchen mitgespielt? Nun ja, ich … wir haben ihn dingfest gemacht, indem wir den Spieß umgedreht und das getan haben, was man von unserer Behörde erwartet: seriöse und konsequente Ermittlungsarbeit. Und das mit Hochdruck, das kannst du mir glauben. Denn kurz nach dem Telefonanruf, den du da in den Händen hältst, kamen wir ihm auf die Spur. Alexander Mettmann aus meinem Team war es, der den entscheidenden Tipp bekam. Ein aufmerksamer Zeuge hatte Herzig unweit der Telefonzelle beobachtet und sich gewundert, warum er in ein Taxi einstieg, obwohl gleich in der Nähe eine Bushaltestelle war, deren Linien alle zwanzig Minuten in die Stadt fuhren. Eigentlich wäre ein solcher Zeugenhinweis völlig belanglos gewesen, aber aus irgendeinem Grund wies ich Metti an, der Sache nachzugehen. Wie es das Glück wollte, konnten wir den Taxifahrer schnell ermitteln, und dann besaß der Mann auch noch ein fotografisches Gedächtnis. Er gab an, dass er den Fahrgast irgendwann mal im Sportteil der *Freien Presse* gesehen hatte. Herzig war ein erfolgreicher Leichtathletiktrainer. Von da an war es nur noch eine Frage von Stunden, bis wir ihn festnehmen konnten.«

Donner steckte die Kassette in die Hülle und anschließend in seine Jackentasche. »Das überzeugt mich alles nicht.«

»Das hätte mich auch gewundert«, brummte sein Vater. »Fakt ist, wir haben den Spielmann hinter Gitter gebracht und uns von den Nachrichten feiern lassen. Wer weiß, wie viele Menschenleben wir letztlich gerettet haben. Wenn du unbedingt nach Hinweisen suchen möchtest, bitte!« Er tippte auf die Mappe. »Alles Wichtige steht da drin. Vielleicht bist du ja gescheiter als ich.«

»Ich werde es mir ansehen. Und zwar sehr aufmerksam.«

»Erik … pass auf d…« Er seufzte, winkte ab und setzte neu an. »Bitte unterschätz den Spielmann nicht, ja?«

Daraufhin sahen sie sich eine Weile schweigend an. Nur äußerst selten sprach er wie ein sich sorgender Vater. Jetzt war einer dieser spärlich auftretenden Momente.

Ich bin dein Sohn.

»Vielleicht unterschätzt er mich.«

»So habe ich damals auch gedacht.«

Für eine Aussprache blieb keine Zeit. Ein Klingeln unterbrach die beiden. Es war sein eigenes Handy. Anne rief an. Unter den strengen Augen seines Vaters nahm er das Telefonat an.

»Hast du es auch mitbekommen?«, kam sie gleich zur Sache.

Es erübrigte sich, nachzufragen, was sie meinte. Donner konnte Gedanken lesen. *Death Rescue* ging weiter. Bisher hatte sein Gerät keinen neuen Signalton abgegeben, dafür hatte eine Veränderung auf dem Display stattgefunden. Es informierte ihn, dass Spieler 3 und Spieler 4 das erste Level gestartet hatten.

»Jens und Ulf sind dran, habe ich recht?«

»Wie es aussieht, führt die App sie zu zwei verschiedenen Orten. Dort erhalten sie vermutlich ihre Aufgaben«, gab Anne Auskunft. »Du weißt, was das heißt. Er will wieder töten.«

Er, der Spielmann.

Zwei Orte, sagte sie. Bedeutete das auch, dass es sich um zwei Opfer handelte? Diese Möglichkeit schien ihm am wahrscheinlichsten. Bisher war er davon ausgegangen, dass pro Level ein Menschenleben auf dem Spiel stand.

»Was erzählt sie?«, flüsterte sein Vater in sein anderes Ohr.

Donner machte eine Wischbewegung, damit er still blieb. Er schnappte die Mappe und klemmte sie sich unter den Arm. Dann ging er zur Zimmertür und legte die Hand auf die Klinke. »Okay, ich bin hier fertig. Wo sind die beiden jetzt?«

Statt geradeheraus zu antworten, stammelte sie nur sinnlos herum.

Ihre Reaktion missfiel ihm. »Was ist los?«

»Das fragst du noch, Erik? Auch wenn du es nicht zugibst, du gierst nach solch einer Gefahr. So ist dein ganzes Wesen. Aber versteh bitte, dass ich Angst um dich habe. Ich möchte nicht für die nächsten zwanzig Jahre dein Grab pflegen müssen.«

Sie hatte recht, seine Antennen drehten sich unaufhörlich in Richtung der Gefahr. Eigentlich empfand er es sogar als tröstlich, wie sie sich um ihn sorgte, aber im Augenblick stand ihm nicht der Sinn nach solchem Beziehungskram. »Komm schon, Jens ist viel zu unerfahren, um das alleine durchzustehen.«

»Bisher hat Jens solide Arbeit geleistet, er kommt klar. Bei dir bin ich mir allerdings nicht so sicher.«

Auch wenn sie es bestimmt nicht so meinte, ärgerte er sich über das Gesagte so sehr, dass er einen Stich im Herzen spürte. Langsam fragte er sich wirklich, was sie an dem Schnösel fand.

Sie nimmt ihn in Schutz.

Sicherlich war Wagner ein verlässlicher Kollege, eifrig und von schneller Auffassungsgabe, aber deshalb konnte er Donner noch lange nicht das Wasser reichen.

Und Selbiges werde ich ihm wohl bald abgraben müssen. Wobei der ja eh nur Energydrinks säuft.

»Ach, was willst du mir denn damit genau sagen? Vielleicht hältst du mich ja mittlerweile für zu alt.«

»Bitte? Für was denn zu alt?«

»Einfach für alles.«

Sie seufzte. Auch Donner fand die Diskussion unerträglich. Besonders, weil er untätig in dem muffigen Arbeitszimmer herumstand, während ihm sein Vater in den Nacken atmete.

»Falls du es genau wissen willst«, erklärte Anne, »*Death Rescue* hat verlangt, dass die Mitspieler ihre Aufgabe allein bewältigen.«

»Soll das etwa heißen, du hast die beiden tatsächlich ohne Unterstützung losgeschickt?«

»Für wie naiv hältst du mich eigentlich? Natürlich werden die beiden von je einem Fahrzeug der Bereitschaftspolizei verfolgt, die im Notfall eingreifen. Wir gehen kein Risiko ein.«

»Und was soll ich deiner Meinung nach jetzt tun?«

»Erinnere dich an deine Sprechtaste in der App. Damit dürfen wir mit unseren Mitspielern kommunizieren. Vielleicht benutzt du erst mal die, wenn es brenzlig wird.«

Donner schaute auf das Gerät. Sofort war er geneigt, sie zu betätigen, aber er fand keine entsprechende Schaltfläche. »Da ist nichts.«

»Bist du dir sicher?«

»Ja, verdammt. Ich …«

In dem Moment ertönte kurz die Melodie aus der *Zauberflöte*. Gleich darauf tauchte im Hintergrund ein verschwommenes Bild von einer Person auf. Vermutlich zeigte das Foto eines der Opfer, aber eine Identifizierung war wegen der Unschärfe unmöglich. Er konnte nicht einmal erkennen, ob es sich um einen Mann oder eine Frau handelte.

Über dem Bild standen eine Frage und die Schaltflächen *JA* und *NEIN*.

Spieler 1, möchtest du in dieses Level einsteigen?

(Von deiner Entscheidung hängt ein Menschenleben ab.)

Donner schaute seinen Vater an, der mit verbissener Miene nickte. »Anne, ich bin im Spiel.«

»Ja, ich sehe es auf meinem Gerät. Bitte, Erik, du weißt, dass der Schwierigkeitsgrad im Laufe eines Spiels zunimmt …«

Von ihnen beiden war Anne die leidenschaftlichere Computerspielerin, aber das mit dem Schwierigkeitslevel wusste er noch von seiner allerersten Spielkonsole.

Nachdem er seine Teilnahme bestätigt hatte, erschien ähnlich wie bei Google Maps eine Stadtkarte – und darauf blinkte ein roter Punkt.

KAPITEL 22

Inzwischen befanden sich im Besprechungsraum der KPI nur noch Kolka und Lehnhard. Von hier aus koordinierten sie den Einsatz. Beide lauschten den Gesprächen über die Mitspielerhandys. Zeitgleich warteten sie auf das Eintreffen des LKA-Fachmanns und den Bericht von Oberkommissar Fitz und Staatsanwalt Krause nach der Telefonbefragung von Jonny Herzig.

Neben den dienstlichen Notwendigkeiten hatte sie ihre Mutter verständigt, damit sie Malte vom Sport abholte. Unterdessen fragte Kolka sich die ganze Zeit, wann wohl die App ihren Namen aufrufen würde und welche Aufgabe ihr dann zukam.

Anfangs hatte sie Probleme mit der Bedienung von *Death Rescue* gehabt, aber nach einiger Übung hatte sie dem Polizeipräsidenten die Funktionsweise in aller Kürze erklären können. Zwar war die Oberfläche schlicht gehalten, dennoch wirkte die App wie eine Alphaversion, deren Handhabung noch der Feinschliff fehlte. Schicke Grafiken oder umfangreiche Funktionen waren allerdings auch unnötig. Letztlich sollte *Death Rescue* nur töten.

»Haben wir Bertram Dienelt endlich erreicht?«, erkundigte Kolka sich bei Lehnhard nach dem pensionierten Kollegen.

»Eine Streife vom Revier Südwest hat ihm vom Unglück seiner Tochter erzählt«, antwortete die Gefragte. Seiner Tochter Claudia, die auf der Intensivstation im Koma lag, weil man ihr den Bauch aufgeschnitten, ein Handy hineingelegt und sie an Eriks Bett gefesselt hatte. »Obwohl Dienelt kaum noch Kontakt zu seiner drogenabhängigen Tochter pflegt, soll er bestürzt gewesen sein, als er hörte, was man ihr angetan hat. Er ist auf dem Weg hierher.«

»Hoffen wir, dass er uns mehr darüber erzählen kann, was hier aktuell los ist.« Wobei Kolka längst eine Ahnung hatte, denn die beigelegte Erklärung im Aktenkoffer war ziemlich eindeutig. Es sollte fortgeführt werden, was einst als tödliches Spiel eines Telefonkillers begonnen hatte. »Tu mir einen weiteren Gefallen, Marie, kontaktiere Henrike Sommer und Alexander Mettmann. Soweit ich weiß, arbeiten beide mittlerweile beim Kriminaldienst Nordost. Zusammen mit Dienelt waren sie damals im K11 tätig und maßgeblich an der Festnahme Herzigs beteiligt.«

Kriminalkommissar Jens Wagner erreichte den Theaterplatz und sah sich um. Unzählige Menschen gingen an ihm vorbei. Niemand sprach ihn an oder schien Notiz von ihm zu nehmen. Er schaute auf das Handy mit der App. *Death Rescue* hatte ihn hierhergeführt.

Er wusste, dass sich ein Fahrzeug, besetzt mit drei Bereitschaftspolizisten, in der Nähe aufhielt. Er hatte kurz mit den Beamten geredet. Sie sollten auf sein Zeichen warten, falls die Situation eskalierte. Bis dahin würde er allein zurechtkommen. So hatte er es ihnen mitgeteilt.

Von der befahrenen Straße der Nationen lief er die Stufen hinab zum Opernhaus.

»Ich bin eingetroffen«, gab er seiner Chefin Annegret eine kurze Info zum Standort.

»Siehst du irgendwas?«, kam es zurück.

»Bisher nicht, die App hat noch keine neue Anweisung gegeben.«

»Sei vorsichtig.«

Trotz der Anspannung musste er schmunzeln. »Machst du dir Sorgen um mich?«

Sie zögerte. »Um alle meine Beamten.«

Er ging direkt auf die Oper zu, die zwischen dem angrenzenden König-Albert-Museum und der Petrikirche lag. Neben dem Eingang hing in einem Glaskasten ein riesiges Plakat. Am heutigen Abend führte man Mozarts *Zauberflöte* auf.

Wagner schaute auf seine Uhr.

Seit knapp einer Viertelstunde lief die Vorstellung.

Kriminaloberkommissar Malchius Fitz stürmte als Erster aus dem Vernehmungsraum. Er warf einen flüchtigen Blick auf das fremde Mobiltelefon, registrierte, dass das Spiel weiterging, und ließ das Gerät in seiner Manteltasche verschwinden. Ihm folgte der Staatsanwalt wie der Teufel einer Seele.

»Bleiben Sie gefälligst stehen!«, rief Krause.

Widerwillig gehorchte Fitz. Er drehte sich aber nicht um, sondern wartete, bis der Staatsanwalt ihn umrundet hatte.

»Was ist da am Telefon eben passiert?«

Wie mit Kriminalhauptkommissarin Kolka abgesprochen, hatte Fitz mit Herzig geredet und dabei versucht, zwischen den Zeilen zu lesen. Teilweise hatte er Erfolg gehabt. Doch das konnte er Krause natürlich nicht direkt sagen, denn der verfolgte offenbar eine andere Strategie.

»Wir haben erfahren, dass uns der Spielmann in der Hand hat.«

»Kein Wunder bei Ihrer dilettantischen Gesprächsführung! Sie haben sich mit Herzig unterhalten, als hockten sie gemeinsam in einer Kneipe.«

»Wieso auch nicht? Im Gegensatz zu Ihnen hat er mich nicht angeschrien.«

Krause wedelte scharf mit dem Zeigefinger. »Ich weiß ja nicht, wie Sie in München Ihre Arbeit verrichten, aber bei uns sind die Rollen klar verteilt. Wir sind die Guten und der da«, er zeigte zum Zimmer, »ist der Böse, verstanden?«

Fitz schluckte seinen Ärger hinunter. Wenn er sich jetzt aufregte, würde das nur seiner Lunge schaden. Darauf hatte er noch weniger Bock als auf Krauses Moralpredigt. Beherrscht sagte er: »Sie sollten mit Jonny Herzig kooperieren. Dann haben wir wenigstens eine geringe Chance.«

Krauses Augen weiteten sich. »Sind Sie wahnsinnig? Ich werde dafür sorgen, dass er absolute Kontaktsperre erhält. Wenn er nicht nach draußen kommunizieren kann, ist der Spuk hoffentlich bald vorbei.«

Diese Taktik mochte eine gewisse Logik enthalten, trotzdem hielt Fitz die Entscheidung für unvernünftig. »Man hat mir erzählt, Sie wären vor einiger Zeit beinahe Oberstaatsanwalt geworden.«

»Was wollen Sie denn damit andeuten?«

»Ach, mir fällt nur ein, dass Scheitern in unserer Natur liegt. Davor sollten Sie keine Angst haben.«

»Gescheitert? Weil ich nicht …? Also, das ist doch …«

»Und falls Sie einen Rat für Ihre Karriere brauchen: Tragen Sie stets blitzblank geputzte Schuhe.«

Tatsächlich schaute Krause zu Boden, verglich ihre beiden Schuhpaare miteinander und blähte die Backen auf. »Moment, wie alt sind Sie eigentlich? Sechzig? Fünfundsechzig? Sie sind immer noch Oberkommissar, und da geben Sie mir Karrieretipps?«

»Niemand hat behauptet, dass das mit den geputzten Schuhen funktioniert.«

Kriminalhauptmeister Ulf Konopka erreichte die Gießerstraße kaum fünf Minuten, nachdem er mit dem klapprigen Dienstwagen vom Hof der KPI gerollt war. Bei seiner Ankunft im Stadtteil Sonnenberg tuckerte der Motor des Wagens so laut, dass etliche Anwohner aus dem Fenster schauten.

Bevor er ausstieg, griff er in die Tasche, die auf dem Beifahrersitz stand, zog einen Flachmann heraus, schraubte den Deckel auf und trank sich Mut an. Anschließend warf er sich einen Pfefferminzkaugummi in den Rachen.

Beim Gehen dachte Konopka immerzu daran, in was für einer unfreundlichen Gegend er sich aufhielt. Mit gesenktem Kopf ging er an einem dunklen Hauseingang vorbei. Hatte sich da drin gerade ein Schatten bewegt? Hoffentlich nicht. Er beschleunigte seinen Schritt.

Anders, als er seinen Mitmenschen ständig vorspielte, war er nämlich ein Feigling. Bisher hatte er seine Kollegen erfolgreich täuschen können, hatte mit frei erfundenen Episoden aus seinem Dienstleben für Erstaunen gesorgt. Anfang der Zweitausender habe er angeblich einen Drogenboss an die Fahnder vom LKA geliefert. Und er sei Leibwächter des ehemaligen Ministerpräsidenten Kurt Biedenkopf gewesen. Alles gelogen. In Wahrheit fuhr er nicht einmal allein in einen Supermarkt, wenn dort ein Detektiv einen jugendlichen Ladendieb an die Polizei übergeben wollte.

Hätte er zu Hause nicht seinen treuen Labradorrüden Conan, dann würde er wohl vor Beklemmung in der eigenen Wohnung durchdrehen. Hinzu kam, dass er nicht nur ein Feigling war, sondern auch ein Trinker.

Es war völlig behämmert gewesen, sich auf das Spiel einzulassen. Warum hatte er sich nur von dem jungen Wagner überreden lassen? Klar, weil er, Ulf Konopka, vor seiner attraktiven Dienstgruppenführerin und dem K11 als harter Hund hatte dastehen wollen. Jetzt war es zu spät für einen Rückzieher. Sein Daumenabdruck fesselte ihn an ein Mobiltelefon, von dem er nicht einmal wusste, wem es gehörte. Fast fühlte sich das Teil an wie eine elektronische Fessel.

Prompt meldete sich die App. Er hatte das vorgeschriebene Ziel erreicht. Ein leer stehendes Mehrfamilienhaus, dessen Eingangstür halb eingefallen war. Zerfledderte Zeitungen und schmutzige Werbeprospekte zierten die Treppenstufen wie ein armseliger Flickenteppich.

Das ganze Gebäude sah nicht besonders einladend aus. Doch der blinkende Punkt auf der Straßenkarte bei *Death Rescue* hatte ihn genau zu dieser Adresse gelotst. Ratlos, was er nun tun sollte, gab er seine Position durch und erkundigte sich bei Kolka, ob es neue Anweisungen gab.

Fast gleichzeitig erschien auf seinem Handy ein Text.

Bist du allein?

Konopka zögerte, denn zwei Straßen weiter stand ein Streifenwagen. Im weitesten Sinne konnte man die Frage jedoch mit Ja beantworten, was er schließlich tat.

Bist du dir sicher?

Wie ertappt schaute er sich um, dann bestätigte er erneut. Sofort wies ihn die App an, in das Gebäude hineinzugehen. Kurz dachte er daran umzukehren. Stattdessen schluckte er schwer, schaltete seine Taschenlampe an und tauchte in den düsteren Hausflur ein.

Er bemerkte nicht, dass ihm jemand folgte.

Donner raste mit seinem Volvo durch die Stadt. Auf dem Beifahrersitz saß sein Vater, der das Handy mit der App hielt und ihn entsprechend der Vorgabe an das Ziel lotste. Franz Donner hatte darauf bestanden, seinen Sohn zu begleiten.

»Bei diesem Spiel brauchst du meine Hilfe«, wiederholte er jetzt schon zum dritten Mal.

Der senile alte Kopp ist mir eher ein Klotz am Bein.

»Du verpasst dein Fußballspiel«, erwiderte Donner, hupte und überholte an der Kappler Drehe einen Citroën-Fahrer, der schon während der Fahrt über den Kaßberg Bremse und Gaspedal verwechselt hatte.

Bei dem waghalsigen Überholmanöver klammerte sich sein Vater am Angstgriff fest. »Seit wann interessiert mich Fußball? Da vorn rein!«

Donner gehorchte augenblicklich, schlug das Lenkrad scharf ein und nahm die Ampel bei Rot.

»Und jetzt wieder rechts!«

Reifen quietschten. Sekunden darauf kam der Volvo in der Voigtstraße vor einem leer stehenden Gebäude zum Halten. Beide stiegen aus. Laut der App waren sie angekommen.

»Weißt du, wo wir hier sind?«

»Und ob«, antwortete sein Vater und rüttelte am verschlossenen Eingang. »Das ehemalige Revier West.«

Kapitel 23

Damals (einundzwanzig Jahre zuvor)

Wie jeden Tag leerte die Angestellte der Geschäftsstelle den Briefkasten im Vorraum des Polizeireviers West. Über das Wochenende hatte sich ein ordentlicher Stapel Post angesammelt. Zwischen großformatigen Umschlägen, Schreiben mit amtlichen Siegeln, Bürgerbeschwerden, dem Werbezettel einer asiatischen Firma für Büromaterial, der Visitenkarte eines Schrottautoaufkäufers mit unaussprechlichem Namen und einem Schreibfehler in dem Wort Bestpreise (Pestpreise), der Bewerbung eines Konditors, der sich nach sechsundvierzig Jahren urplötzlich zum Hüter für Recht und Ordnung berufen fühlte, und einem Flugblatt mit kryptischem Inhalt und der Überschrift *Die Polizei, dein Feind und Henker* lag ein A4-Blatt mit der maschinenschriftlichen Anzeige eines anonymen Absenders.

Die Angestellte fächerte den gesamten Briefkasteninhalt auseinander, um einen Blick auf die Post zu werfen. Später würde sie sich fragen, wo denn das A4-Blatt abgeblieben war. Statt noch einmal in den Vorraum zu gehen, um nachzusehen, oder besser: vor die Eingangstür zu treten, würde sie ihre

Kaffeetasse leer trinken und sich mit dem Gedanken beruhigen, sie habe sich das anonyme Schreiben nur eingebildet.

Im Moment war noch alles in bester Ordnung. Das änderte sich schlagartig, als ein Rentner die Dienststelle betrat, weil ihm jemand bei *Netto* den Einkaufsbeutel samt Bargeld, Ausweisen und dem Passfoto seiner Frau gestohlen hatte. Über das Verbrechen war der Rentner natürlich mächtig erbost. Dabei hatte er die Henkel des Beutels sogar zweimal um den Haken am Einkaufswagen gewickelt und den Korb höchstens fünf Sekunden aus dem Blickfeld gelassen. Weg war weg. Jetzt musste er es der Polizei melden, die hoffentlich Großfahndung nach dem Portemonnaie auslöste. Um das Passfoto der Ehefrau war es weniger schade, aber alles andere war ihm wichtig.

Völlig in Panik riss er die Eingangstür auf. Die Angestellte grüßte, der Rentner knurrte zurück. Mit viel Schwung fegte nicht nur der Bestohlene in den Vorraum, sondern auch ein kräftiger Windstoß. Da sich die Briefkastenanlage direkt am Eingang befand, erfasste die Böe den Papierstapel, den die Angestellte etwas zu locker in ihren Händen hielt. Dabei segelte das A4-Blatt des anonymen Absenders zu Boden und flatterte – bevor sich die Tür gänzlich schloss – nach draußen. Dort wurde es von einem erneuten Windstoß ergriffen, gegen einen Gitterzaun gedrückt, wieder weggerissen und durch die Luft getragen. Mehr als fünf Stunden brauchte das Papier, um die Zwickauer Straße entlang bis zum Tierpark zu segeln. Irgendwann landete es in einem Gehege, wo es von einem Esel gefressen und von dessen Magen verdaut wurde.

Bis auf die Angestellte nahm kein einziger Polizist Notiz von der Anzeige. Weil niemand jemals vom Inhalt des Schreibens erfuhr, erhielt auch niemand Kenntnis von der Ehehölle der Maria Burgschick. Andernfalls hätte man das drohende Unheil und den Tod von sehr vielen Menschen eventuell verhindern können …

KAPITEL 24

Heute

»Fällt dir ein Grund ein, weshalb uns die App ausgerechnet hierher geführt hat?«, fragte Donner seinen Vater, nachdem beide das Objekt umrundet und nichts Auffälliges gefunden hatten.

Der Gefragte zuckte nur mit den Schultern. Vor mehr als zehn Jahren war im Zuge von Einsparungen und der damit verbundenen Zusammenlegung von Dienststellen das Polizeirevier West geschlossen worden. Weder er noch sein Sohn hatten jemals ihren Dienst an diesem Ort verrichtet.

»Auf jeden Fall ist hier alles dicht«, sagte Franz Donner und rüttelte an der alten, aber noch immer soliden Eingangstür. »Kann mir kaum vorstellen, dass da drinnen jemand ist, den wir retten sollen.«

Die Wahrheit ist noch viel prekärer. Wir sollen nämlich nur denken, wir könnten Menschenleben retten.

»Vielleicht muss man einfach nur richtig anklopfen.«

Anders als sein Vater zuvor, warf Donner sich mit vollem Körpereinsatz gegen das Türblatt und direkt beim ersten Versuch schwang die Tür nach innen.

Statt ihn zu loben, zischte Franz Donner nur: »Der Klügere gibt eben nach.«

»Kannst du nicht wenigstens einmal stolz auf mich sein?«

»Ich bin stolz auf *mich*, Erik. Denn es beweist, was für ein ganzer Kerl ich bin: Ich habe einen menschlichen Rammbock gezeugt.«

Nach dem kleinen Disput betraten sie einträchtig die ehemalige Dienststelle. Alles wirkte so verlassen, wie man sich ein aufgegebenes Amt aus den Neunzigern vorstellte. Ein paar Möbel, kaputte Lampen, kein Strom. Das Licht der Abenddämmerung, das durch die schmutzigen Fensterscheiben drang, reichte gerade aus, um nicht über die eigenen Füße zu stolpern.

»Hast du wenigstens eine Taschenlampe eingesteckt?«, fragte Donner.

»Ach ja, in meinem Ärmel steckt ein Notstromaggregat ohne Benzin! Herrje, wer von uns beiden ist denn der aktive Polizist?«

»Schon klar.« Donner holte sein Feuerzeug aus der Hosentasche und entzündete die Flamme.

»Ah, mein altes Sturmfeuerzeug mit der russischen Gravur. Du trägst es bei dir.«

Es war wirklich ein ganz besonderes Feuerzeug. Auf dem Gehäuse stand in kyrillischen Buchstaben *Grom*.

Grom bedeutet Donner.

»Hörst du das?«, fragte Donner, weil er ein Geräusch vernahm.

Franz Donner zeigte in den hinteren Teil der Etage. »Es kommt von dort irgendwo.«

Es hörte sich wie ein Schaben an.

Augenblicke danach hatten sie die Geräuschquelle gefunden. Auf der verstaubten Auslegware stand ein Kleintierkäfig. Darin befand sich eine fette schwarze Ratte, die mit ihren

Krallen auf dem blanken Kunststoffboden kratzte und ihre Zähne in die Gitterstäbe verbiss.

Bevor Donner darüber nachdenken konnte, was das Tier zu bedeuten hatte, piepte sein Mobiltelefon. Längst hatte sich seine Befürchtung bewahrheitet. Über das Gerät ortete der Täter permanent den Standort der Mitspieler. Donner hatte den Käfig gefunden und die App gab zur rechten Zeit neue Anweisungen.

Hi, ich bin Anne.

Über den Namen wunderte Donner sich. Erschrocken schaute er zur Ratte, dann las er weiter.

Vor einundzwanzig Jahren habe ich einen dringenden Hinweis in den Briefkasten der Dienststelle gesteckt. Wäre man der Sache nachgegangen, wäre Schlimmes verhindert worden. Aber hier haben keine Polizisten gearbeitet, sondern Ratten gelebt. Und Ratten können nur fressen. Sie haben den Hinweis gefressen.

Als auch sein Vater die Zeilen gelesen hatte, scrollte Donner den Text mit dem Daumen weiter nach unten.

Wenn du Spieler 4 helfen willst, einen Menschen zu retten, brauchst du den Hinweis.

Die Nachricht war zu Ende. Franz Donner trat dicht an den Käfig heran und betrachtete ihn von oben, wobei er nachdenklich die Finger an sein Kinn legte. »Fällt dir etwas auf, Erik?«

Sofort wusste Donner, was er meinte. Auf dem Deckel lag eine längliche Glasscherbe. Ihre Form erinnerte an eine Klinge.

Sie haben den Hinweis gefressen.

Unwillkürlich dachte er an die Szene, als er einer gefesselten Frau ein Handy aus dem Leib geschnitten hatte. Er bezweifelte, dass sich am Bauch des Nagers eine Naht befand.

»Sie haben den Hinweis gefressen«, murmelte er.

»Dann weißt du ja, was zu tun ist.«

»Ich packe das Vieh garantiert nicht an.«

»Wieso? Weil es Anne heißt?«

»Nein, weil ich keine Tiere quäle.«

»Jetzt hör mir genau zu!« Unvermittelt packte sein Vater ihn am Nacken und zog sein Gesicht dicht ans eigene. Im Schein der Flamme loderte es in seinen Pupillen wie Feuer. »*Das* ist noch gar nichts. Wenn der Spielmann das alles arrangiert hat, dann solltest du dich darauf einstellen, dass es noch sehr viel schlimmer wird.«

Noch schlimmer ...

Donner dachte an die aufgeschnittene Drogenabhängige und den Bohrapparat, der beinahe Simone Peschels Schädel durchstoßen hätte. Irgendwie hatte sein Vater recht. Die beiden Frauen dienten lediglich der Einstimmung auf das Spiel. Und nun standen sie vor der eigentlichen Herausforderung.

Einsichtig nickte er. »Und was machen wir jetzt?«

Franz Donner zog ein zusammengeknülltes Stofftaschentuch aus seiner Hosentasche und ging in die Knie. Behände wie ein Jäger in der Wildnis wickelte er das Tuch um einen Teil der Scherbe. Damit hatte sie einen Griff.

Mit dem provisorischen Messer schaute er auf. »Hältst du den Nager wenigstens fest?«

Es war zwar nur eine Ratte, aber Donner konnte es nicht. Entsprechend schüttelte er den Kopf.

»Dachte ich mir«, murrte sein Vater, öffnete den Käfigdeckel und griff hinein.

Eine Minute später wischte er sich die blutverschmierten Hände ab. Vor seinen Füßen lag die tote Ratte. Gedärme ragten aus dem aufgeschnittenen Körper heraus. Und etwas anderes war zum Vorschein gekommen: ein Metallstift.

Donner hob ihn auf und hielt ihn dicht vor sein Gesicht. Er erkannte Zacken und Vertiefungen. »Sieht fast wie ein Sicherungsstift aus ...«

»Fragt sich bloß, wofür?«

In dem Moment fiel Donner ein, dass die App ihm keine neue Anweisung gegeben hatte. Demnach durfte er sich womöglich frei bewegen.

Wenn du Spieler 4 helfen willst, einen Menschen zu retten, brauchst du den Hinweis.

»Wir müssen zu Ulf Konopka!«

KAPITEL 25

Als Konopka mutterseelenallein in dem dunklen Mehrfamilienhaus stand und prüfte, ob sich sein Funkgerät, mit dem er notfalls Hilfe herbeirufen konnte, noch am Gürtel befand, meldete sich das Mobiltelefon.

Deine Spielfigur ist ganz in der Nähe. Ihr bleiben fünf Minuten. Wie wäre es mit einem Quiz, um ihr mehr Zeit zu verschaffen?

Während Konopka versuchte, die Nachricht gedanklich zu erfassen, fuchtelte er mit der Taschenlampe herum. Der Strahl fiel auf die Kellertür. Sie war halb geöffnet. Mit der Schuhspitze schob Konopka sie vollständig auf. Die Scharniere quietschten. Vor Schreck zuckte er zusammen. Der Lampenschein erhellte die Treppenstufen und an deren Ende spiegelte sich das Licht auf einer Wasseroberfläche. Der Kellerbereich war überflutet. Hier unten war offenbar eine Sackgasse. Demzufolge musste er jede Etage und jede Wohnung einzeln absuchen. Er nahm die Treppe nach oben und beobachtete erstaunt, was sich auf dem Handy tat.

Wann fand die Uraufführung von Mozarts Zauberflöte *statt?*

Über dem Eingabefeld startete ein Countdown von zehn Sekunden. Konopka verharrte in der Bewegung, weil er im ersten Moment an einen Scherz glaubte. Geistesgegenwärtig drückte er die Sprechtaste.

»Die Uraufführung der *Zauberflöte*!«, brüllte er in das Smartphone. »Wann war die?«

Kolka reagierte als Erste: »Was?«

»Scheiße, die *Zauberflöte*! Ich brauche das Datum der Uraufführung!«

»Wir schauen im Internet nach«, kam es zurück.

»Schnell! Sieben Sekunden! Sechs …«

»Marie sucht ja schon …«

»Fünf!«

»Warte!«

»Nein, ich kann nicht. Vier.« Obwohl noch gar nichts passiert war, lief Konopka der Schweiß von der Stirn.

»30. September 1791. Hörst du?«

Für eine Erwiderung blieb ihm keine Zeit. Hektisch tippte er das Datum in das Eingabefeld. Versehentlich verwechselte er eine Ziffer, musste löschen und korrigieren. Noch bevor er die Jahreszahl beendet hatte, sprang der Timer auf null.

Falsch. Deiner Spielfigur wird 1 Minute abgezogen. Zweite Frage …

»Scheiße, das ist ein verdammtes Todesquiz!«, schrie Konopka und begann, die erste Etage trotz aller Furcht und Verzweiflung abzusuchen. »Das kann man unmöglich wissen.«

»Beruhige dich«, antwortete Kolka. »Wir schaffen das gemeinsam.«

»Ich bin auf dem Weg zu dir«, hörte er Donner sagen. »Halt durch.«

»Ja … Nein, bleib mir fern, verdammt, ich muss das alleine überstehen, ansonsten beendet er es sofort.«

Welche Farbe hat die Feder von Papageno?

Wieder eine Frage zur *Zauberflöte*. Wieder zählte eine Uhr abwärts. Wieder blieben ihm zehn Sekunden. Wieder gab er die Aufgabe an die anderen weiter.

»Was für ein Schwachsinn«, sagte Kolka aus dem Handy. »Es gibt unzählige Bühnendarsteller und auch bei den Google-Bildern sieht Papagenos Kleidung immer verschieden aus.«

»Moment!«, meldete sich Wagner. »Du sprichst die Bekleidung an. Ich stehe vor der Oper. Hier ist ein Plakat mit einem Darsteller. Ich glaube, es ist der Vogelmensch.«

»Die Zeit läuft!«, erinnerte Konopka. »Was soll ich denn eingeben?«

»Grün«, antwortete Wagner, fünf Sekunden vor Ablauf des Countdowns. »Auf dem Bild hat er eine grüne Feder im Haar.«

Penibel genau tippte Konopka das Wort ein.

Richtig. Deiner Spielfigur wird keine Minute abgezogen.
Dritte Frage …

»Dieses Schwein! Er zieht Zeit ab, gibt aber keine dazu.« Konopka spähte in die leeren Wohnungen und lief in die nächste Etage. Insgesamt bestand das Haus aus fünf Stockwerken.

»Behalt deinen Akku im Blick, Ulf«, mahnte Wagner. »Nimm die Sprechfunktion nur, wenn es unbedingt nötig ist.«

Der Kommissar hatte recht. Aber gegenwärtig war Konopka die Akkuanzeige scheißegal. Er wollte nur das hier durchstehen, danach würde er ohnehin aussteigen.

Wie viele Sitzplätze hat das Opernhaus auf dem Theaterplatz?

Ohne zu zögern, gab er die Frage weiter. »Jens, wie viele Sitzplätze hat unsere Oper?«

»Das ist nicht dein Ernst, oder?« Natürlich wusste Wagner, dass es todernst war. »Da muss ich am Einlass nachfragen. Moment, ich ...«

»Acht Sekunden!«

Die Frist verstrich. Konopka durchsuchte weiter das Haus, einen Finger immer auf dem Display.

»Im Internet finden wir nur einen Sitzplan«, schaltete Kolka sich dazwischen. »Wir zählen schon das Parkett und die Logen zusammen ... verflucht!«

»Die Angestellte am Eingang weiß es nicht«, meldete sich Wagner. »Es müssten über sechshundert sein.«

»Zu unkonkret«, sagte Konopka. »Vier Sekunden!«

»Laut Plan müssten es 657 sein«, kam es von Kolka.

Konopka tippte die 6.

»Nein, die haben kürzlich umgebaut«, wandte Wagner ein. »Warte, ich suche schon jemanden vom Personal ...«

Es blieb keine Zeit mehr. Konopka entschied, die genannte Zahl von Kolka zu nehmen.

Falsch. Deiner Spielfigur wird 1 Minute abgezogen. Letzte Frage ...

Inzwischen war Konopka im Haus ganz oben angekommen.

Was ist die Letzte von drei Prüfungen, die Tamino und Pamina bestehen müssen?

Er stand in der obersten Etage, musste sich jedoch auf die Lösung konzentrieren.

»Annegret«, sprach er Kolka direkt an, weil sie und Lehnhard am Computer saßen. »Taminos letzte Prüfung? Welche ist das?«

»Augenblick.«

»Acht Sekunden. Sieben ...«

»Laut Wikipedia ist es die Feuer- und Wasserprobe.«

»Wie soll ich denn das schreiben?«, fragte Konopka, doch aufgrund der Zeitnot entschied er sich für die kürzeste Variante. Er tippte: *Feuer und Wasser.*

Richtig. Deiner Spielfigur wird keine Minute abgezogen. Verbleibende Zeit: 2:11. Der Schlüssel liegt vor der Tür.

Die Antwort war richtig, aber *Death Rescue* spielte total unfair. Die ursprünglichen fünf Minuten waren schon während des Quizspiels gestartet.

»Hast du jemanden entdeckt?«, fragte Donner über das Handy.

»Nein«, sagte Konopka, doch ihn hatte längst ein Geistesblitz getroffen.

Ohne die letzte Etage zu überprüfen, stürmte er die Treppe hinunter. Er dachte an die Lösung der vierten Frage. Feuer- und Wasserprobe. Im Keller stand das Wasser knöchelhoch.

»Sein Opfer befindet sich im Keller!«, brüllte er. »Dort muss auch ein Schlüssel ...«

Im selben Moment erhellte seine Taschenlampe das Gesicht eines Gespenstes. Kreischend rutschte Konopka von der Stufenkante, die Lampe flog hoch, das Handy glitt ihm aus den Fingern und polterte die Treppe hinunter. Als er auf dem Rücken zum Liegen kam, krachte auch noch die Taschenlampe gegen seine Stirn. Dann wurde ihm schwarz vor Augen.

Kapitel 26

Als Konopka zu sich kam, sah er den düsteren Hausflur wie unter einem Schleier. Das Geistergesicht tanzte vor ihm hin und her. Worte drangen als dumpfe Echos an sein Ohr, ergaben jedoch keine zusammenhängenden Sätze.

»Knete ... dich fertig ... nie hergekommen ...«

Erst als fremde Hände seinen Körper abtasteten, erfasste er die Situation vollständig. Unbemerkt war ihm jemand gefolgt, und derjenige raubte ihn gerade aus.

»Dein Handy behalte ich schon mal«, sagte der Unbekannte, während er Konopkas Portemonnaie in die Luft hob und es aufklappte. »Scheiße, bist du ein Bulle?«

Er hatte die Kripomarke entdeckt.

Noch benommen vom Sturz und mit fürchterlichen Kopfschmerzen, stieß Konopka seine Faust nach vorn. Sein Schlag streifte nur die Schulter des anderen. Im Gegenzug wurde sein Arm gepackt und unnatürlich verdreht.

»Was willst du? Mir deine Uhr geben?«

Endlich klarte sich Konopkas Sicht auf. Im diffusen Taschenlampenschein erkannte er seinen Peiniger. Ein massiger Kerl mit zernarbtem Gesicht unter einer schwarzen

Joggingkapuze. Geschätzt war der Mann kaum älter als fünfundzwanzig. Konopka selbst lag wehrlos auf der Treppe. Sein Schädel brummte. Auf ihm hockte der Fette und versuchte die *Casio*-Armbanduhr von seinem Handgelenk zu zerren.

Plötzlich ließ er den Arm los und griff Konopka an die Seite. »Ey, ist das 'ne echte Knarre?«

Bevor Konopka reagieren konnte, hielt ihm der andere den Lauf der Dienstwaffe vor die Nase. Komischerweise hatte er weniger Angst um sein eigenes Leben als um das des Menschen, der sich vermutlich im Keller befand und dessen Zeit ablief.

»Hören Sie«, redete Konopka. »Da unten stirbt vielleicht gerade ein Mensch.«

»Halt die Fresse, sonst stirbt hier oben gleich jemand.«

»Ulf, was ist los?«, drang es aus dem Handy, das der Fremde in der linken Hand hielt.

»Ulf? Das ist doch dein beschissener Name. Wer spricht aus dem Teil, hä?«

Für Erklärungen blieb Konopka keine Zeit. Und selbst wenn, war es fraglich, ob der Kriminelle es begreifen würde. Für solche Typen zählten nur Bargeld und Wertgegenstände, um sich beim Dealer schleunigst das nächste Ticket ins Traumland abholen zu können. In der Realität gab das Hirn dafür nicht mehr viel her.

Mit dem Mut der Verzweiflung packte Konopka die Pistole und drückte sie von sich weg. Er rechnete damit, dass sich jeden Moment ein Schuss lösen würde. Genau diese Sorge gab ihm Kraft. Auf einmal ging alles ganz schnell. Obwohl er sich in deutlich unterlegener Position befand, staunte er, wie spielend leicht er den Fremden von sich beförderte. Erst nach einem Augenblick der Besinnung erkannte er, dass klammheimlich Unterstützung eingetroffen war. Die drei

Bereitschaftspolizisten, die sich im Hintergrund halten sollten, standen plötzlich im Haus und hielten den schimpfenden
Kriminellen fest.

Konopka konnte sein Glück kaum fassen und atmete
erleichtert auf. Für einen Moment dachte er, er hätte sich vor
Angst in die Hose gemacht, aber was er spürte, war nur die
Nässe vom eigenen Schweiß. Wie ein Cowboy schob er die
Pistole vor den Kollegen zurück ins Holster. »Hatte alles im
Griff.« Und an den vernarbten Kerl gerichtet: »Hast Dussel,
dass die aufgetaucht sind, sonst wärst du fällig gewesen.«

Der Angesprochene spuckte verächtlich aus, woraufhin die
Uniformierten noch fester zugriffen.

Konopka verdrängte die Schmerzen hinter der Stirn und
an der Wirbelsäule, holte sich Handy und Geldbörse zurück
und hob seine Taschenlampe auf. Er gab den drei Polizisten die
Anweisung, den Mann abzuführen.

»Melde dich endlich, Ulf!«, drang Kolkas Stimme aus dem
Telefon.

Die App war noch aktiv. Das Kommando wirkte wie ein
Weckruf. Konopka schaute auf den Timer.

1:19.

Während er sich zurückmeldete, rannte er in den Keller.
Zuerst schreckte ihn das trübe Wasser ab, dann sprang er
ohne Rücksicht auf Schuhe, Socken und Hosenbeine hinein
und watete hindurch. Holzstücke, Plastiktüten, Blechdosen
und anderer Unrat schwammen an ihm vorbei. Er leuchtete
in die einzelnen Parzellen. Hier unten war alles dunkel, leer
und still.

»Ich brauche noch zwei Minuten!«, hallte Donners Stimme,
von Störgeräuschen unterbrochen, aus dem Handy.

Der Empfang wurde schlechter. Die App meldete sich und
zeigte das bekannte Daumenabdruckfeld.

Spieler 4, leg den Finger auf das Display und lass ihn dort.

Wie ferngesteuert gehorchte Konopka. Die Angst war zurückgekehrt. Die Angst vor dem, was ihn Schreckliches erwartete. Im selben Moment entdeckte er im letzten Kellerverschlag einen menschlichen Umriss. Einem Reflex folgend, wollte er zurückweichen. Schließlich überwand er sich und trat direkt vor das Holzgitter. Es war ein Mann. Das Alter schwer abschätzbar. Ebenso, ob er schon tot war. Zumindest hockte er wie tot auf einem Stuhl. Geradezu totenstarr, die Schultern hängend, das Kinn auf die Brust gesenkt.

»Hallo!«, sprach Konopka ihn an und rüttelte an der Tür.

Sie war abgeschlossen. Zwischen den Stäben hindurch leuchtete er dem Mann ins Gesicht. Auf die Rufe und Blendwirkung kam keinerlei Reaktion zurück. Vermutlich hatten Durst, Erschöpfung und absackendes Blut ihm die Sinne geraubt.

»Ich habe jemanden gefunden!«, verständigte er seine Kollegen über die Sprechfunktion der App. »Hört ihr? Er ist gefesselt und … Moment …«

Konopka suchte nach Worten für das, was er noch sah. Über Mund und Nase des Mannes hing eine Art Atemschutzmaske, in deren Zentrum sich irgendeine technische Gerätschaft befand. Welchen Zweck sie hatte, konnte er von seinem Standort aus nicht erkennen. Dafür hätte er ganz dicht herantreten müssen, doch die verriegelte Tür hinderte ihn daran. Zwar bestand der Kellerverschlag aus Holzlatten, aber von der Innenseite war ringsum ein Maschendraht angebracht worden. Eine zusätzliche Sicherung. Somit war das Abreißen der Latten unmöglich. In so kurzer Zeit würde er niemals einen Durchgang frei bekommen. Ihm blieben nämlich nur noch vierundvierzig Sekunden.

Konopka musterte das Schloss am Riegel. »Ich brauche den Schlüssel«, rief er sich selbst in Erinnerung, was die App geschrieben hatte.

Höchstwahrscheinlich befand er sich irgendwo im Wasser. Er stierte abwechselnd auf die schmutzige Wasseroberfläche und auf das Handy. Beinahe hätte er das Mobiltelefon weggesteckt, doch gerade noch rechtzeitig dachte er daran, was die letzte Anweisung von ihm verlangte. Er sollte den Daumen ständig auf dem Display halten.

Hastig klemmte er die Taschenlampe unter seinen Arm, dann tastete er mit der freien Hand den überfluteten Boden ab.

KAPITEL 27

Vom ehemaligen Polizeirevier West raste Donner mit seinem Volvo zum Stadtteil Sonnenberg. Gleichzeitig lauschte er der Teamunterhaltung, die über die App geführt wurde. Demnach bekam Konopka irgendwelche Fragen gestellt, die mit der *Zauberflöte* zu tun hatten. Kein Wissensgebiet, zu dem Donner genügend beitragen konnte. Und selbst wenn er bei dem Thema mit mehr Allgemeinbildung gesegnet gewesen wäre, so schienen die Aufgaben speziell darauf ausgelegt zu sein, dass man sie innerhalb kürzester Zeit nur richtig beantworten konnte, wenn man bei *Wer wird Millionär?* bereits auf der schwarzen Liste der Superhirne stand.

Während Donner zuhörte und erfolglos miträtselte, betrachtete sein Vater auf dem Beifahrersitz den Sicherungsstift, den sie im Magen der Ratte gefunden hatten.

»Und warum glaubst du, braucht dein Kollege dieses winzige Teil so dringend?«, fragte er.

»Ich weiß es einfach, okay?«

»Manchmal beeindruckst du mich mit deiner Logik.«

Natürlich hätte Donner ihm jetzt erklären können, dass der Sinn von *Death Rescue* neben dem Töten darin lag, alle fünf

Mitspieler in das Spiel einzubeziehen. Stattdessen sagte er verbissen: »Bete einfach, dass wir vor dem Tod eintreffen.«

»Wenn ich bete, dann nur dafür, dass alle Leute, die ich nicht leiden kann, sämtliche Geschlechtskrankheiten der Welt bekommen. Und keine Sorge, du gehörst nicht dazu.«

Donner verdrehte die Augen. Sein Nervenkostüm platzte auch so bald aus allen Nähten angesichts der Tatsache, dass er sich mit der Anmeldung bei der App zum Spielball eines Durchgeknallten gemacht hatte.

Aufgeputscht vom Adrenalin und konzentriert auf den Straßenverkehr, nahm er erst vom Klingeln des Handys Notiz, als Franz Donner es aus der Mittelkonsole fingerte und ihm hinhielt.

Unbekannt leuchtete auf dem Display.

»Soll ich rangehen?«, fragte sein Vater ernst und deutete zum Lenkrad, weil Donner fuhr.

Für den Fall, dass am anderen Ende der Verbindung der Spielmann wartete, hielt Donner den Vorschlag für keine gute Idee. Entsprechend verneinte er, nahm ihm das Gerät ab und telefonierte, während er mit überhöhter Geschwindigkeit durch den abendlichen Verkehr kurvte.

»Sie sind schnell, Herr Donner«, hallte eine verzerrte Stimme im Hörer. »Falls Sie dieses Tempo beibehalten, erreichen Sie die Gießerstraße vermutlich innerhalb der nächsten Minute. Dennoch befürchte ich, dass Sie zu spät kommen werden.«

»Für was zu spät?«, hakte Donner nach.

»Natürlich für das grausame Spiel des Schicksals. Wieder wird es einen Unschuldigen treffen. Und es wird nie aufhören, wenn Sie mich nicht vorher stoppen.«

»Warum sollte ausgerechnet *ich* Sie stoppen wollen? Vielleicht trenne ich einfach die Verbindung, kurble das Fenster runter und werfe dieses Scheißhandy auf die Fahrbahn.«

Kein Lachen, kein zynischer Laut. Nur die eiskalte mechanische Stimme. »Hat Ihnen mein kleines Geschenk in Ihrem Bett noch nicht gereicht, um Ihren Ehrgeiz anzustacheln? Wollen Sie etwa genauso versagen wie Ihr Vater damals?«

Donner schaute zum Beifahrersitz, wo ihn sein Vater mit aufmerksamem Blick musterte. »Wie Sie bereits festgestellt haben, fehlt mir leider die Zeit, um mir Ihren Vortrag anzuhören. Sagen Sie mir einfach in aller Kürze, weshalb Sie mich anrufen.«

»Sie sollen wissen, dass Ihr Kollege höchstwahrscheinlich gleich einen Fehler machen wird. Darum geht es mir, ich will beweisen, dass Menschen sterben, weil andere Fehler machen.« Der Anrufer ließ eine Pause, Donner sprach nicht dazwischen. »Außerdem will ich, dass Sie sich anstrengen. Lassen Sie das Monster aus sich heraus. Ihr Vater hat mir gezeigt, dass er ein schwacher Mann ist. Ich halte Sie für besser, jedoch nicht für gut genug, um mich aufzuhalten. Und solange Sie mir nicht das Gegenteil bewiesen haben, werden Menschen sterben.«

»Und wenn schon, jeder hat irgendwelche Leichen im Keller.«

»Sicherlich wissen Sie auch, was das Problem mit Leichen im Keller ist.«

»Sie fangen irgendwann an zu stinken«, gab Donner die offensichtliche Antwort. Zugleich lagen ihm sämtliche Beschimpfungen, die er kannte, für sein Gegenüber auf der Zunge. Doch im Moment war es wichtiger, schnellstmöglich und unversehrt zu Konopka zu gelangen. Deshalb sagte er lediglich: »Sie sind nicht der Spielmann.«

»Oh doch, der bin ich.«

Kapitel 28

Durch den Druck auf das Handydisplay, auf welches Konopka ununterbrochen seinen Daumen presste, knackte bereits das Gehäuse.

»Bin auf der Dresdner Straße«, drang abermals Donner aus dem Lautsprecher. »Warte unbedingt auf mich, Ulf. Ich habe etwas, was du brauchst.«

Konopka konnte weder antworten noch länger warten. Er musste den Schlüssel für das Türschloss finden. Und zwar in weniger als einer halben Minute, sonst würde mit dem Mann in der Kellerparzelle bestimmt Schreckliches passieren. Doch sosehr er im Schmutzwasser herumrührte, seine Fingerspitzen ertasteten nur die raue Oberfläche des Betonbodens mit den darauf befindlichen Kieselsteinchen. Die verrinnenden Sekunden führten dazu, dass er zunehmend hektischer agierte. Zu allem Überfluss rutschte ihm die Taschenlampe aus der Armbeuge. Geschickt fing er sie auf, dafür entglitt ihm das Handy und landete mit einem Klatschgeräusch in der dunklen Brühe.

»Scheiße!«

Einen Moment schaute er wie erstarrt in das Kellerabteil, was dort passierte. Nichts. Das Handy war weg, die Verbindung zu *Death Rescue* gekappt, aber es tat sich nichts.

Wieder tauchte er die freie Hand ins Wasser, um den Bereich vor der Tür abzusuchen. Als er fast nicht mehr daran glaubte, stießen seine Finger an etwas, das sich zu unförmig für ein Steinchen anfühlte. Er klaubte den Gegenstand auf und tatsächlich beförderte er einen Schlüssel ans Licht.

Hastig steckte er ihn in das Vorhängeschloss. Vor Aufregung brauchte er mehrere Versuche, dann klickte der Schließmechanismus. Er schlug den Riegel nach hinten, riss die Tür auf und trat auf den Mann zu. Inzwischen musste der Timer abgelaufen sein. Er konnte nur schätzen, denn das Handy lag irgendwo im Wasser.

Er verharrte vor dem reglosen Mann und wusste überhaupt nicht, was er tun sollte. Konopka war auch keiner von den Kollegen, die sich in vorderste Reihe drängten, sobald vor ihm ein toter Körper lag. Wenn wenigstens Donner schon hier wäre. Der alte Leichenschänder liebte solche morbiden Angelegenheiten, und manche behaupteten sogar, er könne sich mit Fliegen und Verstorbenen unterhalten.

Unsicher begann er, den Fremden auf dem Stuhl zu betasten. Dabei wünschte er sich, er hätte beim Erste-Hilfe-Kurs besser aufgepasst. Puls, Atmung … Irgendwie fühlte sich der Gefesselte lebendig an …

Wie von den Toten aufgeweckt, riss der Mann den Kopf hoch. Er stierte Konopka zuerst voller Panik an, dann verdrehte er die Augen und schaute auf den Mundschutz. Er gab erstickende Laute von sich, als steckte ihm etwas im Rachen. Gleichzeitig zerrte er an seinen Fesseln.

»Was soll ich tun?«, kreischte Konopka.

Einer inneren Logik folgend umfasste er den Mundschutz und wollte ihn herunterreißen, aber das Ding saß fest. Offenbar war er auf der Haut angeklebt. Während er versuchte, die Haftung mit den Fingernägeln zu lösen, merkte er, wie die

Maske warm wurde. Außerdem spürte er leichte Vibrationen wie von einem eingebauten Motor.

Unverkennbar arbeitete in der Maske ein Gerät.

Kurz darauf begann der Kopf des Mannes unkontrolliert zu zittern. Diesmal riss er die Augen so weit auf, dass seine Augäpfel drohten zu platzen. Seine blasse Haut färbte sich rot vor Hitze. In seinem Gesicht stand das blanke Entsetzen. Konopka roch es. Nein, es stank. Nach verbranntem Fleisch.

»Oh Gott!«, stieß er aus, als er erkannte, was da in dem Mundschutz für ein Gerät steckte.

Ein Heizstab, der sich erhitzte.

Auf perverse Weise ergab die Feuer- und Wasserprobe auf einmal Sinn. Wenn er ihn nicht von der Maske befreite, würde der Rachenraum des Mannes verglühen. In seiner Verzweiflung schaute er genauer hin und entdeckte zwei dünne Drähte, die am Halsbereich mit hautfarbenem Klebeband befestigt und deshalb bei flüchtiger Betrachtung schwer zu erkennen waren. Er umrundete den Mann und erkannte auf der Rückseite der Stuhllehne einen handlichen dunklen Kasten. Konopka vermutete eine Art Stromverteiler, von dem ein dickeres Kabel ins Wasser führte und der von einer unbekannten Energiequelle gespeist wurde. Ohne nachzudenken, riss er die Box samt den dünnen Drähten von der Lehne ab. Augenblicklich kam die Maschinerie zum Stillstand.

Der Körper des gefesselten Mannes bebte weiterhin vor Schmerzen, aber als Konopka an den Mundschutz fasste, spürte er keinerlei Bewegung mehr darin. Auch die Temperatur stieg nicht weiter an, sondern schien sich abzukühlen.

»Ich habe es geschafft!«, stammelte er vor Aufregung. »Ich habe ihn gerettet.« Er suchte einen Ansatzpunkt, an dem er die Fesseln lösen konnte. Dabei sprach er mit dem Mann. »Jetzt wird alles gut, ich hole Hilfe. Halten Sie durch!«

Auf einmal vernahm er durch Wasser eilende Schritte. In Erwartung eines Angriffs schwang er mit der Taschenlampe herum und leuchtete in Donners Gesicht. Geblendet vom Lampenstrahl, schirmte Donner seine Augen mit dem Arm ab.

»Ziel woanders hin.«

Hinter ihm tauchte eine weitere Person auf. Auch wenn er nie unter ihm gearbeitet hatte, erkannte Konopka den ehemaligen Dezernatsleiter sofort. Rein aus Anstand hätte er Franz Donner per Handschlag gegrüßt, in Anbetracht der Situation sagte er jedoch nur: »Ich habe es geschafft! Er lebt!«

Stolz präsentierte er Donner den dunklen Kasten, mit dem er die Stromzufuhr unterbrochen hatte. Statt ihm zu gratulieren, riss Donner ihm den Kasten aus den Händen und drehte ihn, bis ein unscheinbarer Schlitz nach oben zeigte. Er zückte einen winzigen Metallstift, hielt ihn an den Schlitz und steckte ihn hinein.

»Was hast du gemacht?«, fragte Donner vorwurfsvoll und tippte auf das Kastengehäuse. »Das kleine Teil ist eine Art Unterbrecher – und es passt haargenau.«

»Hey, ich habe dem Mann gerade das Leben gerettet. Ich …«

Donner hörte ihm nicht zu, sondern drängte sich an ihm vorbei und versuchte seinerseits, die Maske vom Gesicht des Mannes zu entfernen.

»Kannst du vergessen«, sagte Konopka. »Hab ich schon probiert.«

»Das ist Roland«, redete Franz Donner dazwischen. »Henrike Sommers Ehemann.«

»Etwa von unserer Kollegin Sommer?«

»Genau die.«

Plötzlich ertönte ein Summen. Als hätte er sich verbrannt, zog Donner die Finger weg.

»Nein, nein, nein!«, schrie Konopka, der sofort begriff, was geschah.

Von unsichtbarer Energiequelle angetrieben fuhr der Heizstab wieder hoch. Schneller als zuvor. Diesmal gab es keine sichtbaren Drähte, an denen man ziehen konnte. Der Kasten war nur eine Finte gewesen.

Vergeblich versuchten Donner und sein Vater, die Maske gemeinsam herunterzureißen. Wegen zu großer Hitze mussten beide die Hände irgendwann wegnehmen. Bald glühte der Stab so rot, dass man das Feuer durch die Wangen des Opfers sehen konnte. Als das brennende Eisen Lippen, Zunge, Zahnfleisch und den kompletten Rachenraum samt den Nebenhöhlen versengte und sogar die Ränder der Maske verflüssigte, wurde der Gestank von schmelzendem Fleisch und Kunststoff unerträglich.

Konopka schaffte es bis zur Kellertreppe, bevor er sich die Seele aus dem Leib kotzte.

KAPITEL 29

Vor weniger als einer Minute hatte Kolka vom Grauen in dem leer stehenden Keller erfahren. Danach brauchte sie einige Augenblicke, um das beschriebene Szenario zu begreifen. Wenn es stimmte, was Eriks Vater behauptete, handelte es sich bei dem Opfer um den Ehemann von Kriminalhauptkommissarin Henrike Sommer. In Kürze musste jemand der siebenundfünfzigjährigen Kollegin die Nachricht vom gewaltsamen Tod ihres Mannes überbringen. Selbst wenn die Witwe irgendwann über diesen Verlust hinwegkam, begreifen würde sie das Geschehene wohl niemals. Bei einem solchen Verbrechen versagte jegliche Rationalität.

»Ulf macht sich unendliche Vorwürfe«, berichtete sie Lehnhard und Fitz, den Einzigen, die sich mit ihr im Raum befanden, vom eben geführten Telefonat. »Offenbar hat er beim Befreiungsversuch von Roland Sommer einen elektronischen Kasten zerstört und somit die Todesmaschinerie erst in Gang gesetzt. Zuvor hatte Erik im alten Revier West einen Metallstift gefunden, mit dem man die Stromzufuhr hätte unterbrechen können. Genauer kann ich es nicht erklären. Woher hätte Ulf das wissen sollen? Keiner von uns wusste davon. Jetzt sind Spezialisten für die Aufarbeitung gefragt.«

»Wegen der enormen Arbeit, die auf die Kriminaltechniker zukommt, wurde über das Lagezentrum bereits die Tatortgruppe vom LKA aktiviert«, ergänzte Lehnhard. »Damit entlasten wir unsere eigenen Fachleute zumindest ein Stück weit bei der Spurenarbeit. Außerdem habe ich veranlasst, dass man neben Bertram Dienelt auch die beiden anderen Ermittler der damaligen Soko Spielmann verständigt, so wie du es wolltest, Anne. Falls Henrike Sommer keinen Nervenzusammenbruch erleidet, wird sie ebenfalls bald hier sein.«

»Henrike …«, murmelte Kolka. »Sieht so aus, als würde die Vergangenheit unsere Kollegen schonungslos einholen.«

»Ich brauche unbedingt vollumfängliche Akteneinsicht in die damaligen Fälle«, forderte Fitz, der zuvor eine Zusammenfassung vom Telefonat mit Jonny Herzig gegeben und danach den über die App geführten Wortwechsel kommentarlos verfolgt hatte.

Auch wenn der alte Kommissar bisher einen soliden Eindruck hinterlassen hatte, wurde Kolka nicht richtig schlau aus ihm. Bestimmt hatte er ihr und Lehnhard nicht lückenlos erzählt, was er vom Spielmann erfahren hatte. Vor allem hielt er sich bedeckt, was er abseits der gewechselten Worte über Herzig dachte.

»Wie gesagt, ein Großteil der Papierakten und die kompletten Asservate liegen bei der Staatsanwaltschaft unter Verschluss«, antwortete sie. »Sie haben Krause ja gehört. Er ist der Meinung, wir sollten uns nicht von den damaligen Fällen ablenken lassen und Zeit mit unnützem Aktenwälzen vergeuden, sondern uns ausschließlich auf die derzeitigen Hinweise konzentrieren. Für ihn sind die früheren Morde abgeschlossen und umfangreich ausermittelt.«

»Dann überzeugen Sie ihn, dass wir die alten Unterlagen unbedingt brauchen. Da soeben der Kopf eines Menschen von einem Heizstab gegrillt wurde, sollte er die Dringlichkeit der Angelegenheit begreifen. Erinnern Sie ihn notfalls daran, dass die Öffentlichkeit die Untätigkeit des Staatsanwaltes wohl kaum gutheißen wird.«

»Klar, ich soll Krause drohen … Und demnächst darf ich Enkeltrickstraftaten und Gewinnspieltelefonate bei der WiKri bearbeiten.«

»Lassen Sie sich gefälligst was einfallen, Sie sind doch Kommissariatsleiterin, oder täusche ich mich?«

In der Frage steckte ein Vorwurf. Kolka beschloss, keinesfalls beleidigt darauf zu reagieren, sondern geschickt zu parieren. »Warten wir erst einmal ab, was bei dem Gespräch zwischen Magerhans und Krause herauskommt. Bis dahin sollten wir mit dem Material arbeiten, das wir bei uns im Computer haben, nicht wahr, Marie?«

Auf die Frage hin wackelte Lehnhard unschlüssig mit dem Kopf. »Ja, ich denke schon. Wir können auf jeden Fall davon ausgehen, dass Jonny Herzig nicht der Täter ist. Laut JVA genießt er weder gelockerten Vollzug noch Ausgang. Aber er weiß von *Death Rescue*. Also muss er Kontakt zum Mörder gehabt haben. Und derjenige hat es gezielt auf Franz Donners alte Truppe abgesehen. Erst die Tochter von Bertram Dienelt und jetzt der Ehemann von Henrike Sommer. Auf wen wir uns als Nächstes konzentrieren sollten, liegt auf der Hand.«

»Metti«, nannte Kolka den Spitznamen von Alexander Mettmann, dem Kriminalbeamten, der früher ebenfalls im K11 gearbeitet hatte. Dementsprechend musste sich das Kommissariat schleunigst um seinen Schutz kümmern. »Wir müssen unbedingt herausfinden, ob er einen Angehörigen vermisst.«

Lehnhard nickte. »Ja, das habe ich unseren Leuten, die ihn verständigen, mit auf den Weg gegeben.«

Fitz setzte zum Sprechen an, als Kolkas und sein Mobiltelefon gleichzeitig piepten. Beide Handys zeigten eine

Kontrollphase an, bei der sich die verbliebenen Mitspieler erneut per Fingerabdruck identifizieren mussten.

»Wenn das so weitergeht, sind die Akkus in den Dingern in spätestens zwei Stunden leer«, mahnte er.

Genau wie der Oberkommissar drückte Kolka ihren Daumen auf das dafür bestimmte Feld. »Ich fürchte, exakt so ist es beabsichtigt. Demzufolge dürfte dieses Spiel vor Anbruch des Morgens vorbei sein. Setzen wir alles daran, nicht vor dem Ende zu scheitern. Was danach passiert, mag ich mir erst mal lieber nicht vorstellen.«

Nachdem die Kontrollphase abgeschlossen war, startete ein Video. Zuerst war es auf dem Bildschirm dunkel, dann tauchte ein Taschenlampenschein auf und erhellte das Gesicht eines gefesselten Mannes.

»Sieht so aus, als wollte uns jemand die letzten Minuten von Roland Sommer zeigen«, kommentierte Fitz die aufgezeichnete Kellerszene, die nun auf den kleinen Bildschirmen flimmerte.

Offenbar hatte der Täter alles gefilmt, ähnlich wie in der Videothek. Wenn es so war, dann würden die Kriminaltechniker die Kamera bald finden.

Während Kolka fassungslos den Film verfolgte, warf Lehnhard nur einen angewiderten Blick darauf. Noch bevor das Video vollständig abgespielt war, flog die Zimmertür auf und der Polizeipräsident betrat mit Staatsanwalt Krause den Einsatzraum.

»Wissen Sie von dem abscheulichen Video, das im Internet kursiert?«, fragte Magerhans ohne einleitende Worte.

Obwohl er es nicht direkt beim Namen nannte, ahnte Kolka, dass er die Todesszene von Roland Sommer meinte. Trotzdem war sie irritiert. »Was heißt, es ist im Internet?«

»Im Lagezentrum gehen seit etlichen Minuten unzählige Notrufe von Leuten ein, die das Foltervideo in dem Keller gesehen haben. Es verbreitet sich wie ein Flächenbrand bei Facebook und über andere soziale Netzwerke.«

»Wenn es öffentlich ist, stehen wir ab sofort unter noch größerem Druck.«

»Genau das ist der Punkt«, mischte sich Krause ein. »Warum haben Sie das nicht verhindert?«

»Schön langsam«, beschwichtigte Magerhans. »Auch wenn es für Cybercrime speziell geschultes Personal gibt, reichen den Kriminellen nur ein paar Klicks, um ihr perverses Material in Sekundenschnelle ins Internet zu stellen, das wissen Sie genau.«

Krause, der ohnehin eine schmale Nase hatte, zog die Nasenflügel noch enger zusammen. »Dennoch verlange ich, dass die Sache beendet und vollumfänglich aufgeklärt wird. Ich meine, es kann ja nicht so schwer sein, den Betreiber der App herauszufinden. Außerdem frage ich mich, was das Spurensicherungskommando eigentlich die ganze Zeit macht.«

Die hetzen von einem Brennpunkt zum nächsten. Genau wie wir.

»Sie wissen doch selbst, wie schwierig die Ermittlungen nach so einem Chaos besonders am Anfang sind«, wollte Kolka ihn beruhigen. »Unser Täter scheint diesen Tag lange im Voraus geplant zu haben. Allein für die Todesmaschinen braucht man die nötige Technik, das Know-how und genügend Vorbereitungszeit. Das macht man nicht mit einem Fingerschnippen. Aber genau das verlangen Sie von uns Kriminalisten. In meinem Team gibt jeder sein Bestes, teilweise über das Erträgliche hinaus. Fragen Sie mal Herrn Konopka, wie er Sommers letzte Minuten erlebt hat.«

»Ersparen Sie mir Appelle an mein Gewissen«, erwiderte Krause mit einer zusätzlich abschneidenden Handbewegung. »Ihr Vorgänger Henry Stark hatte das Kommissariat jedenfalls deutlich besser im Griff. Da klappte die Absprache zwischen

Polizei und Staatsanwaltschaft hervorragend und man konnte von strukturiertem Vorgehen sprechen. Mehr verlange ich gar nicht.«

Diese Behauptung traf sie schwer, denn sie bemühte sich wahrlich nach Kräften. Aber abgesehen von der digitalen Komponente, die *Death Rescue* einbrachte, hatten sie es mit einem Gegner zu tun, der überall zu sein schien.

»Riecht das hier jemand?«, fragte Fitz unvermittelt und runzelte die Nase. Er schnüffelte geräuschvoll und alle sahen ihn verwundert an. »Niemand? Ich glaube, Herr Krause, es kommt von Ihrem Schuh. Sind Sie in irgendwas getreten?«

Schamrot hob der Staatsanwalt seine Schuhsohlen. Natürlich fand er nichts, denn Fitz hatte ihn mit einer Finte aus dem Konzept gebracht, wofür Kolka ihm unendlich dankbar war.

»Sehr witzig«, knurrte Krause, um dann versöhnlicher weiterzusprechen. »Entschuldigen Sie meinen Ausbruch, ich bin selbst etwas angespannt.«

»Das ist wohl jeder hier im Raum«, antwortete Fitz.

»Abgesehen von der enormen Welle an Notrufen, die sämtliche Leitungen blockieren«, setzte Magerhans wieder ein, »haben wir noch ein anderes Problem. Seit das Gerücht von *Death Rescue* im Internet kursiert, erkundigt sich die halbe Welt nach der App.«

»Soll das heißen, die Leute suchen einen Download?«, fragte Kolka, weil sie nicht glauben konnte, was sie da hörte. Gleichzeitig schaute sie auf das Mobiltelefon, um nachzusehen, was sich dort tat. Inzwischen war die bekannte Spieluhranimation zu sehen und das nächste Level wurde geladen.

»Es sieht so aus, als wollten sich unzählige Menschen in unserer Stadt an der Rettungsaktion beteiligen«, ergänzte Magerhans.

Während er redete, klingelte ein Handy. Alle sahen auf. Es war Kolkas eigenes Mobiltelefon. Beschämt registrierte sie, dass ihre Mutter anrief.

Jetzt nicht.

Bestimmt ging es um Malte. Sobald sich Polizeipräsident und Staatsanwalt verabschiedeten, würde sie zurückrufen. Doch die folgende Textnachricht von ihrer Mutter änderte ihre Entscheidung.

Maja Becker: Weißt du, wo Malte ist? Ich bin an der Sporthalle, kann ihn jedoch nirgendwo finden.

»Entschuldigen Sie mich«, sagte Kolka daraufhin und rannte, sehr zum Erstaunen der Übrigen, aus dem Zimmer.

Bereits auf dem Flur hatte sie ihre Mutter am Ohr.

»Annegret, es ging nicht schneller, jetzt ist niemand mehr hier«, sagte diese.

»Hast du es schon auf seinem Handy versucht? Vielleicht ist er doch in die Straßenbahn gestiegen.«

»Sein Handy ist aus.«

KAPITEL 30

»Statt immerzu auf dieses dämliche Handy zu starren, solltest du lieber versuchen, deinen Kollegen zu trösten.«

Die Aufforderung seines Vaters klang für Donner fast wie ein Vorwurf. Er schaute auf, dann hinüber zum Streifenwagen, in dem Konopka in sich gesunken auf dem Rücksitz saß.

»Und was soll ich ihm sagen? Hey, Ulf, mach dir nix draus, das mit Sommers Gesicht ist nur 'ne Fleischwunde.«

Unvermittelt klatschte Franz Donners flache Hand auf Donners Wange. »Freundchen, werd ja nicht so verantwortungslos wie ich, klar?«

Es hatte nicht wehgetan, aber Donner rieb sich trotzdem die getroffene Stelle. Außerdem schaute er sich um, ob einer der Kollegen die Züchtigung beobachtet hatte.

»Okay, ich gehe ja schon zu ihm rüber«, lenkte er ein, denn im Grunde hatte sein Vater recht. Allerdings taugte Donner nur bedingt zum Seelentröster. In solchen Dingen war er ungefähr so feinfühlig wie dieser dunkel gekleidete Zauberlehrer aus dem *Harry-Potter*-Film, den er kürzlich mit Anne und Malte angeschaut hatte. Der war wohl Lehrer für die Verteidigung gegen die dunklen Künste.

Wie hieß der doch gleich? Schneck? Nee, war was Englisches ...
Snape? Ja, Snape.

Wenn Donner auf Beerdigungen Beileidsbekundungen aussprechen musste, murmelte er Dinge dahin wie: *Mein ausgeblichenes Beinkleid!*

Donner kam nicht bis zu Konopka, denn Anne rief ihn an und erzählte ihm, dass ihr Sohn verschwunden sei.

»Was heißt, Malte ist unauffindbar?«

»Er war nicht mehr an der Sporthalle«, sagte sie hörbar aufgewühlt. »Ich habe schon mehrmals auf seinem Handy und dem Festnetz zu Hause angerufen. Ich erreiche ihn einfach nicht.«

»Bleib ruhig«, beschwichtigte er sie, obwohl die Nachricht auch ihn beunruhigte angesichts dessen, was aktuell um sie herum passierte. »Ich fahre zu deiner Wohnung, bestimmt trifft er bald ein und erzählt mir, dass sein Handyakku den Geist aufgegeben hat.«

»Brauchst du nicht, ich bin bereits auf dem Weg dorthin.«

Noch während sie redeten, zeigte sein Mitspieler-Mobiltelefon eine Veränderung. Bei *Death Rescue* war das nächste Level geladen. Die App schickte Donner an eine neue Adresse.

Andernorts bekam Wagner einen Anruf von Marie Lehnhard. »Jens, bist du noch am Theaterplatz?«, fragte sie.

»Jetzt wieder«, antwortete er. »Du glaubst nicht, was eben passiert ist. Ich bin gerade losgefahren, um zur KPI zurückzukehren, da stellt mir die App plötzlich die Frage, warum ich mich entferne.«

»Ja, gut möglich. Anne geht davon aus, dass *Death Rescue* euren Standort weiterleitet.«

»Langsam fühle ich mich echt beobachtet. Krassikowski, ist das unheimlich, wenn man so direkt angesprochen wird.«

»Stand da noch mehr in der Nachricht?«

»Angeblich sei ich längst im nächsten Level und solle nicht so leichtfertig aufgeben. Ich bin völlig planlos, deshalb bin ich sicherheitshalber zur Oper zurück. Ich habe mich beim Personal umgehört, aber bisher läuft die Aufführung störungsfrei. Nun warte ich hier auf weitere Anweisungen. Kannst du bitte Anne fragen, ob sie eine Idee hat, was ich jetzt machen soll?«

»Anne ist momentan verhindert. Aber weißt du, das mit der Oper ist echt seltsam.«

»Wie meinst du das?«

»Weil ich soeben erfahren habe, dass Alexander Mettmann seine Frau vermisst. Sie arbeitet als Bühnentechnikerin im Opernhaus.«

Konopka saß allein im Streifenwagen. Er fühlte sich wie ein Gefangener, nur dass man ihm keine Handschellen angelegt hatte. Am liebsten wäre er zu seinem Wagen gerannt und hätte in seine Tasche nach dem Flachmann mit dem Schnaps gegriffen.

Eingeschüchtert schaute er zum Fenster hinaus. Niemand nahm noch Notiz von ihm. Bestimmt hielten ihn die Kollegen ab heute für einen Versager, weil er den Kasten von der Stuhllehne abgerissen hatte. Fortan würde man alle seine früheren Behauptungen infrage stellen. Recht schnell würden sie dahinterkommen, dass er ein Blender war und Lügen verbreitet hatte.

Während die anderen Kriminalisten mit der Tatortarbeit beschäftigt waren und er untätig und geschockt auf der Rückbank hockte, lief ein Marder am Wagen vorbei. Das Pelztier schaute ihn an und öffnete halb das Maul, wodurch es wie ein grinsendes kleines Monster aussah.

Na, du Versager, heute schon jemanden umgebracht?

Blitzschnell huschte der Marder davon, weil im Hauseingang Donner auftauchte. Das größere Monster hatte das kleinere verscheucht.

Betrübt ließ Konopka den Kopf sinken. In seinen Händen hielt er das defekte Mobiltelefon, das er nach dem schrecklichen Tod von Roland Sommer aus dem Wasser gefischt hatte.

Vielleicht konnte man es ja noch irgendwie gebrauchen.

Fitz hatte sich von Marie Lehnhard Kopien der Spielmann-Akten geben lassen und studierte die Seiten in einem separaten Büro. Die kleine Kommissarin war nett, was man nicht von allen Kollegen in der Abteilung behaupten konnte. Wenn es nach ihm gegangen wäre, hätte man Lehnhard allein für ihren Fleiß befördern müssen. Aber wem wollte er davon erzählen? Karrieretechnisch kam er schon seit zwanzig Jahren nicht mehr von der Stelle. Und das, obwohl er sich ständig neue Schuhe kaufte.

Besonders lange brütete er noch nicht über den alten Fällen, da hatte er sich bereits ein paar interessante Notizen gemacht. Auch wenn die Akten unvollständig waren, fielen ihm einige seltsame Buchstabenkombinationen auf, die der Spielmann an verschiedenen Tatorten hinterlassen hatte. Bei der Leichenschau des letzten Opfers, das in einem Bierkessel ertrunken war, hatte man zum Beispiel eine unscheinbare Tätowierung auf der Haut festgestellt: $H+S+U+E$. An einem anderen Tatort hatte man die Kombination $H+MA+E$ als Beschriftung auf einer leeren Videokassette gefunden.

Zwar hatte die Soko die Buchstaben damals fotografiert und dokumentiert, jedoch war die Bedeutung dahinter nie geklärt worden. Nachdem man Jonny Herzig verurteilt und eingesperrt hatte, hatte sich niemand mehr Gedanken über den Sinn gemacht. Und auch der Spielmann hatte sich dazu in keiner Vernehmung geäußert.

Gerade als Fitz frische Luft schnappen wollte, klingelte sein Handy. Es war Börnemann.

»Was hast du wieder angestellt?«, schimpfte sein Vorgesetzter. »Vor wenigen Minuten hat mich die Einsatzzentrale von einem Tötungsvideo unterrichtet, das sich im Internet verbreitet. Zuerst habe ich es für einen Fake gehalten, aber dann erfahre ich vom Fernschreibverkehr, dass die Polizei in Sachsen tatsächlich einen Mordfall bearbeitet. Es gab sogar eine Kräfteanforderung an die Kripo München. Ein einziger Kriminalbeamter wird darin aufgeführt. Mir hat es fast mein abendliches Weißbier hochgewürgt, als ich deinen Namen erfahren habe. Bist du von allen guten Geistern verlassen? Wie bist du da hineingeraten?«

»Ich wollte wirklich nur deine Liquids abholen, aber dann haben die mich hier erpresst. Die Kommissariatsleiterin kann einen mit einem einzigen Augenaufschlag in Zwangshaft nehmen. Und ihr Wachhund beißt, wenn man nicht spurt ... Sie nennen ihn Donner.«

»Wachhund? Donner?« Börnemann röhrte ins Telefon. »Für Späße dieser Art ist momentan nicht der richtige Zeitpunkt. Nach dem Augenmacher-Fall wollte ich dich eigentlich in eine ruhige Abteilung versetzen, aber weil ich dein Schnaufen spätestens nach zwei Tagen vermissen würde, habe ich dich gehalten. Und so dankst du es mir?«

Fitz hörte kaum noch zu, denn es war wahrlich ein Glücksfall, dass Börnemann ausgerechnet jetzt anrief. »Es ist schön, zur Abwechslung eine vertraute Stimme zu hören. Die hier sprechen alle so komisch.«

»Du bist nicht mehr der Jüngste, also halt gefälligst deine runzlige Nase aus der Sache raus, verstanden?«

Fitz verdrehte die Augen, um seine Nasenspitze zu betrachten. Wenn er sie täglich im Spiegel ansah, fand er sie eigentlich ganz vernünftig geraten. »Apropos Nase, meine Frau sagt immer ...«

»Erspar mir das Gerede von deiner Frau, Malchius! Jedes Mal, wenn du damit anfängst, möchte ich dich beim Polizeipsychologischen Dienst anmelden.«

»… dass ein guter Riecher noch lange keinen guten Spürhund ausmacht.«

»Ach, bist du jetzt auch noch unter die Hundeführer gegangen?«

»Nein, aber meine Nase steckt in einem Stapel Akten und ich rieche da etwas. Du hast mir einmal die Geschichte von diesem Transenmörder erzählt, der bei den Leichen sonderbare Wörter hinterlassen hat.«

»Was hat denn das nun schon wieder zu bedeuten? Das ist Jahrzehnte her.«

»Wie war das doch gleich mit den Wörtern?«

Börnemann holte schleifend Luft. »Separat genommen hat damals kein einziges Wort Sinn ergeben, aber wenn man die Buchstaben von zwei Wörtern in die richtige Reihenfolge gebracht hat, ergaben sich eindeutige Hinweise.«

Fitz verstand. Zwei Wörter ergaben nur zusammen eine Bedeutung.

»Du bist echt der Beste.«

Bevor er das Gespräch mit seinem Chef weiterführen konnte, meldete sich auf seinem Gerät *Death Rescue*.

Kolka bremste ihren Audi scharf in der Garageneinfahrt. Zu ihrer Verwunderung warteten direkt vor dem Zaun der Außendienstleiter Forchner und sein Führungsgehilfe Lichtenberg. Ihr Sohn Malte war dagegen nirgendwo zu sehen. Und in seinem Zimmer brannte auch kein Licht.

»Was macht ihr hier?«, fragte sie Forchner, während sie an den beiden vorbeirannte und aus ihrer Jackentasche den Haustürschlüssel fingerte.

Forchner folgte ihr. »Der Polizeipräsident hat mich persönlich angerufen und uns hergeschickt, um dich zu unterstützen.«

»Magerhans war das?«

»Er hat uns erzählt, dass du dir Sorgen um deinen Sohn machst. Er wollte wohl kein Risiko eingehen.«

Ein Risiko ...

Auch wenn Forchner es sicher nicht so gemeint hatte, beunruhigte sie das Wort umso mehr. Kaum, dass das Schloss entriegelte, stieß sie die Eingangstür auf. Sie rannte ins Haus, schaltete überall das Licht ein und rief Maltes Namen.

Keine Antwort.

Bisher hatte Kolka nur ein ungutes Gefühl gehabt, langsam beschlich sie Panik. Wären die beiden Kollegen nicht anwesend gewesen, sie hätte vermutlich vor lauter Verzweiflung den Verstand verloren.

Malte hatte sich noch nie verspätet. Auch wenn er manchmal wie jeder stinknormale Teenager seine Macken hatte, so reagierte er stets auf ihre Nachrichten oder Anrufe. Nur diesmal war sein Handy tot. Es kam einfach keine Verbindung zustande.

»Es ist vielleicht gerade nicht der richtige Zeitpunkt«, fing Forchner stotternd an. »Aber im Zusammenhang mit der Entführung von Simone Peschel in der Videothek haben wir etwas festgestellt ...«

»Es ist allerdings der falsche Zeitpunkt«, antwortete Kolka und hob Einhalt gebietend die Hand. Aktuell konnte sie ihm nicht weiter zuhören. Denn *Death Rescue* zeigte eine persönliche Nachricht für sie an.

Spieler 2, bestimmt hast du inzwischen festgestellt, wie deine Spielfigur heißt, die du retten musst.

»Malte!«, stieß sie aus, bevor ihr Herz stehen blieb.

Kapitel 31

Als Donner und sein Vater auf der Salzstraße eintrafen, stand die Eingangstür von Annes Haus sperrangelweit offen. Die Außenbeleuchtung brannte. Im Lichtkegel wurde der davor stehende Ben Lichtenberg erhellt. Wegen seiner breiten Statur wirkte der Obermeister wie ein besonders ungeselliger Türsteher.

»Gibt es Neuigkeiten?«, fragte Donner. »Was ist mit Anne und Malte?«

»Sie ist völlig fertig«, flüsterte Lichtenberg und deutete nach drinnen. »Ihr Sohn … Am besten redest du ihr tröstend zu.«

Bevor er weitersprechen konnte, trat Maja Becker, Annes Mutter, ins Freie. Offenbar hatte sie Donners Stimme gehört. Ihr Gesicht sprach Bände.

»Erik, es ist furchtbar«, schluchzte sie nur.

Beide umarmten sich.

Obwohl er längst ahnte, dass sie es hier mit einer Entführung zu tun hatten, fragte er: »Was ist mit Malte?«

»Wir haben bereits Fahndung ausgelöst«, sagte Lichtenberg, wodurch Donners Befürchtung zur Gewissheit wurde. »Außerdem haben wir einen Fährtensuchhund und vorsorglich noch einen Mantrailer angefordert. Wir lassen nichts unversucht, um den Jungen zu finden.«

175

Halb benommen von der erschütternden Nachricht, nickte Donner. Er versuchte, Zuversicht auszustrahlen, auch wenn er sich vom Einsatz der Suchhunde wenig Erfolg versprach. Wie automatisch drängte er sich nach der Umarmung an Annes Mutter vorbei und stürzte ins Haus. Im Wohnzimmer saß Anne zusammengesunken auf der Couch. Sie hielt ein Taschentuch in der Hand, obwohl sie nicht weinte. Stattdessen stierte sie stoisch an die Wand. Neben ihr im Sessel saß der junge Außendienstleiter, dessen Namen Donner schon wieder vergessen hatte.

Der Umkipper.

Angesichts der Tatsache, dass der Kommissar in der Videothek beim Anblick der gefesselten Simone Peschel die Besinnung verloren hatte, hielt Donner den Spitznamen für gerechtfertigt. Notfalls wollte er ihn damit anreden. Doch vorerst galt seine gesamte Aufmerksamkeit Anne. Wie bei einem Heiratsantrag kniete er sich vor sie hin und fasste ihre Hände.

»Hey, ich bin es«, flüsterte er.

Erst mit Verzögerung schien sie ihn wahrzunehmen. »Erik, ich dachte, du …«

Sie wollte sagen, dass er doch längst beim Tierheim auf dem Pfarrhübel sein sollte, so wie es die App von ihm verlangt hatte.

»Ich habe mich widersetzt.«

»Warum?« Sie redete fast wie eine von diesen Aufziehpuppen: monoton, gefühllos. Selbst ihr Augenaufschlag und das Schulterzucken wirkten mechanisch.

»Warum, fragst du? Weil ihr mir die beiden wichtigsten Menschen auf Erden seid.«

Zusammen mit meiner Mutter natürlich.

Ihm fiel ein, dass ihm sein Vater mit betrübter Miene ins Zimmer gefolgt war und nun hinter ihm schweigend auf seiner Lippe kaute. Donner drehte kurz den Kopf und nahm Blickkontakt auf. Ermutigend nickte sein Vater ihm zu.

Und vielleicht auch ihm ...

»Ich habe Malte verloren«, hauchte sie.

»Das ist nicht wahr«, entgegnete er entschieden. Weil es ihm unbequem wurde, richtete er sich auf und drückte ihren Kopf fest gegen seine Brust. »Wir finden ihn. Ich finde ihn. Bisher habe ich jeden gefunden.«

Oberflächlich betrachtet stimmte diese Behauptung uneingeschränkt. Er verschwieg allerdings, dass unter seine persönliche Statistik etliche Tote fielen – sogar den Leichnam seiner verschwundenen Frau Elli hatte er gefunden, nachdem er selbst nicht mehr daran geglaubt hatte. Manchmal dauerte es eben länger, bis Menschen wieder auftauchten ...

Diesmal nicht. Ich werde Malte lebend finden. Ich verliere nie wieder jemanden, der mir etwas bedeutet.

Und der Siebzehnjährige war ihm enorm wichtig. Erst recht, seit er wie einst Donner in den Boxsport eingestiegen war. Dass der Junge ihm nacheiferte, darauf war er sogar mächtig stolz. Nur widerwillig hatte Anne damals dem Hobby zugestimmt. Mittlerweile unterstützte sie es, weil sie gemerkt hatte, wie viel Malte das Boxen bedeutete. Außerdem kam er dadurch vom Computer weg.

»Es gibt keinen einzigen Hinweis zum Aufenthaltsort von Malte«, sagte Anne. »Wo willst du ihn denn suchen?«

»Wir werden Hinweise bekommen«, antwortete Donner, denn darauf lief das Spiel des Unbekannten hinaus.

»Hast du vergessen, was mit Roland Sommer passiert ist? Er ist durch einen Brennstab in seinem Rachen gestorben.«

Diesen Fakt konnte Donner nicht entkräften, doch er sah zum Außendienstleiter, der bisher stumm in seinem Sessel saß. »Und wir haben Simone Peschel gerettet, nicht wahr?«

Der Angesprochene bejahte.

Sie drückte das Taschentuch gegen ihre Nase und schüttelte den Kopf. Weil sie nicht mehr damit aufhörte, fasste er ihre Wangen ähnlich einem Schraubstock und zwang sie, ihn anzusehen.

»Das versaue ich diesmal garantiert nicht.« Obwohl es ihm in Anwesenheit der Zuschauer unangenehm war, gab er ihr einen Kuss. Leise sprach er weiter. »Wir werden eine richtig schöne Familie. Du, Malte und ich. Hier bei dir, in deinem wundervollen Haus. Versprochen! Ich kündige meine dämliche Bude. Das hätte ich schon längst tun sollen. In solchen Dingen bin ich ein Chaot, das weißt du, aber du weißt auch, dass ich der richtige Mann für diese Aufgabe bin. Ich kann diesen Irren stoppen.«

»Warum tut er das? Warum ausgerechnet Malte? Warum hat er es auf mich abgesehen?«

Darauf fehlte Donner eine Antwort. Auch wenn es ihn dazu drängte, vermied er es, seinen Vater erneut anzusehen. Denn das hier hatte zweifellos mit ihm zu tun. Im Geiste vernahm Donner die gefährliche Anruferstimme von dem Tonband, das sich in seiner Manteltasche befand. Obwohl Jonny Herzig im Gefängnis saß, war er längst noch nicht fertig mit seinem einstigen Gegenspieler.

Für den Moment löste Donner sich von Anne. Es schmerzte ihn, sie so dasitzen zu sehen, aber er musste jetzt klar bei Verstand bleiben. Voller Abscheu und mit größter Überwindung schaute er auf das Mobiltelefon mit der tödlichen App. Nichts. Keine neue Anweisung. Vielleicht sollte er doch zum Tierheim fahren und sich dort einer noch unbekannten Aufgabe stellen.

»Wie viele Leute suchen aktuell nach dem Jungen?«, sprach er den Außendienstleiter an.

Auf dessen Schoß lag eine Schreibmappe, darauf stand der Name Tim Forchner. So hieß der Umkipper richtig.

»Ohne konkrete Anhaltspunkte ist es uns bisher nur möglich, die Sache bei der Streifentätigkeit zu beachten.«

»Was ist mit dem Bereich um die Sporthalle? In welchem Radius wird der abgesucht? Haben wir Maltes Handy geortet? Haben wir seinen Trainer und seine Sportkameraden befragt? Wissen Taxigenossenschaft und Verkehrsbetriebe Bescheid?«

»Das haben wir bereits in die Wege geleitet.«

Selbst wenn es stimmte, gab Donner sich mit dieser Aussage nicht zufrieden. »Vor dir hat den Job ein verdammt aufrichtiger und engagierter Polizist gemacht. Fast so aufrichtig und engagiert wie ich. Falls du also vorhast, dir irgendwann den Ruf als knochenharter Hund und nicht als Umkipper zu erarbeiten, dann solltest du deine Hüften schwingen.«

Und da ist jede Menge, was man zum Schwingen bringen kann.

Sichtlich eingeschüchtert von der Ansage, hüpfte an Forchners Hals der Adamsapfel. Doch statt sich in Bewegung zu setzen, blieb er wie angewurzelt sitzen. »Derzeit herrscht in der Stadt ein heilloses Chaos. Nach dem Sieg der Himmelblauen in der letzten Minute haben sich die C-Fans der gegnerischen Mannschaft zusammengerottet und wollen die Innenstadt in Schutt und Asche legen. Einige Lok-Leipzig-Anhänger ziehen gerade zur Brückenstraße, um dem Karl-Marx-Denkmal die Nase abzuschlagen. Die führen sogar Leitern mit …«

»Was mit dem *Nischel* passiert, ist mir egal«, unterbrach Donner den Redefluss. »Streng lieber deinen eigenen Kopf an. Irgendwelche Ideen?«

»Allerdings.« Es war Lichtenberg, der nun ebenfalls den Raum betrat. Er winkte Forchner und Donner in den Hausflur. Dort angekommen, stieß er seinen Chef an. »Los, Tim, erzähl Erik, was du herausgefunden hast.«

Forchner kratzte sich am Hinterkopf. »Ich habe schon versucht, mit Annegret darüber zu reden, aber du siehst ja, wie es um sie steht.«

»Raus damit, worum geht es?«, wurde Donner ungeduldig.

»Es geht um Peter Peschel, den Mann, der euch auf dem Markt den Koffer mit den Mobiltelefonen übergeben hat. Von Anwohnern haben wir erfahren, dass er vor gut zwei Jahrzehnten der Betreiber der Videothek war, in der man seine Frau gefoltert hat.«

»Vor zwei Jahrzehnten?«

»Nach dem Tod seines Sohnes hat er den Laden aufgegeben.«

»Wo ist Peschel jetzt?«

»Dort, wo er vor vierzehn Jahren schon einmal saß: in der Psychiatrie.«

Kapitel 32

Knapp zwanzig Minuten nachdem *Death Rescue* ihn dazu aufgefordert hatte, erreichte Fitz den Theaterplatz. Über das im Jugendstil gebaute Opernhaus staunte er. Anders als hier fand man in der Innenstadt nämlich entweder neumodische Gebilde, deren Bauweise offenbar aus der Welt des Raumschiffs Enterprise entsprang, oder derart alte Bauwerke, bei deren Betrachtung man als Tourist unweigerlich den Eindruck gewinnen musste, man wäre mitten zwischen die Fronten des Kalten Krieges geraten.

Für die Erforschung hiesiger Architektur blieb Fitz jedoch keine Zeit. Er schaute sich nach Jens Wagner um, der hier irgendwo stecken musste. Weil er den Kollegen nirgendwo sah, nahm er das Handy zur Hand und nutzte die Sprachfunktion der App. »Herr Wagner, wo finde ich Sie?«

Keine Antwort. Überhaupt fand aktuell kaum Kommunikation statt. Dabei galt es, einen Menschen vor dem Tod zu retten. *Level 2,* so bezeichnete es die App.

Auf der Suche nach dem Kommissar lief Fitz zum Eingang der Oper. Für eine Opernveranstaltung waren sein Mantel, die Cordhose und sein ausgewaschenes braunes Hemd zwar die denkbar ungünstigste Garderobe, aber wenigstens hatte er die passenden schwarzen Herrenschuhe an. Notfalls musste er eben damit punkten.

Am Einlass zeigte er der Dame seinen Dienstausweis. Doch ihr fielen weder das bayerische Landeswappen noch seine sauberen Schuhe auf.

»Hat sich ein Kollege von mir bei Ihnen gemeldet?«, wollte Fitz wissen.

Zaghaft nickte die Angestellte. »Er ist vorhin in den Saal gegangen, weil er jemanden sucht. Wir sollten uns keine Sorgen machen, hat er gemeint. Ist denn auch wirklich alles in Ordnung?«

Kurzzeitig überlegte Fitz, ob er theatralisch mit seiner Pistole wedeln und ihr die Wahrheit sagen sollte. »Ja, alles bestens. Das hier ist so eine Art Übung. Können Sie mir vielleicht verraten, wo ich meinen Kollegen finde?«

»Wie gesagt, er wollte in den Saal. Zuvor hat er sich nach einer Mitarbeiterin von mir erkundigt.«

»Nach welcher Mitarbeiterin?«

»Patrizia Mettmann, sie arbeitet hier als Bühnentechnikerin. Für heute hat sie sich jedoch krankgemeldet.«

Fitz bedankte sich für die Auskunft. An echte Gesundheitsprobleme mochte er kaum glauben. Ebenso wenig an einen Zufall bei dem Nachnamen. Mettmann, so hieß schließlich einer der Beamten der damaligen Soko Spielmann.

Er wollte bereits davoneilen, als ihm noch eine Frage einfiel. »Sagen Sie, an welcher Stelle ist die Opernaufführung gerade?«

»Es läuft der zweite Aufzug und gleich beginnt die zweite Szene. In dieser müssen Tamino und Papageno als erste Prüfung ein Schweigegelübde bestehen.«

Zum Dank deutete Fitz eine Verbeugung an. »Auf eine Prüfung hätte ich fast wetten können.«

Während die Angestellte ihm ungläubig hinterherschaute, lief er einen der Seitengänge entlang und steuerte wahllos auf einen der Saaleingänge zu. Abgesehen von der gedämpften Orchestermusik ging es außerhalb des Zuschauerraumes bedächtig zu. Er hatte die Tür zum linken Parkett fast erreicht, da meldete sich *Death Rescue* wie ein unheilvoller Bote.

Mitspieler 5, hast du beim letzten Level gut aufgepasst?

Sofort kamen ihm die Fragen in den Sinn, die in Level 1 von der App gestellt worden waren. Wie gut oder wie schlecht Fitz sich an die Antworten erinnerte, würde sich vermutlich gleich zeigen. Zu schade, dass er die Frage nicht einfach mit Nein beantworten konnte. Auf dem Display stand nämlich überhaupt keine Auswahlmöglichkeit, sondern nur eine einzige Schaltfläche, nämlich: *Weiter.*

Die Quersumme führt dich zur Spieluhr. Kannst du die Spieluhr richtig spielen?

Es war keine Frage, die es zu beantworten galt, trotzdem dachte Fitz angestrengt nach. Die Quersumme wovon? Er versuchte sich an den exakten Wortlaut der Quizfragen zu erinnern, die Konopka nur teilweise richtig beantwortet hatte. Es gab nur eine einzige Frage, die eine einzelne Zahl als Lösung enthielt …

Plötzlich wurde vor ihm die Tür aufgerissen. Mit einem Seitwärtsschritt rettete Fitz sich, sonst hätte Wagner sie ihm direkt vor die Stirn geschlagen.

»Kollege Fitz?«, sagte Wagner sichtlich überrascht. Er hielt das fremde Smartphone ebenfalls in der Hand.

»Haben Sie mich denn vorhin nicht gehört?«

»Nee, das Orchester da drin spielt ziemlich heftig.« Wie zur Bestätigung schickten Pauken und Posaunen ihre düsteren

Klänge auf den Gang. »Hören Sie den Donner? Die Bühne verwandelt sich gerade in den Tempelvorhof für die nächste Szene.«

»Und wo wollen Sie hin?«

»Bis eben habe ich mich im Saal umgesehen und die Platzanweiser befragt. Weder mir noch den Mitarbeitern ist etwas aufgefallen. Jetzt habe ich eine neue Anweisung bekommen. Hier!«

Er hielt sein Handy hoch und Fitz kniff die Augen zusammen.

»*Mitspieler 3, wenn du einer meiner Vögel wärst, könntest du zu deiner Spielfigur fliegen*«, las er laut vor.

»Verstehen Sie?« Mit dem Zeigefinger deutete Wagner zur Decke. »Nach oben geht es in den Bühnenturm. Dort will ich hin. Ich suche ...«

»Sie suchen Patrizia Mettmann, ich weiß.«

Die Musik verstummte. Im selben Moment startete auf beiden Handys ein Countdown.

Fünf Minuten.

Irgendwie hatte Fitz damit gerechnet, dass sie unter Zeitdruck geraten würden. Nein, er hatte es vorhergesehen, denn für den Unbekannten erhöhte es den Reiz des Spiels.

»Wollen Sie mir helfen?«, fragte Wagner.

Fitz verneinte. »Ich habe eine andere Aufgabe bekommen. Haben Sie Angst?«

Der junge Kommissar sah verzagt aus, zwang sich aber zu einem Lächeln. »Das hier ist schon eine ganz schön krasse Sache, oder finden Sie nicht?«

»Krassikowski, meinen Sie?« Beruhigend legte Fitz ihm die Hand auf die Schulter. »Sie und ich, wir schaffen das.«

»Klar.«

Bevor Wagner davonlief, hielt Fitz ihn am Ärmel zurück. »Wie viele Sitzplätze gibt es insgesamt in diesem Opernhaus?«

»Was?«

184

»Sie wollten Ihrem Kollegen Konopka die richtige Anzahl sagen, kamen aber nicht mehr dazu. Wie viele Sitzplätze sind es denn nun?«

»Ursprünglich waren es 657, doch im Frühjahr hat man sieben weitere eingebaut. Demnach sind es nun 664 Plätze.«

Sofort begann Fitz, zu rechnen und die Quersumme zu bilden. Mit einem Zwinkern stürzte er in den Saal, in dem die Instrumente wieder einsetzten und Tamino und Papageno lautstark gefragt wurden, was sie am Tempel zu suchen hätten. Auch Fitz fragte sich im Stillen, was er hier eigentlich machte.

Bühne und Orchestergraben waren erhellt. Der Rest lag in Düsternis, wodurch er kaum Gesichter erkennen konnte. Bis auf eine Handvoll Plätze war der Zuschauerraum jedoch prall gefüllt. Mehrere Köpfe von Besuchern drehten sich nach dem Störenfried um. Einige Anwesende bedeuteten ihm mit Zeigefingern und Lippen, er solle gefälligst nicht so laut keuchen. Eine Angestellte, die im Parkett für Ordnung sorgte, steuerte auf ihn zu. Sein Dienstausweis stoppte sie, noch bevor sie etwas sagen konnte.

»Wo finde ich Sitzplatz 16?«

»Ähm, ganz vorn, in der allerersten Reihe. Sehen Sie die Frau mit dem roten Halstuch? Sie sitzt darauf. Kann ich Ihnen …?«

»Nein, können Sie nicht.«

Er atmete einmal tief durch, weil er wusste, dass er gleich für jede Menge Aufsehen und Unmut sorgen würde, und eilte an den Zuschauerreihen vorbei. Schon nach wenigen Metern spürte er, wie seine Lunge brannte. Ihm saßen die Zeit im Nacken und ein Kloß im Hals. Sein treuer Mantel, der mit ihm all die Jahre durch dick und dünn gegangen war, konnte ihn nicht vor den Augen der Besucher verhüllen. Unfreiwillig wurde er zum Star des Abends. Zielstrebig lief er am Orchestergraben vorbei. Seine halb gebückte Haltung verhinderte nicht, dass sämtliche

Anwesenden den Mann mit dem zerzausten Haar und dem unmodernen Mantel beobachteten. Selbst der Dirigent schaute irritiert zur Seite. Erst recht die ältere Dame im lilafarbenen Abendkleid und mit dem roten Tuch, die Fitz mit einem Bellen vom Platz 16 hochscheuchte.

»Weg da!«

Zwar protestierten die Frau und ihr Gatte, der sich schützend vor sie stellte, jedoch fehlte Fitz die Luft für Erklärungen. Röchelnd und schnaufend kniete er sich hin und untersuchte den Opernsessel. Schließlich fand er unter der Sitzfläche neben der Verschraubung eine mit Klebeband befestigte Schachtel.

Er erhob sich und musterte sie.

»Ist das etwa eine …?«, kam es von der Seite.

Bevor Fitz Entwarnung geben konnte, verbreitete sich das Wort *Bombe* wie ein Lauffeuer. Von der ersten Reihe über die zweite und dann weiter über die dritte.

»Nein«, krächzte er, doch seine Stimme versagte nun vollends.

Sein altes Atemleiden machte ihm den Brustkorb eng. Unterdessen stürzten die Anwesenden von ihren Plätzen. Auf der Bühne sangen Tamino und Papageno von Heldenmut und Angst. Noch während Fitz sich fragte, was er soeben angerichtet hatte, traf die Handtasche eines flüchtenden Gastes seine Hand, in der sich die Schachtel befand. Einen Wimpernschlag später musste er zusehen, wie sie auf die Brüstung vom Orchestergraben purzelte, von der Kante kippte und hinunterfiel.

Da waren bereits fast zwei Minuten vom Countdown verstrichen.

Kapitel 33

Ungeduldig lauschte Donner dem Telefonat, das Anne mit dem IT-Spezialisten vom LKA führte. Es beeindruckte ihn, wie gefasst und professionell sie während der Unterhaltung angesichts der persönlichen Betroffenheit reagierte. Er selbst wäre wohl mehr als einmal laut geworden, auch wenn den Kollegen keine Schuld an der Misere traf. Anders als sie brauchte Donner manchmal einfach einen Blitzableiter.

Mittlerweile befand sich vor ihrem Haus ein mittelgroßes Aufgebot an Polizeikräften. Neben dem Außendienstleiter waren zwei Streifenwagen, ein ziviles Fahrzeug vom Kriminaldauerdienst und ein Fährtensuchhund eingetroffen. Entsprechend der Dienstanweisung lag die Koordinierung der Kräfte, die sich an der Suche nach Malte beteiligten, in der Hand von Forchner. Auch wenn Donner grundsätzlich an der Notwendigkeit eines Außendienstleiters zweifelte, hatte er sich von Anne und Lichtenberg einreden lassen, dass der Umkipper den Einsatz schon ordentlich führen würde. Er selbst konnte die Suchmaßnahmen schlecht leiten, denn er war Teil des Spiels. Ohnehin beschäftigte ihn die ganze Zeit, welche Konsequenz es für ihn und seine Mitspieler hatte, dass er die letzte Anweisung der App missachtet hatte.

Endlich beendete Anne das Telefongespräch.

»Und, was sagte der Computerfuzzi?«, fragte Donner.

»Würdest du dich bitte zusammenreißen? Er heißt Olaf Gladbeck und ist auch Hauptkommissar.«

Ich dachte, sie nennen ihn The Brain? Sein Kopf soll angeblich so groß sein wie ein Ballon.

»Mich beeindrucken nur Ergebnisse, also?«

Anne seufzte. »Marie hat ihm mittlerweile einen Überblick vom Geschehen gegeben. Als Erstes will er sich das beschädigte Handy von Ulf vornehmen. Gladbeck unternimmt alles, um trotz des Wassers so viele Daten wie möglich zu retten. Er macht keine Versprechungen, sagt aber, dass er die notwendige Ausrüstung mitführt. Natürlich würde er gern die vier anderen Smartphones begutachten. Ich habe ihm jedoch mitgeteilt, dass das momentan schwierig ist und wir außerdem strikte Anweisung haben, nicht an den Geräten herumzuspielen.«

»Und gibt es auch irgendwelche Neuigkeiten?«

»Er ist sich sicher, dass unser Täter nicht über Mobilfunknetze kommuniziert, sondern über öffentliche WLAN-Hotspots. Hier in der Großstadt ist die Internetabdeckung hoch genug. Selbst wenn wir die Sender-IP hätten, würde eine Rückverfolgung nur zum Betreiber des Hotspots führen. Da sprechen wir noch nicht mal über Sachen wie den Tor-Browser, mit dem man auch anonym ins Darknet abtauchen kann. So wie Gladbeck klang, wird das eine echt harte Nuss.«

»Vielleicht kann dieser Gladbeck ja zaubern. Vielleicht blufft aber auch der Urheber der App. Ich hab zwar keine Ahnung von Handytechnik, aber wie will er denn kontrollieren, ob wir die Daten auslesen oder irgendwelche Diagnosegeräte anschließen?«

»Ich kann es dir nicht sagen.« Eine einzelne Träne lief an ihrem Nasenbein hinunter. Sie riss das Handy hoch und wedelte damit herum. »Ich weiß nur, dass ich wieder so eine schreckliche Botschaft bekommen habe. Im Affekt habe ich sie eben erst bemerkt, weil Malchius Fitz gesprochen hat.«

Donner las die Nachricht, die *Death Rescue* an sie gesendet hatte.

Mitspieler 2, bestimmt bist du gerade wahnsinnig vor Sorge, doch du musst dich bis Level 4 gedulden, bevor du eingreifen kannst. Bis dahin sollten sich deine Mitspieler beeilen, sonst geht deiner Spielfigur vorzeitig die Luft aus ...

Luftmangel. Donner verdrängte die Vorstellung, was das für den Jungen bedeutete.

»Ich bin völlig verzweifelt«, sagte Anne.

Sie rang sichtlich um Fassung, was er mehr als beachtlich empfand, denn er wusste, was es hieß, das eigene Kind zu verlieren. Es war, als würde man alle folgenden Tage selbst einen langsamen, grausamen Tod sterben.

Durch Maltes Entführung zwingt er uns mitzuspielen. Es spielt keine Rolle, ob und wie wir die Aufgaben schaffen. Wir müssen einfach mitmachen.

Er nahm sein Smartphone zur Hand und schaute auf die angezeigte Stadtkarte mit dem blinkenden Punkt. »Er will, dass ich meine Anweisung befolge.« Zu seiner Verwunderung bewegte sich das Signal mittlerweile. Zuvor hatte es immer auf demselben Fleck geleuchtet, nämlich unmittelbar beim Standort des Tierheims.

»Dann solltest du endlich verschwinden«, sagte Anne mit fester Stimme. Sicherlich ermahnte sie ihn nur deshalb, weil sie einsah, dass es die Lage nur verschlimmerte, wenn man sich dem Unbekannten widersetzte. Momentan war es demnach klüger, ihn nicht zu reizen, sondern den Anweisungen der App zu folgen, bis der Fachmann vom LKA etwas herausfand, was zum Täter führte.

Kaum hatte er das Handy sinken lassen und Anne in den Arm genommen, meldete sich sein Mobiltelefon. Auch er hatte eine neue Nachricht bekommen.

Mitspieler 1, du bist unpünktlich. Inzwischen hat das Tierheim nämlich einen Fresser weniger und dein Hinweis ist davongerannt. Machen wir also eine Jagd daraus. Wer schnappt sich den Hinweis zuerst, du oder die anderen?

Donner brauchte nur kurz nachzudenken, was das bedeutete. »Ich glaube, er will die Öffentlichkeit einschalten.«

Anne kam nicht zu einer Antwort, denn Forchner rannte aufgeregt herbei. »Wir haben eine Bombendrohung erhalten. Und zwar aus dem Opernhaus.«

»Eine Bombe im Opernhaus?«, wiederholte Anne. »Aber dort sind doch …«

Bevor Donner reagieren konnte, hatte sie bereits den Finger auf der Sprechtaste des Handys und redete Wagner und Fitz direkt an.

»Das ist keine Bombendrohung!«, meldete sich der Bayer mit starken Nebengeräuschen. Offenbar herrschte bei ihm ein ordentlicher Tumult. Fitz brüllte aus dem Handy und hustete gleichzeitig. »Falscher Alarm! Hört ihr? Keine Bombe! Ich will hier keinen einzigen Bullen sehen, sonst bricht er das Level ab. Verstanden?«

»Einverstanden, ich stelle es durch«, sagte Anne. »Aber was geht denn bei euch vor?«

»Das ist gar … Aus dem Weg … ich … verfluchtes Rentnerpack …!«, hörten sie Fitz schimpfen, der offenbar in Bedrängnis geraten war und vergessen hatte, die Sprechverbindung zu trennen.

»Hast du das gehört?«, fragte Donner Forchner.

»Das mit dem Rentnerpack?«

Donner antwortete mit den Augen.

»Okay, falscher Alarm«, deutete Forchner seinen Blick. »Wenn es keine Bombe gibt, melde ich das dem Lagezentrum und mache am besten weiter.«

»Nein«, hielt Donner ihn auf und betrachtete den sich bewegenden Punkt auf dem Minibildschirm. »Ich brauche euren Funkwagen.«

KAPITEL 34

Jens Wagner beugte sich über das Gerüstgeländer im Bühnenturm und schaute in die Tiefe. Von hier oben hatte man einen eigenartig faszinierenden Blick auf die Bühne, wo die Darsteller die *Zauberflöte* aufführten. Hinter ihm stand der technische Leiter des Opernhauses. Dieser hatte sich anfangs über die Forderung, den Bühnenturm wegen einer anonymen Anzeige zu überprüfen, skeptisch geäußert. Nach Rücksprache mit dem Bühnenmeister hatte er Wagner hinaufgeführt. Inzwischen war der Mann mehr mit seinem Funkgerät beschäftigt, anstatt zu hinterfragen, was Wagner eigentlich suchte. Auf dem Funkkanal war auch jede Menge los.

»Da unten scheint es ein Problem zu geben«, sagte der Angestellte. »Haben Sie irgendwas damit zu tun?«

Wagner hörte nur halbherzig hin, schüttelte gedankenverloren den Kopf und scannte mit seinem Blick den Bereich. Außer ihnen beiden liefen hier oben Bühnenarbeiter, Maschinisten und der Schnürmeister umher. Sie alle waren für die reibungslose Funktion im Obermaschineriebereich verantwortlich, also für den Teil der Bühnentechnik, der zum schnellen Dekorationswechsel diente. Für einen Laien sah das Ganze aus wie ein kompliziertes Geflecht aus Seilen, Winden und Rollen.

Zusätzlich fand man an diversen Stangensystemen Scheinwerfer und Lampen, die durch Beleuchtung, Schatten und Lichteffekte für die richtige Stimmung auf der Bühne sorgten.

»Kommen Sie ein paar Minuten alleine zurecht?«, fragte der technische Leiter.

Wagner war überrascht, dass der Mann ihn unbeaufsichtigt herumlaufen lassen wollte. Damit konnte er zweifelsohne leben. »Ich denke, ich bin alt genug und kann auf mich aufpassen.«

»Und hey, nichts …«

»… anfassen, schon klar.« Zur Bestätigung hob Wagner den Daumen, was dem anderen ein zufriedenes Nicken entlockte. »Ich schaue mich nur um; falls mir etwas auffällt, lasse ich Sie rufen. Was ist mit dem Maschinenraum? Darf man dort als Außenstehender rein?«

»Eigentlich nicht, aber während der Vorstellungen ist die Tür nicht abgeschlossen, im Falle von Störungen kann man so schneller reagieren.«

»Und gibt es öfter Probleme?«

»Nein, ich bin inzwischen über zehn Jahre dabei. Wenn überhaupt, dann erleben wir Pannen immer nur bei den Proben. Also falls Sie keine weiteren Fragen haben, bin ich gleich wieder da.«

Mit einem Wink verabschiedete Wagner ihn. Gedanklich war er längst mit dem Countdown beschäftigt. Ihm blieben weniger als drei Minuten, um Patrizia Mettmann zu retten.

»Kollege Fitz!«, rief er über die App, um sich zu erkundigen, wo der Oberkommissar steckte.

Als keine Reaktion kam, umrundete er den Lichthof im Bühnenturm und steuerte auf den Zugang zum Schnürboden zu, von wo aus Seile in die Tiefe hingen. Er lief zügig, eine Hand hielt er immer am Geländer. Die Gerüste schaukelten, vor allem, wenn zwei oder mehrere Personen darauf herumturnten. Insgesamt machte die Konstruktion aber einen stabilen Eindruck. Die Leute, die ringsum arbeiteten, beäugten ihn wie einen Störfaktor. Erst der Schnürmeister erkundigte sich bei ihm, was er hier eigentlich tat. Er verstummte jedoch augenblicklich, als Wagner sich als Polizist auswies. Inzwischen schien die ganze Belegschaft angesteckt vom Tumult, der vom Zuschauerraum heraufdrang. Bestimmt hatte es mit dem bayrischen Kollegen zu tun.

Wagner fragte die Arbeiter, ob sie etwas Verdächtiges mitbekommen hätten, doch alle verneinten. Ihm blieb nichts anderes übrig, als sämtliche Nebenräume zu kontrollieren. Und davon gab es im Maschinenboden etliche.

Plötzlich vernahm er über das Handy, wie Fitz fluchte. Offenbar war er im Saal in Bedrängnis geraten. Dann hörte er auch Kolka sprechen. Es war die Rede von einer Bombe.

Wagner schaute über die Brüstung in die Tiefe. Auch wenn er nichts erkennen konnte, verbreitete sich das Gefahrenwort bis zu ihm hinauf. Daher rührte also die Unruhe unter den Angestellten und den Besuchern.

»Keine Sorge, das ist keine Bombendrohung«, beruhigte er die Arbeiter und machte sich weiter daran, die Räume zu überprüfen. Bald betrat er einen Bereich, in dem es deutlich ruhiger zuging.

Gleichzeitig sprach er Fitz über das Handy an. »Was ist da bei Ihnen los?«

»Ich bin gerade in den Orchestergraben gesprungen«, kam es als Antwort. »Und dabei habe ich mir die Schuhe ruiniert.«

Zuerst glaubte Wagner an einen Scherz, aber so wie der alte Kommissar schimpfte, handelte es sich wohl um die Wahrheit. »Was machen Sie im Orchester?«

»Ich habe eine Spieluhr verfolgt.«

»Eine Spiel…?«

Er wollte gerade nachhaken, als sich ein Mann mit einem grauen *Adidas*-Sweatshirt und tief in die Stirn gezogener Kapuze an Wagner vorbeidrängte und ihn dabei so heftig anrempelte, dass er fast das Gleichgewicht verlor. Statt einer Entschuldigung lief der Mann mit gesenktem Kopf weiter. Kein Wunder, dass er Wagner übersehen hatte, denn er schaute beim Gehen ununterbrochen auf sein Handydisplay.

»Hey!«, rief Wagner ihm nach, doch der andere drehte sich nicht einmal um. »Überall begegnen einem inzwischen diese Handyzombies.«

Weil der Mann nicht stehen blieb, setzte auch er seinen Weg fort und entdeckte kurz darauf eine verschlossene Tür. Er ging zurück zu einem der Bühnenarbeiter und erkundigte sich, was sich dahinter befand.

»Ist ein winziger Schaltschacht für die Elektrik«, bekam er Antwort. »Aber soweit ich weiß, wird der nicht mehr benutzt.«

»Und warum befindet sich dann an der Tür ein elektronisches Vorhängeschloss?«

»Echt?« Der Arbeiter schaute an Wagner vorbei und zuckte mit den Schultern. »Das habe ich nie zuvor gesehen, da müssen Sie den Bühnenmeister befragen.«

Nein, das würde Wagner garantiert nicht tun.

»Danke, Sie haben mir sehr geholfen«, sagte er stattdessen.

Er lief zurück zum Schaltschacht und betrachtete das Schloss. Keine Tasten, Drehscheiben oder Bedienelemente, mit denen man zum Beispiel einen Zahlencode hätte eingeben können. Es gab lediglich einen einzelnen Knopf in der Mitte.

Er schaute auf sein Handy und die verbleibende Zeit.

1:35.

Er drückte den Knopf. Ein Lichtkreis signalisierte, dass das Schloss nun aktiv war. Fast gleichzeitig piepte die App und zeigte eine neue Nachricht.

Mitspieler 3, du musst die richtige Melodie spielen, um das Schloss zu öffnen.

Das digitale Vorhängeschloss war mit Wagners Handy gekoppelt. Alles war mit *Death Rescue* verbunden.

Eilig berührte er die Sprechtaste und redete erneut mit Fitz. »Was sagten Sie vorhin, Sie hätten eine Spieluhr gefunden?«

»Ja, und jetzt erscheint hier so ein dämliches Musikspiel auf dem Smartphone. Keine Ahnung, was ich damit machen soll.«

»Aber ich weiß es.«

KAPITEL 35

Sie finden mich ganz oben, hatte er gesagt.

Fitz fluchte und hustete sich die Seele aus dem Leib, während er die Stufen zum Maschinenboden nahm. Ihm brannten die Waden, und das Leder seiner Schuhe war ramponiert, nachdem ihm im Gedränge eine ältere Dame mit ihren Stöckelschuhen daraufgetreten war.

Als er die letzte Etage erreichte, tanzten in seinem Blickfeld lauter helle Punkte. Und diese kamen nicht von all den Lichtern, die an mehreren Stangen befestigt waren.

»Okay, ich gebe auf«, redete er sich selbst gut zu.

Mit beiden Händen umklammerte er das Geländer. Er zitterte am ganzen Körper – nicht vor Höhenangst, sondern vor Anstrengung. Die Treppenstufen hatten ihm sämtliche Kraft geraubt. Zwar gab es im Opernhaus einen Aufzug, aber der war wegen der fälschlichen Bombendrohung blockiert.

»Verflucht, wo sind Sie, Wagner?«, krächzte er ins Handy.

»Wo sind Sie?«, kam es zurück.

»Kurz vorm Krepieren.«

Schließlich erspähte er den jungen Kommissar am Ende des Gerüstes. Hektisch winkend hob er die Arme. Als liefe er über das Deck eines wankenden Schiffes, steuerte Fitz auf ihn zu.

Er benötigte die gesamte Breite des Stegs. Arbeiter zwängten sich an ihm vorbei und musterten ihn wie einen betrunkenen Seemann in luftiger Höhe.

»Zeigen Sie mir, was Sie haben«, forderte Wagner ihn auf.

Fitz fingerte das *Death-Rescue*-Handy aus seiner Manteltasche. Auf der App spielte ununterbrochen ein Lied aus der *Zauberflöte*: *Der Vogelfänger bin ich ja.* Zusätzlich lief eine Animation. Es war eine Art farbige Autobahn, bestehend aus bunten Rechtecken, die von oben nach unten scrollte. Darauf hüpfte ein leuchtend roter Punkt im Takt der Melodie. Jede Farbe schien für einen anderen Ton zu stehen.

»Und dann habe ich noch die hier«, keuchte er und hielt Wagner die handgroße rötliche Spieluhrbox hin, ähnlich denen, wie manche Souvenirläden sie verkauften. Nur dass die auf seiner Handfläche vermutlich eine besondere Spieluhr war. »Sie lag in einer kleinen Schachtel unter Stuhl Nummer 16.«

Wagner rieb sich das Kinn und schaute auf sein Handy. »Krassikowski, uns bleiben noch fünfundfünfzig Sekunden.«

»Fünfundfünfzig Sekunden für was genau?«

»Um die Spieluhr mit der Handymelodie zu synchronisieren. Verstehen Sie? Sie müssen an der Kurbel drehen – und zwar im richtigen Tempo.«

»Tempo? Soll das ein Witz sein?« Bei jedem Wort entwich seiner Lunge ein Pfeifen wie bei einer kaputten Luftmatratze. »Ich kann ja kaum noch aufrecht stehen.«

»Ich muss wissen, was hinter der Tür dort ist.« Wagner zeigte auf eine Art Schaltschrank, an dem ein Vorhängeschloss hing. Zudem hielt er sein Handy hoch. »Sehen Sie? Meins versucht andauernd, das Musikstück von ihrem Gerät zu kopieren. Solange Sie jedoch Ihre Aufgabe nicht erfüllen, indem Sie die Töne der Spieluhr in der richtigen Geschwindigkeit einspielen, bekomme ich keine Freischaltung für den Kopiervorgang. Und ohne die Melodie auf meinem Handy kann ich das elektronische Schloss nicht öffnen. Fünfundvierzig Sekunden.«

Selbst Fitz verstand, dass keine Zeit für Diskussionen blieb. Auch wenn er von der Erklärung längst nicht alles kapiert hatte, bückte er sich, legte das dudelnde Handy auf den Boden und begann an der Spieluhr zu drehen. Tatsächlich schien die App die Töne über das eingebaute Mikrofon zu erfassen, in digitale Daten umzuwandeln und mit der eigenen Melodie abzugleichen. Ein zweiter leuchtender Punkt erschien, ein gelber. Das war seiner. Es wirkte, als jagte der Gelbe den Roten.

Endlich verstand Fitz die Aufgabe. Man musste so spielen, dass beide Punkte übereinanderlagen und absolut synchron von Rechteck zu Rechteck hüpften.

»Drehen Sie etwas schneller«, kommentierte Wagner, der inzwischen an der Tür wartete und sein Handy dicht an das Vorhängeschloss hielt.

»Ja, ja, wir Alten sollen immer schneller.«

»Und gleichmäßiger.«

Fitz hustete, was ihn zusätzlich aus dem Takt brachte.

»Krassikowski, Erik hatte recht, Sie röcheln echt wie Darth Vader.«

Da Fitz sich im Laufe der Jahre an den Vergleich gewöhnt hatte, kannte er tausend Varianten, ihn gekonnt zu parieren. »Ich bin ja auch eines seiner unehelichen Kinder.«

Behutsam mit Daumen und Zeigefinger fasste er die winzige Kurbel und bewegte sie im Kreis. Immer, wenn er beide Punkte beinahe übereinander brachte und die Melodien somit im Gleichklang spielten, wurde er nervös.

»Ich schaffe das nicht«, wollte er schon aufgeben, doch Wagner sprach ihm Mut zu.

Er schloss die Augen, drehte weiter an der Spieluhr und verließ sich nur auf sein Gehör. Endlich stellte sich ein Gefühl für die richtige Geschwindigkeit ein und die beiden Melodien verschmolzen zu einer.

»Es klappt!«, jubilierte Wagner.

Fitz riss die Augen auf und hörte auf zu spielen. Papagenos Lied war synchronisiert und auf das andere Mobiltelefon übertragen. Im selben Moment blinkte der Lichtkreis im Vorhängeschloss und es entriegelte.

»Wollen Sie nicht endlich nachsehen?«, fragte Fitz, weil Wagner zwar die Hand über die Klinke hielt, jedoch die Tür nicht öffnete.

»Es ist zu einfach«, murmelte er.

»Einfach? Haben Sie eben einfach gesagt? Ich schwitze mir hier die Sohlen ab und Sie …«

Nur eine Winzigkeit öffnete Wagner sodann die Tür. Dabei ging er in die Hocke und spähte mithilfe des leuchtenden Handydisplays in den entstandenen Spalt. »Oh Gott, sie ist da drin.«

»Patrizia Mettmann, meinen Sie?«

»Frau Mettmann«, sprach Wagner jemanden an, schüttelte aber sogleich den Kopf. »Sie … sie ist nackt. Da steckt ein Kabel in ihrem Mund und eins in ihrer … Scheiße! Ich kann nicht erkennen, ob sie noch lebt, sie rührt sich nicht …«

»Verdammt, helfen Sie ihr!«

»Was glauben Sie denn, was ich versuche? Hier sind vier hauchdünne Drähte an der Tür. Wenn ich sie aufziehe, jagt es unter Garantie Hunderte Ampere durch ihren Körper. Wir müssen die Stromzufuhr im Gebäude abstellen.«

Hastig schaute Fitz auf den Countdown. »In achtzehn Sekunden?«

Wagner fluchte. Er zog ein Taschenmesser aus seiner Hose und klappte eine Nagelschere aus. »Dann bestimmen Sie eine Farbe.«

»Was?«

»Rot, gelb, grün oder schwarz? Diese stehen zur Auswahl. Einer muss es sein.«

»Woher wollen Sie denn wissen, dass Sie nur einen Draht durchschneiden müssen?«

»Schauen Sie denn keine Krimis? Haben Sie da mal gesehen, dass jemand zwei oder mehr durchschneidet?«

Fitz konnte nicht glauben, was er da hörte. »Okay, Sie Filmkommissar, ich werde nicht ...«

»Eine Farbe, los!«

»Schwarz.«

»Wieso schwarz?«

»Was?«

»Wieso zum Teufel ausgerechnet den Schwarzen?«

»Vielleicht weil ich eine dunkle Seele habe? Weil ich mal überzeugter Christdemokrat war? Verflucht, keine Ahnung, warum ausgerechnet schwarz! Tun Sie etwas, sonst ist sie wirklich tot.«

Wagner zögerte. In seinen Fingern zitterten das Taschenmesser und das daran ausgeklappte Werkzeug.

Noch fünf Sekunden verblieben.

»Nein, nicht schwarz«, sagte er und setzte die Schere am grünen Draht an.

KAPITEL 36

Im Fahrzeug des Außendienstleiters saß Donner auf der Rückbank. Anfangs hatte er sich gegen den Sitzplatz gewehrt, doch mittlerweile musste er anerkennen, dass Lichtenberg ein deutlich besserer Fahrer war als er. In Rekordzeit hatten sie den Südring erreicht. Die App lotste sie. Sie verfolgten einen blinkenden Punkt auf dem Smartphone.

Inzwischen wussten sie auch, was sie genau suchten. Es waren mehrere Notrufe von Autofahrern eingegangen, die von einem Hund berichteten, der herrenlos und verängstigt über die Fahrbahnen streunte. Offenbar hatte der Unbekannte über das Internet die Jagd auf einen Hund aus dem Tierheim eröffnet.

»Nach links abbiegen!«, rief Donner von hinten. »Er bewegt sich jetzt Richtung Werner-Seelenbinder-Straße.«

Lichtenberg schlug das Lenkrad hart ein.

Forchners Hand schnellte zum Angstgriff. »Den fangen wir nie ein. Erst recht nicht, wenn wir vorher einen Unfall bauen.«

Aha, der Umkipper meldet sich zu Wort.

»So etwas nennt man Leben in der Lage«, zitierte Donner einen inoffiziellen Leitsatz der Polizei, und obwohl es ihm allmählich selbst flau im Magen wurde, schob er noch einen nach. »Das lernt man eben auf keiner Polizeifachhochschule.«

Während er den Punkt auf dem Display nicht mehr aus den Augen ließ, klingelte sein eigenes Handy.

Es war Lehnhard, die anrief. »Erik, in den sozialen Netzwerken überschlagen sich die Kommentare zu *Death Rescue*. Es haben sich schon mehrere Leute zusammengerottet, um den Hund zu fangen. Angeblich im Glauben, sie könnten dadurch der Polizei helfen und einen Menschen vor dem Tod bewahren. Sogar von einer Belohnung ist die Rede.«

»Woher wollen die denn wissen, wo sie suchen müssen? Ich meine, wir leben zwar in keiner Weltstadt, aber so klein ist sie auch wieder nicht.«

»Bei Facebook ist ein Link aufgetaucht, der zu einer schlichten *Death-Rescue*-Homepage führt. Dort verspricht man demjenigen, der den Hund einfängt, eintausend Euro.«

»Links!«, brüllte Donner Lichtenberg an, weil sich die Richtung des Punktes wieder verändert hatte. »In die Hermann-Pöge-Straße.«

»Der Köter rennt mitten in das Gewerbegebiet«, antwortete Lichtenberg, der erneut blitzschnell reagiert hatte und den Wagen abermals beschleunigte.

Unterdessen wandte Donner sich wieder Lehnhard zu, die verstummt war, nachdem er geschrien hatte. »Und die Geschichte von den tausend Euro glaubt jemand? Kann der Computerfuzzi die Seite nicht vom Netz nehmen oder wenigstens den Link blockieren?«

»Rat mal, warum es im Internet so viele Portale mit Anleitungen zum Bombenbauen gibt. Nein, man kann nicht einfach einen Knopf drücken und eine Internetseite entfernen. Gladbeck meint, selbst wenn man den Inhaltsprovider kennt und man einen Gerichtsbeschluss zur Abschaltung bekommt, dauert es meist Stunden, bis die Seite vom Netz ist. Da reden wir aber noch nicht mal über Provider, die im Ausland sitzen.«

»Wozu brauchen wir Gladbeck dann überhaupt?«

»Meiner Meinung nach macht er einen kompetenten Eindruck, ich glaube, er kann uns echt helfen. Er hat seine komplette Technik aufgebaut und will momentan nicht gestört werden.«

Daraufhin brummte Donner nur, denn diese Aussage befriedigte ihn in keiner Weise. »Okay, halt uns einfach auf dem Laufenden.«

Bevor Lehnhard sich verabschiedete, wünschte sie ihm viel Glück.

Glück können wir verdammt noch mal gebrauchen.

Auch wenn er es sich nicht anmerken ließ, so machte er sich unendliche Sorgen um Malte und Anne. So sehr, dass er sogar Herzschmerzen verspürte und sich sein Magen wie ein Knoten anfühlte.

»Da vorn ist der Hund!«, verkündete Forchner und zeigte mit dem Finger zur Frontscheibe hinaus.

In Sichtweite lief der schwarz-weiße Mischling am Straßenrand, wie ihn die Leute gemeldet hatten. Donner schaute nur kurz auf, denn gleichzeitig meldete sich die App.

Mitspieler 1, inzwischen dürfte sich der Hinweis im Darm befinden. Du gibst dir eindeutig zu wenig Mühe.

Damit bestätigte sich Donners Befürchtung. Das, was er finden sollte, trug der Hund nicht am Fell oder Halsband, sondern in sich drin – wie bei der Ratte im alten Revier. Abgesehen davon, dass sie den Vierbeiner erst einmal einfangen mussten, würde sich sehr bald die Frage stellen, wie sie an den Hinweis rankommen sollten.

»Er läuft direkt zum ROLLER«, sagte Forchner, womit er das Möbelhaus meinte.

Plötzlich tauchten von der Seite die Scheinwerfer von zwei Fahrzeugen auf. Die Autos hielten mit hoher Geschwindigkeit auf den Hund zu.

»Scheiße, das sind die Jäger aus dem Internet«, sagte Donner.

»Das ist doch nicht möglich«, sagte Forchner.

Lichtenberg schaltete das Blaulicht ein, um das Polizeifahrzeug erkennbar zu machen. Das Martinshorn ließ er vorerst stumm. Andernfalls verschreckte er womöglich den Hund.

»Die reagieren gar nicht auf unser Signal«, sagte der Außendienstleiter, denn die fremden Fahrzeuge machten keine Anstalten, anzuhalten oder die Polizei vorbeizulassen, im Gegenteil. Die Verfolgung glich nun einem Rennen.

»Die wollen das Tier überfahren«, bemerkte Lichtenberg.

Es war unschwer zu erkennen, was die Jäger vorhatten.

»Weil ein Wahnsinniger sie aufgestachelt hat«, mutmaßte Donner.

Vergeblich versuchte Lichtenberg, die zwei anderen Wagen zu überholen. Wenn Donner sich nicht irrte, saßen in beiden Fahrzeugen jeweils drei Leute. Mit hoher Geschwindigkeit erreichte die Kolonne den Parkplatz des Möbelhauses. Dort ging die Jagd weiter. Forchner probierte es mittels Lautsprecherdurchsage, doch die Verrückten unterließen ihr törichtes Handeln nicht. Stattdessen kreisten sie den Hund ein, der inzwischen völlig eingeschüchtert den Schwanz einzog.

»Ich fasse es nicht«, schimpfte Forchner. »Die ignorieren die Polizei komplett.«

»Ich glaube eher, die ignorieren dich«, kommentierte Donner, riss ihm den Hörer vom Funkgerät aus der Hand und plärrte seinen Frust über die Lautsprecher nach draußen.

Zu seinem Missfallen reagierte auch niemand auf seine Anweisung.

Um das Tier zu schützen, versuchte Lichtenberg, mit dem Wagen dicht daneben anzuhalten, doch der Hund blieb nicht stehen.

Deshalb befahl Donner: »Anhalten!«

Sofort trat der Obermeister die Bremse und sprang aus dem Funkwagen, noch bevor Donner den Gurt gelöst hatte. Gleichzeitig hatten auch die Fremden angehalten. Auch dort stiegen die Insassen aus. Einer von ihnen führte sogar eine Leine mit.

»Verschwindet!«, wies Lichtenberg sie an, doch die sechs Männer reagierten auf die Kumpeltour.

»Wir wollen nur helfen«, behauptete einer von ihnen.

»Hey, das ist ein Spiel«, stimmte ein anderer ein. »Warum müsst ihr uns das versauen? Ihr gönnt uns wohl die Kohle nicht?«

Während der Außendienstleiter und sein Gehilfe versuchten, die Männer mit Vernunft in Schach zu halten, näherte Donner sich dem Hund, der schwer hechelnd und erlahmt unter einer Laterne herumschlich.

Eigentlich kannte er sich kaum mit Hunden aus, doch in dieser Situation hielt er sich geradezu dazu für berufen, ihn einzufangen. Obwohl ihm das Tier nur bis zu den Knien ging, verspürte er allerdings auch ein gewisses Maß Respekt.

Die Kleinen sind die schlimmsten Wadenbeißer.

»Komm her, ich bin genauso ein Lieber wie du«, versuchte Donner ihn zu locken und deutete mit den Fingerspitzen eine Geste an, als hätte er ein Leckerli dabei.

Vermutlich wäre der Hund weggerannt, wenn er dafür noch die nötige Kraft gehabt hätte. Mit vorsichtigen Schritten näherte Donner sich ihm.

»Ey, nimm die Pfoten weg!«, vernahm er von hinten. »Das ist unsere Trophäe!«

Donner drehte sich um und sah noch, wie Forchner sich der Gruppe mit erhobenen Armen entgegenstellte. Statt die Anweisung zu beachten, schubste man den jungen Außendienstleiter zur Seite. Wohl überrascht von der Attacke, verlor Forchner das Gleichgewicht und landete mit dem Rücken auf dem Asphalt. Dort blieb er kurzzeitig wie ein Käfer liegen und strampelte mit den dicken Waden. Nun hielt es Lichtenberg nicht länger. Wie eine Dampfwalze marschierte er auf die sechs Männer zu. Dann ging das Gerangel los. Fäuste trafen Kinne, Hände griffen in Haare. Zwar wusste Donner, welche Fähigkeiten der Obermeister besaß, doch gegen sechs Gegner konnte auch er niemals bestehen.

Warum kann man solche Sachen denn nicht in Ruhe klären?

»Du bleibst schön hier«, befahl er dem Hund, dann stürzte er los.

Ein besonderes Großmaul stellte sich ihm in den Weg. »Was willst du nun machen, du hässliche Fratze?«

Mit einem saftigen Schwinger streckte er den Mann nieder. Verglichen mit seinen besten Boxerzeiten hatte er an Schnelligkeit und Beweglichkeit eingebüßt, dafür jedoch nicht an Willenskraft und Rohheit. Innerhalb kürzester Zeit hatte er Lichtenberg aus der Bedrängnis befreit. Mittlerweile war auch Forchner wieder auf den Beinen. Zwar stand der dicke Kommissar in der Folge mehr herum und versuchte es mit Diplomatie, aber zu dritt schafften sie es, die Angreifer auf Distanz zu halten.

Die Situation klärte sich endgültig zum Guten, als eine Minute später weitere Streifenwagen auf dem Parkplatz eintrafen und die Männer schließlich in Gewahrsam nahmen.

Nach der Rauferei wischte Donner sich etwas Blut von der aufgeplatzten Lippe. Um die Schmerzen in den Fingerknöcheln zu vertreiben, schüttelte er die Hände aus. Dann schaute er nach dem Hund. Doch das Tier war verschwunden.

KAPITEL 37

»Er hat mich gebissen«, zürnte Donner und wickelte sich ein Taschentuch um seine verletzte rechte Hand.

Nachdem er den Mischlingshund auf dem Parkplatz vor dem Möbelhaus unter dem Einsatzleitungsfahrzeug entdeckt hatte und zupacken wollte, hatte das verängstigte Tier zugeschnappt.

Erst als Forchner sich ebenfalls unter das Bodenblech gebückt und komische Locklaute (ähnlich denen eines hungrigen Vogelkükens) gemacht hatte, war der Hund vorgekrochen und hatte sich wie die treueste Seele in die fleischigen Arme des Jungkommissars gekuschelt.

»Hat denn nun jemand eine Idee, wie wir an den Hinweis herankommen, den er geschluckt hat?«, fragte Donner. »Einen Tierarzt werden wir auf die Schnelle garantiert nicht herbeizaubern.«

»Wir schneiden ihm definitiv nicht den Bauch auf«, entschied Forchner.

Auch wenn der Unbekannte genau das erreichen wollte, hatte diese Option für Donner allein aus tierethischen Gründen niemals zur Debatte gestanden. Trotzdem musste eine Lösung her. »Und was schlägt der Hundeflüsterer stattdessen vor?«

»Ben, hast du deinen Verpflegungsrucksack mit?«, wandte Forchner sich an Lichtenberg. »In der vorderen Tasche sammelst du doch immer die Salzpäckchen von diversen Imbissen.« In Windeseile öffnete der Führungsgehilfe die Kofferraumklappe und griff in seinen Rucksack. Einen Wimpernschlag später hielt er zwei weiße Salzbeutelchen mit der Aufschrift *Alanya Döner* in den Händen.

»Sehr gut, den gesamten Inhalt mischst du jetzt mit einem Becher Wasser aus meiner Trinkflasche.«

Lichtenberg gehorchte und Donner bekam eine Ahnung, was der Außendienstleiter vorhatte.

»Und das mit dem Erbrechen soll funktionieren?«, fragte er dennoch skeptisch.

»Während eines Praktikums war ich zwei Wochen bei der Hundestaffel«, erwiderte Forchner und streichelte den Hund. »Da hatte einer der Vierbeiner einen Flummi verschluckt. Grundsätzlich warnen Tierärzte davor, es auf die Weise zu versuchen, aber in der Not wäre das die sinnvollste Methode. Natürlich klappt es nur, wenn sich der Gegenstand noch im Magen befindet.«

Ungeduldig und aus sicherer Entfernung beobachtete Donner, wie der Kommissar und der Obermeister das Maul des Hundes spreizten und die Salzlösung ganz langsam in den Rachen einflößten. Es funktionierte tatsächlich. Kaum zehn Sekunden danach würgte der Hund, und noch einen Augenblick später kotzte er. Der Großteil des Mageninhalts landete auf dem Hemd von Forchner. Dabei kam eine Münze zum Vorschein, die direkt vor Donners Füße rollte.

Woher Kolka nach der Entführung ihres Sohnes die Kraft nahm, um ihre Arbeit weiterhin so professionell wie möglich zu verrichten, wusste sie selbst nicht. Vermutlich funktionierte sie einfach, weil sie sich in einer Ausnahmesituation befand.

Zu Hause konnte sie vorerst nichts ausrichten. Ihre Mutter würde die Nacht stellvertretend hier verbringen. Außerdem observierte eine Streifenbesatzung die Adresse. Sie musste unbedingt zur Dienststelle, um die Ermittlungen nach dem Täter und die Suche nach Malte voranzutreiben.

Wir brauchen dringend positive Ergebnisse.

Das Wort Ergebnisse klang nüchtern und ein bisschen bürokratisch, aber nur die zählten momentan für sie. Ihre Hoffnung setzte sie auf den IT-Spezialisten vom LKA und darauf, dass der Täter bald einen Fehler machte.

»Soll ich dich mit Eriks Auto fahren?«, fragte Franz Donner, der ihr dabei zusah, wie sie ihre Sachen packte.

Gewöhnlich war Eriks Vater der denkbar ungünstigste Trostspender – nach Erik selbst –, aber seitdem er hier aufgetaucht war, kümmerte er sich ungewohnt rührend um sie. Vielleicht war jetzt der passende Zeitpunkt, ihn nach einer Sache zu befragen, die ihr im Kopf herumschwirrte.

»Ich fahre mit meinem Auto, danke. Weißt du, Franz, was ich mich frage?«

Er blickte misstrauisch, schien aber wissbegierig darauf, was sie sagen wollte. »Frag ruhig, es geht bestimmt um die damaligen Fälle.«

»Hat Jonny Herzig seine Opfer wirklich willkürlich ausgesucht oder gibt es einen Zusammenhang zwischen den Toten? Einen Zusammenhang, den das K11 früher übersehen hat.«

»Du meinst, den ich übersehen habe, nicht wahr?« Er klang nicht beleidigt, eher betrübt. »Du und Erik, ihr tickt gleich. Er hat mich bereits vor dir darauf angesprochen.«

Falls ihn welche beschäftigten, verstand Kolka seine Bedenken, er hatte sich als Kriminalbeamter einen tadellosen Ruf aufgebaut, und die aktuellen Verbrechen konnten leicht dazu führen, dass man seine Arbeit in einem anderen Licht bewertete. »Es sollte kein Vorwurf sein.«

»Schon gut, Anne, ich bin dir nicht böse. Trotzdem kann ich mit ruhigem Gewissen sagen, dass die Opfer sich untereinander nicht kannten, falls du das denkst.«

Kolka nickte, obwohl ihr Gefühl ihr etwas anderes riet. »Komm, ich nehme dich mit zur KPI, deine alten Kollegen erwarten dich.«

Im Opernhaus war die Vorstellung der *Zauberflöte* abgebrochen worden. Während Fitz über die 112 einen Notarzt für die schwerverletzte Patrizia Mettmann herbeirief, sackte Wagner neben ihm zusammen. Schock und Anspannung hatten dem jungen Kommissar empfindlich zugesetzt.

»Wir retten Sie«, redete Fitz unterdessen mit Mettmann, die mit Kabelbindern noch immer in dem winzigen Schaltraum festgebunden war.

Er wusste nicht, ob seine Worte bis zu ihr durchdrangen. Sie war kaum noch bei Besinnung. Auf seinen Befehl hin brachte ein Bühnentechniker eine Kneifzange herbei. Allerdings traute der Arbeiter sich nicht, die Fesseln an den blutigen Handgelenken eigenhändig durchzutrennen. Kein Wunder, der Anblick der nackten Frau war auch zu erschreckend für jemanden, der sich sonst nicht berufsmäßig mit Verbrechen beschäftigte. Selbst Fitz musste auf die Zähne beißen, um der Situation standzuhalten. Allein der Geruch von Angst, Schweiß und Blut raubte ihm beinahe die Sinne.

Man hatte Mettmann die Enden von zwei daumendicken Elektrokabeln in Mundhöhle und Vagina eingeführt. Wäre Wagner nicht so extrem aufmerksam gewesen, hätte er die Frau vermutlich mittels Elektrizität umgebracht. Ein kaum sichtbarer Draht hätte beim ruckartigen Aufziehen der Tür für einen Kontakt zweier Elektroden gesorgt, wodurch der Stromkreis geschlossen worden wäre.

Fitz prüfte die Funktion der Zange und stieß Wagner an. »Sie müssen mir helfen, die Frau zu befreien. Alleine schaffe ich das nicht. Falls sie den heutigen Tag überlebt, wird man Sie als Helden feiern. Wollen Sie diese Chance leichtfertig vergeben?«

Im Gebäude der KPI ordnete Ulf Konopka einsam in einem Büro Ermittlungsergebnisse. Gleichzeitig schrieb er an einem Bericht. Was derzeit bei *Death Rescue* passierte, verfolgte er nicht länger. Erstens, weil sein Handy ertrunken war, und zweitens, weil der Schock über den furchtbaren Mord an Roland Sommer seine Innenwelt noch immer schwer belastete. Kolka hatte sich zweimal bei ihm erkundigt, ob er psychologische Betreuung benötigte. Er hatte abgelehnt und sich in Schreibarbeit gestürzt. Er hatte bei diesem Spiel zugesagt und war damit weiterhin Teil des Teams.

Es klopfte und Lehnhard steckte den Kopf zum Büro hinein. »Können wir kurz stören?«

»Wir?«

Sie trat ein und mit ihr drei Kollegen: Henrike Sommer, Alexander Mettmann und Bertram Dienelt. Letzter war bereits in Pension.

Konopka sprang von seinem Stuhl auf und reichte jedem zur Begrüßung die Hand. Bei Sommer wusste er nicht, ob er eine Beileidsbekundung aussprechen sollte. Er schaute ihr zwar nicht direkt ins Gesicht, doch allein zu wissen, dass sie ihn musterte, war ihm peinlich. Bestimmt dachte sie gerade: *Vor mir steht also der Versager, der mir den Ehemann genommen hat.*

»Mach dir keine Vorwürfe, Ulf«, sagte Sommer erstaunlich gefasst. »Ich weiß, dass du alles getan hast, um meinen Mann zu retten.«

Ihre Stärke führte dazu, dass er sich noch mehr schämte. Ihm fehlten die Worte, deshalb brachte er nur ein zustimmendes Glucksen heraus.

»Anne wollte, dass uns das alte Team mit seinem Wissen zu den damaligen Fällen unterstützt«, erklärte Lehnhard. »Würdest du den Kollegen einen kurzen Überblick über das aktuelle Geschehen geben?«

Es wunderte Konopka, dass auch Metti hier war, denn es hieß, dass seine Frau ebenfalls vermisst wurde.

Bevor jemand weitersprechen konnte, klopfte es erneut.

Olaf Gladbeck, der Fachmann vom LKA, betrat das Büro. *The Brain,* wie Wagner ihn genannt hatte, war ein glatzköpfiger, athletischer Typ, der von der Statur auch gut und gern zur Sportgruppe der Polizei gepasst hätte. Passend dazu trug er einen Trainingsanzug.

»Herr Konopka, es war absolut richtig, das Handy aus dem Wasser zu retten.« Gladbeck klappte einen Laptop auf, den er unter dem Arm getragen hatte. »Es funktioniert zwar nicht mehr und die meisten Daten sind auf ewig verloren gegangen, aber offenbar haben wir trotzdem Glück. Ich habe im Speicher eine IP-Adresse gefunden.«

Nach einem Vieraugengespräch zwischen Polizeipräsident und Staatsanwalt (der Wortlaut des Gesprächs wurde nie bekannt, jedoch soll es eine heftige Diskussion gegeben haben) kam es dazu, dass Krause den Bereitschaftsrichter am Landgericht kontaktierte und der im Anschluss mit der JVA Dresden telefonierte.

Eine Stunde später wurde Jonny Herzig, genannt der Spielmann, mit Hand- und Fußfesseln und vom Sondereinsatzkommando bewacht, als Zeuge an die Polizeidirektion überstellt.

Kapitel 38

Fitz warf nur einen flüchtigen Blick auf das Mobiltelefon und steckte es zurück in die Manteltasche. Erneut lief auf dem Gerät die Spieluhranimation wie eine Art Bildschirmschoner.

Lade nächstes Level ...

Für die Mitspieler bedeutete es eine Auszeit, jedoch keine echte Erholung. Jeden Moment konnte der Bildschirm wechseln und ein neues tödliches Wettrennen beginnen. Beim letzten Mal hatte er nur geholfen, irgendwann würde er an die Reihe kommen, seine Spielfigur zu retten. Isolierte man das sogenannte Tutorial mit der geretteten Simone Peschel und betrachtete nur die eigentlichen Level, hatte die Kripo bislang die ersten beiden *Death-Rescue*-Opfer gefunden. Das Ergebnis waren ein Toter und eine Schwerverletzte. Würde Fitz bei seiner Herausforderung auch so viel Glück haben wie Wagner oder gleichfalls scheitern wie Konopka?

Gemeinsam mit dem erfolgreichen Kommissar lief er durch das Gebäude der KPI. In den Räumlichkeiten des K11 erwartete man die beiden Helden bereits.

»Wissen Sie, was ich jetzt dringend brauche?«, fragte Wagner.

Fitz schüttelte den Kopf. »Ich weiß nur, dass ich schleunigst neue Schuhe brauche.«

»Eine riesengroße Dose *Monster*.«

Nach etlichen Gesprächen mit den sächsischen Kollegen wusste er, dass einige Erik Donner als Monster betitelten, aber Fitz konnte sich nicht vorstellen, dass Wagner darauf anspielte.

»Von was reden Sie da?«

»Schauen Sie keine Werbung? Das ist ein Energydrink. Das Zeug macht einen zum Superhelden.«

»Bei dem ganzen Zucker, den das Zeug enthält, verklebt es einem höchstens den Arsch.«

»Vielleicht sollten Sie mehr Zucker zu sich nehmen, dann wären Sie nicht so verbittert.«

»Wissen Sie, ich habe mir in meinem Leben das Recht auf Verbitterung hart verdient.«

Darüber lachte Wagner nur, und auf einmal musste auch Fitz grinsen, weil er völligen Blödsinn redete.

Schnell wechselte er das Thema. »Woher wussten Sie, dass es der grüne Draht war?«

»Wusste ich nicht.«

»Trotzdem haben Sie ihn durchtrennt, obwohl es drei weitere Möglichkeiten gab.«

Wagner blieb stehen und holte sein Mobiltelefon hervor, auf dem ebenfalls die Spieluhranimation lief. »Leider ist der Text mittlerweile verschwunden, aber die App hatte mir einen Hinweis gegeben.«

»Welchen Hinweis?«

»*Wie würde sich wohl Papageno entscheiden?*«

Gedanklich spielte Fitz den Inhalt der *Zauberflöte* durch, kam jedoch nicht auf die Lösung. »Und Papageno hätte sich für den grünen Draht entschieden?«

Wagner machte eine Geste, als wollte er sich eine Mütze auf den Kopf setzen. »Die Feder! Bei der hiesigen Aufführung trägt der Vogelfänger einen Hut mit grüner Feder. Ulf Konopka hatte dazu eine Frage gestellt bekommen, erinnern Sie sich? Natürlich hätte ich mich auch irren können, aber das schien mir am logischsten.«

Beeindruckt von so viel Wagemut, musste Fitz erst einmal tief durchschnaufen. Im Nachhinein betrachtet lief ihm ein eisiger Schauer den Rücken hinunter. Danach klopfte er gegen das Holz eines Türrahmens. »Sobald ich an einem Lottoladen vorbeikomme, rufe ich Sie wegen der richtigen Zahlen an. Falls ich den Jackpot abräume, spendiere ich Ihnen zum Dank ein paar neue Schuhe. Wie gefällt Ihnen das Angebot?«

»Krassikowski!«, antwortete Wagner. »Sie sind echt ein ausgebuffter Hund.«

»In Ihrer Sprache bedeutet das wohl, dass Sie dabei sind.«

Kurz darauf betraten sie den Besprechungsraum der KPI. Im Zimmer warteten Lehnhard und vier Leute, die Fitz nicht kannte. Vermutlich waren es auch Kriminalisten. Die Augen der anderen Frau waren gerötet. Sie hatte geweint, das sah man ihr an.

»Das ist Herr Kriminaloberkommissar Fitz aus Bayern, der uns unterstützt«, stellte Lehnhard ihn vor.

Man begrüßte sich. Einer der Männer war ein ehemaliger Dezernatsleiter und zudem der Vater von Kriminalhauptkommissar Donner. Tatsächlich hatte er den gleichen verwegenen Blick drauf. Schnell verstand Fitz, dass es sich um das Ermittlerteam handelte, das vor vierzehn Jahren den Spielmann überführt und verhaftet hatte. Außerdem wurde ihm schlagartig klar, dass er soeben Henrike Sommer die Hand gereicht hatte, die ihren Ehemann vor wenigen Stunden verloren hatte.

»Mein tief empfundenes Beileid«, schob er deshalb nach. Und mehr sagte er dazu nicht.

Sommer bedankte sich kaum hörbar.

Im Gegensatz zu ihr wirkte der andere Kollege, Alexander Mettmann, geradezu überglücklich, weil seine Frau überlebt hatte. Mettmann fiel Wagner um den Hals, und auch Fitz klopfte er freundschaftlich und dankbar auf die Schulter.

»Gott, ich wüsste nicht, was ich tun würde, wenn es Patrizia nicht mehr gäbe. Ich muss zu ihr! Aktuell kann ich sowieso nichts zu den Verbrechen beitragen.«

Für eine solche Reaktion hatte Fitz vollkommenes Verständnis. Er ersparte es sich, ihn darauf hinzuweisen, dass man seine Frau ins künstliche Koma versetzt hatte, weil die medizinische Versorgung erst angelaufen war. Überhaupt fand er wenig Worte, genau wie Wagner. Die Schulterklopfer schienen dem Jungkommissar regelrecht peinlich. Als Mettmann den Raum verlassen und sich alle beruhigt hatten, fasste Lehnhard die Ermittlungen der letzten Stunde zusammen. Aufmerksam nahm Fitz zur Kenntnis, dass ein Unbekannter über eine verschlüsselte Internetverbindung *Death Rescue* steuerte, der Computerspezialist vom LKA jedoch im Mobilgerät mit der Nummer 4 eine digitale Spur entdeckt hatte. Außerdem war Fitz erstaunt zu hören, dass eine Polizeieskorte Jonny Herzig aus dem Gefängnis geholt hatte und zwecks Vernehmung hierherbrachte.

Unterdessen holte Wagner eine Getränkedose aus einer Tasche hervor und ließ den Blechverschluss geräuschvoll aufploppen. *Monster*. Ein Energydrink. Fitz fiel auf, dass er die schwarzen Dosen mit dem krallenartigen grünen M tatsächlich aus der Werbung kannte.

»Wo ist denn eigentlich Annegret?«, fragte er, nachdem er einen großen Schluck genommen und sich genüsslich den Mund abgewischt hatte.

»Dazu komme ich jetzt«, sagte Lehnhard. »Unter ihrer Leitung stürmt in den nächsten Minuten eine geschlossene Einheit die Wohnung eines gewissen Frank Heidrich. Der Kerl ist ehemaliges Mitglied einer Hackergruppe, die vor ein paar Jahren die Server des städtischen Energieversorgers EINS lahmgelegt haben sollen. Wenn die Daten stimmen, die Gladbeck aus dem Speicher des kaputten Handys ausgelesen hat, dann hat Heidrich damals *Death Rescue* auf dem Gerät installiert. Laut einer gespeicherten IP-Adresse wurde das Mobiltelefon von seinem Rechner angesteuert. Von dem technischen Kram habe ich leider keine Ahnung, dafür hat Gladbeck auch viel zu schnell geredet. Wie gesagt, wenn wir Glück haben, schnappen sie den Kerl in den nächsten Minuten.«

Abermals bewertete Fitz seine eigene Situation. Er war Mitspieler bei *Death Rescue* und damit unweigerlich früher oder später an der Reihe. Ein paarmal hatte er überlegt, was wohl wäre, wenn sich der Akku seines Spielgeräts demnächst verabschiedete. Dann wäre er wohl aus der Sache raus, gleichzeitig hieße das, ein Mensch würde sterben. Aber vielleicht kam es gar nicht mehr dazu, wenn man den Mistkerl vorher schnappte.

»Und hat dieser Frank Heidrich auch ein Motiv für all das hier?«, fragte er.

»Das kann man wohl sagen«, antwortete Lehnhard. »Nach den Informationen, die wir in der kurzen Zeit sammeln konnten, war Heidrich früher ein Sympathisant von Jonny Herzig. Es klingt absurd, aber der Typ hatte sich zeitweilig einer Petition angeschlossen, die sich für die Freilassung des Spielmanns ausgesprochen hat. Die Initiatoren sollen sogar mal einen Antrag auf einen Besuch von Herzig im Gefängnis gestellt haben. Genau wie die Petition verlief die Sache jedoch im Sand. Unseres Wissens kam es auch nie zu einem Treffen der beiden.«

Diese Auskunft erstaunte Fitz. Möglicherweise war der Albtraum wirklich bald vorbei. Zu weiteren Neuigkeiten, die Mut machten, kam Lehnhard allerdings nicht mehr, denn die Tür flog lautstark auf. Donner betrat den Raum. Sein Finger zielte auf seinen Vater.

»Wir müssen uns unterhalten.«

»Und worüber?«, fragte Franz Donner.

»Darüber.« Donner knallte eine Münze auf den Tisch und alle betrachteten sie neugierig.

Schon beim flüchtigen Blick erkannte Fitz, dass es sich um eine Sonderprägung handelte. Im Inneren war ein grüner Polymerring eingelassen. Ein Kollege aus München, der ausgefallene Geldstücke sammelte, hatte ihm kürzlich eine ähnliche der Bundesrepublik Deutschland gezeigt.

»Ich hatte recht«, flüsterte Wagner und deutete auf den Ring. »Grün.«

Kapitel 39

Aufmerksam beobachtete Donner die Reaktionen der Umstehenden beim Betrachten der Münze. »Das ist ein Hinweis, den ich aus einem Hund herausgeholt habe.«

Sein Vater beugte sich zu ihm. »Du meinst, wie bei der Ratte?«

»Nein, auf elegantere Art.«

Eigentlich war es ähnlich schmutzig, aber ich habe Forchner versprochen, das mit seinem Hemd niemandem zu verraten. Der dicke Außendienstleiter hat sich da draußen schließlich überraschend gut geschlagen.

»Es handelt sich um eine Sonderprägung«, erklärte Donner, obwohl das jeder Laie erkennen konnte. Auf der einen Seite war ein Engel zu sehen und auf der anderen das zerkratzte Bildnis eines Menschen. Eventuell sogar das eines Kindes.

Weil alle wie gebannt auf die Münze stierten, redete er weiter. »Fällt jemandem etwas auf?«

»Meinen Sie den grünen Polymerring, der im Inneren eingelassen ist?«, fragte Fitz und erntete erstauntes Kopfnicken der Anwesenden.

»Sie kennen sich also nicht nur mit E-Zigaretten aus«, sagte Donner.

»Ein Kollege aus München, der Münzen sammelt, hatte mir die Sonderprägung eines Fünf-Euro-Stückes gezeigt. Da gab es auch so einen Ring, allerdings in Rot.«

»Und der hier ist grün«, flüsterte Wagner, womit er wiederholt auf den gleichfarbigen Draht anspielte, den er im Opernhaus richtigerweise durchtrennt hatte.

Fitz wackelte mit dem Kopf. »Den Tipp hätten wir etwas eher gebrauchen können. Sie waren auch in das Level involviert gewesen. Also warum hat das so lange gedauert?«

»Ja, ja«, knurrte Donner. Er hatte sich nichts vorzuwerfen, auch wenn er nicht sofort zum Tierheim aufgebrochen war, wie von der App vorgegeben. »Zurück zu meiner Frage. Die Farbe des Ringes war der Hinweis für Level 2, aber das ist nicht das, was mich interessiert.«

Offenbar bemerkte keiner, was er meinte. Bevor Donner es auflösen konnte, meldete sich der pensionierte Bertram Dienelt zu Wort.

»Ich habe keine Lust mehr auf die Rätsel des Spielmanns.« Er knackte mit den Fingerknöcheln. »Wir haben Herzig gekriegt und er wurde rechtmäßig verurteilt. Für meinen Geschmack ist lebenslänglich beileibe nicht genug für den Scheißkerl, aber wir haben immerhin unseren Job sauber gemacht. Ich habe damit abgeschlossen. Was er meiner Tochter angetan hat, ist bedauerlich.« Dabei sah er Donner schief, jedoch ohne Anklage an. »Aber ich lasse mich auf meine letzten Jahre nicht von einem Kriminellen unterkriegen. Das habe ich nicht verdient.«

»Beruhige dich, Berti«, schritt Franz Donner ein.

»Nein, ich beruhige mich nicht!« Jetzt klang er fast weinerlich. Offenbar ging ihm das Schicksal seiner Tochter, der man den Bauch aufgeschnitten und die man an das Bett eines Kollegen gefesselt hatte, doch näher, als er zugeben wollte. »Besser, ich fahre auch ins Krankenhaus, bevor Herzig mir hier über den Weg läuft. Ich weiß nicht, was ich dann tun würde.«

»Du hast schon immer große Töne gespuckt«, mischte sich nun Henrike Sommer ein. »Vielleicht solltest du dich endlich mal zusammenreißen und nachdenken. Wie du siehst, ist es noch nicht vorbei. Wir müssen die Sache endgültig beenden.«

»Die Sache war beendet.« Dienelt wurde stetig lauter. »Glaubst du etwa, das würde deinen Ehemann ins Leben zurückbringen?«

»Berti, es reicht!«, übertönte ihn Franz Donner und legte seine Hand warnend auf den massigen Brustkorb des anderen Pensionärs.

»Nimm deine Pfoten weg!«, herrschte Dienelt ihn an. »Ich habe nie verstanden, warum Herzig einen persönlichen Feldzug gegen dich ausgetragen hat.«

»Vielleicht verstehst du es nicht, weil es nie ein persönlicher Feldzug war.«

Vom Streit der beiden alten Ermittler war Donner selbst völlig überrascht. Gewöhnlich betrat er nämlich nicht als Schlichter ein Schlachtfeld, sondern mischte mit seinem Temperament kräftig mit.

Zum Glück versuchte Fitz, die Situation zu retten. »Okay, am besten, wir atmen alle einmal tief durch.«

Versuch das mal! Schnaufen würde besser zu dir passen, du Jedi.

»Genau, das wollte ich auch gerade vorschlagen«, pflichtete Donner ihm bei.

Sein Vater löste sich von Dienelt und ging zurück zum Tisch, auf dem die Münze lag. Er hob sie auf und drehte sie zwischen den Fingern. »Hier steht das Jahr 1780. Ist es das, was dich stört?«

Donner bejahte. »Für ein solches Prägedatum ist die Münze viel zu neuartig. Und ich glaube nicht, dass es in dem Jahr irgendein Ereignis gab, das uns bis heute beschäftigt.«

»Mozart hat da jedenfalls noch gelebt«, warf Fitz ein.

Der Gedanke machte Donner nachdenklich. Nach einer Weile zeigte er nacheinander auf seinen Vater, Sommer und Dienelt. »Ihr drei kennt den Spielmann besser. Also was hat die Zahl zu bedeuten?«

In der Runde sahen sich alle ratlos an.

»Selbst wenn ich es wüsste«, stieß Dienelt aus, »interessiert es mich nicht mehr. Können wir jetzt gehen?«

»Damit will Berti eigentlich sagen, dass es damals tatsächlich keine Zahlenrätsel gab«, formulierte Sommer es diplomatisch.

»Ehrlich, Erik, wie kommst du darauf, dass die Zahl etwas mit den alten Fällen zu tun hat?«, fragte nun auch sein Vater.

Weil alles mit damals zu tun hat. Einfach alles …

»Sagen wir, es ist das Bauchgefühl, das ich von dir geerbt habe.«

Franz Donner tippte sich gegen die Schläfe. »Ich habe stets meinen Kopf benutzt. Und zwar nicht nur, um damit durch Wände zu rennen.«

»Okay, das mit dem Durchatmen funktioniert ja prächtig«, griff Fitz erneut ein und zupfte Franz Donner die Münze aus den Fingern. »Eventuell muss man die Zahlen von heute mit den Buchstaben von damals kombinieren. Zugegeben, es ist eine vage Theorie, aber wie es der Zufall will, kenne ich da eine Kollegin in Leipzig, die sich mit Zahlenrätseln beschäftigt. Falls niemand Einwände hat, würde ich sie kontaktieren und einweihen. Vorher interessiert mich etwas anderes.« Er machte eine Pause und drehte sich Lehnhard zu, die sich in den letzten Minuten wie gewohnt fast unsichtbar gemacht hatte. »Weil Sie es vorhin erwähnten, Frau Lehnhard, wer hat den Spielmann noch alles im Gefängnis besucht?«

»Es waren nur eine Handvoll Leute …« Lehnhard nahm ein bedrucktes Blatt Papier zur Hand und begann abzulesen: »Herzigs Mutter, sein Bruder, sein Anwalt, Peter Peschel …«

»Moment, Moment«, unterbrach Wagner. Er stellte seine Getränkedose ab und griff sich wie bei einer Denkerpose ans Kinn. »Reden wir hier von dem Peter Peschel, dessen Sohn damals in dem Leierkasten erstickt ist und von dem wir den Koffer mit den fünf Handys bekommen haben?«

Erst jetzt registrierte Donner, dass es sich bei der Dose erneut um einen Energydrink handelte. Weil Wagner jedoch Mettmanns Frau gerettet hatte, ließ er es dieses eine Mal durchgehen.

»Ja, Peter Peschel«, bestätigte Lehnhard. »Laut unseren Informationen war er nur ein einziges Mal in der JVA. Er wollte wissen, weshalb Jonny Herzig seinen Sohn umgebracht hat.«

KAPITEL 40

Das Hochhaus am Rosenhof. Zehnte Etage. Die Gänge und das Treppenhaus waren gesichert, kein Anwohner zu sehen. Es brauchte drei Schläge mit der Handramme, dann gab die mehrfache Verriegelung nach. Das Türblatt polterte nach innen. Polizisten in dunklen Uniformen, mit Helmen, Maschinenpistolen und schweren Schusswesten drängten in die Einraumwohnung.

Über die Funkverbindung hörte Kolka jedes Kommando.

Polizei!

Sitzen bleiben!

Zeigen Sie Ihre Hände und nennen Sie Ihren Namen!

Wer ist noch in der Wohnung?

Das Ganze dauerte weniger als eine Minute. Danach gab der Zugführer der Beweissicherungs- und Festnahmeeinheit Entwarnung.

»Wohnung gesichert. Zielperson gestellt.«

Sofort lief Kolka die Treppen hinauf. Außendienstleiter Forchner rief ihr hinterher, sie solle nichts überstürzen, doch sie ignorierte die Anweisung aus Sorge um ihren Sohn. Sie musste wissen, wer dieser Frank Heidrich war, dessen Räumlichkeiten die Kollegen soeben gestürmt hatten. Als sie die Wohnung erreichte und den Gestank nach Essensresten, Schweiß, Urin, Staub und die Hitze von lauter elektronischen Geräten wahrnahm, glaubte sie im ersten Moment, man habe sich bei der Tür geirrt. Doch einer der Beamten, der den Lauf seiner Maschinenpistole vor der Brust gesenkt hielt, bestätigte ihr, dass der Mann auf der Couch die Zielperson war. Frank Heidrich saß verschwitzt und nur mit Unterhemd und einer Art übergroßer Windel bekleidet da. Ihn umringten Dutzende Computer. An jeder Wand hing ein Desinfektionsspender mit daneben befindlichen Einweghandtuchhaltern. Überall verstreut lagen verschlossene und angerissene Tablettenpackungen, Arzneimittelfläschchen und diverse andere Medikamente. Dazu standen auf dem Fußboden mehrere Tankbehälter mit unbekannten Inhalten.

Er war fett. Geschätzt an die zweihundert Kilo. Kolka war vom Anblick schockiert und angewidert zugleich. In ihrer Vorstellung hatte sie jemand anderes erwartet. Bei dem, was sie vor sich sah, konnte sie nicht glauben, dass ein solch übergewichtiger Mensch überhaupt noch einen Fuß vor die Tür setzte. Vermutlich schaffte er es kaum bis ins Bad. Zumindest erklärte es den Geruch innerhalb der vier Wände und die Flecken im Sofabezug.

Laut Ausweis war er zweiunddreißig, doch durch das aufgedunsene Gesicht, die blutunterlaufene Haut an den Schultern und am Kinn, die verfilzten langen Haare und die geröteten Augen sah er mindesten zehn Jahre älter aus.

»Wo ist mein Sohn?«, herrschte sie ihn an.

»Was? Ich habe nichts getan, ich …«

»Scheiße, rede, du Schwein!«, schrie Kolka, weil sie glaubte, er stelle sich absichtlich unwissend. Nähern wollte sie sich dem unansehnlichen Mann jedoch nicht, lieber trat sie gegen das Gehäuse eines Rechners in der Hoffnung, Heidrich würde ihren Schuh direkt in seinen Hoden spüren. Bevor sie vollends die Fassung verlor und das Mobiliar beschädigte, legte ein Beamter beruhigend seine Hand an ihren Arm und redete auf sie ein. Inzwischen trafen auch Forchner und Lichtenberg ein, die ebenfalls einen Augenblick brauchten, die Eindrücke des Bewohners und der Einrichtung zu verarbeiten.

»Was sind denn das für Schläuche, die hier von der Decke baumeln?«, fragte Lichtenberg und schnupperte an einem Endstück, an dem sich ein Verschluss befand. »Ist das etwa …«

»Hühnchen mit Reis und Curry«, gab Heidrich Auskunft. »Flüssignahrung. Wegen meiner Zähne. Sind fast alle kaputt, das Zahnfleisch vereitert. Jeder Biss schmerzt. Zum Zahnarzt komme ich leider nicht so oft.«

Und die Zahnbürste und die Toilette erreichst du auch nicht mehr.

Kolka rang um Fassung. Heidrich war ein übergewichtiger und zurückgezogen lebender Computerfreak, dessen Hintern mit der Couch verwachsen schien. Ein Lebewesen, wie man es allenfalls in Zombiespielen vorfand. Ein sprechender Berg, überzogen von ungesund grauer Haut. Neben ihm lagen eine Virtual-Reality-Brille und ein Handschuh mit Leuchtelektroden. Auf dem Tisch vor ihm stand ein Audiogerät, das man über Sprachsteuerung dirigierte und das einem auf Befehl Wikipedia-Einträge vorlas, Musik spielte, das Wetter vorhersagte oder an die Einkaufsliste erinnerte. An der Wand hinter Kolka befanden sich drei überdimensionale Bildschirme. Bestimmt der neueste Technikkram und obendrein sauteuer. Vermutlich lebte Heidrich längst in seiner eigenen digitalen Welt. Hier gab es keine richtige Wohnungseinrichtung, nicht einmal Tapete. Fensterscheiben, Wände und Decken waren mit einer Art Alufolie beklebt. Höchstwahrscheinlich aus Furcht vor irgendeiner eingebildeten Strahlengefahr.

»Habt ihr euch die Türverriegelung angesehen?«, fragte ein Beamter vom Sturmkommando.

Beim Blick zum Flur erkannte Kolka, dass innen am Türblatt neben dem normalen Sicherheitsschloss fünf zusätzliche Riegel angebracht waren.

»Warum ist Ihre Wohnung gesichert, als wäre das hier Fort Knox?«, fragte Forchner.

»Lesen Sie denn keine Nachrichten?«, erwiderte Heidrich. »Täglich wird irgendwo in der Stadt eingebrochen. Sehe ich so aus, als könnte ich mich wehren, falls man mich überfällt?«

Forchner nickte, als verstünde er. Weil es in der kleinen Wohnung inzwischen zu eng zuging, schickte er die Leute der geschlossenen Einheit mit einem Dankeswort nach draußen.

»Ab jetzt kommen wir zurecht«, sagte Kolka.

Weglaufen wird der uns ganz bestimmt nicht.

Sie kam nicht dazu, Heidrich weiter zu befragen, denn Forchner kam ihr zuvor.

»Wie können Sie hier eigentlich leben? Ich meine, wie versorgen Sie sich? Wer wechselt Ihnen die …« Angeekelt verzog er die Mundwinkel und deutete auf Heidrichs Windel, an der sich am Bauchbereich ein unübersehbarer bräunlicher Rand zeigte.

»Heutzutage muss man das Haus nicht mehr verlassen. Geht alles online. Für den gröbsten Schmutz habe ich eine Haushaltshilfe. Ein Mann, dem mein Lebensstil und mein Äußeres egal sind. Solange ich ihn bezahle, macht er zuverlässig und verschwiegen seine Arbeit. Ist ein echter Glücksgriff gewesen. Sie sehen ja selbst, wie es hier aussieht. Ich habe ihn übers Internet kennengelernt. Bin da auf ein Portal für Arbeitsuchende gestoßen. Da nehmen die meisten mehrere Minijobs an. Er ist schon etwas älter und hat früher als Hausmeister in irgendeiner Behörde gearbeitet. Dem macht Dreck nichts aus und so kann er sich was dazuverdienen. Hey, bevor Sie fragen, die Beschäftigung ist ordnungsgemäß beim Amt angemeldet. Ich zahle sogar pünktlich die Sozialversicherung.«

»Hat der Mann auch einen Namen?«

Bereitwillig nannte Heidrich ihn und Forchner notierte ihn sich.

»Und wie bezahlen Sie das alles?«, fragte der Außendienstleiter weiter und machte mit dem Finger eine Kreisbewegung im Raum.

»Habe erfolgreich in Aktien und Bitcoins investiert. Ich bin ein Freak, jeden Tag jage ich den neuesten Finanztrends nach.«

Während die Uniformierten kopfschüttelnd das Zimmer verließen, traf Olaf Gladbeck ein, der LKA-Mann, der sie auf die Spur von Frank Heidrich gebracht und damit den Polizeieinsatz überhaupt erst ausgelöst hatte. Anders als Kolka schien er sich deutlich weniger über den Zustand der Behausung zu wundern. Stattdessen leuchteten seine Augen wie bei einem Kind, als er die zahlreichen Rechner sah, die teilweise übereinander standen. An den meisten liefen die Netzteile und blinkten die Kontrolllampen.

»Wie viele sind das?«, fragte Gladbeck.

»Vierundzwanzig«, gab Heidrich Auskunft. »Morgen müsste meine neueste Bestellung eintreffen. Wenn Sie von Computern Ahnung haben, wissen Sie, wie schnell Technik veraltet.«

Irgendwie wurde Kolka das Gefühl nicht los, dass sie hier alle ein wenig ratlos herumstanden. Wahrscheinlich hörten sich die Gespräche deshalb wie Small Talk an, weil keiner so recht wusste, wie es weitergehen sollte. Heidrich war definitiv nicht das, was Kolka erwartet hatte.

»Ich will endlich wissen, wo mein Sohn ist«, blieb sie hartnäckig.

»Ihr Sohn? Ehrlich, ich verstehe nicht, warum die Polizei mir die Bude eintritt. Haben Sie so einen … einen Durchsuch…«

»Wagen Sie ja nicht, das Wort auszusprechen!«, fuhr sie ihn an.

Heidrich stockte. Schwerfällig hob er die Rechte oberhalb der Brust an den Körper, vermutlich wollte er seinen Hals greifen. Seine Atmung schien auszusetzen. Mit der anderen Hand fingerte er nach einer Atemmaske, die neben der Couch an einem Ständer hing. Daran war eine Sauerstoffflasche angeschlossen. Zitternd presste er die Maske auf Mund und Nase.

»Er hyperventiliert!«, sprach Forchner aus, was alle sahen. »Ben, ruf einen Notarzt!«

Doch bevor Lichtenberg die Rettungsleitstelle anwählte, hatte Heidrich sich beruhigt.

»Keinen Arzt! Nur das nicht. Ich will von denen niemanden sehen.« Schlurfende Atemgeräusche. »Bitte, sagen Sie mir, was Sie wollen, und dann verschwinden Sie wieder. Ich komme zurecht.«

»Der Typ kann unmöglich einen Menschen entführen«, flüsterte Forchner Kolka zu.

Auch wenn sie sich noch immer weigerte, es anzuerkennen, wusste sie längst, dass es stimmte. Sie hatten den Falschen.

»*Death Rescue*«, sprach sie ihn auf die App an. »Wie steht es damit? Haben Sie davon auch keine Ahnung?«

»*Death Rescue?* Hab dazu vorhin was im Internet gelesen. Ist wohl irgendeine App. Interessiert mich allerdings nicht.«

»Vielleicht kennen Sie die App als eine sehr frühe Version und unter einem anderen Namen«, redete nun Gladbeck und sah ihn schief an. »*Arctic Game.*«

Plötzlich weiteten sich Heidrichs Augen. Nervös knetete er die Maske zwischen seinen Fingern. »Nein, nein, das sagt mir auch nichts. Würden sie jetzt endlich gehen?«

»*Arctic Game* ist ein Vorläufer von *Death Rescue*«, redete Gladbeck weiter. »Eine Art Alphaversion. Wir haben Datenrückstände auf einem Handy gefunden. Als Hacker wissen Sie, dass solche Rückstände verräterisch sein können. Manchmal führen sie uns zu Menschen wie Ihnen.«

»Da muss ein Irrtum vorliegen.«

»Möglich«, reagierte Gladbeck gelassen und klopfte auf einen der Computer. »Um das herauszufinden, werden wir wohl alle Ihre Rechner beschlagnahmen müssen.«

»Bitte, nur das nicht!« Heidrich versagte beinahe die Stimme. Er lief gefährlich blau an. »Nehmen Sie mir meine Rechner nicht weg! Das sind alles meine Babys. Ohne die kann ich nicht leben.«

Kolka spürte, dass sie ihn hatten, deshalb stimmte sie mit in die verbale Drohgebärde ein. »Das ist schon entschieden. Der Staatsanwalt hat den entsprechenden Beschluss beim Richter beantragt.«

»Nein, bitte, ich habe nichts Unrechtes getan. Wenn ich rede, lassen Sie mir dann meine Computer?«

Genau wie Heidrich sahen auch Gladbeck und Forchner sie erwartungsvoll an. Alle warteten auf ihr Urteil.

»Okay, ich höre mir aufmerksam an, was Sie zu sagen haben, und entscheide danach.«

Einige Augenblicke sammelte Heidrich sich, dann nickte er. »Ja, es stimmt, ich habe *Arctic Game* programmiert.«

»Das wissen wir bereits«, baute Gladbeck zusätzlich Druck auf. »Sonst wären wir nicht hier. Erzählen Sie uns besser etwas Neues.«

»Ja, ja, ich bin ja schon dabei!« Hektisch griff er nach einem Schlauch, drehte den Zapfhahn auf und trank. Die Flüssigkeit, die hindurchlief, sah aus wie Cola, doch Kolka wollte gar nicht wissen, um was es sich in Wahrheit handelte.

»*Arctic Game* war ursprünglich nur eine Spielerei. Es sollte eine Art Kommunikationsdienst sein für Leute, die gern auf Schatzsuche gehen. Ähnlich wie Geocaching, basierend auf einem anderen Grundprinzip. Können Sie mir folgen?« Er machte eine Pause, blickte jedoch in überwiegend fragende

Gesichter. »Wie tief soll ich in die Materie des Programms gehen?«

»Ihm können Sie das später detailliert erzählen«, antwortete Kolka und zeigte auf Gladbeck, der aufgeregt nickte. »Aktuell genügt mir eine Zusammenfassung. Wie der Nachfolger von *Arctic Game* funktioniert, wissen wir mittlerweile genauso gut wie Sie: *Death Rescue* tötet.«

»Scheiße, nein«, rechtfertigte Heidrich sich. »*AC* war eine Auftragsarbeit. Sie werden mir das vermutlich nicht glauben, aber das war ein Bulle.«

»Was?«, fragten Kolka und Forchner gleichzeitig.

»Pardon, ein Polizist, wollte ich sagen. Ein Kriminalbeamter aus Dresden. Angeblich habe er in so einer Pornografiegeschichte ermittelt.«

»Der war bei Ihnen wegen Kipo?«, sprach Gladbeck ihn direkt auf den Verdacht von Kinderpornografie an, woraufhin Kolka erschrak.

Immerzu dachte sie an ihren Sohn, der ja beinahe auch noch ein Kind war. Bei dem Gedanken, was ein Unbekannter an Perversitäten mit ihm anstellte, wurde ihr schwindelig.

»Nein, nein, nichts mit Kindern!«, widersprach Heidrich. »Ich schwöre es! Auf solche Schweinereien stehe ich nicht, auch wenn ich ein einsamer Mann bin. Hey, ich komme nicht mal mehr richtig an meinen Schwanz ran. Also hören Sie mir doch einfach zu! Die Sache hat sich schließlich als Missverständnis herausgestellt. Der Beamte war nur einmal bei mir, hat eine Routinebefragung durchgeführt. Später erinnerte er sich an mich und fragte nach, ob ich ihm *Arctic Game* programmieren könnte.«

»Wann war das?«

»Das ist bestimmt schon fünf Jahre her. Ich habe *AC* mittlerweile vergessen.«

»Können Sie sich wenigstens an den Namen des Beamten erinnern?«

»Wenn ich das tue, lassen Sie mich dann in Ruhe?«

Auch wenn Heidrich kaum als Mörder infrage kam, konnte Kolka es nicht fassen, dass er eine solche Forderung stellte. »Hören Sie, wenn Sie mir nicht augenblicklich den Namen sagen, lasse ich ein Räumkommando kommen und anschließend den Notarzt, der Sie in die Psychiatrie verlegen lässt. Dort haben die Patienten keinen einzigen Computer. Wie gefällt Ihnen das?«

Daraufhin hob Heidrich seinen fleischigen Zeigefinger und deutete zu einem Schrank. »Schauen Sie im obersten Schubfach nach, da müsste die Visitenkarte Ihres Kollegen liegen.«

Nur kurzzeitig verwundert, öffnete sie das Fach und fand das entsprechende Kärtchen unter diversen alten Unterlagen.

»*Hanno Sieber. Kriminaloberkommissar. K13 – Sexualdelikte*«, las Kolka laut vor.

Sofort darauf fiel ihr etwas ein. Marie Lehnhard hatte ihr eine Liste mit Namen gezeigt, die Jonny Herzig im Gefängnis besucht hatten. Darunter war auch ein Polizeibeamter gewesen. Und dieser hieß Hanno Sieber.

»Wie heißen Sie eigentlich?«, riss Heidrichs Frage sie aus ihren Überlegungen.

»Kriminalhauptkommissarin Kolka, wieso ist das wichtig?«

»Verdammt, dann habe ich wohl eine Nachricht für Sie.«

KAPITEL 41

Damals (drei Jahre zuvor)

Am Empfangsbereich der JVA Leipzig legte der Kriminalbeamte seine Pistole in eines der dafür vorgesehenen Waffenfächer. Nachdem er es abgeschlossen hatte, trat er direkt vor die Glasscheibe am Einlass und schob seinen Dienstausweis zwecks Legitimierung durch den Dokumentenschlitz. Damit man ihn auf dem Foto richtig erkannte, strich er sich mit Daumen und Zeigefinger den Oberlippenbart glatt und setzte eine ernste Miene auf.

»Hanno Sieber«, las der Justizbeamte halblaut vor und hakte den Namen auf seiner Anmeldeliste ab. »Sie sind aber pünktlich.«

»Auf der A14 war mal kein Stau.«

»Wem erzählen Sie das? Ich wohne in Dresden und fahre die Strecke fast jeden Tag.«

»Dann hoffe ich, dass wir heute beide wieder gut nach Hause kommen.«

»Hier Ihr Ausweis.« Der Justizbeamte zwinkerte Sieber zu. »Ein Kollege wird Sie gleich durchsuchen und danach in den Vernehmungsraum führen.«

Sieber bedankte sich und ging zur Personenschleuse. Zehn Minuten nach der üblichen Kontrollprozedur brachte man ihn in einen karg eingerichteten Raum, wo er auf den Spielmann wartete. Weitere zehn Minuten später führte man Jonny Herzig in Hand- und Fußfesseln ins Zimmer.

»Kriminaloberkommissar Sieber«, stellte der Polizeibeamte sich vor und zog ein Dokument mit dem Siegel der Staatsanwaltschaft Dresden hervor. »Sie erinnern sich sicher an mich, Herr Herzig. Sie wissen, warum ich hier bin?«

»Es geht wohl wieder einmal um eine Vernehmung.«

»So ist es.« Sieber wedelte mit dem Papier und verdrehte theatralisch die Augen. »Eine Anordnung der Staatsanwaltschaft. Sie kennen das Prozedere ja bereits, also bringen wir es hinter uns. Bitte nehmen Sie Platz.«

Herzig setzte sich an den Tisch, der in den kommenden Minuten zwischen ihnen stehen würde. Bevor er begann, bat Sieber den Justizbeamten, der den Häftling hereingeführt hatte, draußen zu warten.

»Bei dieser Vernehmung geht es um eine sehr vertrauliche Angelegenheit«, schob Sieber mit einem gewinnenden Lächeln und einem Zwinkern nach. »Sie wissen ja, wie Staatsanwälte manchmal ticken: alles streng geheim.«

Der Justizbeamte machte nicht den Eindruck, als würde er wirklich verstehen, aber er schien auch nicht besonders traurig zu sein, dass er bei einem vermeintlich staubtrockenen Verhör nicht anwesend sein durfte. Er schlenderte hinaus und schloss hinter sich die Tür.

Erst danach setzte sich auch Sieber.

Beide Männer sahen sich lange an.

»Ist das ein echtes Schreiben der Staatsanwaltschaft?«, fragte Herzig und nickte zu dem Schriftstück, das Sieber in einer mitgebrachten Mappe verschwinden ließ.

»Natürlich ist das ein Originaldokument, sogar mit Unterschrift eines richtigen Juristen. Allerdings handelt es sich um irgendeinen unwichtigen Fall, der nicht Sie betrifft.«

Herzig grinste. »Danke, dass Sie gekommen sind.«

Keiner von beiden wusste noch, wann genau sie sich darauf geeinigt hatten, beim Sie zu bleiben. Es war schon zu lange her. Es schaffte Distanz, die ihnen bei ihrer Arbeit wichtig war.

»Sie wissen, dass ich Sie heute zum letzten Mal besuche.«

»Das ist äußerst bedauerlich.«

Sieber überlegte, was der Spielmann damit genau meinte. Er fragte nicht nach, und er machte auch keine hektischen Mundwinkelbewegungen, weil sein Bart krabbelte. Er blieb vollkommen ernst und fokussiert auf das, was passieren würde. »Ich wollte Ihnen nur mitteilen, dass in der JVA Dresden alles vorbereitet ist. Jetzt liegt es an Ihnen. Mehr kann ich nicht für Sie tun.«

»Machen Sie sich darüber keine Gedanken. Hab mich hier drin mit ein paar Leuten angelegt, wodurch meine Sicherheit in Gefahr ist. Unter den Häftlingen bin ich eine Prominenz, das Justizministerium wird nicht riskieren, dass mir im Knast etwas geschieht. Morgen kommt mein Anwalt. Er kümmert sich um meine Verlegung. Wichtig ist, dass der Mann noch in Dresden arbeitet.«

»Wie eh und je, das habe ich persönlich überprüft. Mittlerweile ist er hochverschuldet, das macht ihn korrupt. Er wartet auf Ihr Geld. Aber ich muss Sie warnen, er ist nach wie vor ein Sadist. Sind Sie sicher, dass Sie das durchziehen wollen?«

Herzig zeigte keine Reaktion. Schwer abzuschätzen, ob es ihn beunruhigte. So oder so, er würde sich auf Siebers Wort verlassen müssen.

»Und die andere Sache?«

Sieber wusste genau, was Herzig meinte. Diesmal rieb er sich doch am Bart, bevor er antwortete. »Daran arbeite ich.«

»Halten Sie sich einfach an den Plan.«

»Das tue ich, schon all die Jahre.«

Kapitel 42

Heute

In Abwesenheit von Anne koordinierte Donner die Ermittlungen in der KPI. Zu seinem eigenen Erstaunen tat er das, ohne mehr Hektik als nötig zu verbreiten. Er musste nicht einmal jemanden anschreien. Ulf Konopka hatte er aufgetragen, die neu angelegten Akten zu ordnen, Fotos zu sortieren und zu beschriften und abschließend ein Inhaltsverzeichnis zu erstellen. Jens Wagner sollte ein paar Telefonate mit den Bekannten von Jonny Herzig führen. Insbesondere in dessen Familienkreis sollte er sich umhorchen. Außerdem musste sich das Team die Leute genauer ansehen, mit denen er im Gefängnis Kontakt gehabt hatte. Ein besonderes Augenmerk lag dabei auf den Häftlingen der JVA Dresden, die vor einiger Zeit entlassen worden waren. Mit viel Fleiß hatte Lehnhard eine ellenlange Liste an Personen zusammengetragen, die es zu überprüfen galt. Schon jetzt war klar, dass sie dafür mehr als einen Tag brauchten. Deshalb war Donner froh, dass er die Aufgabe delegieren konnte.

Unterdessen erarbeitete Lehnhard gemeinsam mit den alten Kriminalisten eine Aufstellung von Übereinstimmungen und Abweichungen zwischen den damaligen Verbrechen des Spielmanns und den aktuellen Fällen. Auch wenn Staatsanwalt Krause ein anderes Vorgehen angeordnet hatte, erhofften sie sich dadurch ein genaueres Bild vom Täter oder wenigstens einen Hinweis auf das Motiv. Derzeit deutete einiges darauf hin, dass jemand einen Rachefeldzug führte. Irgendwo musste es eine bisher übersehene Verbindung zwischen allen Opfern geben. Daran glaubte jedenfalls Anne ganz fest. Und Donner teilte diese Vermutung.

Wenn die Sache nicht so verdammt ernst wäre, könnte ich mich glatt selbst loben.

Seit er wieder im K11 arbeitete, dachte er über seinen Horizont hinaus und handelte auch deutlich strukturierter. Zeitweise gelang es ihm sogar, innerhalb eines Teams und nicht wie ein einsamer Wolf zu agieren. Nur manchmal drängte das Monster, das in ihm steckte und seinen Charakter verdarb, an die Oberfläche. Dann wurde er aufbrausend und starrköpfig.

Donner krachte das Smartphone auf die Tischplatte und sprang erschrocken auf, weil Fitz ins Zimmer stürmte. »Können Sie nicht anklopfen?«

»Wieso? Spielen Sie etwa während ihrer Arbeitszeit *Tetris*?«

»Nein, ich … verdammt noch mal, haben Sie das Telefonat mit Leipzig geführt?«

»Und ob. Hier ist das Ergebnis.« Fitz legte ihm einen handgeschriebenen Zettel vor die Nase. Darauf standen diverse Buchstaben- und Zahlenkombinationen.

Sosehr Donner sich bemühte, er konnte nichts davon entschlüsseln. Recht bald gab er auf. »Ihr Geschmiere ergibt überhaupt keinen Sinn.«

»Eben, genau das hat die Kollegin auch gemeint. Sie ist felsenfest davon überzeugt, dass noch ein paar Zahlen oder Buchstaben fehlen.«

»Und das hat sie Ihnen am Telefon verraten, ohne die Akten zu kennen?« Skeptisch blätterte Donner in den alten Vorgängen. »Wie heißt die Kollegin?«

»Ist das jetzt wichtig? Vielmehr sollten wir die Möglichkeit in Betracht ziehen, dass damals tatsächlich etwas übersehen wurde. Sobald Herzig hier eintrifft, sollten wir ihn direkt darauf ansprechen.« Fitz hustete. »Betrachtet man seine einstigen Taten unabhängig davon, wie pervers er sie vollstreckt hat, muss man anerkennen, dass er sich extrem viel Mühe bei der Planung und Ausführung gegeben hat. Für mein Empfinden dürfte es ihn ärgern, wenn ein Teil davon unentdeckt bliebe. Schließlich hat er die Hinweise hinterlassen, damit die Polizei sie findet, denken Sie nicht auch?«

Da ist was dran. Der ganze Mist mit der Zauberflöte hat auch eine tiefere Bedeutung. Nur verstehen wir sie nicht.

Donner seufzte. »Wir sollten aufhören, unsere Zeit mit Ratespielchen zu vergeuden, während mein Junge irgendwo da draußen Todesängste durchsteht.«

»Ihr Junge …« Fitz nickte und lächelte. »Bestimmt sind Sie als Vater deutlich cooler, als Sie es als Ermittler zeigen.«

Er ist ja noch nicht einmal mein Junge …

Fitz wusste das längst, doch sehr zu Donners Erleichterung korrigierte er ihn dahin gehend nicht. Peinlich berührt vom kurzen Gefühlsausbruch, nahm Donner die handschriftlichen Notizen des Oberkommissars auf und hielt sie sich wie einen Sichtschutz vors Gesicht. Sein Blick schärfte sich. Plötzlich fiel ihm etwas auf. Hastig blätterte er durch die Berichte von damals.

»Haben Sie etwas entdeckt?«, fragte Fitz.

Donner antwortete nicht, sondern fuhr mit dem Zeigefinger die Zeilen auf den Papierseiten ab auf der Suche nach den Vermerken.

H+S+U+E – diese Buchstaben hatte man als Tätowierung gefunden.

H+MA+E – stand als Beschriftung auf einer leeren Videokassette.

D+L+NU+E – hatte der Spielmann in die Haut eines Opfers geritzt.

K+L+RI – waren auf der Innenseite eines Rings eingraviert, den man zusammen mit einem abgeschnittenen Finger entdeckt hatte.

Ihm kam ein Gedanke. Er schlug weitere Seiten auf und fand nach einer Weile den entscheidenden Eintrag. »Es ist der Schlüssel«, murmelte er und stierte in den Raum.

»Welcher Schlüssel?«

»Der, mit dem man damals den fünfjährigen Jungen aus der Drehorgel hätte befreien können. Herzig hatte den Schlüssel in der Jackentasche meines Vaters versteckt.«

»Ich verstehe nicht, was Sie mir damit sagen wollen.«

»Auf dem Schlüssel standen vier Buchstaben …« Sicherheitshalber blätterte Donner die Akte von Peter Peschels ermordetem Sohn erneut durch, doch es gab keine Lichtbilder, weil die sich ausschließlich an den Originalakten befanden. »EETT – es ist die Markenbezeichnung eines Schlüsselherstellers.«

Fitz schaute auf seine Notizen. Er schien zu begreifen.

»Verdammt, Sie haben recht! Das sind die fehlenden Buchstaben.« Er nahm einen Stift zur Hand und kritzelte auf dem Blatt herum. Bald hatte er die Großbuchstaben EETT richtig eingesetzt, woraufhin sich vier vollständige Wörter ergaben: EHESTUTE, EHEMATTE, EDELNUTTE und EKELRITT.

»Wir brauchen den Schlüssel«, sagte Donner, auch wenn er momentan nicht genau wusste, wofür eigentlich.

»Darum kümmere ich mich«, erwiderte Fitz. »Ich habe mittlerweile fast ein freundschaftliches Verhältnis zu Staatsanwalt

Krause aufgebaut. Vielleicht bringe ich ihn dazu, dass er persönlich in das Archiv der Staatsanwaltschaft einbricht und jedes einzelne Asservat entstaubt.«

»Dann soll er die Originalakten gleich herbringen.«

»Und was machen Sie?«

»Ich werde Peter Peschel in der Psychiatrie aufsuchen ...«

Dazu kam es jedoch nicht mehr, denn *Death Rescue* meldete sich und verkündete den Beginn von Level 3. Vorher stand der obligatorische Daumencheck an.

KAPITEL 43

Kolka raste mit ihrem Audi die Reichenhainer Straße entlang. Auf dem Beifahrersitz lag eine ausgedruckte E-Mail. Gestern hatte Frank Heidrich sie als Empfänger erhalten. Doch weil er mit dem Text nichts hatte anfangen können, hatte er die elektronische Nachricht als Spam markiert und gelöscht.

Erst als die Polizei Heidrichs Wohnung gestürmt und Kolka ihren Namen genannt hatte, hatte er sich an die Mail erinnert.

Betreff: Für Annegret Kolka

Vielleicht suchst du mich an der falschen Sporthalle?

Bitte komm allein!

Dein Malte

Die E-Mail war von einer sogenannten Wegwerf-Mailadresse abgesandt worden. Im Anhang hatte sich ein Foto befunden. Es zeigte eine leer stehende Sporthalle. Kolka hatte das Gebäude nicht gekannt, doch zu ihrer Überraschung wusste

Forchner, wo es stand. Es war eine alte Halle auf dem Gelände des Sportforums. Angeblich hatte Forchner dort in der dritten Klasse an einer regionalen Meisterschaft im Bodenturnen teilgenommen. Er konnte sich sogar noch schmerzlich daran erinnern, dass man ihm später in der Umkleidekabine den Trostpreis geklaut hatte.

Zu dieser Halle musste sie. Auch wenn Heidrich die E-Mail erhalten hatte, so war der Inhalt unwiderlegbar für sie bestimmt gewesen. Natürlich bestand die Möglichkeit, dass Heidrich selbst die Nachricht verfasst und an sich gesendet hatte, daran hatte Kolka im ersten Moment auch gedacht, doch schnell war sie zu der Überzeugung gekommen, dass es nur eine weitere Prüfung von *Death Rescue* war. Ein makabres Puzzleteil folgte auf das nächste.

Noch bevor sie die Werner-Seelenbinder-Straße erreichte, meldete sich die App. Kolka sollte ihren Daumen auf das Display drücken, sonst würde Level 3 nicht starten. Sie zögerte. Weil es keine Alternative gab, setzte sie den Finger darauf. Auch wenn der Gedanke unfair war gegenüber dem Kollegen, nahm sie erleichtert zur Kenntnis, dass Malchius Fitz an der Reihe war. Natürlich konnte die App jederzeit von ihr verlangen, ihm bei einer Aufgabe zu assistieren. In dem Fall verkam sie genauso zu einer Marionette wie aktuell der Oberkommissar.

Sie bremste hart, lenkte ein und trat aufs Gas. Es war nur eine Frage der Zeit, bis *Death Rescue* seine Anweisungen direkt an sie richtete. Vorher musste sie die Sporthalle erreichen. Sie musste wissen, ob Malte sich dort aufhielt.

Forchner und Lichtenberg hatten darauf bestanden, sie zu begleiten, doch Kolka hatte entschieden abgelehnt und auf den E-Mail-Text verwiesen.

Bitte komm allein!

Sie hatte Angst vor dem, was sie in der Halle erwartete. Vor dem Unbekannten. Sogar fürchterlich Angst, aber diese war längst nicht so intensiv wie der Wille, ihren Sohn lebend wiederzufinden.

Um sich abzulenken, hatte sie im Radio extra einen Schlagersender eingestellt. Sie brauchte ein Stück heile Welt. Doch während der Fahrt hatte sie gar nicht auf die Musik gehört. Sie wusste nicht einmal, wer da *Das Leben tanzt Sirtaki* sang.

Noch bevor das Lied beendet war, hielt sie vor dem Eingang zum Sportforum. Wie erwartet war das Eisentor abgeschlossen. Über dem Sportgelände lag Dunkelheit. Und das kam keinesfalls vom verlorengegangenen Glanz vergangener Zeiten, als bis zu sechzigtausend Zuschauer in das Stadion gekommen waren. In den Dreißigerjahren hatten an diesem Ort sogar zwei Länderspiele der deutschen Fußballnationalmannschaft stattgefunden.

Im ersten Moment war sie geneigt, Maltes Namen in die Nachtschwärze zu rufen, doch das wäre albern und vergebens gewesen. Und selbst wenn, hätten die Geräusche des einsetzenden Regenschauers ihre Schreie vermutlich geschluckt. Mit geschärften Sinnen schaute sie nach links und rechts, verwarf den Gedanken, am Zaun entlangzulaufen in der Hoffnung, dass sie irgendwo eine offene Stelle fand. Auch wenn es sich um ein großes stabiles Eingangstor handelte, so war die Umfriedung alles andere als unüberwindbar.

Im Schutze der Bäume kletterte sie Sekunden später über den Zaun und rannte zu der Sporthalle, die das Foto ihr bei Tageslicht gezeigt hatte. In natura sah die Fassade noch deutlich schlechter aus als auf dem Bild.

Von wegen, früher hatte man für die Ewigkeit gebaut. Nicht bei dieser Sportstätte.

In windschiefen Buchstaben hatte jemand *Piss Office* an die Wand gesprüht. Wobei die Schrift über die Jahre ziemlich verblasst war. An den Fenstern waren notdürftig Gitter angebracht worden, doch der Einbruchsschutz versagte gleich an mehreren Stellen. Entsprechend wunderte sie sich nicht darüber, dass eine der Seiteneingangstüren unverschlossen war. Direkt beim Betreten des Gebäudes stolperte sie über ein kaputtes Trainingsgerät. Mittels einer Taschenlampe leuchtete sie die Räumlichkeiten aus. An mehreren Stellen der Gänge waren Deckenplatten heruntergefallen und lagen in Einzelteilen auf dem Boden. Lose Kabel hingen aus den Wänden, ein Getränkeautomat rostete vor sich hin. Aus jedem Winkel roch es feucht und sauer.

Ein Vibrieren ließ sie zusammenzucken. In ihrer Jackentasche klingelte das Handy. Sie rechnete damit, dass Erik anrief, dem sie eine kurze Nachricht geschickt hatte, doch es war Jens Wagner.

»Warum redest du denn nicht mehr mit uns über die App?«, fragte er, weil er nicht wissen konnte«, dass sie den Ton am *Death-Rescue*-Smartphone lautlos gestellt hatte. »Erik hat mir erzählt, dass du neue Anweisungen bekommen hast. Ich mache mir Sorgen um meine Chefin.«

»Das ist nett von dir, aber ich komme klar.« Sie verschwieg, dass der Hinweis nicht direkt aus der App kam, weil es nicht wirklich einen Unterschied machte. »Ich muss etwas überprüfen, dann melde ich mich unverzüglich.«

Mit dem Handy am Ohr ging sie tiefer in die marode Sporthalle hinein. Ein Teil des Daches fehlte. Von dort tropfte es geräuschvoll herunter und weichte das Parkett auf. Gleich an mehreren Stellen zeigten sich Schimmelteppiche.

»Versprochen?«, vergewisserte Wagner sich. »Oder soll ich zu dir kommen?«

»Nein, ich …«

Kolka beendete das Gespräch. Niemand war hier. Bis auf die Regengeräusche gab es keine Laute. Dafür erhellte ihr Lampenstrahl an einer Wand einen schmutzigen Schaukasten. Von der vorherrschenden Feuchtigkeit war das Glas zwar beschlagen, aber intakt. Dahinter hingen vergilbte Fotos von Sportmannschaften. Sie wollte sich bereits abwenden, als ihr Blick auf das Bild eines Mannes im Trainingsanzug fiel. Schwach lesbar stand darunter ein Name.

KAPITEL 44

Vor zwanzig Minuten war Fitz von der KPI losgefahren. Auf seinem Schoß lag das Smartphone. Er war der Hauptakteur in diesem Level. Deshalb folgte er dem blinkenden Punkt auf dem Bildschirm.

Mitspieler 5, hol noch einmal tief Luft, bevor selbige deiner Spielfigur ausgeht.

Exakt so hatte die Botschaft gelautet, nachdem die verbliebenen vier Kriminalisten ihre Bereitschaft mit ihren Daumen bestätigt hatten.

Er stoppte den Wagen am Fahrbahnrand auf der Limbacher Straße Ecke Rudolph-Krahl-Straße. Laut Karte befand er sich im Stadtteil Altendorf. Er hielt an, weil der rote Punkt ebenfalls zum Stehen gekommen war.

»Was nun?«, redete er mit dem Handy. Die gleiche Frage stellte er seinen Kollegen über die Sprechfunktion.

»Sehen Sie irgendwas?«, kam es von Donner.

»Ja, eine Ampel und ein Werbeplakat zum Pokalspiel. Jemand hat dem Fußballspieler Ihres Klubs einen kleinen und dem Gegner einen riesigen Penis an die Shorts gemalt.«

»Ich glaube nicht, dass uns das weiterhilft.«

»Nein, warten Sie ... Ich bekomme eine Meldung ...« Er las die Nachricht laut vor. *»Bei dieser Aufgabe können Sie mit Ihren Mitspielern sprechen, aber das wird Ihnen nicht helfen. Sparen Sie besser Akkuleistung.«*

»Welche Aufgabe?«, fragte Donner sofort.

»Das werden wir gleich erfahren ...«

Fitz blieb im Wagen sitzen und wartete. Bald erschien ein neuer Text.

Mitspieler 5, richte die Handykamera direkt auf dein Gesicht.

Obwohl er das Mobiltelefon bereits vor sich hielt, brachte er es wie bei einem Selfie in Position.

Mitspieler 5, du bist online. Die Frage lautet: Was hast du Verwerfliches in deinem Leben getan?

»Was soll denn der Quatsch«, murmelte Fitz, schüttelte den Kopf und ließ die Hand mit dem Telefon sinken. Kurz bevor er die Sprechtaste berührte, kam ein neuer Text.

Du solltest besser mitspielen, sonst schneide ich deiner Spielfigur einen Finger ab. Und dann noch einen, und immer so weiter, bis du das Spiel ernst nimmst.

Gleich darauf erschien ein Video. Obwohl der Hintergrund düster war, erkannte man deutlich die dargestellte Horrorszene. Betroffen registrierte Fitz einen gefesselten Mann auf einem Stuhl, der zusätzlich auf einer Erhöhung stand. Seitlich glitten Hände ins Bild. Sie trugen Handschuhe und führten eine Heckenschere, deren Schneiden wie frisch geschliffen glänzten.

Man sah weder das Gesicht des Peinigers noch etwas von dessen Körper. Lediglich die Hände und ein Teil der Unterarme bewegten sich im Sichtfeld. Der Unbekannte setzte die Schere direkt am Daumen der rechten Hand des Opfers an.

Das Video blendete aus.

Death Rescue bluffte nicht, rief Fitz sich in Erinnerung.

»Fitz, waren Sie das mit dem Video?«, riss Donners Stimme ihn aus der Untätigkeit.

»Nein, es … es tauchte plötzlich auf …«

»Scheiße, ich habe es auch gesehen!«, brüllte Wagner. »Wo ist dieser Mann?«

»Es kommt noch schlimmer«, redete Donner erneut. »Marie teilte mir gerade mit, dass man Sie live im Internet sieht und hört.«

Mitspieler 5, was hast du Verwerfliches in deinem Leben getan?

Trotz des Unbehagens und der Wut hob Fitz wie ferngesteuert das Telefon wieder hoch und starrte fest in die Kameralinse. Er wusste, dass es eine *Death-Rescue*-Seite im Internet gab, die vermutlich in genau diesem Augenblick von unzähligen Usern aufgerufen wurde. Die Meute erwartete die Beichte des Polizisten …

»Ich habe mal auf einer Landstraße eine Katze überfahren«, knirschte Fitz durch die Zähne. »Es war ein Versehen, trotzdem tut es mir leid.«

Danke, Mitspieler 5, wollen wir sehen, was das Publikum über dein Geständnis denkt …

Bevor Fitz begriff, dass offenbar eine Abstimmung über seine Antwort im Internet stattfand, konfrontierte ihn die App bereits mit der Wahrheit.

*Die Zuschauer sind nicht überzeugt von deinem
Schuldbekenntnis. Versuch es noch einmal, diesmal bitte
mit deutlich mehr Motivation.*

Wieder erschien das Video. Nur für Sekunden flackerte es
auf dem Display. Es reichte völlig aus, um in der kurzen Zeit
den Daumen des winselnden Opfers mit der Heckenschere
abzutrennen.

Schnitt.

Der folgende schwarze Bildschirm war wie ein dunkler
Abgrund, in den Fitz schaute.

»Ich habe einmal meine Frau geschlagen«, sprach Fitz seelenruhig in die Kamera. »Ein einziges Mal nur, und ich habe es
bitterlich bereut.«

*Danke, Mitspieler 5, wollen wir sehen, was das Publikum
über dein Geständnis denkt …*

Noch während Fitz den Kopf sinken ließ, mit der Vergangenheit
haderte und sich in seinem Brustkorb eine bedrohliche Enge
ausbreitete, antwortete ihm *Death Rescue*.

*Die Zuschauer sind nicht überzeugt von deinem
Schuldbekenntnis. Versuch es noch einmal, bestimmt
kannst du es besser.*

Zum dritten Mal tauchte das Video auf. Mit einem Ruck
schlossen sich die Schneiden der Schere und der zweite Finger
fiel zu Boden.

Schnitt.

Während Fitz psychische Qualen litt, konnte er nur er-
ahnen, welchen körperlichen Schmerzen das Opfer ausgesetzt
war. Benommen musste er an seinen Vorgesetzten denken, der

ihn vor diesem Fall gewarnt hatte. Was würde Börnemann ihm wohl jetzt raten?

»Sie müssen das nicht tun«, schrie Börnemann über die Sprechfunktion. »Niemand verlangt das von Ihnen.«

Erst nach einigen Augenblicken registrierte Fitz, dass nicht sein Chef aus München ihn ansprach, sondern dass Donner mit ihm redete.

Statt auf ihn zu hören, sammelte Fitz all seinen Mut. Stotternd lösten sich seine Lippen. »Ich bin Polizeibeamter und ... musste einmal Beweise unterschlagen.« Er überlegte kurz, ob das schlimm genug war für die Zuschauer. »In einem Verbrechen ...«

Danke, Mitspieler 5, wollen wir sehen, was das Publikum über dein Geständnis denkt ...

Danach schloss Fitz die Augen, weil er im Stillen betete, dass dieses Bekenntnis schwerwiegend genug war, um das Opfer nicht weiter zu quälen. Doch als er die Augen wieder öffnete, wurde seine Befürchtung wahr.

Die Zuschauer sind nicht überzeugt von deinem Schuldbekenntnis. Anscheinend gibst du dir keine Mühe. Versuch es noch einmal.

Dem gefesselten Mann wurde der dritte Finger abgeschnitten. In dem Moment wusste Fitz, dass es egal war, welche hässlichen Wahrheiten oder Lügen er erzählte. Die Mehrheit der Zuschauer interessierten sich nicht für seine Antworten. Sie wollten sehen, wie der Fremde das Opfer verstümmelte.

Kapitel 45

Allein der fleckige Teppich in Frank Heidrichs Wohnung sorgte bei Forchner für ein Ekelgefühl, das sich als ständiges Jucken auf der Haut äußerte. Selbst nach über einer halben Stunde, in der die Tür zum Hausflur offen stand, stieß ihm der allgegenwärtige Geruch der Räume sauer auf. Zuletzt hatte er gegen Mittag einen Honigkrapfen verspeist und sich dabei auf einen saftigen Döner zum Abendbrot gefreut, aktuell verspürte er keinerlei Hunger mehr.

Er kratzte sich an der Nase und den Armen, und als er eine Fussel von der Zunge entfernte, verfluchte er sich im selben Augenblick dafür, dass er es mit den Handschuhen tat, mit denen er unkontrolliert die Einrichtungsgegenstände angefasst hatte. Morgen würde er vermutlich Lippenherpes oder Schlimmeres haben. Und vermutlich würde man ihn als Außendienstleiter absetzen, weil dieser Einsatz schon seit Beginn völlig aus dem Ruder lief. Ständig rief das Lagezentrum an und wollte Informationen von ihm, dabei wusste er noch immer nicht genau, was hier eigentlich los war. Selbst mit der Aufgabe, die Kolka ihm kurz vor ihrem überhasteten Verschwinden gegeben hatte, nämlich Heidrich zu *Death Rescue* zu befragen und die notwendige Beweismittelsicherstellung zu koordinieren, war er überfordert. Zum Glück war da noch dieser Typ vom LKA. Minutenlang unterhielt sich Olaf Gladbeck angeregt mit dem Wohnungsinhaber.

»Also welche Rechner können wir denn nun einpacken?«, unterbrach Forchner die Unterhaltung der beiden.

Gladbeck machte eine Wischbewegung, als wollte er einen lästigen Hund verscheuchen. »Im Moment lassen wir alles so stehen, wie es ist. Es würde mich nicht wundern, wenn auf den Computern eine Art Notfallsystem installiert ist, das sämtliche Daten löscht, sobald jemand unbefugt Zugriff erlangt oder an der Hardware manipuliert. So ähnlich arbeitet nämlich auch die App, von der wir die ganze Zeit sprechen, nicht wahr, Herr Heidrich?«

Der Angesprochene wackelte unsicher mit dem Kopf. »Wie gesagt, von *Death Rescue* habe ich keine Ahnung.«

»Hören Sie auf, den Unwissenden zu spielen«, herrschte Gladbeck ihn auf einmal lautstark an, woraufhin selbst Forchner zusammenzuckte. »Sie haben die Grundversion programmiert. Sie sind derjenige, der sich am besten mit der Anwendung auskennt, also beweisen Sie Ihre Rechtschaffenheit, ansonsten müssen meine Kollegen davon ausgehen, dass Sie der Täter oder zumindest ein Mitwisser sind.«

Zusätzlich zu seinen Worten holte Gladbeck ein Handy hervor und hielt es Heidrich hin.

»Was ist das?«

»Das ist das Gerät, das uns zu Ihnen geführt hat. Leider ist es etwas nass geworden ...«

»Und was soll ich jetzt damit anfangen?«

Gladbeck schaute Forchner an, weil er eine Entscheidung des Einsatzleiters brauchte. »Er kennt die Urversion des Programmes. Mit seiner Hilfe geht es möglicherweise schneller. Sollen wir es versuchen?«

»Kla…klar«, stotterte Forchner, ohne zu wissen, wofür er eigentlich seine Zustimmung gab.

Genauso unsicher, wie er geantwortet hatte, griff Heidrich nach dem Telefon und stöpselte es über ein USB-Kabel an einen Rechner. Offenbar witterte er einen unfairen Deal oder hatte Angst, ein Polizeitrojaner könnte sich in seinem Mikrokosmos einnisten. Schließlich spielte er mit und tippte über die Tastatur ein paar Befehle in eine Kommandozeile.

»Haben Sie noch mehr?«

»Es gibt eine Internetseite«, antwortete Gladbeck. »Aber die kennen Sie vermutlich schon.«

»Nennen Sie sie mir trotzdem.«

Gladbeck nickte und diktierte ihm den Link.

Gelegentlich spielte Forchner selbst ein paar Spiele auf dem Handy, aber in Gesellschaft der beiden Computerfreaks fühlte er sich überflüssig. Lichtenberg hatte das beizeiten erkannt und war zu den Kollegen der Beweissicherungs- und Festnahmeeinheit, kurz BFE, gegangen, die vor dem Hochhaus auf weitere Anweisungen warteten.

Als Gladbeck und Heidrich gemeinsam auf die Bildschirme an der Wand glotzten und sich gegenseitig mit Fachbegriffen befeuerten, kam er sich sogar ziemlich dumm vor, weil er zum Thema nichts beitragen konnte. Aber da er als Außendienstleiter der Polizeidirektion gewisse Privilegien genoss, nahm er sich die Freiheit heraus, eine Zwischenfrage zu stellen.

»Herr Heidrich, wie war das eigentlich damals mit dem Kollegen aus Dresden …«

Tatsächlich hörte Heidrich auf zu tippen und schaute auf. »Was meinen Sie?«

Forchner hatte den Namen des Kriminalbeamten vergessen, half sich aber mit seinem Notizblock. »Nur damit ich das richtig verstehe: Dieser Hanno Sieber ist extra aus Dresden zu Ihnen gefahren, um Ihnen mitzuteilen, dass in einem Strafverfahren ein Missverständnis vorliegt?«

»Nein, Sie haben nicht zugehört«, antwortete der Dicke hörbar gereizt, weil ihn das Thema offenbar störte. »Ich sagte, Sieber kam wegen pornografischen Materials im Internet zu mir, und später rief er mich an und teilte mir mit, dass ich nicht länger Zeuge in dem Strafverfahren sei. Ihre Kollegen hatten sich geirrt. Nun zufrieden?«

Darüber dachte Forchner nach. Seit knapp zehn Jahren war er bei der Polizei, hatte selbst einfache Strafdelikte bearbeitet und an die Staatsanwaltschaft abgegeben, aber ein solches Vorgehen schien ihm befremdlich. »Worin genau bestand denn das Missverständnis?«

Hilfe suchend schaute Heidrich zu Gladbeck, der jedoch nur mit den Schultern zuckte, weil er mit der Computermaus kämpfte.

»Hören Sie«, begann Heidrich erschöpft, »ich weiß, dass Sie all das fragen müssen, aber ich habe weder damals noch jetzt etwas Unrechtes getan.«

Einem solch findigen Computerspezialisten kaufte Forchner das nicht ab. Bestimmt erledigte er dauernd illegale Geschäfte über das Internet. Doch er wartete ab, welche Erklärung von der anderen Seite kam.

»Falls es Ihnen hilft«, erzählte Heidrich weiter, dabei atmete er hörbar schwer. »Ich habe der Polizei damals einen anonymen Tipp zu einer Internetplattform gegeben, die mit strafbarem pornografischem Material handelte. Sogar Beweismaterial hatte ich euch auf einer Festplatte geschickt. Leider wollte die Staatsanwaltschaft eine Zeugenaussage des Tippgebers. Keine Ahnung, wie Ihre Kollegen in Dresden auf mich gekommen sind. Weil ich unerkannt bleiben wollte, habe ich daraufhin sämtliche Daten gelöscht und alles abgestritten. Das ist die Kurzversion, und ich hoffe, damit geben Sie sich endlich zufrieden.«

Forchner versuchte, das dargestellte Szenario zu begreifen, und blieb neugierig. Er wollte wissen, um was es bei der Strafsache genau ging. Doch er kam nicht dazu, eine weitere Frage zu stellen.

»Versuchen Sie einmal das«, redete Gladbeck dazwischen und wechselte zurück in die Computerfachsprache der beiden Sonderlinge.

»Nein, das klappt garantiert nicht«, widersprach Heidrich. »Ihr Handy ist hinüber. Lassen Sie mich etwas Alternatives ausprobieren. Falls das Grundgerüst von *Arctic Game* übernommen wurde, kommen wir vielleicht über die Homepage von *Death Rescue* an die vier anderen Mobilgeräte heran. Dafür muss ich mir den Quellcode ansehen. Bestenfalls bekommen wir so einen Hinweis auf die Zentraleinheit, von wo aus die App gesteuert wird.«

In der Folge flogen Heidrichs Finger in unglaublicher Geschwindigkeit über die Tastatur. Auf den Bildschirmen passierte einiges, doch Forchner verstand von den Zahlen, Buchstaben und Zeichen nicht das Geringste. Ein bisschen sah das alles wie in *Matrix* aus, wenn am Anfang des Films der grüne Text über den schwarzen Hintergrund rieselte. Allerdings begriff er, dass der Computerfreak gerade versuchte, die Seite von *Death Rescu*e zu hacken.

Sosehr Forchner weitere Fragen zur damaligen Pornografiesache und den damit verbundenen Ermittlungen auf der Seele brannten, er stellte keine einzige mehr, um die beiden Freaks nicht zu stören. Vielmehr blieb er minutenlang still stehen und beobachtete abwechselnd die Computerfreaks und die Monitore.

Erst Gladbecks Aufschrei versetzte ihn in Alarmbereitschaft. »Verflucht, was haben Sie getan?«

»Nichts«, gab Heidrich unschuldig von sich.

»Doch, Sie haben bei *Death Rescue* soeben irgendein Sicherheitsprotokoll aktiviert und damit einen Alarm ausgelöst.«

»Quatsch, ich habe nur ... Das war eine Falle!«

Jegliche Rechtfertigung seitens Heidrich war unnütz. Gladbeck sprang auf und stieß Forchner an, der überhaupt nichts begriff. Selbst als auf der Homepage zwei rot blinkende Worte auftauchten, überforderte ihn die Situation.

GAME OVER.

»Er hat die Spuren in Konopkas Handy absichtlich hinterlassen«, erklärte Gladbeck ihm. »Er wollte, dass wir das System hacken.«

»Aber ...«, stotterte Forchner.

»Sie müssen Kollegin Kolka warnen!«

KAPITEL 46

Weil der Schaukasten abgeschlossen war, leuchtete Kolka den Hallenboden mit der Taschenlampe nach einem Hilfsmittel ab. Sie fand eine herumliegende Eisenstange. Hastig hob sie das provisorische Werkzeug auf und schlug die Scheibe ein. Bedacht darauf, sich nicht zu schneiden, nahm sie das Foto von dem Mann im Trainingsanzug heraus. Es zeigte Jonny Herzig im Alter von vielleicht fünfunddreißig Jahren. Auf einem Papierstreifen unter dem Bild stand sein Name. Zusammen mit der Bezeichnung Kinder- und Jugendtrainer.

In den Akten gab es einen Vermerk über Herzigs frühere Tätigkeit als Leichtathletiktrainer. Dass er an diesem Ort gearbeitet hatte, hatte sie bisher nicht gewusst. Vorsorglich steckte sie das Foto ein. Vielleicht stellte es sich später als nützlich heraus. Anschließend leuchtete sie die übrigen Bilder an und fand ein Gruppenfoto, auf dem Herzig seitlich neben einer Mannschaft stand. Auch das entfernte sie aus dem Schaukasten.

Während sie darüber nachdachte, was das alles zu bedeuten hatte, schaute sie auf das Smartphone mit der App. Für Sekunden sah sie ein schreckliches Video, in dem jemandem der Ringfinger abgeschnitten wurde. Dann wurde der Bildschirm kurzzeitig schwarz. Sie schaltete den Ton wieder ein und hörte

Eriks Stimme, der Fitz ermahnte, nicht weiter auf die Frage des Unbekannten zu antworten. Sie rätselte, worum es genau ging, weil sie weder den Gesprächsverlauf noch die Aufgabe kannte. Vorerst galt es, ihren Sohn zu finden, auch wenn *Death Rescue* ihr mitgeteilt hatte, dass ihre Spielrunde demnächst anstünde.

Gerade als sie sich in die Diskussion einmischen wollte, veränderte sich der Bildschirm erneut. Es tauchten zwei Worte mit jeweils vier Buchstaben auf: *GAME OVER.*

Auch wenn sie der Text überraschte, ließ die Botschaft keinen Interpretationsspielraum. Es war vorbei. Etwas musste schiefgelaufen sein, anders konnte sie es sich nicht erklären.

Eine Begründung folgte in wenigen Sätzen.

Ihr habt gegen die Regeln verstoßen. Alle Mitspieler hatten strikte Anweisung, an den Geräten keine Manipulationsversuche zu unternehmen. Jetzt habt ihr den Tod der restlichen Spielfiguren zu verantworten.

»Nein!«, schrie Kolka und tippte wahllos auf dem Smartphone herum in der Hoffnung, die Entscheidung rückgängig machen zu können. Immer fester drückte sie das Display und die Tasten, wodurch das Gehäuse bedenklich knackte. »Nein! Wir haben alles gemacht wie verlangt … Mein Sohn Malte, ich will ihn zurück!«

Egal, wie sehr sie das Telefon malträtierte, die App reagierte nicht darauf. Stattdessen erschien eine persönliche Nachricht für sie.

Wie fühlt es sich an, wenn man sein eigenes Kind im Stich lassen muss, Mitspieler 2?

Die Frage samt dem darin enthaltenen Vorwurf blieb nur wenige Wimpernschläge stehen. Danach erlosch das Handydisplay vollends. Keine Spieluhranimation, keine Töne, keine neuen Anweisungen.

Bisher hatte sie erfolgreich gegen Wut und Verzweiflung angekämpft, jetzt brachen die Tränen aus ihr heraus. Sie fühlte in ihrem Herzen ein endloses schmerzendes Loch, als hätte jemand einen Pistolenlauf auf ihre Brust gesetzt und abgedrückt. Oder als hätte man den Stecker mit der Verbindung zu ihrem Sohn gezogen.

Wie lange sie auf dem feuchten Parkett gekauert hatte, wusste sie nicht, als das Klingeln ihres Diensthandys sie in die bittere Realität zurückholte. Schluchzend ging sie ran.

Es war Forchner. »Es ist etwas schiefgegangen«, stotterte er.

»Schiefgegangen?«, schrie sie ihn an. »*GAME OVER* stand hier! Das ist eine Katastrophe. Was habt ihr getan? War es Gladbeck?«

»Annegret, ich … kann es nicht erklären …«

Plötzlich wechselte der Sprecher. Gladbeck, der IT-Mann, übernahm. »Hören Sie mir zu, Kollegin Kolka! Uns bleibt keine Zeit für Diskussionen. Egal, wo Sie sind oder was Sie gerade machen, verschwinden Sie auf der Stelle!«

Aufgeschreckt von den rätselhaften Worten leuchtete Kolka mit der Taschenlampe in sämtliche Ecken, um die Schatten daraus zu vertreiben. Neben dem Seelenschmerz baute sich ein Bedrohungsgefühl auf, das sekündlich an Intensität gewann.

»Was ist denn los?«

»*Death Rescue* ist down, das haben Sie bereits mitgekriegt. Doch das Spiel geht weiter. Sie können sich keinen Begriff davon machen, was derzeit in den sozialen Medien los ist. Die Leute fühlen sich verarscht, weil sie wissen wollen, was aus den Entführten wird. Jede Minute tauchte eine neue Falschmeldung auf, alle mit dem gleichen Inhalt: Die Polizei war nicht bereit, unschuldigen Menschen zu helfen.«

»Aber das stimmt doch gar nicht.«

»Versuchen Sie das dem aufgebrachten Mob zu erklären, der auf dem Weg zu Ihnen ist.«

»Zum Sportforum?«

»Auf der Homepage von *Death Rescue* ist Ihr Porträt abgebildet und darunter steht: *Das ist die Mutter, die ihr Kind aufgegeben hat.*«

»Aber ich habe nicht ...«

»Für die Zuschauer spielt es keine Rolle, dass es sich um eine Lüge handelt. Man hat eine Belohnung ausgesetzt für denjenigen, der Ihren Sohn findet. Was glauben Sie, wen sie vorher zur Rechenschaft ziehen werden?«

Mich. Sie suchen mich.

Kolka fühlte sich am ganzen Körper wie gelähmt. Vor Erschöpfung ließ sie das Mobiltelefon sinken.

Unterdessen trafen am Sportforum mehrere Fahrzeuge ein, die ihren parkenden Audi einkesselten.

KAPITEL 47

»Ich befehle Ihnen, nicht länger zu antworten!«, ermahnte Donner per Sprechfunktion Fitz. »Geht das in Ihren senilen bayerischen Schädel rein?«

Der Oberkommissar redete, aber er sprach nicht mit ihm, sondern mit den unzähligen anonymen Voyeuren im Internet.

»... *falls Sie das hier sehen, sind Sie Teil eines Spiels. Schlimmer: Sie machen sich zum Werkzeug eines Sadisten, der mehrere Menschen entführt, gefoltert und getötet hat. Und er wird nicht aufhören, solange Sie zusehen ...*«

»Was quatscht er da für einen Blödsinn?«, murmelte Donner und entfernte sich von seinem Wagen.

Er parkte direkt vor dem Eingang zur Station 21 der neurologischen Anstalt. Am Telefon hatte ihm das Klinikpersonal noch einmal bestätigt, dass Peter Peschel über Nacht in der Psychiatrie bleiben würde. Auch wenn er Patient war und er und seine Frau an diesem Tag Schreckliches durchgemacht hatten, musste Donner ihn dringend sprechen. Er musste ihn zu seinem Sohn befragen, den der Spielmann einst entführt und umgebracht hatte. Immerhin hatte Peschel später den Täter in der JVA aufgesucht, nachdem er sich zuvor an Herzigs Anwalt gewandt hatte. Vielleicht hatte er bei dem Treffen, das dann auch wirklich stattgefunden hatte, schon einen Hinweis auf Herzigs zukünftige Pläne erhalten oder konnte wenigstens einen Verdacht äußern, wo man Malte hingebracht hatte. Höchstwahrscheinlich vertrödelte er mit dem Besuch in der Klinik weitere wertvolle Zeit, aber Donner wollte nichts unversucht lassen.

Unterdessen dauerte Fitz' Predigt an die Internetzuschauer an.

»... *Sie da draußen heucheln nur Betroffenheit und Anteilnahme am Leid der Opfer. In Wahrheit sind Sie nur an Zerstörung, Elend, Qual und Tod interessiert. Sie, die Sie sich das hier ansehen, zählen zum Schmutz der Gesellschaft. Ihnen reichen die Verdummungsprogramme der Privatsender nicht mehr aus, um Ihre niedersten Instinkte zu befriedigen. Nein, es muss immer härter und menschenverachtender zugehen. Jawohl, für Sie ist dieses Programm gemacht. Sie verachten mich? Ich verachte Sie ...*«

Noch während er redete, erschien zum vierten Mal das Foltervideo. Diesmal fiel der Ringfinger der Schere zum Opfer.

Als die Livesequenz ausblendete, stutzte Donner. Etwas Sonderbares passierte. *GAME OVER.*

Donner hielt das Smartphone ein Stück von sich weg und las die Worte ein paarmal, obwohl es keinerlei Zweifel an der Bedeutung gab. »Was zum Teufel ...?«

Es folgte eine Erklärung. *Death Rescue* war vorzeitig beendet worden. Mehrfach probierte Donner die Sprechtaste, doch er konnte weder senden noch empfangen. Es war vorbei.

Sein Finger schwebte bereits über der Einlassklingel zur Psychiatrie, doch er war zu erstarrt, um zu läuten. Vor lauter Ratlosigkeit wusste er nicht, was er als Nächstes tun sollte. Anne anrufen? Zurückfahren zur KPI?

Er hatte mit jeglicher Art von Widerwärtigkeit durch *Death Rescue* gerechnet, aber nicht damit, dass sich die App vor dem eigentlichen Ende abschaltete. Zugegeben, die Möglichkeit hatte bestanden und die Regeln hatten darauf hingewiesen, dass ein Abweichen bestraft werden würde. Offenbar hatte es seitens der Polizei tatsächlich einen Manipulationsversuch gegeben.

Gladbeck.

Von Anfang an hatte er die Notwendigkeit eines Computerheinis angezweifelt. Der Mensch war eben nicht dafür gemacht, Maschinen zu verstehen. Ihm ging das jedenfalls regelmäßig so. Bei seinem eigenen Handy wusste er, dass man irgendwo reinsprechen konnte und bestenfalls bei irgendjemandem selbige Worte wieder herauskamen. Den Rest besorgten die Mikroelektronik und ein ausreichendes Maß an Mobilfunkstrahlung. Warum, wieso und weshalb Telefonate genau funktionierten, interessierte ihn nicht. Dafür gab es ja die Chinesen. Die waren in solchen Dingen mittlerweile Weltspitze.

Aber frag die mal, wie man einen Tatort nach einem Mord richtig liest. Haha, da fangen die ganz schnell an, ihren Telefonjoker zu ziehen.

Ausnahmsweise hasste er es, dass er bezüglich Gladbecks Unfähigkeit recht behalten hatte. Dafür wusste er im Moment einfach nicht, was er tun sollte. Noch immer stand er vor dem Eingang des Klinikgebäudes und der Regen prasselte auf seinen Mantel.

Das Klingeln seines Handys nahm ihm die Entscheidung ab.

Jens Wagner rief an. »Erik, was ist denn jetzt schon wieder los?«

»Sieht so aus, als ob da jemand den Stecker gezogen hat.«

»Und was machen wir nun?«

Das ist nicht unbedingt die Frage, die ich hören wollte.

»Wir suchen weiter nach Annes Sohn, was sonst?«

»Aber ohne neue Hinweise …«

»Wir haben jede Menge Hinweise, wir müssen sie nur verstehen. Zum Beispiel sollten wir endlich herausfinden, warum uns die App ausgerechnet an die bisherigen Orte geführt hat.«

Wagner schien zu überlegen. »Du meinst, die Orte haben eine Bedeutung?«

»Für unseren Täter sicherlich. Also denk ein bisschen nach. Vielleicht hilft es uns sogar, dass wir nicht mehr an *Death Rescue* gebunden sind.«

»Mein Akku war sowieso schon im einstelligen Prozentbereich. Fraglich, wie lange ich noch hätte mitspielen können. Wo bist du jetzt?«

Die Frage erinnerte ihn daran, weshalb er zur Psychiatrie gekommen war. Sofort betätigte er die Klingel. »Ich bin in der Klapsmühle.«

»Irgendwie passt das zu dir.«

Donner knurrte, obwohl in der Aussage ein Funke Wahrheit steckte. »Für die Irren sind alle anderen doof.«

Damit beendete er das Gespräch, denn gleichzeitig knackte die Wechselsprechanlage. Nachdem er sein Anliegen vorgebracht hatte, ließ man ihn eintreten. Eine übermüdete Krankenschwester empfing ihn.

»Eigentlich ist es für Besuche generell zu spät. Abgesehen davon hält die Ärztin es für kontraproduktiv, dass Sie jetzt schon mit Peter Peschel sprechen wollen.«

»Wissen Sie, wenn ich jedes Mal einen Euro von Leuten bekommen würde, die zu mir kommen, obwohl ich nicht mit ihnen sprechen möchte, könnte ich längst auf meiner eigenen Karibikinsel in einer Hängematte liegen und dem Summen der Fliegen zuhören, die um meinen stinkreichen Körper schwirren. Stattdessen bin ich zusammen mit Ihnen in der Irrenanstalt. Finden Sie das nicht unfair für uns beide?«

»Irrenanstalt«, zischte sie. »Haben Sie wenigstens einen Ausweis dabei?«

»Ja, ich habe jede Menge Ausweise dabei: Personalausweis, Führerschein, Fitnessstudioausweis – auch wenn die mich dort unter *vermisst* führen – und sogar den hier!« Er hielt ihr den geforderten Dienstausweis für einen Wimpernschlag hin. »Falls Sie auch noch meinen Pionierausweis kontrollieren wollen, dann muss ich Sie warnen. Darauf sehe ich schrecklich aus … schrecklicher als heutzutage.«

Kopfschüttelnd ging die Schwester los und bedeutete ihm, ihr zu folgen. »Sie bekommen fünf Minuten.«

Donner verkniff sich einen Kommentar über die lächerlich kurze Zeitspanne.

Die Schwester klopfte an das Patientenzimmer, neben dessen Tür ein Schild mit Peschels Namen hing.

Niemand bat herein. Mit dem Zeigefinger wies die Schwester auf ihre geschlossenen Lippen, weil sie vermutete, dass der Patient bereits schlief.

Als sie den Raum betraten, fanden sie jedoch nur ein leeres Bett vor. Umgehend sah Donner im Badezimmer nach, doch auf den drei Quadratmetern hauste nur eine einsame Fliege, die, in ihrer Ruhe gestört, wie der Blitz davonstob.

Peter Peschel war verschwunden.

KAPITEL 48

Fitz steckte das Handy weg. Es brachte nichts, weiter darauf herumzudrücken. Jemand hatte *Death Rescue* vorzeitig beendet. Einige Minuten glaubte er, schuld daran zu sein. Schlussendlich kam er zu der Erkenntnis, dass es nicht an ihm lag. Er hatte schließlich nicht unerlaubt an seinem Gerät herumgefummelt. Folglich musste es ein anderer verursacht haben. Höchstwahrscheinlich ein Kollege aus dem Team.

Trotzdem hatte er ein schlechtes Gewissen. Das führte dazu, dass er leichte Schnappatmung bekam und ein Stechen in der Herzgegend verspürte.

»Reiß dich zusammen, Malchius«, redete er mit sich selbst. »Das Letzte, was du willst, ist, in einer Stadt zu sterben, deren Altersdurchschnitt dermaßen hoch ist, dass die Leute sagen würden: Er ist so jung von uns gegangen.«

Während er den Motor startete, dachte er immerzu daran, ob er den unbekannten Mann auf dem Stuhl hätte retten können. Er setzte den Blinker und wollte zurück zur Kriminalpolizeiinspektion fahren, um die Heimreise anzutreten, weil sein Auftrag damit erledigt war. Doch als er beim Blick in den Rückspiegel eine alte Villa hinter einem provisorischen Holzzaun entdeckte, überdachte er seine Entscheidung. Auf einer angebrachten Werbetafel stand: *Ehemalige Schraubenfabrik zu verkaufen.*

Er nahm sein eigenes Handy zur Hand und überlegte, wen er wohl am besten anrufen sollte. Er entschied sich für die emsige Kommissarin.

»Kollegin Lehnhard, Sie müssen mir helfen«, brachte er sein Anliegen vor, nachdem sie abgehoben hatte.

»Jetzt? Wissen Sie denn nicht, was hier los ist? *Death Rescue* ist down, das SEK biegt gerade mit dem Spielmann auf den Hof ein, die Pressesprecherin wurde aus ihrem Dienstschluss geholt und liegt mir nun in den Ohren, dass sie dringend Zuarbeit benötigt, und im Auftrag von Anne soll ich den Dresdner Polizeibeamten Hanno Sieber kontaktieren, der laut deren Lagezentrum momentan jedoch nirgends auffindbar ist.«

Mit dem Namen Sieber konnte Fitz aktuell nichts anfangen, und er wusste auch nicht, warum der Kollege wichtiger sein sollte als sein Anliegen.

»Wenn wir uns beeilen, sind wir in wenigen Minuten fertig. Kennen Sie sich in der Stadt aus?«

»Vermutlich besser als Sie.«

»Das dürfte reichen.« Er schaute zu den Straßenschildern und nannte ihr seinen Standort. »Ich glaube, dass sich das Opfer aus dem Video ganz in meiner Nähe befindet. Irgendwo in einem Gebäude. Haben Sie einen Verdacht, welchen Ort sich unser Täter ausgesucht haben könnte?«

Lehnhard schnaufte durch das Telefon. »Woher soll ich denn wissen …?«

»Überlegen Sie doch wenigstens zuerst, bevor Sie protestieren.«

»Schon gut, warten Sie, ich …« Tastaturgeklapper. Offenbar recherchierte sie im Internet. Nicht die schlechteste Idee, fand er. »In Altendorf gibt es einige Industriebrachen. Was halten Sie von der ehemaligen Acetylen- und Sauerstofffabrik?«

Rudimentäre Grundkenntnisse aus dem Chemieunterricht schwirrten in Fitz' Kopf herum. Acetylen kam früher als Gas in Karbidlampen zum Einsatz. Außerdem nutzt man es zum Löten und Schweißen.

»Wie kommen Sie ausgerechnet auf diese Fabrik?«

»Hab geraten. Bei dem Wort Sauerstoff musste ich unwillkürlich an Sie denken, wegen Ihrer Atembeschwer…«

»Sehr originell.«

»Entschuldigung, ich wollte nicht …«

»Ich meine nicht Sie, sondern unseren Gegner. Das mit den Atemproblemen haben Sie wunderbar kombiniert. Geben Sie mir die Adresse.«

»Soweit ich weiß, ist das Objekt mittlerweile arg heruntergekommen. Es liegt direkt an der Kalkstraße, können Sie nicht verfehlen.«

Fitz fuhr sofort los. »Und nur für den Fall, dass Sie sich geirrt haben, sollten Sie besser weiter nachdenken und meinen erneuten Anruf erwarten.«

Damit kappte er das Gespräch und beschleunigte auf die erlaubten fünfzig Stundenkilometer. Kaum drei Minuten später hatte er das Gelände gefunden. Auf dem Hof stand ein Minibagger ziemlich deplatziert herum. Womöglich sollten demnächst Abrissarbeiten oder eine Sanierung stattfinden. Dank des offen stehenden Eingangstores war es Fitz möglich, das Grundstück ohne Probleme zu betreten. Der Eigentümer befürchtete wohl keinen Diebstahl, weil es hier ohnehin nichts von Wert zu holen gab. Bis auf den Minibagger natürlich …

Er musste vorbei an alten Fernwärmerohren, Betonmauern, Metallgeländern, Gruben und jeder Menge Geäst. An einem verrosteten Mast hing ein verwittertes Hinweisschild: *ACETONTANKLAGER – Gefahrenklasse B – Lagermenge: 10.000 ltr.*

Mit einem mulmigen Gefühl betrat er das Hauptgebäude. Schon von außen sah man, dass das Dach auf der Rückseite zu großen Teilen eingestürzt war. Angesichts des Zustandes des Gebäudes und der Dunkelheit musste er höllisch aufpassen, wohin er trat. Mit einer Taschenlampe, die nur einen spärlichen Schein warf, lief er durch das Gemäuer. Türen quietschten, Bruchglas und Kiesel knirschten unter seinen Schuhsohlen. Dazu hallten seine Absätze wie das Geklapper eines Poltergeistes.

Vor einer Tür lag eine alte Metallfelge samt profillosem Reifen. Fitz wollte sich bereits abwenden, da fielen ihm Schleifspuren im Staub auf. Jemand hatte das Rad erst kürzlich über den Betonboden gezogen.

Auch wenn seine Schuhe an diesem Tag arg gelitten hatten, scheute er sich davor, den Reifen mit den Füßen zu verschieben. Ersatzweise hob er ihn mit beiden Händen an und rollte ihn zur Seite. Bevor er die Tür öffnete, zog er seine Pistole. Er lauschte am Türblatt. Dahinter war alles ruhig. Nur die Regengeräusche störten ihn in seiner Konzentration.

Bis hierher war er zügig gelaufen. Entsprechend kämpfte er jetzt mit der Atmung. So gut wie möglich versuchte er, das Schnaufen zu unterdrücken. Dann drückte er die Türklinke und riss die Tür auf. Sie ließ sich schwer bewegen. Innerhalb von Sekundenbruchteilen erkannte er auch den Grund. Im Lichtschein sah Fitz noch, wie ein Seilende durch die Luft sauste, bevor sein Taschenlampenstrahl den unbekannten Mann aus dem Video erfasste. Im gleichen Moment kippte der Gefesselte samt dem Stuhl nach hinten und verschwand. Es war nur ein kurzer gedämpfter Schrei, gefolgt von Gepolter und einem dumpfen Aufschlag.

So schnell es seine alten Knochen zuließen, eilte Fitz zu der Stelle, wo der Mann eben noch gesessen hatte. Vor ihm tat sich ein Abgrund in Form eines unterirdischen Tanks auf. In diesen war der Unbekannte kopfüber gestürzt. Fitz leuchtete in die Tiefe. Das Licht erhellte den Metallboden und den reglosen Körper. Fitz kannte den Anblick eines Menschen, der nach einem Sturz mausetot dalag. Und das hier war ein freier Fall von mindestens sieben Metern gewesen. Keine Chance auf Überleben. Trotzdem musste er Feuerwehr und Rettungsdienst verständigen ...

»Gott, ich habe ihn umgebracht!« Wie automatisch glitt sein Blick zurück zur Tür. Mittels einfacher Physik war eine neuerliche Todesmechanik ausgelöst worden. Als er die Tür geöffnet hatte, war ein unter Spannung stehendes Seil mit einem Nagel gelöst worden. Ein Seil, an dessen Ende sprichwörtlich das Leben eines Menschen gehangen hatte.

Während er mit einer Hand die Lampe hielt, fingerte er umständlich nach seinem Handy. Ununterbrochen betrachtete er dabei den Toten. Verwundert registrierte er, dass der Mann eine Uniform trug. Offenbar war er Justizvollzugsbeamter in irgendeiner JVA gewesen. Das Wort Justiz war mit fluoreszierenden Buchstaben aufgenäht und schimmerte, sobald Fitz mit der Lampe darauf zielte.

Endlich schaffte er es, den Blick abzuwenden. Im Ohr hallte das Rufzeichen der Rettungsleitstelle. Während er wartete, leuchtete er den Tatort ab und fand etwas. Vor dem Tankkessel lagen ein Ohr, sechs Zähne, drei Hautstücke und fünf abgetrennte Finger. Anders als bei den bisherigen Opfern hatte sich der Täter diesmal am Körper des Mannes richtig ausgetobt. Als er den Lampenschein über die Körperteile schwenkte, entdeckte er zudem ein korrodiertes Blechschild, auf dem fünf Zahlen standen: *14438*.

Die 3 war jedoch mit einem scharfen Gegenstand durchgestrichen worden.

KAPITEL 49

Damals (drei Jahre zuvor)

Als der Schlüssel im Schloss der Zellentür klapperte, lag Jonny Herzig mit offenen Augen auf seinem Bett und wartete bereits. Es war kurz vor Mitternacht. Für die anderen Häftlinge war Schlafenszeit. Herzig dagegen machte Geschäfte.

Vor fünf Monaten war er wie geplant von der JVA Leipzig verlegt worden. Sein Anwalt hatte erstklassige Überzeugungsarbeit gegenüber den zuständigen Behörden geleistet. Auf ihn konnte Herzig sich in jeder Situation verlassen. Im Gegensatz zu den meisten anderen Menschen, die ihn für eine Bestie hielten und am liebsten tot sehen wollten, hegte der Verteidiger keinerlei Vorurteile gegen ihn, im Gegenteil. Er tat alles Menschenmögliche, um ihm eine Perspektive zu bieten. Angesichts der Tatsache, dass Herzig ein Serienmörder war, fand er die an den Tag gelegte Professionalität des Juristen äußerst beeindruckend. Bestimmt wusste er mehr, als er zugab. Aus Dankbarkeit hatte Herzig sich jedoch geschworen, ihn am Leben zu lassen.

Ohne Anklopfen ging die Zellentür auf und der Justizbeamte trat ein. Von der Statur war er etwas kleiner als Herzig, dafür deutlich breiter gebaut. In den letzten zwanzig Jahren war der Beamte regelrecht aufgequollen. Unregelmäßiges Essen durch den Schichtdienst, zu viele Zigaretten und übermäßiger Alkoholkonsum waren der Figur zum Verhängnis geworden. Zweifellos hatte sich der Mann ein Stück weit aufgegeben – im Gegensatz zu Herzig.

Leise schloss der Beamte die Zellentür. Den Schlüssel drehte er sogar zweimal herum. Er wollte mit dem Gefangenen ungestört sein.

»Ist es schon wieder so weit?«, fragte Herzig provokant und setzte sich aufrecht hin.

»Halt deine Fresse«, zischte der andere. »Ich mag es nicht, wenn du ungefragt dein Maul aufmachst.«

»Das Maul aufmachen«, wiederholte Herzig lächelnd. »Was für ein geiles Wortspiel ...«

Krachend schlug der Justizbeamte ihm die flache Hand ins Gesicht. »Halt die Fresse, ansonsten platzt unser Deal und ich suche mir ein anderes Flittchen. Verstanden?«

Diesmal nickte Herzig nur. Sein Grinsen behielt er aufrecht, denn Geduld war seine Stärke. Bereits in der Leichtathletik hatte er von dieser Eigenschaft profitiert und sie an seine Schützlinge weitergegeben. Er hatte sich absichtlich in diese Lage gebracht, um dem fetten, miesen Schwein ganz nahe zu sein und ihn letztlich für seine Sache zu missbrauchen. Es brauchte nur Geduld ...

»Los, mach schon!«, befahl der Beamte, der fälschlicherweise glaubte, er hätte die Oberhand über die Situation.

Was jetzt kam, war für Herzig zu einem Akt der Routine geworden. Behäbig entledigte er sich seiner Kleidung. Obwohl er ununterbrochen lächelte, widerte es ihn an, wie der Mann seinen nackten Körper musterte. Gierig, fast wie ein Raubtier. Er konnte es kaum noch abwarten. Das bemerkte Herzig daran, dass er sich mit den Fingern über die Lippen fuhr.

»Hinknien!«, kam eine weitere Anweisung.

Herzig hockte sich vor dem Mann auf den blanken Boden und zog den Hosenstall der Uniformhose auf.

»Heute will ich, dass du es langsamer machst als beim letzten Mal, klar?«

Gehorsam nickte Herzig, holte den ungewaschenen Penis heraus und fing an, ihn zu massieren.

»Hörst du nicht?«, kam es rüde von oben. »Du sollst es langsam machen, wir sind ungestört und ich will auf meine Kosten kommen.«

Teilnahmslos machte Herzig weiter, denn sein Peiniger begann bereits, mit den Hüften leicht zu kreisen. Mit den Lippen näherte er sich der Penisspitze. Den Geruch von Urin und Schweiß musste er nur kurzzeitig aushalten. In wenigen Sekunden würde er ihn nicht mehr riechen. Er saugte, während der Beamte immer fester und tiefer in seinen Mund stieß.

»Das gefällt dir, nicht wahr?«, flüsterte Herzig in einer Pause. »Es gibt dir Macht, dass du den Spielmann ficken kannst.«

»Hier drin bist du nur eine billige kleine Arschfotze«, sagte der Beamte, wobei er die Augen geschlossen hielt und stöhnte. »Also mach weiter!«

Das tat Herzig in der Gewissheit, dass der Mann sich nicht mehr lange beherrschen konnte. Schon jetzt ächzte er heftig vor Erregung.

»Wenn es mir gefällt, wecke ich dich später, dann darfst du zur Belohnung noch einmal meinen Schwanz kosten. Das willst du doch, Knastnutte, oder?«

»Ja.«

Nur Sekunden darauf schoss das Sperma warm und eklig in Herzigs Kehle. Es brachte ihn zum Würgen. Kaum, dass er es hinuntergeschluckt hatte, bekam er eine weitere Ohrfeige.

»Das war Scheiße!«, schimpfte der Beamte und zog den Reißverschluss hoch. »Du lässt nach, Schluckratte. Vielleicht sollte ich dich wieder mal richtig durchficken. Wie würde dir das gefallen?«

Herzig gab keine Erwiderung, sondern zog sich auf sein Bett zurück. Das alles erduldete er, weil er wusste, dass die Ehefrau des Beamten noch deutlich mehr gelitten hatte.

Mit einer wegwerfenden Handbewegung drehte sich der Beamte um.

»Was ist mit der Gegenleistung?«

Auf die Frage hin kam der Mann zurück zum Bett. »Ach ja, hier.« Aus seiner Gesäßtasche holte er ein Smartphone hervor, das Herzig immer nach dem Sex benutzen durfte, und warf es auf das Kopfkissen. »Und denk bloß an die Kohle fürs Ausleihen, verstanden? Du hast eine halbe Stunde, dann hole ich es mir wieder.«

Eine halbe Stunde reichte Herzig vollkommen. Es reichte, um alle notwendigen Dinge über das Internet zu erledigen. Das Internet war sein Tor zur Freiheit und zur Rache.

Kurz bevor der Vollzugsbeamte die Tür hinter sich schloss, sagte er: »Eigentlich ist es total geil, dass du mich dafür bezahlst, dass ich dich ficken darf.«

Herzig nickte und lächelte ihm hinterher. Er fand es auch geil, dass der Mann seinem Tod mit der Überlassung des Mobiltelefons jedes Mal ein Stückchen näher kam. Und in den einsamen Nächten in der Zelle überlegte Herzig, wie er ihn eines Tages für all die schlechten Taten leiden lassen würde …

KAPITEL 50

Heute

Auf Anordnung von Staatsanwalt Krause nahm Kriminalkommissar Wagner zusammen mit Ulf Konopka an der Vernehmung von Jonny Herzig teil. Zu viert saßen sie nun in dem engen Vernehmungsraum. Durch einen venezianischen Spiegel verfolgten Marie Lehnhard, der Polizeipräsident und zwei weitere Kriminalbeamte die Unterhaltung.

Genau wie der Kollege vom Dauerdienst verharrte Wagner schweigend in einer Ecke. Als Außenstehender hätte man den Eindruck gewinnen können, die beiden Polizisten seien nur für den Fall anwesend, dass sich später die Gute-Bulle-böser-Bulle-Methode als notwendiges Mittel herausstellte. Der eine jung, dynamisch und im schicken Anzug, der andere verlebt, verschwitzt und mit ungepflegter Kleidung. Zudem strich sich Konopka den Oberlippenbart immerzu mit Spucke glatt. Doch die beiden standen eher zufällig mit im selben Raum. Mangels Alternativen hatte Krause die einzigen greifbaren Kriminalbeamten ausgewählt, die an *Death Rescue* beteiligt gewesen waren.

Interessiert musterte Wagner den Gefangenen. Herzig war fünfundfünfzig Jahre alt, doch mit seinem fast weißen Haar und den dunklen Augenringen wirkte er bereits wie ein Greis. Hinzu kam das auffällige Zittern der Hände, die er mitsamt den Fesseln ruhig zu halten versuchte. Kaum zu glauben, dass der Mann früher Menschen mit geradezu erfinderischer Akribie getötet hatte. Irgendwie hatte Wagner damit gerechnet, der Spielmann würde den Raum mit der Aura eines Hannibal Lecter erfüllen. Was er stattdessen bot, empfand Wagner mehr oder weniger als Enttäuschung.

»Ich bin der leitende Staatsanwalt«, fing Krause an. Während er redete, machte er sich Notizen, dabei hatte die eigentliche Vernehmung noch gar nicht angefangen. »Angesichts der Ereignisse in der Stadt hegen wir den Verdacht, dass Sie sich dazu äußern wollen. Ist das so weit richtig?«

Anders als in den letzten Stunden wirkte Krause gelassen und souverän, fast ein bisschen überheblich. Vermutlich fühlte er sich sicher, weil sein Gegenüber an Händen und Füßen gebunden war und draußen auf dem Flur zusätzlich das bewaffnete SEK patrouillierte. Mit hochgezogener Augenbraue wartete er auf eine Antwort.

»Das ist richtig«, sagte Herzig ebenso ruhig wie der Staatsanwalt.

Krause schob ihm das Deckblatt der Zeugenvernehmung mit ausgefülltem Kopfbogen über den Tisch. »Hier stehen Ihre Personalien. Sind diese korrekt?«

Der Häftling schwenkte nur einen flüchtigen Blick darüber. »Warum wollen Sie mich als Zeugen anhören?«

Krause lehnte sich im Stuhl zurück und verschränkte die Arme. »Als was sollten wir Sie sonst vernehmen?«

Darauf schüttelte Herzig nur den Kopf. »War nur so ein Gedanke.«

»Bestehen Sie auf einem Anwalt?«

Wagner konnte nicht glauben, dass der Staatsanwalt diese Frage stellte. Falls Herzig jetzt bejahte, würden sie noch mehr Zeit verplempern.

Doch zum Glück sagte der Gefragte: »Ich brauche keinen Anwalt mehr. Aber Sie vielleicht ...«

»Wie darf ich das verstehen?«, fragte Krause, und zum ersten Mal schien er unsicher.

Statt zu antworten, kratzte Herzig sich die Nase, wobei er den Kopf weit hinunterbeugen musste, weil die Ketten der Fesseln seinen Bewegungsspielraum einschränkten. Als er wieder aufschaute, war da plötzlich dieses Hannibal-Lecter-Lächeln, mit dem Anthony Hopkins in *Das Schweigen der Lämmer* unzähligen Kinozuschauern einen kalten Schauer über den Rücken gejagt hatte.

»Ich möchte mit Franz Donner reden«, sagte Herzig, statt die zuvor gestellte Frage zu beantworten.

Krause schaute zur Seite, in Richtung des venezianischen Spiegels. Offenbar überraschte ihn die Forderung.

»Das ist unmöglich«, erwiderte Krause. »Herr Donner senior ist nicht mehr im Polizeidienst. Er darf keine Vernehmung führen.«

»Falls Sie das nicht entscheiden können, holen Sie mir diesen bayerischen Beamten hinzu. Dann unterhalte ich mich mit dem weiter. Am Telefon klang er zumindest kompetenter als Sie.«

Schlagartig wurden Krauses Augen schmal. »Herr Herzig, Sie verkennen die Lage. Sie sind Gefangener einer JVA und das hier ist nicht Ihre Bühne. Ich möchte, dass wir vernünftig miteinander umgehen.«

»Und ich möchte gern Franz Donner an den Ort führen, der alles beendet. Möchten Sie das nicht auch?«

Stille.

Wieder schweifte Krauses Blick fieberhaft im Zimmer umher, bis er abermals am Spiegel hängen blieb. Sekundenlang schien er zu keiner Erwiderung fähig.

»Das ist doch alles Quatsch!«, brauste Wagner auf, trat zwei Schritte vor und hämmerte die Faust auf den Tisch. »Genug der Spielchen! Sie reden jetzt und erzählen uns alles über *Death Rescue* oder es wird für Sie gleich sehr ungemütlich.«

»Herr Wagner!«, ermahnte Krause ihn. Mehr brachte der Staatsanwalt nicht heraus.

Der Einzige, den die Situation völlig unbeeindruckt ließ, war Konopka. Der Kriminalbeamte pulte sich im Ohr und zauberte aus seinem Mund eine Kaugummiblase, die sogleich geräuschvoll platzte.

»Der Kerl führt uns doch an der Nase herum«, bedrängte Wagner Krause. »Merken Sie das denn nicht? Nehmen Sie ihn endlich in die Mangel.«

»Dürfte ich ein Glas Wasser haben?«, fragte Herzig unaufdringlich, als hätte es Wagners Wutausbruch eben nicht gegeben.

»Bringen Sie dem Mann ein Wasser«, befahl Krause hörbar erleichtert über den Einwurf.

»Ihnen werde ich garantiert kein Glas in die Hand geben«, bekundete Wagner, als er das Zimmer verließ, um sich von den Zuschauern im Nebenraum einen Trinkbecher reichen zu lassen.

Zwei Minuten später kehrte er zurück in das Vernehmungszimmer. Offenbar hatte er nichts verpasst. Er stellte Herzig das Wasser hin.

»Sonst noch Wünsche?«, fragte er sarkastisch.

»Einen Kaugummi, falls das möglich wäre«, kam es prompt wie bei einer Schmierenkomödie.

Krause verdrehte die Augen. Kopfschüttelnd trat Wagner beiseite. Dafür konnte sich endlich Konopka in die seltsame Vernehmung einbringen. Aus seiner Brusttasche fingerte er eine

Packung Kaugummis, zog einen Streifen heraus und legte ihn neben den Wasserbecher.

»Pfefferminzgeschmack, der hilft gegen alles.«

Herzig bedankte sich bei Konopka, wickelte den Kaugummi umständlich aus und schob ihn in den Mund.

»Können wir uns nun anständig unterhalten?«, fragte Krause.

»Wie gesagt, ich rede nur mit Franz Donner. Erinnern Sie ihn daran, dass ich noch etwas gut bei ihm habe.«

Wagner schüttelte stumm den Kopf. Ihm war klar, dass Hannibal Lecter längst die Vernehmungsführung übernommen hatte.

KAPITEL 51

Auf der Suche nach Peter Peschel lief Donner kreuz und quer über das Klinikgelände. Er kam bis zum Waldrand und blieb vor dem dortigen Teich stehen. Ohne Taschenlampe brauchte er keinen Schritt weiterzugehen. Und selbst wenn er eine bei sich hätte, stellte sich die Frage, ob er mit dem wenigen Licht den vermissten Patienten finden würde.

Beim Lagezentrum hatte er bereits nach einem Fährtensuchhund gefragt, allerdings waren die beiden Polizeihunde, die sich im Dienst befanden, durch die großräumige Suche nach Malte mittlerweile ermüdet. Mindestens sechs Stunden Erholung standen zwingend für die Vierbeiner an. Einen Ersatzsuchhund hätte man von der Nachbardirektion anfordern müssen, doch bis der aus Zwickau eintreffen würde, ginge zu viel wertvolle Zeit ins Land.

Missgestimmt lief Donner den Weg zurück zur psychiatrischen Station, aus deren Räumlichkeiten Peschel verschwunden war.

Das Handyklingeln durchbrach die Regengeräusche.

Es war Forchner, der völlig überhastet sprach und versuchte, ihm etwas zu erklären. Es dauerte eine Weile, bis Donner begriff, dass Anne sich in höchster Gefahr befand.

Im Sportforum löschte Kolka das Licht der Taschenlampe. Sie konnte nicht zurück zu ihrem Audi. Aus der Ferne sah sie, wie eine Personengruppe den Wagen belagerte. Dem Krach nach zu urteilen waren sie auf Streit aus. Trotz des Regens hörte sie zwei Worte deutlich heraus: Schlampe und fertigmachen.

Die werden doch nicht ernsthaft eine Polizistin angreifen, oder?

Sie schaute an sich hinunter. Selbst wenn sie eine Uniform getragen hätte, war es fraglich, ob man ihrer Version glauben schenkte. Besser, sie wedelte gar nicht erst mit ihrer Kripomarke. Stattdessen prüfte sie den richtigen Sitz ihrer Pistole im Holster. Gladbecks kurzem Bericht nach galt sie im Internet als Horrormutter, die ihren Sohn verwahrlosen lassen und schlussendlich der Gewalt eines Fremden überlassen hatte. Durch diese Falschmeldung war sie zur Zielscheibe selbst ernannter Moralapostel und Vollstrecker geworden. Folglich würden die Männer und Frauen vor dem Tor ihren Erklärungsversuchen höchstens mit Aggression begegnen.

Gerade als sie sich nach einem Fluchtweg aus dem Stadion umsehen wollte, nahm sie hinter sich Stimmen wahr. Nur Augenblicke später erfasste sie der Schein von Taschenlampen.

»Da ist die Hexe!«, kreischte eine Frau.

Die Jagd begann.

Im Vernehmungsraum der KPI nahm Jonny Herzig mit klopfendem Herzen zur Kenntnis, dass man Franz Donner herbeiholte. Artig bedankte er sich bei Staatsanwalt Krause, der ihm die frohe Kunde persönlich überbrachte.

»Ich weiß diese Ausnahme sehr zu schätzen«, sagte Herzig mit einer gefälligen Verbeugung. »Sie werden es nicht bereuen.«

»Ach ja?«, antwortete Krause und hielt die Zimmertür auf. »Warum bereue ich es dann schon jetzt?«

Franz Donner trat ein. Er war grau und dürr geworden. Herzig musste zweimal hinsehen, um sich zu vergewissern, dass man nicht versuchte, ihn mit einem schlechten Double hinters Licht zu führen. Doch schließlich fand er in den Augen des Mannes den erbarmungslosen Blick, den er von früher kannte. Genau so, wie einst Clint Eastwood als Revolverheld in die Kamera geblickt hatte.

»Mein lieber Herr Donner, kommt Ihnen die Situation nicht bekannt vor?«

Der alte Kommissar schaute links und rechts, dann zur Decke und zum Fußboden. »Die Tapete ist neu.«

Jetzt bemerkte es Herzig auch. Das Schicksal hatte sie in demselben Raum von einst zusammengeführt, als er den beiden Kriminalbeamten einen Kronkorken hingespuckt hatte. »Wie viele Jahre sind seitdem vergangen? Vierzehn? Sind Sie mit Ihren Ermittlungen inzwischen weitergekommen?«

»Ich bin im Ruhestand.«

»Das wundert mich, wo Sie doch eigentlich gar nichts erreicht haben.«

Franz Donner kam nicht dazu, zu argumentieren, dass er den Spielmann überführt hatte.

»Fassen Sie sich bitte kurz«, schritt Krause ein, der Einzige, der sich jetzt noch mit beiden im Zimmer befand. »Sie kennen die Abmachung.«

Es gab keine Abmachung zwischen Herzig und dem Staatsanwalt. Keine echte. Es gab nur eine Sache, die er mit Franz Donner zu klären hatte. Eine äußerst persönliche Sache ...

»Bitte, nehmen Sie Platz!«, bot Herzig dem Pensionär den Stuhl auf der anderen Seite des Tisches an.

Sehr zu Herzigs Wohlgefallen setzte Franz Donner sich tatsächlich. Von seinem Stuhl blickte er voller Abneigung herüber.

»Also, weshalb wollten Sie unbedingt mit mir sprechen?«

»Mittlerweile brauche ich Sie nicht mehr zu fragen, ob Sie Ihren Job noch lieben, schließlich sind Sie kein Kriminalbeamter mehr.«

»Kriminalbeamter außer Dienst klingt jedenfalls besser als Serienmörder im Knast.«

Angesichts der gelungenen Parade streckte Herzig anerkennend einen Finger in die Luft. »Was würden Sie tun, wenn Sie alles verlieren würden?«

»Darauf werde ich nicht antworten, denn die Frage zielt auf die Möglichkeitsform ab.«

»Ach, kommen Sie, haben Sie etwa den Notizzettel vergessen, den ich Ihnen damals durch einen meiner Zaubertricks habe zukommen lassen?«

»Was denn für einen Notizzettel?«, wollte der Staatsanwalt wissen, doch weder Donner noch Herzig antworteten.

Stattdessen deutete Herzig auf sein Gebiss. »Hier! Zwei fehlende Zähne habe ich Ihrer damaligen Entgleisung zu verdanken. Ich habe Sie gedeckt. Mittlerweile ist die Sache verjährt, trotzdem schulden Sie mir dafür einen Gefallen. Sie sollen sich von mir lediglich an einen Ort führen lassen. Ganz einfach. An den Ort, der alles aufklärt und beendet. Nur wir beide.«

»Das werde ich nicht zulassen«, schritt Krause ein. »Keinesfalls wird er mit Ihnen allein irgendwo hingehen.«

Franz Donner stand auf und ging zur Tür. »Ich denke darüber nach.«

Herzig nahm es mit einem Nicken zur Kenntnis, doch er wusste bereits, dass die Sache längst entschieden war. Franz Donner war neugierig und der Staatsanwalt verzweifelt.

»Eine Frage hätte ich noch, bevor Sie gehen«, hielt Herzig seinen alten Widersacher auf. »Haben Sie den Schlüssel noch, den ich Ihnen damals gab?«

Die Blicke von Franz Donner und des Staatsanwalts trafen sich.

Herzig deutete die Reaktion der beiden auf seine Weise. Vermutlich lag der Schlüssel in irgendeiner Asservatenkammer.

Fitz beobachtete, wie die Feuerwehrleute versuchten, den Leichnam aus dem Tankbehälter zu bergen. Die ganze Aktion würde mindestens noch eine halbe Stunde dauern. Bisher kannte er nicht einmal den Namen des Toten. Falls es sich um eine echte Uniform und einen richtigen Justizvollzugsbeamten handelte, konnten eventuell ein paar Telefonate in den sächsischen Gefängnissen zur Klärung der Identität beitragen. Momentan war nur eine Sache sicher: Anhand des getrockneten Blutes an den abgetrennten Fingergliedern konnte Fitz zweifelsfrei davon ausgehen, dass man die Körperteile schon vor wesentlich längerer Zeit abgeschnitten hatte. Im Nachhinein realisierte er, dass er lediglich seinen eigenen Schrei vernommen hatte, als der Körper samt Stuhl hinabgestürzt war. Demnach waren auch die Videosequenzen, die er bei *Death Rescue* gesehen hatte, zu einem früheren Zeitpunkt aufgenommen worden.

Somit bestand die Möglichkeit, dass der Mann nicht bei dem Sturz in den Tank, sondern bereits zuvor aufgrund starker Blutungen ums Leben gekommen war. Das machte zwar den Tod selbst nicht besser, aber es beruhigte Fitz' Gewissen erheblich.

Letztlich würden die Tatrekonstruktion, die Tatortuntersuchung und spätestens die Leichenschau Klarheit über die Todesumstände bringen.

Unterdessen beschäftigten Fitz die Zahlen, die jemand absichtlich hinterlassen hatte. Er nahm seinen Notizblock zur Hand, auf den er inzwischen die Zahlen 1780, 1635, 1448 und die Worte EHESTUTE, EHEMATTE, EDELNUTTE und EKELRITT geschrieben hatte. Sobald er hier fertig war, würde er die bisherigen Zeichenfolgen Olaf Gladbeck zeigen. Vielleicht konnte der Computerspezialist etwas mit ihnen anfangen.

Er kam nicht dazu, länger über mögliche Kombinationen und Symboliken nachzudenken, denn Staatsanwalt Krause rief ihn persönlich an. Er sollte dringend auf die Hartmannstraße zum Polizeirevier Nordost kommen.

Erleichtert nahm Peter Peschel zur Kenntnis, dass der Kommissar vom Teichufer weglief. Dabei war er ihm schon ganz nah gewesen. Halb unter einem Gebüsch, halb unter einem Laubhaufen lag Peschel und wartete. Vom Mondlicht angestrahlt, hatte er die grässlichen Narben im feucht glänzenden Gesicht seines Verfolgers gesehen. Der Kommissar war groß und breit und er hatte geschnauft wie ein Monster.

Jetzt war es vorbei.

Peschel löste sich vom Erdboden und putzte sich Schmutz und Blätter von der Kleidung. Dank überfüllter Betten und chronisch überlasteter Krankenschwestern war er aus der Psychiatrie entkommen. Er hatte der Ärztin beim Aufnahmegespräch das erzählt, was sie hören wollte. Schließlich kannte er die Prozedur. Vor Jahren war er schon einmal hier gewesen. Daraufhin war er auf die gelockerte Station gekommen, auf der man sich frei bewegen konnte.

Über die geglückte Flucht freute er sich diebisch.

Jetzt war es vorbei. Mit fürchterlichen Gedanken huschte er durch den Regen in die Nacht.

KAPITEL 52

Fünf Streifenwagen mit Blaulicht und Sirenengeheul brausten die Reichenhainer Straße entlang. Mittendrin fuhr Donner mit seinem Volvo, dessen quietschende Scheibenwischer gegen den Regen ankämpften. Obwohl Lichtenberg mit dem Einsatzleitungsfahrzeug ganz vorn mächtig aufs Gas trat, dauerte Donner die Fahrt zu lange. Er war halb krank vor Sorge um Anne. Hoffentlich erreichten sie das Sportforum, bevor ihr etwas zustieß. Während er das Lenkrad hielt, wählte er ununterbrochen ihre Nummer. Sie ging nicht an ihr Handy.

Donner wäre auch allein hergefahren, aber Forchner hatte so lange auf den Fußball-Einsatzleiter eingeredet, bis der zähneknirschend ein paar Kräfte abgezogen hatte. Trotz der Unruhen in der Stadt, weil Fans von Lok Leipzig mit Anonymousmasken und Bengalos durch das Zentrum zogen. Laut Einsatztagebuch waren bereits mehrere Schaufensterscheiben demoliert worden, zwei parkende Autos in Flammen aufgegangen, und an die Rathaustür hatte jemand in gelber Leuchtfarbe *Sklavenstadt* gesprüht. Dafür hatte die Polizei die Nase vom Karl-Marx-Monument auf der Brückenstraße vor dem Mob retten können.

Im Augenblick hätte Donner jedoch gern Marx' Nase für Annes und Maltes Rettung geopfert.

Oder wenigstens die Nase vom alten Fitz. Die stört ihn sowieso beim Atmen.

Endlich erreichte der Polizeikonvoi das Eingangstor des leeren Stadions. Die ersten Personen, die am Zaun standen, rannten fluchtartig davon, als sie das Blaulicht bemerkten. Ein harter Kern aus Randalierern und Jägern blieb mutig stehen und begrüßte die anrückenden Polizisten mit ausgestreckten Mittelfingern und Beschimpfungen. Donner sprang noch vor allen anderen Kollegen aus dem Wagen und stürzte zu der Gruppe, die Annes Audi umringten. Man brauchte kein Kfz-Fachmann zu sein, um zu erkennen, dass die Dellen im Türblech und im Kotflügel von Fußtritten stammten. Auch fuhr Anne garantiert niemals mit abgeknickten Scheibenwischern und zerstörten Außenspiegeln herum.

Die mutwilligen Beschädigungen machten Donner umso wütender. Ohne auf Unterstützung zu warten, lief er auf die Wand von acht Männern zu. Darunter kannte er zwei, die sich bereits bei der Verfolgung des Hundes aus dem Tierheim mit der Polizei angelegt hatten. Offenbar waren sie rasch aus der Gewahrsamszelle entlassen worden, weil das Polizeirevier Südwest personalmäßig mal wieder so dünn aufgestellt war, dass der Dienstgruppenführer keinen Beamten für eine dauerhafte Bewachung abstellen konnte.

»Ihr könnt gleich wieder abzischen!«, skandierte einer aus der Gruppe. »Öffentliches Interesse nenn…«

Die nachfolgenden Worte blieben dem Sprecher in der Kehle stecken, als Donner ihn am Hals packte und unsanft gegen die Karosserie drückte. Dafür fing er sich von der Seite einen Fausthieb ein. Kaum beeindruckt vom Schlag, schüttelte er sich kurz und antwortete mit einem Fußtritt in die Magengegend des Angreifers. Sofort darauf griffen seine Kollegen ein und legten den Provokateuren Handschellen an. Aus dem Augenwinkel nahm er wahr, dass Forchner sich um den Kerl kümmerte, der

Donner geschlagen hatte. Fast freundschaftlich erkundigte sich der Außendienstleiter, ob es ihm so weit gut ginge, während sich der Gefragte vor Schmerzen am Boden krümmte.

»Du wolltest mir etwas sagen?«, schnauzte Donner unterdessen den Mann an, den er noch immer mit einer Hand festhielt. »Dann red endlich! Wo ist die Kollegin, der dieser Audi gehört?«

»Kollegin?«, kam es gurgelnd zurück.

»Ja, sie ist Polizistin.«

»Scheiße, die Alte soll ihren Sohn umgebracht haben. Steht überall im Netz.«

»Hast du Weichmacher geschluckt, du Gehirnhupe? Schon mal was von Fake News gehört?«

»Ist mir scheißegal, die bekommt, was sie verdient.«

Donner konnte es nicht fassen, was der andere für einen Blödsinn von sich gab. Seine freie Hand bildete eine Faust. Allzu gern hätte er dem Idioten eine verpasst, aber dann hätte er sich wegen Körperverletzung im Amt verantworten müssen. Trotz immenser Wut im Bauch lockerte er den Griff und übergab den Mann an einen Kollegen, damit man ihn mit den anderen abführte.

Er schaute zwischen den Zaunstäben hindurch auf das Sportgelände. Obwohl die Fahrzeuge den Bereich, so gut es ging, ausleuchteten, sah er nur Dunkelheit.

Auf einmal trat Lichtenberg neben ihn. »Willst du hier Wurzeln schlagen, oder suchst du eine Steighilfe, die dir über den Zaun hilft?«

Auffordernd hielt er Donner seine großen Hände als eine Art Trittstufe hin.

Kapitel 53

Die Angst trieb Kolka vorwärts. Minutenlang rannte sie schon. Unterwegs hatte sie sich die Haut an Mauerkanten aufgeschürft und vom Gestrüpp einen Zweig ins Auge bekommen. Dadurch war sie zeitweilig halb blind umhergeirrt. Erst als sie den historischen Marathon-Turm erreicht hatte, gönnte sie sich eine Verschnaufpause. In Anlehnung an die Architektur des Nationalsozialismus bezeichnen einige das Bauwerk als *Führerturm*, obwohl nicht einmal eindeutig belegt war, dass er aus dieser Epoche stammte.

Unabhängig vom geschichtlichen Hintergrund boten die Turmbögen Kolka für den Moment Deckung. Von ihren Verfolgern war nichts mehr zu hören oder zu sehen. Sie waren zu fünft gewesen. Vier Männer und eine Frau.

Sie holte ihr Handy hervor, um Unterstützung zu rufen. Auf dem Display leuchteten zehn verpasste Anrufe. Allesamt von Erik. Selbst wenn sie das Gerät nicht auf Lautlos geschaltet hätte, wäre es ihr während der Flucht unmöglich gewesen, sich mit ihm zu unterhalten.

Sie wählte den Rückruf.

Noch bevor das Rufzeichen ertönte, traf sie etwas am Hinterkopf. Augenblicklich wurde ihr schwarz vor Augen. Als sie zu sich kam, fand sie sich am Erdboden wieder. Über ihr standen zwei Männer mit Holzknüppeln.

»Für Hilfe ist es leider zu spät«, sagte einer der beiden.

Es knirschte erschreckend in ihren Ohren, als er ihr Handy, nach dem sie die Hand ausstreckte, mit seinem schweren Springerstiefel zertrat.

»Was wollt ihr?«, krächzte sie und versuchte gleichzeitig wegzukriechen.

»Vielleicht deinen Tod, du Schlampe«, vernahm sie nun eine Frauenstimme hinter sich. Kolkas Fluchtweg war versperrt. »So wie du deinen Sohn umgebracht hast.«

»Ich habe was?«, stammelte sie.

»*Death Rescue* weiß alles über dich«, kam die Antwort. »Du hättest deinen Sohn retten können, das weißt du. Aber du hast nichts für ihn getan.«

Sie konnte kaum erfassen, was die Frau da für einen Schwachsinn redete. Sie begriff jedoch, dass die fünf Fremden es ernst meinten und ihren Blicken nach zu allem entschlossen waren. Vermutlich war ihr Verstand vollkommen ausgeschaltet, nachdem *Death Rescue* ihnen irgendwelche Lügen eingeimpft hatte. Kolkas letzte Rettung war ihre Dienstwaffe. Blitzschnell griff sie in ihre Jackeninnenseite. Doch in der Hektik verkeilte sich die Waffe im Holster.

Bevor sie auch nur den Hauch einer Chance zur Verteidigung bekam, wuchtete einer der Männer ihr seine Faust in die Magengrube. Ein anderer packte sie an den Haaren. Es folgte eine Ohrfeige. Die Männer johlten, die Frau geiferte.

»Ja, besorgen wir es der Hexe und holen uns unsere Belohnung ab!«, sagte einer aus der Gruppe. »Gibt fünftausend Piepen.«

Längst konnte Kolka nicht mehr zuordnen, wer redete. Zu benommen und verletzt war sie.

»Los, mach ein Beweisvideo, aber pass auf, dass man meine Fresse nicht sieht!«

»Okay, ich halte mit dem Handy drauf. Das wird ein geiler Streifen.«

Jemand verdrehte ihr die Arme auf dem Rücken. Die Frau betatschte sie am Körper.

Scheiße, meine Pistole!

Zu spät.

»Fuck, die Hure hat 'ne Knarre!«

Schon fuchtelte die Frau mit der Waffe vor Kolkas Gesicht herum. »Das ist ein Bulle!«

»Auch das noch.«

»Fuck, spielt keine Rolle«, entschied die Frau, die von Anfang an den Ton angab und die Männer nach Belieben kommandierte. »Entweder beichtet sie und erzählt den Leuten da draußen, wie sie ihren Jungen allein gelassen hat, oder wir schlagen sie tot.«

»Ich habe nichts getan«, verteidigte Kolka sich.

Klatschend landete eine Hand in ihrem Gesicht.

»Um dich ist es nicht schade, Fotze. Los, macht sie alle!«

Die Meute lachte, während man sie an Armen und Haaren festhielt und Schläge auf sie einprasselten. Ihre Lippe platzte auf, ihre Rippen meldeten sich mit stechendem Schmerz. Ein Fausthieb presste ihr sämtliche Luft aus der Lunge.

Kurz bevor sie erneut die Besinnung verlor, nahm sie hinter ihren Peinigern eine Bewegung wahr. Zuerst hielt sie den Mann, der wie ein dunkler Rächer über die Gruppe kam, für eine Einbildung, aber er war so real wie ihre Schmerzen.

Erik war wahrlich kein Monster, aber in diesem Moment war sie froh, dass er manchmal das entsprechende Temperament und die Rohheit besaß.

Auf einmal lockerte sich der Griff an ihren Gliedern und sie fiel vornüber zu Boden. Zur gleichen Zeit rammte Erik einem der Männer seinen Ellenbogen gegen den Kehlkopf. Röchelnd sackte der Getroffene zusammen. Einen weiteren Angreifer packte er bei den Ohren und hämmerte ihm seinen Schädel ins Gesicht. Ein Nasenbein knackte, gefolgt von einem Blutschwall.

Kolka versuchte sich aufzurappeln, um ihm zu helfen, denn als Einzelner konnte er unmöglich gegen die gesamte Gruppe bestehen, doch die Beine versagten ihr den Dienst. Zu ihrer Erleichterung stellte sie fest, dass zusätzlich Ben Lichtenberg zu ihrer Rettung eintraf. Der Hüne stand Erik in Sachen Kompromisslosigkeit und Brachialgewalt in nichts nach und kümmerte sich mit beherzten Schlägen und Tritten um die Männer. Lichter von Taschenlampen tanzten hektisch in der Nacht.

»Aufhören!«, schrie die Frau, die der Gruppe zuvor die Kommandos gegeben hatte.

Lichtenberg griff der Wortführerin in die Haare, da löste sich plötzlich ein Schuss. Auf das Echo folgte Totenstille. Erst Sekunden später registrierte der Gehilfe des Außendienstleiters den Streifschuss an seinem Oberarm. Noch immer hielt er die Frau fest. Erschrocken und wimmernd ließ sie die Waffe fallen.

Niemand teilte jetzt noch Schläge oder Schmähungen aus. Es war, als hätte jemand den Ringgong am Ende eines Boxkampfes geläutet.

»Seid ihr alle des Wahnsinns?«, schrie Donner die Gruppe an. »Ist es das, was ihr wolltet? Erst Blut und dann einen Toten?«

Betroffenes Schweigen.

Lichtenberg biss auf die Zähne. Er wankte, blieb aber auf den Beinen. Inzwischen stand auch Kolka wieder. Sie trat an seine Seite, um ihn zu stützen, doch sie knickte vor Schwäche beim Laufen ein.

Vermutlich vom Schuss alarmiert, tauchten weitere Polizisten am Marathon-Turm auf. Für einen Moment schien die Situation erneut zu kippen, weil sich die Gruppe nicht widerstandslos festnehmen ließ. Zum Glück war das Polizeiaufgebot ausreichend groß, um die Kontrolle zu gewinnen.

Endlich konnte Erik sie in den Arm nehmen. Er strich ihr die schwarzen Haare aus dem Gesicht und wischte ihr mit dem Daumen Blut vom Kinn. »Gott, was machst du nur für Sachen?«

»Ich wollte Malte finden«, wisperte sie.

Er gab ihr einen Kuss auf ihre verletzten Lippen, was sie zu einem leichten Schmerzlaut nötigte. »Und das werden wir auch.«

Nur Augenblicke später veränderte sich die Situation erneut, als sich plötzlich ein Mobiltelefon in seiner Manteltasche meldete.

»Das gibt es doch nicht!«, stieß Erik aus und hielt ihr sogleich das Handy mit der App hin.

Es war wieder aktiv und wartete darauf, dass die Mitspieler ihre Bereitschaft per Daumenabdruck nachwiesen.

KAPITEL 54

Im Polizeirevier Nordost erwartete bereits der Staatsanwalt samt einem ganzen Tross, bestehend aus hiesigen Streifenpolizisten, Kriminalbeamten und sogar SEK-Leuten, die Ankunft von Fitz.

»Und warum soll ausgerechnet ich für Hannibal Lecter das Kindermädchen spielen?«, fragte Fitz, nachdem Krause ihn zur Seite genommen und ihm wie beiläufig mitgeteilt hatte, dass er und Franz Donner zusammen mit Jonny Herzig zu einer unbekannten Örtlichkeit fahren sollten. »Ich bin vielleicht alt und entbehrlich, aber nicht blöd.«

Daraufhin legte Krause ihm die Hand freundschaftlich auf die Schulter – wie ein falscher Freund. »Ach was, wir alle schätzen Ihre Art der Diplomatie und Ihren kriminalistischen Spürsinn. Nicht wahr?«

Niemand von den Umstehenden pflichtete ihm bei.

»Schmieren Sie sich Ihren Honig unter Ihre Schuhsohlen«, entgegnete Fitz. »Dadurch kommen Sie vielleicht galanter durchs Leben.«

»Gut, dann muss ich halt anders mit Ihnen reden.« Krause zog die Hand weg und richtete sich den Schlips. »Herzig hat darauf bestanden, dass Sie mitfahren. Ich verstehe auch nicht, was er an Ihnen findet, aber die Sache ist bereits entschieden und mit Ihrem Vorgesetzten, diesem Börnemann, abgestimmt.«

»Da pfeife ich drauf.«

»Unter uns, Sie können doch gar nicht pfeifen.«

»Kennen Sie den Film *Sieben* mit Morgan Freeman und Brad Pitt?«, lenkte Fitz von seinem Gesundheitszustand ab.

»Nie gehört«, antwortete Krause. »Aber ich kenne die Zehn Gebote.«

»Immerhin etwas«, murmelte Fitz.

»Wieso, was passiert in dem Film?«

»Da kutschieren die beiden Cops den inhaftierten Serienkiller ebenfalls durch die Gegend, um am Ende alles zu verlieren.«

»Bloß gut, dass das hier kein Film ist.«

»Meine Frau hätte dazu die passende Erwiderung. Sie sagt nämlich immer: An irgendeiner Stelle in deinem Leben ruft irgendjemand ›Schnitt‹, und dann merkst du, dass du die ulkige Nebenrolle in einer Uwe-Boll-Produktion bist.«

»Herr Fitz«, seufzte Krause. »Falls Sie das durchziehen, lade ich Sie zusammen mit Ihrer Frau als Ehrengäste zur jährlichen Spendengala im Rathaus ein. Dort gibt es Häppchen und Champagner. Sie würden uns einen riesigen Gefallen tun. Natürlich begleitet das SEK Ihr Fahrzeug.«

»Hm, genau wie in *Sieben*. Nur mit dem Unterschied, dass die sogar einen Hubschrauber hatten.« Fitz schaute an ihm vorbei. Die Mienen der anderen verrieten ihm, dass alle auf seine Entscheidung warteten. »Statt etwas von mir zu verlangen, hätten Sie sich in der Zwischenzeit lieber um die Archivakten und diesen verdammten Schlüssel mit den Buchstaben EETT kümmern sollen.«

»Wissen Sie, dass ich Sie mittlerweile wirklich mag?«

Fitz wurde ernst. Nicht wegen des seltsamen Kompliments, sondern weil ein Signalton aus seiner Jackentasche erklang.

Er griff hinein und holte das Mobilgerät mit der Nummer 5 heraus. Es war wieder aktiv.

»Was ist denn los?«, wollte Krause wissen, der bemerkte, dass etwas nicht stimmte.

»Schnell, geben Sie mir Ihren Stift!«

Obwohl Krause nicht verstand, fingerte er in der Brusttasche seines Jacketts und reichte ihm den darin steckenden Kugelschreiber.

Kurzerhand zerstach Fitz mit der Mine das Auge der Handykamera, weil er um nichts auf der Welt mehr sein Gesicht in die Öffentlichkeit stellen wollte. »Das Ding war eh kaputt.«

Anschließend drückte er seinen Daumen auf das Display. Laut dem darauffolgenden Text gab *Death Rescue* den Mitspielern eine zweite Chance. Wobei er liebend gern um ein neues Paar Schuhe gewettet hätte, dass es sich um keine echte Chance handelte. Oder zumindest um keine faire …

»Beeilen wir uns!«

»Woher der plötzliche Aktionismus?«, stotterte Krause. »Ich verstehe nicht …«

»Nein, tun Sie wirklich nicht«, antwortete Fitz und zog ihn mit sich zu den anderen. Dort trat er unmittelbar vor Franz Donner. »Also gut, Herr Donner senior, offenbar hat der Herr Staatsanwalt zwei Todesmutige gesucht und gefunden.«

Der Pensionär nickte entschlossen. »Holen wir den Spielmann aus der Zelle.«

Gemeinsam mit Krause gingen sie in den Kellerbereich, wo sich die Gewahrsamszellen des Polizeireviers befanden. Bewacht von vier SEK-Beamten, betraten sie die Räumlichkeiten. Der Streifenbeamte, der für Herzigs Unterbringung verantwortlich war, die Kontrollzeiten notierte und sich um den Papierkram kümmerte, klapperte mit dem Zellenschlüssel gegen die Stäbe.

»Aufstehen! Es geht los!«

Trotz der Aufforderung rührte Herzig sich nicht. Er lag friedlich auf der Holzpritsche. Seine Hände waren wie bei einem Gebet auf dem Bauch gefaltet.

»Wann waren Sie zuletzt bei ihm?«, fragte Fitz, weil es ihm seltsam vorkam, dass der Häftling seelenruhig liegen blieb, obwohl endlich seine große Stunde schlug.

»Vor fünfzehn Minuten. Steht alles im Protokoll.«

»Protokolle können lügen. Schließen Sie einfach auf.«

Fitz war nicht scharf auf das anstehende Theater. Herzig wollte ihn und Donner senior zu einem Ort führen, der die Morde in der Vergangenheit und der Gegenwart erklärte. Das hatte er hoch und heilig versprochen. Seine einzige Bedingung war, dass Franz Donner persönlich dabei war. Warum ausgerechnet Fitz den Chauffeur spielen sollte, blieb ihm ein Rätsel. Wahrscheinlich hatte Herzig einen Narren an ihm gefressen – genau wie der Staatsanwalt, der bisher ebenfalls eher eine Witzfigur abgegeben hatte.

Die Zellentür schwang auf.

Fitz trat als Einziger ein, weil sich von den anderen keiner bewegte.

»Herr Herzig, Ihr Auftritt«, sprach er den Häftling an.

Keinerlei Reaktion.

Schließlich tippte er den Schlafenden an. Als auch das nichts brachte, war sein kriminalistischer Spürsinn für Tod vollends geweckt. Sicherheitshalber beugte er sich über Herzig und befühlte die Halsschlagader. Sofort darauf riss er sich den Mantel von den Schultern und begann mit den Wiederbelebungsmaßnahmen.

»Was ist denn hier los?«, fragte Krause.

»Verdammt, ruft einen Notarzt!«, schrie Fitz die drei Zuschauer an, die an der Zellentür warteten wie die Kuh vor dem neuen Tor.

»Ist er tot?«

Die Antwort gab der Notarzt dem Staatsanwalt zwanzig Minuten später mit Gewissheit. Jonny Herzig war tot.

Als Fitz sich in der Zelle umsah und dabei in die Toilettenschüssel schaute, fand er etwas im Spülwasser. Einen ausgespuckten Kaugummi.

KAPITEL 55

Während der Notarzt Annes Verletzungen im Rettungswagen versorgte und gleichzeitig etliche Uniformierte die festgenommenen Störer abführten, stand Donner beim Einsatzleiterfahrzeug. Zusammen mit dem Außendienstleiter besprach er das weitere Vorgehen. Wachsam hielt er das Mobiltelefon in der Hand, auf dem die Animation mit der Spieluhr lief. Die App bereitete das nächste Level vor. Und damit eine neue perverse Aufgabe für das Team.

»Sobald die Typen abgearbeitet sind«, sagte Donner und nickte hinüber zu den Streifenwagen, in die man nacheinander die in Handschellen gelegten Personen setzte, »müsst ihr unbedingt Peter Peschel finden.«

»Wie stellst du dir das vor, Erik?«, fragte Forchner. »Ich habe hier einen angeschossenen Gehilfen zu versorgen …«

»Ist halb so schlimm«, wandte Lichtenberg ein. Gegen eine Behandlung der Schusswunde im Krankenhaus hatte er sich entschieden gewehrt und stattdessen seinen Arm mit Desinfektionsmittel und Verbandzeug vor Ort behandeln lassen.

»… und wir haben viel zu wenig Personal«, redete Forchner weiter. »Du siehst ja, was hier los ist. Wir haben bereits Probleme, die ganzen Leute auf die Gewahrsamszellen der Reviere zu verteilen. Dazu hetzen unsere Kriminaltechniker von einem Tatort zum nächsten. In einer Fabrikruine wartet noch der Leichnam eines unbekannten Justizvollzugsbeamten auf die Kollegen. Selbst die Tatortgruppe vom LKA hat sich bei mir schon beschwert, weil sie ständig neue Aufträge bekommen. Zwei Streifenbesatzungen vom Revier Nordost untersuchen Peschels Verschwinden aus der Psychiatrie. Mehr Personal ist derzeit nicht verfügbar.«

Natürlich wusste Donner haargenau, wie Polizeiarbeit funktionierte und wie mühsam, zeitaufwendig und kräfteraubend sich Ermittlungen insbesondere nach Tötungsdelikten gestalteten. Ein Serienkiller, der Menschen bestialisch tötete und die Polizei gleichzeitig mit Spielchen beschäftigte, konnte eine ganze Direktion vor erhebliche Probleme stellen. Nur momentan brachte er einfach keine Geduld für Probleme dieser Art auf.

»Du hast keine Kinder, oder?«, fragte er.

»Hier macht jeder seinen Job, so gut er es kann«, wich Forchner aus. »Immerhin wurde ein Polizist angeschossen und jetzt ist auch noch Jonny Herzig tot. Im Lagezentrum dreht der Polizeiführer vom Dienst gerade durch, weil der Lagedienst des Staatsministeriums ständig Meldungen abfordert.«

Die Nachricht von Herzigs plötzlichem Tod in der Gewahrsamszelle hatte sich wie ein Lauffeuer unter den Kollegen verbreitet. Ebenso wie das Rätselraten über dessen mysteriöse Todesumstände ...

»Dann sollen sich die Sesseldrücker im SMI selbst ihre Berichte schreiben.« Donner hielt Forchner die Spieluhranimation mahnend hin. »Was, glaubst du wohl, wird passieren, sobald die hier verschwindet?«

Der Dicke ersparte sich eine Vermutung, nickte stattdessen leutselig. »Damit wollte ich nur sagen, dass ...«

Auf einmal tat Donner der stotternde Forchner leid. Aufmunternd schlug er ihm gegen den Oberarm. »Ich weiß, wir sind alle überarbeitet, stehen das Ganze aber gemeinsam durch.« Er wartete keine Antwort ab, sondern drehte sich um.

»Wie geht es mit der Suche nach Malte weiter?«, kam es von hinten.

Donner schaute zum Rettungswagen, ob Anne ihn beobachtete. Ratlos schüttelte er den Kopf und antwortete im Fortgehen: »Ich bin fest davon überzeugt, dass Peter Peschel die Schlüsselfigur ist. Findet ihn, dann erfahren wir hoffentlich mehr ...«

Was Forchner erwiderte, vernahm Donner schon nicht mehr. Auch ging er nicht weiter zum Rettungswagen, wo Anne wartete. Er blieb abrupt stehen und starrte auf das klingelnde Telefon in seiner Hand.

Unbekannte Nummer.

Erst nach einer Weile hob er ab. »Möchten Sie endlich wissen, wer Ihre Spielfigur ist?«, begann die fremde Stimme.

»Habe ich eine Wahl?«, fragte Donner.

»Angenommen, Sie hätten die Wahl zwischen zwei von Ihnen geliebten Menschen. Nur einen könnten Sie retten. Einer lebt, einer stirbt. Für wen würden Sie sich entscheiden?«

Donner dachte nach, was er darauf entgegnen sollte. Die Frage implizierte, dass es weder ein Richtig noch ein Falsch gab. Sie sollte ihm lediglich vor Augen führen, dass bei diesem Spiel jegliche Aussicht auf Hoffnung fehlte. Und das machte selbst ihm Angst.

»Ich würde versuchen, beide zu retten«, tat er nach außen stark und unbeugsam.

Der andere schmunzelte hörbar. »Mit einer solchen Antwort habe ich gerechnet, Monster.«

Am Rettungswagen ging die Seitentür auf. Unsicher trat Anne ins Freie. Donner senkte den Blick und wandte sich ab. Sie sollte nicht mitbekommen, mit wem er telefonierte.

»Warum tun Sie das alles?«, fragte er.

»Sie wissen es doch längst.«

»Was hat mein Vater Ihnen angetan?«

»Für einen Superbullen sind Sie aber ganz schön begriffsstutzig. Was glauben Sie denn, wie viele Hinweise und Chancen ich Ihnen noch geben soll?«

»Sie geben keine Hinweise, sondern treiben Spielchen.«

»Da haben Sie allerdings recht …«

Eine Hand legte sich auf Donners Rücken. Er schloss die Augen, weil er wusste, wer ihn da berührte. Als er sie wieder öffnete, blickte er in das verzagte Gesicht von Anne. Sie ahnte wohl, wen er da am Ohr hatte. Er nickte bloß und lauschte weiter den Worten der seltsam verzerrten Stimme.

»Was Ihr Vater getan – oder vielmehr nicht getan – hat, spielt mittlerweile keine Rolle mehr. Die Vergangenheit kann nicht geändert werden. Er ist für mich nur noch insoweit interessant, um zu erleben, wie er vor Trübsal vergeht, sobald das Sterben für die Menschen losgeht, die ihm am Herzen liegen.«

Auch wenn Donner zu seinem Vater nie das innigste Verhältnis gehabt hatte, war er sich sicher, dass sein Vater ihn liebte. »Also haben Sie es in Wahrheit auf mich abgesehen.«

»Sehen Sie, Herr Donner, das ist Ihr Fehler: Sie denken in engmaschigen Rastern. Dagegen überblicke ich das große Ganze.«

»Sie sind ein Feigling und ein Lügner.«

»Okay, stellen Sie mir eine Frage und ich werde Sie Ihnen wahrheitsgemäß beantworten.«

Obwohl nur eine Frage von allen am dringendsten war, dachte er nach. Schließlich stellte er sie doch. »Wo ist der Junge?«

Anne blieb der Mund offen stehen.

»Mit dieser Frage habe ich gerechnet«, antwortete der Unbekannte. »Deshalb werde ich es Ihnen zeigen. Schauen Sie hin.«

Donner nahm das Handy vom Ohr. Die Telefonverbindung war tot.

»Was ist das?«, fragte Anne.

Genau wie er verfolgte sie die Veränderung auf dem Handydisplay.

Mitspieler 2, leider hast du Level 4 nicht bestanden.

»Aber ... aber das stimmt nicht!«, schrie sie. In ihrer Stimme lag unendliche Verzweiflung. Sie wollte das Offensichtliche nicht wahrhaben. »Da muss ein Fehler vorliegen.«

Kein Fehler. In einem Spiel ohne Regeln ist es sogar möglich, ein Level zu überspringen.

Er wollte sie in den Arm nehmen, doch ein Video beendete den Annäherungsversuch jäh. Synchron auf beiden Geräten flimmerte eine Sequenz in einem hell erleuchteten Raum. Der Kamerafokus lag auf einer stabilen Holzkiste mit geöffnetem Deckel. Als das Bild hineinschwenkte, sah man Malte. Sofort schlug Anne sich die Hand auf den Mund und erstickte damit ihren Schrei. Der Junge lag gefesselt und geknebelt im Inneren der Kiste.

Und plötzlich schloss sich der Deckel.

Gleichzeitig brach Anne zusammen.

KAPITEL 56

Es war kurz vor Mitternacht, als Fitz und Franz Donner den Stadtteil Rabenstein erreichten. Genau so, wie Jonny Herzig es gewollt hatte, saßen die beiden alten Kommissare in einem Dienstwagen. Allerdings fehlte Herzig, denn der war mittlerweile ein Fall für den Rechtsmediziner.

Nachdem Fitz den Spielmann leblos in der Zelle vorgefunden hatte, Staatsanwalt Krause in Panik verfallen und alle Wiederbelebungsmaßnahmen gescheitert waren, hatte Fitz die Auffindesituation still für sich bewertet. Er hatte in der Zelle umhergespäht, hatte den Kaugummi entdeckt, ihn fotografieren lassen, ihn mit übergestreiften Latexhandschuhen aus der Kloschüssel gefischt und das Beweisstück in einer Spurensicherungstüte an Krause übergeben. Danach war er seine Schuhe an einer Putzmaschine im Eingangsbereich des Reviers polieren gegangen und hatte dabei über alles nachgedacht. Nach etwa zehn Minuten war ihm ein Einfall gekommen. Daraufhin hatte er sich Franz Donner wortlos geschnappt und gemeinsam mit ihm das Revier verlassen. Inzwischen hatte sein Begleiter aufgehört zu fragen, wohin sie eigentlich fuhren.

Bald stoppte Fitz den Wagen vor einer Villa. »Hatten Sie jemals Kontakt zu Herzigs Anwalt?«, fragte er.

Franz Donners Blick ging zum Haus. »Sie meinen …?«

»Hier wohnt er. Und ich habe uns nicht angemeldet. Somit liegt das Überraschungsmoment auf unserer Seite.«

Franz Donner wieherte. »Ein Bayer und ein Pensionär! Herzigs Verteidiger wird uns auslachen, falls uns nicht vorher seine Hunde verjagen. Wie Sie wissen, bin ich nicht mehr im Dienst. Also, warum haben Sie ausgerechnet mich mitgenommen?«

»Aus drei Gründen.« Fitz streckte ihm ebenso viele Finger entgegen. »Erstens kann es nicht schaden, wenn der Winkeladvokat ein vertrautes Gesicht sieht – ich wette, er hat die Zeitungsartikel mit Ihrem Bild bei der Mandantenakte liegen –, und zweitens bin ich felsenfest davon überzeugt, dass all das Morden nur Ihretwegen geschieht.«

»Dass Sie so denken, ist nicht sehr tröstlich für mich. Und drittens?«

»Zwei rostige Haudegen sind besser als einer, finden Sie nicht auch?«

»Sie sind noch verrückter als mein Sohn.«

»Es ist dieser Mantel.« Fitz zupfte sich am Ärmel. »Das Teil hat im Laufe der Jahre ein Eigenleben entwickelt und lenkt mich, wie es will. Verstehen Sie? Ich bin der Sklave meines Trenchcoats. Da fällt mir auf, Ihre Jacke ist doch bestimmt mindestens genauso alt wie meine, oder? Also noch etwas, das uns verbindet.«

Ungläubig schüttelte Franz Donner den Kopf. »Sie sind komisch. Seltsamerweise gibt Gott immer den komischen Leuten das richtige Gespür für unseren Job.«

Fitz wurde ernst. »Beten Sie, dass mich mein Gespür jetzt nicht täuscht.«

Sie stiegen aus und klingelten am verschlossenen Eingangstor. Inzwischen war der Regen noch stärker geworden.

Sosehr Fitz sich anstrengte, den Pfützen konnte er nicht gänzlich ausweichen. Wenigstens hielt das ramponierte Leder der Schuhe dicht.

Aus der Wechselsprechanlage drang eine verschlafene Männerstimme.

»Fitz, Kriminalpolizei«, meldete Fitz sich und winkte in die Überwachungskamera hinter dem Tor. »Herr Spieker, würden Sie uns bitte aufmachen, es ist dringend.«

»Worum geht es?«, kam es jetzt resoluter zurück.

»Um Ihren Mandanten Jonny Herzig.«

»Um diese Uhrzeit? Zeigen Sie mir bitte Ihre Ausweise.«

Reflexartig ging Fitz' Hand zur Innentasche seines Mantels, doch dann besann er sich, dass der Anwalt das Landeswappen des Freistaates Bayern selbst bei Finsternis erkennen würde. »Hören Sie, wir …«

»Ich bin Erster Kriminalhauptkommissar Franz Donner«, drängelte sich der Pensionär an die Sprechanlage. »Ich bin zwar außer Dienst, aber bestimmt kennen Sie mich noch. Ich war es, der Jonny Herzig hinter Gitter gebracht hat. Bitte öffnen Sie uns! Ich würde nicht bei Ihnen klingeln, wenn es nicht absolut wichtig wäre.«

Danach passierte eine Weile nichts. Fitz wollte sich schon bei seinem unfreiwilligen Partner bedanken, dass der ihm die Tour vermasselt hatte. Doch plötzlich quietschte das elektronisch betriebene Tor und die Flügel schwangen nach innen.

Arnolf Spieker empfing die Beamten im Morgenmantel. Nach einer kurzen Vorstellungsrunde ließ er sie eintreten, machte jedoch keine Anstalten, ihnen die pitschnassen Jacken abzunehmen. Spieker war ein galanter älterer Herr mit extrem dunklen Augen und schwarzem, fast seidig glänzendem Haar. Fitz hatte im Internet recherchiert, dort sprach man Spieker eine Gerissenheit zu, die ihresgleichen suchte.

»Bitte sprechen Sie leise, meine Frau schläft bereits«, bat Spieker und zündete sich eine Zigarre an. »Also, was ist mit meinem Mandanten Jonny Herzig?«

»Er ist tot«, antwortete Franz Donner.

Spieker stieß einen unsicheren Lacher aus, weil er wohl an einen makabren Scherz glaubte. Zur Bestätigung, dass die beiden Beamten es ernst meinten, hielt Fitz ihm eine Kopie des vorläufigen Totenscheins hin.

»Tut mir leid, dass wir nicht mehr haben, aber die Leichenschau dauert an. Herzig ist vor weniger als einer Stunde verstorben.«

Der Anwalt musterte das Dokument ungläubig. »Und was wollen Sie jetzt von mir?«

»Innerhalb der letzten sechs Stunden wurden zwei Menschen bestialisch umgebracht und drei weitere sind dem Tod nur knapp entronnen. Die Überlebenden befinden sich mit schweren körperlichen und psychischen Verletzungen im Krankenhaus«, berichtete Fitz.

»Und Sie denken, Herr Herzig hatte etwas damit zu tun?«, stellte Spieker die erwartete Zwischenfrage, doch Fitz ließ sich nicht unterbrechen.

»Außerdem ist der siebzehnjährige Sohn einer Polizistin entführt worden.«

»Alle Taten tragen die Handschrift des Spielmanns«, ergänzte Franz Donner. »Als sein Anwalt waren Sie eine der letzten Personen, mit denen er Kontakt hatte.«

»Verstehe.« Spieker zog an seiner Zigarre und lief im Wohnzimmer umher. »Und nun denken Sie, ich wüsste etwas.«

»Ich bezweifle, dass Herzig Sie im Detail in seine Pläne eingeweiht hat«, redete Fitz wieder. »Aber ich halte Sie für einen Mann, der Dinge erkennt, auch wenn man sie ihm nicht direkt mitteilt. Das, was heute Nacht in dieser Stadt passiert, wurde von langer Hand vorbereitet. Also gehe ich davon aus, dass Sie irgendetwas von Herzigs Vorhaben mitbekommen haben.«

»Ich muss Sie enttäuschen, mit derlei Plänen wurde ich nie konfrontiert.«

»Herr Spieker«, wurde Franz Donner förmlich. »In dieser Sache stehen wir beide vermutlich auf verschiedenen Seiten des Gesetzes, aber wir sind immer höflich miteinander umgegangen. Ich bitte Sie nur, fair zu bleiben. Wir wollen, dass nicht noch mehr Menschen sterben.«

»Vor allem wollen wir einen unschuldigen Jungen retten«, ergänzte Fitz.

Spieker nickte, hob jedoch gleichzeitig entschuldigend die Arme und gab ihm das kopierte A4-Blatt zurück. »Abgesehen davon, dass Ihr Wisch für mich völlig irrelevant ist, bin ich selbst nach dem Tod von Herrn Herzig an die Schweigepflicht gebunden. Was ich also weiß oder glaube zu wissen, bleibt hier drin.« Er tippte sich gegen die Schläfe. »So habe ich es immer gehalten und darum vertrauen mir meine Mandanten.«

»Sie missverstehen uns«, erwiderte Fitz. »Wir sind zu Ihnen gekommen, um zu erfahren, ob Jonny Herzig eine Art Letzten Willen bei Ihnen hinterlegt hat.«

Spieker wollte gerade einen neuen Zug von der Zigarre nehmen, stoppte die Hand allerdings kurz vor seinen Lippen. »Das ist interessant …« Er murmelte es nur und redete nicht weiter.

»Was ist interessant?«, hakte Fitz nach, weil die Zeit drängte.

»Dass Sie ausgerechnet seinen Letzten Willen ansprechen. Warten Sie kurz, ich gehe in mein Arbeitszimmer und hole etwas aus dem Tresor.«

Nach weniger als drei Minuten kehrte er mit einem versiegelten Umschlag zurück.

In Fitz' Vorstellung befand sich die Antwort auf sämtliche Fragen darin. Er war versucht, dem Anwalt das Kuvert aus den

Fingern zu reißen, blieb aber standhaft. »Werden Sie uns den Inhalt geben?«

»Zu schade, dass keiner von Ihnen beiden sich mit einem gültigen sächsischen Dienstausweis legitimieren kann«, antwortete Spieker und riss den Umschlag auf. »Hier drin befindet sich ein USB-Stick mit einem Video von Herrn Herzig. Es ist exakt eine Minute und achtundvierzig Sekunden lang und wurde mit einem Handy in der JVA Dresden aufgenommen. Er schickte mir die Datei per Mail und gab mir ausdrückliche Anweisung, es nur der Polizei auszuhändigen, wenn diese danach fragt.« Er machte eine vieldeutige Handbewegung. »Ich gehe davon aus, Herr Fitz, dass Ihre Frage nach Herzigs Letztem Willen dem gleichkommt.«

»Dann her damit«, forderte Franz Donner und hielt die Hand auf.

»Wie gesagt, zeigen Sie mir einen gültigen Ausweis, und das Video und das Foto gehören Ihnen.«

»Welches Foto?«, fragte Fitz.

»Das sich zusammen mit dem USB-Stick hier drin befindet.«

Mit diesen Worten griff er in den Umschlag, holte ein Lichtbild hervor und hielt es den Beamten hin, damit sie einen Blick darauf werfen konnten.

»Jede Wette, dass das Bild den Ort zeigt, zu dem uns der Spielmann führen wollte«, sagte Franz Donner leise, und Fitz bemerkte, dass er kreidebleich wurde. »Und ich weiß, wo das ist ...«

KAPITEL 57

Donner fiel auf den nassen Asphalt nieder, hielt jedoch seine bewusstlose Anne umklammert. Zum zweiten Mal winkte er die Sanitäter herbei. »Sie hat einen Schwächeanfall«, erklärte er, nachdem sie das schreckliche Video ihres gefesselten Sohnes mit angesehen hatte und daraufhin zusammengebrochen war. Mit aller Kraft stemmte er sich mit Anne in den Armen auf die Beine. »Ich bringe sie zurück in den Rettungswagen.«

Während er dorthin eilte, öffnete einer der Rettungskräfte, der neben ihm herlief, ihre Augenlider und leuchtete hinein. »Vollkommen weggetreten.«

Einen Augenblick später lag sie bewusstlos auf der Krankentrage. Erneut kontrollierte der Notarzt ihre Vitalfunktionen und entschied, dass sie dringend ins Krankenhaus musste.

»Ich lasse sie nicht alleine«, sagte Donner.

»Gut, dann fahren Sie eben mit.«

»Scheiße«, murmelte Donner, denn wenn er Anne begleitete, bedeutete das möglicherweise, dass er dadurch die falsche Entscheidung traf.

Angenommen, Sie hätten die Wahl zwischen zwei von Ihnen geliebten Menschen …

»Wollen Sie mich verarschen?«, brauste Donner auf.

»Wie war noch mal Ihr Name?«, wollte Sieber auf einmal wissen. »Und den Namen Ihres Vorgesetzten geben Sie mir am besten dazu, damit ich mich wegen Ihres Benehmens beschweren kann.«

»Pah, solche Drohungen habe ich im Laufe meiner Dienstjahre zur Genüge gehört. Das lässt mich völlig kalt. Dagegen lässt es mich keineswegs kalt, wenn ein Bulle einen Mörder deckt. Und falls Sie mich belügen, dann kann ich Ihnen garantieren, dass ich es herausfinde. Das ist keine Drohung, sondern ein Versprechen.«

»Sie sind ja komplett verrückt, das muss ich mir nicht bieten lassen. Entweder geben Sie mir jemanden, der sich anständig mit mir unterhält, oder ich lege auf.«

Geht nicht, die sind alle tot oder hängen in den Seilen, du Fliegenhirn.

»Haben Sie mich gerade Fliegenhirn genannt?«, fragte Sieber, sehr zu Donners Erstaunen.

Offenbar hatte er laut gedacht.

»Ich sagte, ich sehe bald rot oder fang an zu weinen. Himmel, Arsch und Zwirn«, korrigierte er den Wortlaut.

»Was soll denn das heißen?«

»Unwichtig. Ich frage Sie jetzt noch einmal: Hatten Sie irgendwann in der Vergangenheit Kontakt zu Jonny Herzig?«

»Herrje, denken Sie doch mal nach! Ich arbeite beim K13 und beschäftige mich überhaupt nicht mit Serienkillern. Und falls Sie das nicht endlich kapieren, verfasse ich noch heute Nacht eine Dienstaufsichtsbeschwerde.«

So kam Donner nicht weiter, das sah er ein. Er kniff die Augen zusammen und rief sich in Erinnerung, was er bisher zu den Ermittlungen wusste. »Ach, und einen Frank Heidrich kennen Sie auch nicht?«

»Heidrich?«

»Um Ihrem Gedächtnis auf die Sprünge zu helfen: Das ist ein Computerfreak, dem Sie vor Jahren einen Besuch zu Hause abgestattet haben. Der hat sogar Ihre Visitenkarte aufgehoben. Oder wollen Sie behaupten, die hätte auch jemand gefälscht?«

»An den erinnere ich mich allerdings. Nur verstehe ich nicht, was er mit angeblichen Mordfällen zu tun hat. Heidrich wollte uns damals bei Ermittlungen zu diversen Sexualdelikten unterstützen. Dabei ging es um Misshandlung und Vergewaltigung von Frauen. Wir wollten ein groß angelegtes Netzwerk ausheben, bei dem anonyme Nutzer verbotenes pornografisches Material im Internet kaufen konnten. Leider hat Heidrich einen Rückzieher gemacht und seine Aussage später widerrufen. Deshalb konnten wir nur einen Bruchteil der Geschädigten und eine Handvoll Tatverdächtige ermitteln.«

»Was ist bei den Verfahren herausgekommen?«

»Ein enormer Berg an Akten, etliche Überstunden und deutlich zu geringe Strafen für die Täter. Mit anderen Worten: Wir haben für die Katz gearbeitet.«

»Und kann es sein, dass Jonny Herzig irgendwie in der Sache mit drinsteckte?«

»Ausgeschlossen, daran würde ich mich erinnern.«

»Ach, auf einmal läuft Ihr Gedächtnis zur Hochform auf.«

»Also, das ist ja wohl völlig lächerlich … Denken Sie mal nach! Aufgrund seiner unrühmlichen Prominenz wäre jedem Kriminalisten der Name von Herzig bei den Ermittlungen aufgefallen.«

Donner überlegte, ob er sich bei dem Gespräch nicht verrannte. Er kam zu dem Ergebnis, dass ihn die Gesamtumstände der Nacht ablenkten und er deshalb eine schlechte Befragung führte. Besser, er blieb bei seiner harten Linie.

»Soll ich Ihnen etwas sagen, Herr Kollege?«

»Was denn?«, fragte Sieber.

»Ich kaufe Ihnen kein Wort ab.«

Kapitel 58

Rechtsanwalt Arnolf Spieker hatte Fitz weder den USB-Stick noch das Foto überlassen. Aber er hatte den beiden Beamten das Foto wenigstens gezeigt. Dazu war er nicht verpflichtet gewesen, und im juristischen Sinne hatte er mit dem Öffnen des Umschlags möglicherweise sogar falsch gehandelt. Doch Spieker hatte den Gefallen damit begründet, dass sein Mandant es so gewollt hätte. Und weder Fitz noch Franz Donner würden jemals dagegen Beschwerde einlegen.

Nachdem Franz Donner auf dem Foto den Rabensteiner Viadukt erkannt hatte, waren sie unverzüglich aufgebrochen. Mit dem Auto brauchten sie kaum fünf Minuten bis zur entsprechenden Örtlichkeit. Selbst im Dunkeln sah man schon von Weitem die Eisenbahnbrücke, die sich monumental über die Oberfrohnaer Straße spannte.

»Sie ist eine der ersten Brücken in Stahlhochbauweise«, erklärte Fitz' Beifahrer. »Mehr als zweihundertfünfundzwanzig Tonnen Stahl hat man dazu verbaut. Ist das nicht beeindruckend?«

»Heben Sie sich dieses Wissen auf, falls wir mal gemeinsam bei einer Quizsendung auftreten«, sagte Fitz. »Denn egal, wie die Nacht heute endet, mit der Nummer schaffen wir es garantiert ins Fernsehen.«

Statt darauf zu antworten, dirigierte Franz Donner ihn eine Seitenstraße hinauf, von wo aus man den Viadukt betreten konnte. Inzwischen gab es dort oben keine Schienen mehr. Heutzutage ist das Bauwerk ausschließlich für Spaziergänger freigegeben. Spaziergänger wie Fitz und den alten Dezernatsleiter.

Beide stiegen aus dem Wagen. Zielstrebig ging Fitz zum Beginn der Brücke. Als er sie betreten wollte, bemerkte er, dass sein Begleiter am Fahrzeug stehen blieb.

»Was ist?«, fragte Fitz. »Haben Sie Höhenangst?«

Wie benommen schüttelte der Angesprochene den Kopf. Langsam kam er näher. »Wissen Sie, manchmal kehrt man an einen Ort zurück, an dem böse Geister wohnen.«

Fitz wunderte sich über die seltsamen Worte und sein Blick folgte dem des anderen Kommissars. Gemeinsam schauten sie den Brückenweg entlang, dessen Ende sich auf der gegenüberliegenden Seite des Tals in der Nacht verlor. Unterwegs hatte Franz Donner wenig gesprochen, aber Fitz hatte gespürt, dass ihn etwas bedrückte.

»Sie waren schon einmal hier, nicht wahr?«

Franz Donner nickte. »Damals gab es jedoch das Kreuz noch nicht …«

Damit nahm er Bezug auf das Foto. Auf dem Bild waren der Viadukt und ein Holzkreuz abgebildet. Ein Kreuz, wie man es gelegentlich an Straßenrändern vorfand, etwa als Mahnmal, wenn jemand bei einem Verkehrsunfall ums Leben gekommen war. Auf dem Foto war kein Name erkennbar gewesen. Nur die Brücke und das Holzkreuz.

»Reden Sie weiter«, animierte Fitz ihn.

»Ich denke, ich weiß, warum wir hier sind.«

»Sie wissen es?«

»Zumindest glaube ich, das auslösende Ereignis jetzt zu kennen. Nur verstehe ich die Zusammenhänge nicht. Es ist …«

»Unmöglich?«

»… unerklärlich. Ich war damals beim Kriminaldauerdienst tätig … Mein Gott, das ist doch mindestens zwanzig Jahre her!«

»Soll ich Sie stützen oder können Sie allein gehen?«

»Was?«

»Kommen Sie und erzählen Sie mir den Rest auf der Brücke.«

Diesmal folgte der Pensionär, doch dann sagte er etwas, das Fitz innehalten ließ.

»Wir werden kein Kreuz finden.«

»Woher wollen Sie das wissen?«

»Weil derlei Andenken und Symbole regelmäßig vom Stadtordnungsdienst beseitigt werden. Was glauben Sie, wie viele Kreuze sonst hier stehen würden?« Wiederholt schüttelte er den Kopf, als wollte er all das nicht wahrhaben. »Nein, ein bis zwei Springer im Jahr sind wahrlich keine Werbung für die Ausflugsregion.«

Schweigend liefen sie einmal die gesamte Brücke ab und danach zurück an die Stelle, an der die Hauptstraße darunter hindurchführte. Tatsächlich fanden sie nirgendwo ein Kreuz, nur etliche Namen und Daten, die jemand mit spitzem Gegenstand in das Eisengeländer geritzt hatte.

Fitz spuckte über das Geländer. Kein Klatschen. Dafür ging es zu tief hinunter und die Regengeräusche waren zu laut. Dank genügend Erfahrung im Berufsleben konnte Fitz wenig schrecken, aber das Wetter, die Bäume, die Dunkelheit und die Unkenntnis über das, was hier oben einst geschehen sein mochte, machten den Ort auf einmal gespenstisch. Am liebsten würde er so schnell wie möglich verschwinden. Stattdessen blieb er stehen und schlug sich den Mantelkragen hoch.

»Sie sprachen vorhin von Suizidenten«, sagte er. »Ich nehme an, in Ihrer Episode geht es um einen Selbstmörder.«

»Eine Selbstmörderin. Verdammt, wenn mir nur ihr Name einfallen würde ...«

»Ja, in der Tat. Das würde uns sicherlich weiterhelfen.«

Unruhig lief Franz Donner von einer Geländerseite zur anderen und hämmerte sich mit der flachen Hand gegen die Stirn. »Denk nach, du Idiot!«

»Hören Sie endlich auf, wie ein Irrer herumzulaufen. Ich komme schon außer Puste, wenn ich Ihnen nur dabei zusehe.«

Er blieb stehen und trat dicht auf Fitz zu. »Jemand wollte verhindern, dass der Spielmann uns hierherführt.«

»Ich hoffe, diese Erkenntnis ist Ihnen nicht erst jetzt gekommen. Immerhin waren Sie einmal Dezernatsleiter und ich ... tja, leider nur Oberkommissar.«

»Werden Sie nicht unverschämt. Bis eben konnte ich Sie noch leiden.«

»Ihre Meinung über mich ist mir einerlei. Das Einzige, was ich will, ist, endlich aus diesem Albtraum entfliehen.«

»Glauben Sie, mir macht das hier Spaß? Ja, wir haben damals den Spielmann eingebuchtet. Trotzdem hatte ich immer das Gefühl, etwas übersehen zu haben. Es ist wie ein schlechtes Gewissen, das einen jahrelang verfolgt, ohne dass man den Grund kennt. Es ist zermürbend.«

Fitz machte einen Schritt auf den größeren Mann zu und hakte sich bei ihm unter. »Endlich unterhalten wir uns, wie es sich für unser Alter gehört. Ich werde jetzt kurz bei Frau Lehnhard nachfragen, ob schon ein *richtiger* Polizist unterwegs ist, der den USB-Stick bei Spieker abholt. Und Sie erzählen mir alles schön der Reihe nach. Beginnen Sie an dem Tag, als Sie hier oben auf der Brücke standen ...«

Kapitel 59

Noch während Donner mit Hanno Sieber telefonierte, meldete sich auf dem anderen Handy *Death Rescue*. Widerwillig holte er es aus der Manteltasche und las den Text.

Willkommen in Level 5, Mitspieler 1! Möchtest du daran teilnehmen?

Nein, das möchte ich garantiert nicht.

Er bestätigte mit Ja und wartete gespannt, was passierte.

»Hören Sie mir noch zu?«, rief Sieber sich am Telefon in Erinnerung.

Nein.

»Ja … ja, beantworten Sie mir noch eine Frage: Sie sagten, Sie seien ins Ausland verreist. Wo befinden Sie sich jetzt genau?«

Sieber zögerte. »Das ist meine Privatsache und geht Sie entsprechend nichts an.«

Mit einer solchen Antwort hatte Donner gerechnet. »Sie haben mir trotzdem sehr geholfen, Kollege. Genießen Sie Ihren Kurzurlaub.«

Mit einem mürrischen Laut kappte er die Verbindung. Er war unzufrieden, weil er Siebers Angaben schwerlich einschätzen konnte. Donner hielt sich nicht für ein Genie in Sachen Menschenkenntnis, meist teilte er seine Mitmenschen anhand ihrer Nasen in schlecht und weniger schlecht ein, aber bei dem Dresdner Kollegen war er sich nach dem Gespräch noch unsicherer als sonst. Und das war äußerst beunruhigend. Beunruhigend wie die Anweisung auf dem Gerät von Anne, das er ebenfalls bei sich trug.

Mitspieler 2, begib dich zum Friedhof an der Salzstraße.

Donner schaute zum Rettungswagen, in dem Anne lag und an dem der Fahrer in diesem Moment das Blaulicht setzte. Einmal mehr wusste er nicht, wie er sich entscheiden sollte, denn zur gleichen Zeit sollte er laut seinem Gerät an einen völlig gegensätzlichen Ort fahren.

Noch immer saß Olaf Gladbeck in der verdreckten Wohnung von Frank Heidrich und brütete gemeinsam mit dem Hacker über Lösungen. Mit gemischten Gefühlen hatte er zur Kenntnis genommen, dass *Death Rescue* wieder online war. Wegen des zeitweiligen Downs hatte er ein unendlich schlechtes Gewissen gehabt. Inzwischen war Gladbeck zu der Erkenntnis gekommen, dass man bei Heidrich heute keinerlei Technik sicherstellen musste. Er war weder der Betreiber der App noch Komplize in den Mordfällen. Trotzdem musste es einen Grund geben, warum der wahre Täter ausgerechnet ihn für seinen perfiden Plan benutzt hatte. Denn so wie es aussah, verfügte der Unbekannte ebenfalls über überdurchschnittlich hohe Computer- und Mobilfunkkenntnisse. Denkbar, dass er die App deshalb selbst hätte programmieren können, Heidrich jedoch als Ablenkung hineingezogen hatte, weil die Polizei früher oder später hier auftauchen würde.

»Damit könnte es klappen«, sagte Heidrich neben ihm, stöpselte ein Mobiltelefon von seinem Rechner ab und reichte es Gladbeck. »Im Gegensatz zu Ihrem abgesoffenen Handy ist dieses hier voll funktionsfähig. Und das Beste: Es verfügt über keinerlei Manipulationsschutzsoftware. Jedenfalls keine, die ich mit meiner Technik erkennen kann. Sehen Sie, ich kann uneingeschränkt auf das System und die Daten zugreifen. Schätze, jetzt sind Ihre Leute von der mobilen Funkaufklärung am Zug.«

Nachdenklich betrachtete Gladbeck das Mobiltelefon in seiner Hand. Erik Donner hatte es ihm gegeben in der Hoffnung, dass er etwas damit anfangen konnte. Er konnte. Vorausgesetzt es war nicht wieder eine Falle wie das Gerät von Ulf Konopka.

»Bevor ich gehe, muss ich noch einmal auf die Sache mit dem pornografischen Material zurückkommen, weswegen der Kollege aus Dresden Sie damals kontaktiert hat«, sagte Gladbeck beim Aufstehen.

»Geht das schon wieder los? Wie oft soll ich noch beteuern, dass ich damit …«

Gladbeck ließ Heidrich nicht aussprechen, sondern hielt ihm einen Zettel mit Schimpfworten und Zahlen hin. Es waren Notizen, die Malchius Fitz ihm bei seinem letzten Anruf diktiert hatte.

»*Ehestute?*«, las Heidrich eines der Wörter vor, das dort in Großbuchstaben stand, dann nannte er laut ein weiteres. »*Ekelritt?*«

»Ich habe nachgedacht«, antwortete Gladbeck. »Es muss eine Verbindung zwischen Ihnen und dem Täter geben. Und irgendwas sagt mir deshalb, dass Sie damit etwas anfangen können …«

Jens Wagner betrat den Einsatzraum, in dem Lehnhard mutterseelenallein saß und soeben aufhörte zu telefonieren.

»Sag mal, Marie, weißt du, wo die anderen stecken?« Er ging auf sie zu und zeigte ihr das ausgeschaltete Mobilgerät mit der Nummer 3. »Hab gehört, dass *Death Rescue* wieder funktionieren soll, doch bei mir ist alles dunkel. Zuletzt war der Akku schon im knallroten Bereich. Jedenfalls möchte ich gern wissen, was aktuell passiert. Unsere Kommissariatsleiterin geht leider nicht an ihr Handy. Ich mache mir ernsthafte Sorgen um Anne.«

»Ja, auch bei ihrem Telefon ist anscheinend der Akku leer.«

»Was ist denn nur los? Ich erreiche niemanden. Nicht einmal Ulf oder diesen bayerischen Schuhfetischisten.«

»Gut, dass du es sagst. Kollege Fitz hat mich gerade angerufen.« Hastig schrieb sie eine Adresse auf einen Zettel und reichte ihn Wagner. »Kannst du zu diesem Anwalt fahren und etwas bei ihm abholen? Malchius Fitz war bereits dort, ist aber wohl abgeblitzt, weil er aus Bayern kommt.«

Wagner las den Namen des Juristen. Arnolf Spieker.

»Was wollte Fitz bei dem?«, fragte er.

»Keine Ahnung, aber es soll verdammt wichtig sein.«

Wagner wedelte mit dem Handy, zwinkerte ihr zu und steckte den Zettel ein. »Da man mich bei dem Spiel offenbar gerade nicht braucht, fahre ich eben zu der Adresse. Gibt es sonst irgendwelche Neuigkeiten?«

Lehnhard nickte. »Die JVA Dresden hat sich gemeldet. Nach deren Auskunft handelt es sich bei dem Toten in der stillgelegten Acetylen- und Sauerstofffabrik tatsächlich um einen Justizvollzugsbeamten. Natürlich müssen wir für eine hundertprozentige Identifikation die DNA-Analyse und die zahnmedizinische Untersuchung abwarten.«

»Wie lautet der Name?«

»Thomas Burgschick.«

Wagner rieb sich das Kinn und suchte den Schreibtisch ab, ob er weitere Informationen zu dem Mann fand. »Du bist echt gut, Marie. Du machst die beste Arbeit von uns allen.«

Vom Kompliment verschüchtert, winkte sie ab. »Und wenn man den Kollegen der JVA glauben darf, gibt es Gerüchte, dass Burgschick und Herzig etwas miteinander hatten.«

»Du meinst, Burgschick hat Herzig bei der Durchführung seiner Morde geholfen?«

»Ich meine sexueller Art. Und eventuell musste er sterben, weil er zu viel wusste.«

Ulf Konopka stieg aus dem Wagen. In einer Hand hielt er eine Taschenlampe und in der anderen eine Flasche Schnaps.

»Ich bin Teil des Teams«, murmelte er vor sich hin. »Ich bin Teil des Teams …«

Er merkte gar nicht mehr, dass er dabei trank. Mittlerweile war ihm alles egal. Zu sehr hatten die Ereignisse ihn mitgenommen, machten seinen Verstand dünn wie Papier. Kurz vorm Zerreißen. Längst war er zu keinem klaren Gedanken mehr fähig. Er handelte nur noch auf Anweisung. So wie jetzt.

Hier irgendwo sollte ein Hinweis sein, hatte Donner behauptet.

Zuerst leuchtete er den Erdboden ab, dann die Bäume und zum Schluss erhellte der Lichtstrahl das Ortseingangsschild.

Ängstlich schaute er sich um. »Was für ein kranker Mist!«

Dort hing ein Holzkreuz. Als er näher ranging, konnte er das morgige Datum lesen. Außerdem stand da der Name einer Frau.

Peter Peschel wählte den Notruf. Ungeduldig und ein bisschen zornig wartete er darauf, dass jemand abhob und müde sein Sprüchlein aufsagte.

»Notruf der Polizei«, drang es endlich aus dem Hörer.

»Kommen Sie zum Krankenhaus. Dort finden Sie eine Leiche.«

KAPITEL 60

Damals (einundzwanzig Jahre zuvor)

Als der Tag kam, der sein Leben verändern sollte, arbeitete Hauptkommissar Franz Donner noch beim Kriminaldauerdienst.

Wegen einer Nachermittlung zu einem Wohnungseinbruch fuhr er durch den Ortsteil Rabenstein, als er den Funkspruch des Führungs- und Lagezentrums vernahm.

»An alle Funkteilnehmer im Stadtgebiet, komme mit Information zu möglicher Suizidentin ...«, schallte die Stimme des Kollegen blechern aus den Lautsprechern.

Pflichtbewusst stellte Donner das Gerät lauter. Über die Notrufleitung hatten Anwohner gemeldet, dass schon seit über einer Stunde eine Frau auf dem Viadukt ziellos umherlaufe. Angeblich mache die Frau einen verwirrten Eindruck, auf Ansprechen reagiere sie verstört. Einige Melder sprachen sogar davon, dass sie apathisch wirke. Da in der Vergangenheit etliche Menschen den Freitod durch einen Sprung von der Eisenbahnbrücke in die Tiefe gewählt hatten, ging das Lagezentrum von einem Ernstfall aus. Und Donner tat es ebenfalls, denn vermutlich war er der Polizeibeamte, der sich zufällig in der Nähe befand.

Er quittierte die Durchsage über das Funkgerät, indem er sich in den Einsatz meldete, und beschleunigte den Wagen. Kaum drei Minuten später traf er als Erster am Viadukt ein. Schon vom Fahrersitz aus sah er die kleine Frau mit den schwarzen Haaren und dem roten Sommerkleid. Sie lief tatsächlich wie eine verirrte Seele auf der Brücke hin und her.

»Ich bin bei der Zielperson«, machte Donner Meldung. Er stellte den Motor ab, schnappte sich das Handsprechfunkgerät und stieg aus.

Während er auf die Unbekannte zuging, kündigten sich weitere Streifenbesatzungen über Funk an. Selbst der Außendienstleiter befand sich auf der Anfahrt.

Donner stellte das Funkgerät so leise, dass er die Worte der Kollegen noch verstand. In gut zehn Metern Entfernung sprach er die Frau schließlich an. Er grüßte sie. Sie starrte in seine Richtung, als sei er unsichtbar. Erst als er einen weiteren Schritt machte, reagierte sie, indem sie ihren Körper an das Geländer presste.

»Bleiben Sie stehen«, forderte sie. »Bitte.«

»Wenn Sie das möchten, tue ich das.« Nach einem letzten Schritt verharrte er am Fleck und schätzte die Distanz bis zu ihr ab. Sieben Meter. Höchstens.

»Die Leute machen sich Sorgen. Ist alles in Ordnung?«

Sie lächelte traurig. »Sie sind Polizist, nicht wahr?«

»Ach, sieht man mir das tatsächlich an? Ich sollte wohl an meiner Tarnung arbeiten.« Es sollte wie ein Scherz klingen, aber Donners Talent war dahin gehend zu ungeschliffen. Er versuchte sich an seine Zeit als Schutzpolizist zurückzuerinnern und damit an das Vorgehen bei Suizidankündigungen. »Ich heiße Franz Donner. Sie können gern Franz zu mir sagen, das wäre völlig okay. Machen Sie das?«

Keine Antwort. Stattdessen stierte sie in die Wolken.

»Und wie ist Ihr Name?«

»Ich heiße Maria. Maria Bu…« Sie stockte.

»Maria. Das klingt schön.«

»Ich hatte jemand anderen erwartet. Aber er schafft es wohl nicht mehr rechtzeitig.«

»Wen haben Sie denn erwartet?«

Sie seufzte und winkte ab. »Ach, es ist unwichtig.«

»Wirklich? Ich habe einen anderen Eindruck. Wollen Sie mir von ihm berichten?«

»Berichten?« Sie schüttelte bemüht belustigt den Kopf. »Sie reden ehrlich wie ein Polizist, hat Ihnen das schon mal jemand gesagt?«

Auf einmal hob sie ihr linkes Bein an und beugte den Oberkörper über das Geländer. Donner machte eine Bewegung nach vorn, woraufhin sie ihn anschrie.

»Halten Sie mich nicht auf!«

Noch sechs Meter.

Beschwichtigend hob Donner die Hände. »Kein Problem, ich bin nur erschrocken.«

»Sie sind doch Polizist, Sie müssten wissen, wie es ist, wenn jemand unten aufschlägt …«

… wie die Knochen brechen, Sehnen und Muskeln reißen, die Gelenke sich unnatürlich verdrehen, Organe zerquetscht werden, die Haut aufreißt, der Schädel zersplittert, das Gehirn zerfließt, die Augäpfel platzen und das Herz aufhört zu schlagen. Und natürlich das Blut. Das Blut ist am schlimmsten.

All das kannte er von seinem Beruf. »Es ist furchtbar und traurig«, sagte er bloß.

»Genau wie mein Leben.«

In dem Moment ertönte das Martinshorn. Auf der Hauptstraße, die unter dem Viadukt hindurchführte, trafen Streifenwagen ein. Im Schlepptau Rettungsdienst und Feuerwehr. Sofort wurde die Straße abgesperrt und das Bild erinnerte nun an einen Großeinsatz. Donners Funkgerät knisterte. Am liebsten hätte er es über die Brüstung geworfen, um sich ungestört mit Maria unterhalten zu können.

»Hier spricht der Außendienstleiter«, hörte er den Kollegen reden. »Was ist da oben bei Ihnen los?«

»Alles unter Kontrolle«, antwortete Donner, obwohl er sich nicht sicher war, ob das stimmte.

»Brauchen Sie Unterstützung? Sollen wir die Verhandlungsgruppe anfordern?«

Donner empfand die Fragen fast als Beleidigung. »Ich mache das schon. Niemand kommt hier hoch, verstanden?«

»Bemühen Sie sich nicht«, redete Maria dazwischen. Ihr Blick wirkte müde und leer. »Sie mögen ein guter Mensch sein, aber Sie können mir nicht helfen.«

Donner schaltete das Funkgerät stumm und hängte es an seinen Gürtel, um sie nicht noch nervöser zu machen. Dann nahm er den Faden wieder auf. »Sie sprachen von Ihrem Leben, Maria. Möchten Sie mir ein wenig daraus erzählen?«

»Was gibt es da zu erzählen? Ich habe den falschen Mann geheiratet, weil ich dumm bin.«

»Nein, das sind Sie bestimmt nicht.«

»Hier!« Sie ließ das Geländer los und präsentierte ihm ihre Handrücken. »Ich habe mir extra die Fingernägel bunt gefärbt, um wenigstens ein bisschen Freude in meinen Alltag zu lassen. Sehen Sie? Ein paar sind rot, einige gelb, manche grün, der Rest schwarz. Das ist doch völlig bescheuert, oder? Mein Mann würde sagen, ich sehe aus wie eine Nutte.«

Donner brauchte einige Augenblicke, um die Aussage zu verstehen. Rot, gelb, grün und schwarz. Die Farbzusammenstellung war wirklich kurios gewählt und erinnerte eher an einen weiblichen Clown, doch ihr Aussehen spielte für ihn im Moment eine untergeordnete Rolle. »Also geht es um Ihren Ehemann, habe ich recht?«

»Nein, nein … Sie verstehen gar nichts. Es liegt an mir, ich habe alles falsch gemacht. Die täglichen Beschimpfungen und Erniedrigungen habe ich verdient. Ich bin eine Hure und Fotze. Es steht sogar auf mir geschrieben. Auf meiner Haut ist es eintätowiert.«

Ganz vorsichtig schob er die Schuhspitzen nach vorn. Wenn sie weiterredete, konnte er sie womöglich erreichen, sie packen und in Sicherheit ziehen. Danach musste nur noch der Notarzt übernehmen, sie in die Psychiatrie einweisen und alle wären glücklich. Manch einer würde ihn sogar als Helden des Tages betiteln. Doch momentan verspürte er Unsicherheit und einen kalten Schauer, wenn er daran dachte, dass sie ihren Körperschwerpunkt nur noch eine Winzigkeit zur Seite verlagern musste.

»Bitte, Maria, erklären Sie es mir genauer. Ich möchte heute mit Ihnen gemeinsam diese Brücke verlassen.«

»Früher habe ich Musik gehört. Mozart. Oh, wie ich seine Opern geliebt habe. Ich hatte sogar einmal eine winzige Spieluhr. Doch seit einigen Jahren ist die Musik verstummt. Ich höre die Musik nicht mehr. Können Sie sich vorstellen, wie grausam die Welt ist, wenn man keine Musik mehr hört?«

»Ich glaube, es ist, als wäre alles um einen herum grau«, sagte er, woraufhin sie nickte und ein gezwungenes Lächeln zeigte.

Was sie bisher von sich gegeben hatte, waren verstörende und wirre Worte. Das begriff er. Es waren aber auch die Worte einer Person, die nur noch einen einzigen Ausweg sah – und diesen entschlossen gehen wollte.

Noch vier verdammte Meter.

»Wollen wir ein Stückchen spazieren gehen?«, traute er sich zu fragen.

»Wozu? Für mich gibt es keine Rettung mehr. Mein Mann hatte recht, ich lebe in einer Hölle und auf mich wartet die Hölle. Denn ich habe ihn umgebracht.«

»Sie haben Ihren Mann umgebracht?«

Sie schüttelte den Kopf. »Danke, dass Sie mir zugehört haben.«

Behände wie eine Turnerin schwang sie sich über das Geländer. Donner sprang zu der Stelle, wo sie eben noch gestanden hatte. Vergeblich versuchte er, sie zu greifen. Alles, was er zu fassen bekam, war ein Stück Stoff. Für einen Wimpernschlag lag sie scheinbar schwerelos wie eine Puppe in der Luft. Doch der Aufschlag kam plötzlich.

Unten auf dem Asphalt konnte man auf den ersten Blick nicht zwischen Blut und rotem Sommerkleid unterscheiden.

KAPITEL 61

Heute

Donner erreichte den Friedhof an der Salzstraße. Zielstrebig ging er auf den Eingang zu. Er kam allein hierher. Er war der Anweisung von *Death Rescue* auf Annes Gerät gefolgt. Eigentlich sollte sie an seiner Stelle hier sein, denn das Mobiltelefon, das auf seinen Daumenabdruck reagierte, hatte ihn zum Ortsausgang auf der Frankenberger Straße gewiesen. Für einige Zeit wäre er dadurch weit genug von diesem Ort entfernt gewesen. Keineswegs weigerte er sich, das tödliche Spiel mitzuspielen, aber diesmal veränderte er die Regeln. Als Stellvertreter für sich hatte er Konopka geschickt.

Und er war froh darüber, dass er sich so entschieden hatte, denn Annes Haus befand sich ganz in der Nähe. Somit hatte es eine Bedeutung, dass die App ausgerechnet diesen Friedhof ausgewählt hatte. Anders als Donner selbst hätte sie vor lauter Sorge um ihren Sohn völlig irrational gehandelt, womit sie für den Unbekannten eine leichte Gegnerin geworden wäre. Auch wenn Donner ebenfalls Angst um Malte hatte, weigerte er sich bisher, an das Schlimmste zu denken. Er glaubte fest an die Rettung des Jungen und daran, dass er den Schweinehund, der für *Death Rescue* verantwortlich war, finden und zur Strecke bringen konnte.

Dazu muss ich nur noch dieses eine Level erfolgreich abschließen.

Er wusste, dass er mit der Taschenlampe in der Hand ein leichtes Ziel für jeden Heckenschützen abgab, aber im Moment fühlte er sich unverwundbar. Wut trieb ihn vorwärts. Er war wie ein führerloser Zug, der immer mehr beschleunigte und die Schienen unter sich zum Glühen brachte. Sein Gegner sollte besser dafür beten, dass es nicht zur Kollision kam.

Suchend leuchtete er das Gelände ab. Das Licht erhellte Wege, Sträucher, Gräber und eine kleine Kapelle. Schnurstracks lief er auf das Gebäude zu. Dort rüttelte er an der Eingangstür. Verschlossen. Nie zuvor war er an diesem Ort gewesen. Beim Schlossfriedhof handelte es sich um ein überschaubares Areal. Falls es hier irgendetwas zu finden gab, würde es nicht ewig dauern. Selbst bei Nacht nicht.

Auf dem Weg hierher hatte er versucht, Wagner und Fitz über die Sprechfunktion der App zu erreichen. Abgesehen davon, dass es zu erheblichen Störgeräuschen gekommen war, weil er noch ein zweites Mobilgerät mit der App bei sich trug, hatte keiner von beiden geantwortet. Zum Glück hatte er Konopka erreicht. Auch wenn Donner nie die beste Meinung von dem Schnurrbartträger gehabt hatte, musste er sich jetzt auf ihn verlassen. Seit Donner im K11 zurück war, lernte er jeden Tag ein bisschen mehr, wieder im Team zu arbeiten. Nur manchmal war es eben besser, wenn er die Dinge allein und damit auf seine Weise regelte. Durch einen Sturz von einem Hausdach war er am ganzen Körper entstellt, Gott hatte ihm charakterliche Defizite mitgegeben, und die Kollegen nannten ihn zu Recht Monster, aber er war einer der wenigen Polizisten, die bis zum bitteren Ende gingen, wenn es darauf ankam.

So wie heute. Heute ist einer von diesen verdammten letzten Tagen, an denen es keine Gnade gibt.

Er blieb vor einer frisch ausgehobenen Grube stehen. Nach den grausamen wie bizarren Foltermethoden dieser Nacht hatte er mit einer weiteren diabolischen Todesmaschinerie gerechnet. Doch da war nur ein Loch im Erdreich. Trotzdem lief ihm ein eisiger Schauer über den Rücken. Für einen Augenblick hatte er das Gefühl, in sein eigenes Grab zu blicken. Als er es einige Zeit betrachtet hatte, wirbelte er herum und leuchtete über das Friedhofsgelände. Gewarnt durch ein Geräusch, glaubte er plötzlich, dass jemand hinter ihm stand und mit einer Waffe auf ihn zielte. Doch da war nichts außer der Finsternis, dem Regen und den Mahnmalen der Toten.

Gewöhnlich genoss Donner die erhabene Aura von Friedhöfen, weil er den Tod liebte. Deshalb arbeitete er im K11. Deshalb klärte er Tötungsdelikte auf. Für ihn war es ein unglaublich berauschendes Empfinden, wenn er sich in der Gegenwart des Todes bewegte. Wenn er ihm so nah kam, dass er dessen unverkennbares Odeur riechen konnte, etwa wie ein Kenner das Bukett eines guten Weines. Nur heute wollte sich das geliebtgehasste Gefühl nicht richtig einstellen, denn er wusste, dass es diesmal um das Leben von den Menschen ging, die ihn selbst wie durch unsichtbare Energiebänder am Leben hielten.

Anne und Malte.

Gerade als er an sie dachte, piepten beide Handys.

Zuerst sah er auf Annes Gerät, das er in der linken Hand hielt. Darauf stand eine Nachricht.

Mitspieler 2, wie kannst du an zwei verschiedenen Orten sein? Zeig mir dein Gesicht.

Donner brauchte einen Moment, bis er verstand. Soeben erfasste ihn die Kamera. Schnell deckte er das Objektiv ab. Vermutlich war es längst zu spät, aber das spielte keine Rolle mehr. Ewig hätte er den Täuschungsversuch nicht aufrechterhalten können. Vielleicht konnte er seinen Gegner dadurch wenigstens zu einem Fehler provozieren. Er schaute auf den Text, der auf seinem Mobiltelefon ebenfalls mit einem Signalton aufgetaucht war.

Mitspieler 1, wie willst du gewinnen, wenn du meine Anweisungen missachtest?

Inzwischen musste die App bemerkt haben, dass der Standort des Handys nicht mit dem vorgegebenen Ziel übereinstimmte. Somit wusste der Unbekannte auch, welches falsche Spiel Donner spielte. Der Gegner konnte also reagieren und die App abstellen, wie er es anfangs angekündigt hatte. Zu Donners Verwunderung blieb *Death Rescue* aktiv. Nach einer Weile erschien auf beiden Telefonen derselbe Text.

Also gut, Monster, dann wollen wir es hier beenden. Ich bin ganz in deiner Nähe. Schon die ganze Zeit …

Alarmiert schaute Donner sich um. Ein letztes Mal betrachtete er das Grab, schaltete die Taschenlampe aus und eilte geduckt zu einem Gebüsch. Dort wollte er warten, doch der Klingelton seines Handys verriet sein Versteck. Noch während er sich ärgerte, dass er vergessen hatte, es lautlos zu stellen, vernahm er Konopka im Ohr.

»Erik, ich bin sofort nach deinem Anruf losgefahren.« Seine Stimme klang verwaschen und aufgeregt. »Ich habe etwas gefunden.«

»Beruhige dich. Was hast du gefunden?«

»Ein Holzkreuz.«

Donners Blick ging wieder in Richtung der frischen Grabstelle. Erst jetzt fiel ihm auf, dass dort ein Stein oder ein Kreuz fehlte.

Und ein Sarg.

»Was steht auf dem Kreuz?«

»Das Datum nach Mitternacht.«

Irgendwie hatte Donner damit gerechnet. »Und mehr steht da nicht?«

»Ich weiß nicht, wie ich es dir sagen soll.«

»Steht dort mein Name? Steht dort Erik Donner?«

»Nein.«

»Sondern?«

»Es ist …«

KAPITEL 62

Malte lag in völliger Dunkelheit. Er war siebzehn und er würde sterben. Jemand hatte ihn lebendig begraben. Trotz dieser Erkenntnis wunderte er sich, wie ruhig sein Herz pochte. Selbst die Kälte spürte er kaum noch. Sein Körper war taub vom Liegen in der unbequemen verkrümmten Haltung. Inzwischen taten ihm die Gelenke und Muskeln nicht mehr so sehr weh. Dank seiner schmächtigen Statur hatte er sogar seine Hände aus den Fesseln befreien und sich den Knebel aus dem Mund reißen können. Kurzzeitig hatte er Hoffnung auf Rettung gehegt. Doch schnell hatte er begriffen, dass er nach allen Seiten eingesperrt war. Er befand sich in einer blickdichten Holzkiste. Falls es sich um einen Sarg handelte, war dieser nicht besonders groß. Vielleicht war er ursprünglich für ein Kind gedacht. Es spielte keine Rolle, worum es sich tatsächlich handelte, denn das hier war sein Tod. Dessen war er sich gewiss. Bis eben hatte er um Hilfe gerufen, doch niemand reagierte. Seine Schreie hatten viel Sauerstoff gekostet. Zu viel Sauerstoff. Malte war nie der beste Schüler gewesen, aber über das Ersticken hatte seine Lehrerin im Biologieunterricht gesprochen. Einmal in seinem Leben hatte er richtig zugehört, da es mit Tod und Sterben zusammenhing. Erik hatte ihn für das Thema begeistern können, weil er ständig von seiner aufregenden Arbeit bei der Mordkommission berichtete.

Sobald die Sauerstoffkonzentration unter einen bestimmten Wert sinkt, werden die Nervenzellen im Gehirn nicht mehr ausreichend versorgt. Schon jetzt merkte Malte, wie er schläfrig wurde. Bald würde kein sauerstoffhaltiges Blut mehr in den Kopf fließen. Ob es wehtat oder es ein schmerzloser Vorgang war, wusste er nicht. Mit der verbliebenen Kraft klopfte er gegen die Holzwand. Er klopfte und klopfte, doch niemand hörte ihn ...

»Der Typ ist mitten vom Himmel gefallen und auf unser Auto geklatscht«, kreischte Forchner noch immer geschockt in sein Handy, um Meldung an das Lagezentrum zu machen. »Hat die Blaulichtbrücke zertrümmert und das Blechdach gut zehn Zentimeter eingedrückt. Da ist kein Knochen mehr heil.«

Während der Außendienstleiter telefonierte, schaute er hinauf zum mehrstöckigen Anbau des Krankenhauses. Entweder war der Mann vom Dach oder aus einem der oberen Fenster gesprungen.

»Wir sind hier wegen der Bewachung von Kollegin Kolka«, erklärte Forchner weiter. »Plötzlich hat es geknallt. Sein blutüberströmtes Gesicht liegt direkt auf der gesplitterten Frontscheibe. Und zwischen den Scheibenwischern kann man seine Zähne aufsammeln.«

Sein Gesprächspartner aus der Notrufzentrale stellte eine Zwischenfrage.

»Ob ich weiß, wer der Mann ist?«, reagierte Forchner empört. »Keine Ahnung, vorgestellt hat er sich jedenfalls nicht bei mir. Nicht mal seine Mutter würde den jetzt noch erkennen. Ich habe echt die Schnauze ... Moment ...«

Lichtenberg kam auf ihn zu. Obwohl der sonst so robuste Führungsgehilfe selbst leichenblass aussah, hatte er die Kleidung des Toten bereits durchsucht. Stolz wedelte er mit einem Ausweis.

Als Forchner den Namen auf dem Dokument las, traute er seinen Augen kaum. Im Geiste verglich er die Bekleidung der Leiche mit der des Gesuchten. Kein Zweifel, er war es.

»Ich glaube, wir können die Fahndung nach Peter Peschel einstellen«, sagte er ins Telefon. »Der ist jetzt ein Fall für den Bestatter.«

Nur wenige Meter entfernt riss Kolka sich die Infusionsnadel aus dem Handrücken. In einem unbeobachteten Moment stieg sie von der Pritsche und verließ das Behandlungszimmer.

»Hey, Sie!«, sprach eine Krankenschwester sie von hinten an. »Wohin wollen Sie?«

»Meinen Sohn retten«, antwortete Kolka, ohne sich umzudrehen. Während sie sich die Jacke überwarf, lief sie auf das Schwesternzimmer zu. Dabei stellte sie fest, dass ihr Holster leer war. »Ich muss kurz telefonieren.«

Eine zweite Angestellte, die in dem Raum etwas in einen Computer tippte, sah sie erstaunt an. Offenbar wusste sie, dass Kolka Polizistin war, weshalb sie bereitwillig auf ein Telefon zeigte.

»So geht das nicht«, widersprach die andere Schwester, die sich ihr nun in den Weg stellte. »Sie müssen erst von der Ärztin untersucht werden.«

»Mir geht es gut«, knurrte Kolka sie an. »Geben Sie mir lieber meine Pistole wieder.«

»Ihre …?«

»Ich brauche meine Dienstwaffe. Vermutlich hat der Notarzt sie in Verwahrung genommen, während ich weggetreten war.«

»Von einer Pistole weiß ich nichts.«

»Dann erkundigen Sie sich gefälligst, wo meine Waffe geblieben ist.« Sie drängte sich an der störrischen Schwester vorbei und griff zum Hörer.

Flink wählte sie Eriks Handynummer, doch es war besetzt. Auch eine Neuanwahl brachte keinen Erfolg. Aus dem Augenwinkel bemerkte Kolka, wie die Krankenpflegerin davoneilte und eine Ärztin ansprach. Weil sie Erik auch beim dritten Versuch nicht erreichte, wählte sie die Nummer eines Kollegen. Diesmal hatte sie mehr Glück.

Nachdem Franz Donner Fitz erzählt hatte, was damals auf dem Rabensteiner Viadukt geschehen war, telefonierte der Oberkommissar abermals mit Lehnhard. Mittlerweile war sie zu seiner festen Ansprechpartnerin geworden. Weder diskutierte die Kommissarin noch trödelte sie herum. Bei ihrem Pensum fragte er sich ständig, wie sie das mit der Recherche alles schaffte.

»Die Frau hieß Maria Burgschick«, nannte Lehnhard den Namen der Suizidentin.

Burgschick!

»Der tote Justizvollzugsbeamte hatte denselben Nachnamen«, fiel es ihm ein. »Jede Wette, dass das ihr Ehemann war.«

»Ja, mein Gott, Sie haben recht. Thomas Burgschick.«

»Langsam schließt sich der Kreis«, sprach Fitz seine Gedanken aus.

»Das mit dem Selbstmord der Frau ist aber wirklich schon sehr lange her. Glauben Sie ernsthaft, das hätte etwas mit den aktuellen Morden zu tun?«

Davon war Fitz mittlerweile felsenfest überzeugt. »Lässt sich zum Tod von dieser Maria Genaueres im Computer finden?«

»Da muss ich Sie leider enttäuschen. Im System gibt es nur eine Vorgangsnummer und eine kurze Ereignisnennung.

Gut möglich, dass im Archiv eine Papierakte liegt. Bis vor zehn Jahren wurden die sogenannten E-Akten noch separat als Kopie abgelegt. Heutzutage funktioniert alles elektronisch.«

»Ja, ja, die guten alten Papierstapel rochen auch besser. Würden Sie bitte nachsehen, ob Sie etwas finden? Ich brauche sämtliche Informationen über die Frau. Wirklich alles. Und zwar unverzüglich.«

Es waren vier Videodateien, die Olaf Gladbeck von dem Hacker Frank Heidrich gezeigt bekam. Vier abscheuliche Filme, die jemand vor etlichen Jahren mit einer analogen Kamera aufgenommen, später digitalisiert und dann im Internet veröffentlicht hatte. Die Dateien trugen die Namen, die ein Mörder einzeln als Wörter und Zahlen an seinen Opfern hinterlassen hatte: EHESTUTE1811, EHEMATTE1448, EDELNUTTE1780 und EKELRITT1635.

Inzwischen wusste Gladbeck auch, dass die vierstelligen Zahlen an den Dateinamen in dieser Nacht als Rätsel aufgetaucht waren. Als PIN zum Aktivieren des ersten Handys, als Blechschild in der Acetylen- und Sauerstofffabrik, als Jahreszahl auf einer Münze und – ebenfalls in der Fabrikruine – als ekelhaftes Stillleben aus Körperteilen: 1 Ohr, 6 Zähne, 3 Hautstücke und 5 abgetrennte Finger.

»Die Aufnahmen sind über zwanzig Jahre alt«, erklärte Heidrich. Interessiert hörte Gladbeck zu. Nicht, weil ihn die sexuellen Misshandlungen erregten, im Gegenteil, er fand es widerwärtig, was man der Frau angetan hatte, sondern weil er wusste, dass die Videos Teil eines tödlichen Rachefeldzugs in der Gegenwart waren.

»Und die haben Sie damals den Kollegen in Dresden zukommen lassen?«

»Diese und noch Hunderte andere solcher Filme«, bekundete Heidrich. »In einer Tauschbörse im Darknet haben sich

Nutzer mit allen möglichen abartigen Handlungen gerühmt. Meistens handelte es sich dabei um echte Vergewaltigungen, aber auch Verstümmelungen und Nahtodexperimente. Häufig werden Opfern Plastiktüten über den Kopf gezogen, während man sich an ihnen vergeht. Einer Frau soll man sogar mit einer Bohrmaschine in den After gebohrt haben. Kein Witz.«

Gladbeck wurde kurz schwummrig, als er das hörte. Als Computerexperte im LKA hatte er in der Vergangenheit schon etliche ähnliche Filme ansehen müssen, aber manche Dinge gingen weit über die Grenzen des Erträglichen hinaus. Einige Handlungen erinnerten an die Szenen der vier Videos mit der Frau, die drei geschmacklose Tätowierungen an ihrem Körper trug. Auch wenn die Qualität der Aufnahmen für heutige Verhältnisse nicht die beste war, so konnte man die drei Pfeile mit den daranstehenden Wörtern an Hals, Vagina und ihrem Gesäß deutlich lesen: SCHLUCKRÖHRE, STOPFFOTZE und SPREIZLOCH.

Freiwillig hatte sich die Frau garantiert nicht tätowieren lassen. Zumindest konnte Gladbeck sich das nicht vorstellen. Alles deutete darauf hin, dass jemand aus ihr ein willenloses Sexobjekt gemacht hatte.

»Hier«, sagte Heidrich und übergab Gladbeck einen USB-Stick mit den vier Dateien. »Mehr kann ich nicht für Sie tun.«

KAPITEL 63

»Es ist Annegret.«

Donner verstand den Namen, den Konopka ihm am anderen Ende der Leitung mitteilte, doch er weigerte sich, es anzuerkennen. »Was sagst du da?«

»Im Holz steht Annegret Kolka eingraviert«, präzisierte der Kriminalhauptmeister.

»Nein, das kann ...«

Er verstummte. Eigentlich hätte sie hier auf dem Friedhof stehen und Donner hätte stattdessen das Kreuz finden müssen. Doch jetzt wich die Wirklichkeit von dem von *Death Rescue* festlegten Szenario ab. Er hatte die Regelvorgaben durchbrochen, Level 5 auf seine Weise gespielt.

»Anne wird im Krankenhaus bewacht«, sagte Donner. »Sie ist in Sicherheit.«

»Dann ist ja alles gut.«

Nein, ist es nicht. Wenn sie lebt, stirbt Malte.

Sosehr Donner sich den Kopf zermarterte, er fand keine Lösung, wie er den Jungen retten konnte. Niemand wusste, wo er steckte. Es gab einfach keinen Hinweis auf seinen Aufenthaltsort. Oder falls es ihn gab, hatte das K11 diesen bislang übersehen. Viel logischer war es jedoch, dass es nie

Anhaltspunkte gab, denn *Death Rescue* hatte Level 4 übersprungen. Somit hatten Anne und Donner nie eine reelle Chance gehabt, Malte zu finden.

Und noch eine Sache wich vom bisherigen Spielverlauf ab: Bisher hatte der Unbekannte seine Opfer – die Spielfiguren, wie er sie nannte – stets im Vorfeld in seine Gewalt gebracht. Er hatte sie entführt, gefesselt und ihr Schicksal jeweils einer Todesmechanik überlassen. Simone Peschel hatte er in einer alten Videothek mittels eines Bohrers in den Kopf umbringen wollen. Henrike Sommers Mann Roland hatte er durch einen manipulierten Heizstab in einem Keller getötet. Patrizia Mettmann, Alexander Mettmanns Frau, hatte er im Opernhaus an Stromkabel angeschlossen. Einen weiteren Mann, vermutlich einen Justizvollzugsbeamten, hatte er gefoltert und in einen leeren Tank stürzen lassen. Und Malte …

… hat er in eine verfluchte Kiste gesperrt.

Falls Anne tatsächlich Donners Spielfigur sein sollte, dann blieb die Frage, welche Teufelei er für sie vorgesehen hatte. Das Holzkreuz jedenfalls deutete zweifellos auf ihren Tod hin.

Irgendwas stimmt in meiner Überlegung nicht. Ich habe etwas übersehen.

Abermals schaute er hinüber zu der leeren Grabstelle. Auch wenn es das Symbol für Tod und Sterben war, so handelte es sich keinesfalls um einen Hinweis.

»Was soll ich jetzt machen?«, rief Konopka sich am Handy in Erinnerung.

»Beschreib mir das Holzkreuz?«

»Was?«

»Das Holzkreuz, wie sieht es aus?«

»Irgendwie edel.«

»Edel.«

»Es ist ganz glattes Holz, aber ziemlich alt. Es hat Verzierungen an den Rändern. Es könnte aus einer Kirche stammen. Ja, ich glaube, das kommt hin. Es ist mit einer gleichmäßigen Lackschicht überzogen. Der Name und das Datum wurden später eingraviert. Warte ...«

»Was ist?«

»Hey, das erinnert mich an etwas. Vor einiger Zeit gab es einen Diebstahl. Und zwar aus der Kapelle eines Friedhofs. Soweit ich weiß, wurde da ein Kreuz entwendet. Es ist mir nicht gleich eingefallen, weil eine andere Dienstschicht vom KDD die Sache aufgenommen hat. Wenn ich nur wüsste ...«

Donners Blick schnellte zum Gebäude, das halb von Bäumen verdeckt war. Trotz des Regens beschien der Mond die helle Fassade. Er brauchte nicht nachzufragen, um welche Friedhofskapelle es sich handelte.

»Bring das Kreuz her.«

»Nein, ich kann ...«

Doch Donner würgte seinen Einwand ab, indem er die Verbindung kappte. Während er über die matschige Wiese zur Kapelle eilte, wählte er die Nummer des Außendienstleiters.

Genervt meldete Forchner sich.

»Geht es Anne gut?«, vergewisserte Donner sich.

»Scheiße, Erik, warum rufst du ausgerechnet jetzt an?«

»Hör mir genau zu! Ich will wissen, wie es Anne geht.«

»Wir waren abgelenkt, weil Peter Peschel ...«

»Anne!«, schrie Donner, denn eine schlimme Ahnung befiel ihn.

»Sie ist aus der Notaufnahme verschwunden.«

KAPITEL 64

Alle Tatorte in dieser Nacht hingen mit Maria Burgschick zusammen – mit der Frau, die vor einundzwanzig Jahren Suizid begangen hatte. Dank Lehnhards akribischer Recherche hatte Fitz dieses Rätsel gelöst.

Der Keller in dem leer stehenden Haus auf der Gießerstraße, Burgschick hatte dort gewohnt. Sie hatte klassische Musik und Opern geliebt, besonders die *Zauberflöte* hatte es ihr angetan. Deshalb hatte *Death Rescue* das städtische Opernhaus als einen der Schauplätze genannt. Zuvor musste der Mörder den Zeitpunkt abgewartet haben, bis die *Zauberflöte* dort wieder aufgeführt wurde. Die Acetylen- und Sauerstofffabrik war ebenfalls kein willkürlich gewählter Ort für den Mord an dem Justizvollzugsbeamten gewesen. Burgschick hatte bis kurz nach der Wende dort gearbeitet.

Und es gab weitere Verbindungen …

»Man hat sie auf dem Schlossfriedhof begraben«, sagte Fitz zu Franz Donner, der ihn noch immer begleitete. »Ihre Grabstelle dürfte es jedoch längst nicht mehr geben.«

»Vergessen«, murmelte Franz Donner. »Alle haben sie vergessen, bis auf unseren Killer.«

Fitz zuckte mit den Schultern und lenkte seinen Wagen zu einer Adresse, die möglicherweise weitaus wichtiger war als der Friedhof. Ausnahmsweise überschritt er sogar die zugelassene Höchstgeschwindigkeit. Geringfügig nur, denn Fitz missachtete nur im äußersten Notfall festgelegte Regeln. Für Franz Donner war es offensichtlich zu langsam.

»Bei dem Tempo bin ich ein alter Mann, wenn wir ankommen.«

»Sie *sind* ein alter Mann.«

Franz Donner winkte ab. »Ich verstehe noch immer nicht, was es mit der Videothek auf sich hat. Sie etwa? Ich meine, die anderen Orte haben alle etwas mit dieser Maria Burgschick zu tun. Aber die Videothek?«

Auch Fitz hatte keine plausible Erklärung, weshalb ausgerechnet in den Räumen von *Videoparadies* beinahe eine Frau ums Leben gekommen war. Doch inzwischen kannte er den ehemaligen Eigentümer der Videothek: Peter Peschel.

»Peschel«, antwortete Fitz. »Er ist das Verbindungsglied zu den damaligen Taten von Jonny Herzig. Es musste also auch eine Verbindung zwischen Peschel und Burgschick geben. Und ich glaube, es ist nur noch eine Frage der Zeit, bis wir alle Zusammenhänge kennen.«

Aus dem Augenwinkel nahm Fitz wahr, wie Franz Donner sichtlich beeindruckt nickte. »Ich muss zugeben, Sie sind ein verdammt ausgebuffter Ermittler. Einen wie Sie hätte ich damals in meinem Kommissariat gebrauchen können.«

»Da irren Sie sich, mit mir gibt es nur Probleme. Fragen Sie mal meinen Chef Börnemann.«

Wenige Minuten später erreichten sie das Mehrfamilienhaus in der Margarethenstraße. Lehnhard hatte die Adresse herausgesucht und Fitz mitgeteilt. Sie hatte sich gewundert und nachgefragt, wozu er sie brauchte. Er hatte ihr nicht geantwortet, denn die Sache war kompliziert. Und falls sich sein Verdacht bestätigte, war es ein Skandal, der in den nächsten Tagen für reichlich Furore in den Nachrichten sorgen würde.

»Verraten Sie mir endlich, wer hier wohnt?«, fragte Franz Donner, als sie ausstiegen.

Obwohl sie mit dem Auto gefahren waren, schnaufte Fitz, als hätte er einen Marathon zu Fuß zurückgelegt. Er hustete und rieb sich den Brustkorb, um das Engegefühl darin zu vertreiben. Mit heiserer Stimme sagte er: »Kennen Sie den ersten Ehemann von Maria Burgschick?«

»Sollte ich?«

»Besser wäre es gewesen, denn mit ihm hat alles begonnen.«

»Und ihr Ex-Mann wohnt hier?«

Fitz schüttelte den Kopf. »Er ist tot. Ist vor etlichen Jahren bei einem Urlaub in der Sächsischen Schweiz ums Leben gekommen.«

»Verschaukeln Sie mich schon wieder?«

»Nicht ich tue es, sondern der, der für all die Morde verantwortlich ist. Folgen Sie mir unauffällig.«

Fitz ging voraus und Franz Donner schlurfte hinterher. Er zeigte ihm das Klingelschild und den dazugehörigen Briefkasten. Erst kniff der Pensionär die Augen zusammen, um den Namen zu lesen, dann riss er sie erschrocken auf.

»Ist das …?«

Fitz nickte. »Jetzt wissen Sie, warum ich nur Ihnen davon erzählt habe. Beruflich kann mir niemand mehr schaden, falls ich mich irre. Deshalb vermute ich, dass man mich eher lynchen und einen Kopf kürzer machen wird. Und das ist bei meiner Größe echt nicht lustig.«

Ungläubig blickte der Pensionär auf den Oberkommissar hinab. »Sie wollen doch garantiert nicht bei ihm klingeln, habe ich recht?«

»Wozu klingeln? Es ist niemand da.«

»Also was suchen wir dann hier?«

»Beweise.«

»Genial. Sie kommen in den Osten, um Wildwest zu spielen. Wenn ich wenigstens eine Spielzeugpistole hätte, so eine aus der Werbung, mit Batterien und einhundert Schuss Munition, dann könnte ich mitmachen.«

Wahllos klingelte Fitz bei einem der Hausbewohner. »Wir werden keine Waffen brauchen. Und falls doch, dann habe ich ja noch meine echte …«

»… die Sie in einem fremden Bundesland eigentlich gar nicht tragen dürften.«

Mit dem gegenseitigen Nicken der alten Kommissare war der Small Talk beendet. Beide wussten, dass es jetzt um alles ging. Nachdem eine unbekannte Stimme gefragt hatte, wer vor dem Haus steht, Fitz sich als Polizeibeamter zu erkennen gab und der Türsummer brummte, traten sie in das Mehrfamilienhaus ein, in dem möglicherweise ein Serienmörder wohnte.

Kapitel 65

Donner konnte Anne nicht mehr anrufen. Ihr eigenes Handy war kaputt und das Gerät mit der App befand sich in seiner Manteltasche. Vielleicht war sie gar nicht aus dem Krankenhaus verschwunden, sondern in eine andere Station verlegt worden und Forchner hatte sich nur nicht richtig erkundigt.

Wo sollte sie auch sonst sein?

Er schaute in die Anrufliste seines Mobiltelefons und entdeckte eine Festnetznummer. Es war eindeutig der Anschluss des Flemming-Krankenhauses. Schnell wählte er den Rückruf. Nach mehrmaligem Klingeln hob eine Krankenschwester ab. Von ihr hörte er die gleiche Aussage wie vom Außendienstleiter: Anne hatte sich trotz Belehrung des Klinikpersonals selbst aus der Notaufnahme entlassen.

»Wann war das?«, fragte er die Klinikangestellte.

»Ich glaube, das ist schon einige Minuten her. Warten Sie, ich frage meine Kollegin …«

Entsetzt über die Information, beendete er das Telefonat vorzeitig. Während der Regen zunahm und die Nässe inzwischen von seinen Haarspitzen und vom Mantel tropfte, überlegte er, was er tun sollte. Er hatte Forchner den Auftrag gegeben, nach ihr zu suchen. Falls sie das Gelände verlassen hatte, konnte sie nicht weit sein. Immerhin war sie zu Fuß unterwegs.

Nur kann ich jetzt nicht von hier weg. Ich muss bei den Toten bleiben.

»Was geschieht hier?«, fragte er laut in der Hoffnung, jemand antwortete ihm.

Doch da war keiner, der mit ihm redete. Wenn Donner jetzt aufbrach, um ebenfalls nach Anne zu suchen, verspielte er höchstwahrscheinlich die Chance, *Death Rescue* zu beenden. Es lief das letzte Level. Auf diesem Friedhof sollte es enden. Das zumindest hatte der Text in der App angedeutet.

Als er abermals auf das Display schaute, setzte eine Melodie ein. Nicht das Vogelfänger-Lied aus der *Zauberflöte*, sondern der Helloween-Song, den er in seiner Wohnung gehört hatte.

The Game Is On.

Er blieb stehen, wischte die Regentropfen vom Handy und las die neue Botschaft.

Finde die Spielbox unter dem Kreuz, Monster. Dann gewinnst du oder verlierst.

Er lief los, umrundete die Kapelle und blieb vor einem halb ins Mauerwerk eingelassenen Schrein stehen. Im Inneren befand sich eine Steinstatue – vermutlich sollte das die Heilige Jungfrau Maria sein. Zumindest war es die einzige Heilige, die er kannte.

Abgesehen von Anne, meiner Mutter und meiner ehemaligen Chemielehrerin, die mich damals beim Abi nicht hat durchrasseln lassen.

Der Schrein war mittels eines Eisengitters geschützt. Donner rüttelte am Schloss, doch das Gitter saß fest. Mit der Taschenlampe leuchtete er die Frauenskulptur an. Bei seiner Ankunft hatte er sie bereits bemerkt, aber jetzt fiel ihm ein Detail auf, das er zuvor übersehen hatte. An der Wand hinter der Figur war ein heller Abdruck von einem fehlenden Kreuz. Er schätzte die Maße ab und kam zu der Vermutung, dass es sich um das Holzkreuz handelte, das Konopka am Ortsausgang an seiner Stelle gefunden hatte.

Akribisch untersuchte er den Schrein mit dem Lichtstrahl. Auf der Suche nach einem versteckten Hinweis kontrollierte er auch das umgebende Mauerwerk, indem er mit den Fingerspitzen in jede Ritze fuhr. Er kniete sich hin und leuchtete den Boden ab. Plötzlich schimmerte etwas Metallisches aus dem Erdreich. Kaum sichtbar am Fuß der Statue.

Finde die Spielbox unter dem Kreuz, Monster.

Auch wenn hier das eigentliche Kreuz fehlte, streckte er den Arm durch das Gitter, reichte aber nicht ganz bis zu dem Gegenstand. Obwohl seine Schulter langsam schmerzte, machte er sich noch ein Stück länger. Endlich berührten seine Finger das Blech. In dem Augenblick geschahen zwei Dinge: Sein Handy klingelte und er nahm hinter sich eine Bewegung wahr.

Du bist ein Idiot, Erik.

In Erwartung eines Angriffs wirbelte er herum.

»Erik!«

»Anne! Was machst du …?«

»Hast du Malte gefunden?«

Ungläubig, weil Anne wie aus dem Nichts auf dem Friedhof auftauchte und auf ihn zueilte, brachte er nur noch ein Stottern heraus. Er glaubte an eine Täuschung.

»Jens hat mich vom Krankenhaus abgeholt«, erklärte sie, als sie direkt vor ihm stand. »Ich habe ihn angerufen, nachdem ich dich nicht erreicht hatte.«

Nun bemerkte Donner auch den jungen Kommissar, der sich hinter Anne unter den Bäumen hindurchduckte und sich ebenfalls näherte. Donner richtete sich aus seiner gebückten

Haltung auf. In seiner Manteltasche spielte der Handyklingelton noch einige Sekunden, bis er erstarb.

»Was machst du da an dem Gitter?«, hörte er Anne sagen. Sie spähte an ihm vorbei zur Statue, dann fasste sie seine Hand.

Donner streichelte ihr Gesicht, um sicherzugehen, dass sie kein Trugbild war. Er konnte es einfach nicht fassen, dass er sie an diesem Ort in den Armen hielt. »Du bist in Gefahr, Anne.«

»Krassikowski, Erik, wir haben uns Sorgen um dich gemacht«, redete Wagner auf ihn ein. »Weißt du, was mit *Death Rescue* los ist?«

Noch immer benommen vom plötzlichen Auftauchen der beiden, klopfte Donner seine Taschen ab. »Da muss ein Hinweis versteckt sein …« Wie ferngesteuert deutete er nach hinten, ehe er sich schüttelte. »Wie habt ihr mich gefunden?«

Anne schaute zu ihrem jungen Kollegen. Bevor sie oder Wagner antworten konnten, klingelte erneut Donners Handy. Der Ton durchdrang die Nacht und den Regen.

»Willst du nicht rangehen?«, fragte Anne.

»Vielleicht ist es wichtig«, ergänzte Wagner.

Aufgrund der Aufforderung der beiden nahm er das Telefon zur Hand.

Olaf Gladbeck rief an. »Endlich erreiche ich Sie«, sagte er. »Wir haben ein Signal.«

»Was?«

»Erinnern Sie sich noch, dass Sie mir das Handy von dieser Drogenbraut gegeben haben?«

»Sie meinen Dienelts Tochter Claudia?«

Natürlich meinte er sie. Donner hatte dem Computerexperten das Mobiltelefon überlassen, das er aus ihrem Bauch geholt hatte.

»Ich habe das System geknackt.« Gladbecks Stimme überschlug sich beinahe. »Das Gerät ist zwar Teil von *Death Rescue*, aber anders als die fünf Spielgeräte funktioniert es autark. Es ist auf einmal abgekoppelt von den anderen Handys. Kann sein, dass es mit dem Neustart der App zusammenhängt, egal, das spielt jetzt keine Rolle mehr. Wichtig ist nur, dass wir es problemlos auslesen können, ohne unseren Gegner zu warnen.«

»Was genau wollen Sie mir damit sagen?«

»Wir können die Quelle dank des Funksignals orten!«

Schlagartig verstand Donner. »Sie meinen …?«

»Es führt uns zum Täter. Die Mobile Funkaufklärung ist bereits aktiviert. Bisher ist der Scanradius noch recht ungenau, aber das Mobilgerät, das *Death Rescue* steuert, befindet sich ganz in der Nähe des Friedhofs. Sobald die nächste Ortung abgeschlossen ist, bekommen wir genauere Daten.«

Suchend schaute Donner sich um. Während er hier telefonierte, konnte der Killer ihn und Anne ins Visier nehmen. »Wie lange brauchen Sie?«

»Ein paar Minuten müssen Sie uns noch geben.«

»Was ist denn los?«, fragte Anne.

»Sie haben das Handy des Täters geortet«, erklärte Wagner. »Und er ist ganz in der Nähe. Nicht wahr?«

Während Donner weiter den Ausführungen Gladbecks zuhörte, kramte er umständlich das Mobilgerät mit der Nummer 1 aus der Manteltasche. Es war plötzlich ausgeschaltet. Eine Prüfung von Annes Gerät brachte das gleiche Ergebnis.

»Er hat die App soeben abgestellt«, berichtete Donner seinem Gesprächspartner.

»Was sagen Sie da? Er hat *Death Rescue* jetzt in dieser Minute abgestellt?«

»Ja, verdammt, eben funktionierten die Geräte noch. Sind Sie sich absolut sicher, dass er die Manipulation auf dem zusätzlichen Handy nicht mitbekommen hat?«

»Unmöglich ... Ich meine, ich habe es überprüft. Ich ... ich melde mich gleich wieder.«

Das Telefonat war beendet.

»Was hat er gesagt?«, fragte Wagner.

Donner schwieg. Er versuchte, sich in den Kopf des Gegners zu versetzen. Was Gladbeck ihm mitgeteilt hatte, ergab keinen Sinn. Bisher hatte der Täter es geschafft, wie ein Geist zu operieren. Gut möglich, dass er die Ortung bewusst zugelassen hatte, um sie erneut in die Irre zu führen.

»Erik, was ist hier los?«, wollte Anne wissen, die sich an seinen Arm klammerte.

»Ich liebe dich«, antwortete er, ohne sie anzusehen. Mit seinem Blick suchte er die Gegend ab. »Hast du deine Pistole eingesteckt?«, fragte er Wagner.

»Krassikowski, ja, aber wozu?« Der Kommissar klopfte sich an die Seite, wo er das Holster trug.

»Meine hat Forchner«, sagte Anne. »Und deine liegt bestimmt im Waffenschrank der KPI, weil du eine Abneigung gegen Waffen hast. Stimmt's?«

»Du hast recht, ich habe meine Dienstwaffe nicht dabei«, antwortete Donner und nickte. »Aber ich bringe dich jetzt in Sicherheit. Und diesmal lasse ich dich nicht allein.«

»Und was ist mit Malte?«

»Malte ist nicht hier«, bekundete Donner, obwohl es nur eine Vermutung war. »Ich muss nur noch schnell eine Sache überprüfen.«

Er drehte sich zu der Statue um. Kniete sich erneut hin, griff durch das Gitter und streckte die Hand nach dem Blech aus. Er löste den Gegenstand aus dem Erdreich und führte ihn vor sein Gesicht. Weil er mit seinem Körper Anne die Sicht nahm, konnte sie nicht sehen, was er gefunden hatte.

Großer Gott, ich war so verdammt blind.

Wie in Zeitlupe betrachtete er das Fundstück. Sein Herz setzte aus. In seinen zitternden Händen hielt er ein letztes perfides Puzzleteil. Schlagartig waren alle Lügen aufgedeckt.

Bevor er reagieren konnte, ertönte ein Schuss. Die Patrone durchschlug Annes Hinterkopf. Ihr Körper fiel zu Boden.

Leblos blieb er neben Donner liegen.

KAPITEL 66

Damals (viele Jahre zuvor)

Jonny Herzig traf Maria Burgschick zum ersten Mal beim Leichtathletiktraining. Er war zweiunddreißig und Trainer einer Jugendmannschaft. Sofort, als er sie sah, verliebte er sich in die kleine, unscheinbare Frau mit den freudlosen Augen. Was ihn genau gefangen nahm, wusste er nicht, vermutlich spielte sein Beschützerinstinkt eine Rolle. Irgendwie hatte er gespürt, dass einiges in ihrem Leben nicht stimmte. Damals hatte er nicht geahnt, wie sehr er sich irrte. Es stellte sich nämlich heraus, dass nicht einfach etwas nicht stimmte, sondern ihr Leben die Hölle war.

Ihr Ehemann, ein Justizvollzugsbeamter, misshandelte Maria fast täglich und lieh sie an andere Männer aus, damit diese ihre abartigen Sexfantasien an ihr ausleben konnten. Tapfer, aber auch vollkommen hilflos ertrug sie das Martyrium. Am schlimmsten waren für sie jedoch die Videoaufnahmen. Die Filme, die Szenen von Vergewaltigung und Tortur zeigten und in denen die Täter immer Masken trugen, waren der Grund, weshalb sie sich schämte, jemandem davon zu erzählen, und immerzu den Gedanken an Selbstmord mit sich herumtrug.

Allerdings erfuhr Herzig das erst, als es fast schon zu spät war. Immerhin gelang es ihm innerhalb der zwei Jahre, in denen sie sich kannten, dass sie sich ihm Stück für Stück anvertraute. Sie trafen sich heimlich, redeten viel oder manchmal auch kein einziges Wort. Meistens gingen sie spazieren. Oft nur wenige Stunden in der Woche. Einmal hatte er sie in ein wundervolles Restaurant eingeladen. Es war eine Einladung, über die Maria vor Glück geweint hatte. Maria verliebte sich in den klugen und sportlichen Mann, der es nie wagen würde, die Hand gegen sie zu erheben und der in ihr die Hoffnung auf ein besseres Leben nährte.

Am Tag des gemeinsamen Abendessens hatte er vor dem Lokal mit klopfendem Herzen gewartet. Sie war nicht gekommen.

Zu dieser Zeit ging sie längst nicht mehr arbeiten. Das Geld kam durch die Videofilme herein, die ihr Ehemann auf VHS-Kassetten über eine Videothek an perverse Kunden verkaufte. Peter Peschel, ein guter Freund von Thomas Burgschick, war der Besitzer. Er kannte die Wünsche der Kunden, denen die Pornos im Regal nicht mehr reichten. Für hohe Geldsummen gingen die Privataufnahmen über den Ladentisch. Jahre danach gelangten die Filme ins Internet, wo sie zu Klassikern wurden und man sie in illegalen Tauschbörsen im Darknet handelte. Anonym im Netz verbreitete sich das Gerücht, dass es da mal eine geile Nutte gegeben hatte, die sich von jedem und auf jede erdenkliche Weise ficken ließ und sich ihre perverse Neigung sogar mit drei krakeligen Wörtern von einem Amateur auf Hals, Vagina und Hintern hatte tätowieren lassen: SCHLUCKRÖHRE, STOPFFOTZE und SPREIZLOCH.

Als Jonny Herzig die gesamte Lebensgeschichte von Maria erfuhr, wurde er unendlich traurig und wütend. Natürlich wollte er sofort zur Polizei gehen, um Anzeige zu erstatten, aber Maria flehte ihn an zu warten. Sie beruhigte ihn damit, dass sie bald die Kraft haben würde, sich von ihrem grausamen Ehemann zu trennen. Herzig hatte ihr kein Wort geglaubt, er war aber auch nicht gleich zur Polizei gegangen, weil er glaubte, sie dadurch zu verlieren. Erst Monate später suchte er das Polizeirevier West auf. In der Nacht warf er ein anonymes Schreiben in den Briefkasten. Durch einen unglücklichen Zufall – ja, man könnte sagen, es war der Wind gewesen – flatterte die Anzeige jedoch nie auf den Tisch eines Ermittlers, sondern in den Rinnstein und kurz darauf in den Tierpark, wo ein Esel sie schließlich verspeiste.

In der irrtümlichen Annahme, die Polizei sei in der Sache absichtlich untätig geblieben, steigerte sich Herzigs Wut von Tag zu Tag. Es schmerzte ihn, zu sehen, wie schlecht es Maria ging, und zu fühlen, wie hilflos er selbst war. Ständig dachte er daran, es Thomas Burgschick heimzuzahlen. Doch damals war Herzig ein ehrbarer Bürger gewesen, der niemals einem Menschen etwas antun könnte.

An einem Tag im Sommer änderte sich das jedoch. Der Tag, als Maria starb.

An diesem Tag kam Herzig von der Arbeit im Ingenieurbüro nach Hause. Im Briefkasten fand er einen Brief, der Marias Handschrift trug. Schon beim Öffnen des Umschlags zog es ihm die Luftröhre zusammen. Er ging fest davon aus, dass sie den Kontakt zu ihm abbrechen wollte. Etwas in der Art las er dann auch in dem Text. Sie verabschiedete sich. Gleichzeitig legte sie ihr Schicksal und das ihres Sohnes in seine Hände. Falls das Schicksal es bestimmte, würde er es rechtzeitig schaffen und sie und ihren Sohn retten kommen – oder wenigstens einen von beiden. Leider hatte er an diesem Tag Überstunden machen müssen und war deshalb nicht pünktlich aus dem Büro gekommen. Zudem hatte er sich während der Heimfahrt überlegt, dass er sich an diesem Abend eine Tiefkühlpizza gönnen könnte. Er war zwar Sportler und achtete dementsprechend auf seine Ernährung, aber an diesem Tag hatte er Heißhunger auf Pizza. Beim Einkauf im Supermarkt hatte er eine weitere wertvolle halbe Stunde verloren.

Nun stand er vor seinem Briefkasten mit dem handgeschriebenen Blatt Papier und einem Schlüssel, der sich ebenfalls im Umschlag befunden hatte.

EETT war auf den Schlüssel geprägt. Die Markenbezeichnung des Herstellers. Es war Marias Wohnungsschlüssel. Erst zögerte er, dann wusste er, was er tun musste. Aus Sorge um Maria setzte er sich wieder ins Auto und fuhr zu ihrer Adresse. Zuerst befürchtete er, dass er ihren Ehemann antreffen könnte, doch der war auf Spätschicht in der JVA Dresden. Tatsächlich passte der Schlüssel ins Schloss – sowohl an der Haus- als auch an der Wohnungstür. Leider war die Wohnung leer. Auf dem Küchentisch lag jedoch ein Foto vom Rabensteiner Viadukt. Daneben standen vier Fläschchen Nagellack. Schwarz, rot, gelb und grün.

Herzig wusste, dass schon oft Menschen von der Eisenbahnbrücke in den Tod gestürzt waren. Ein fürchterlicher Gedanke regte sich in ihm. Er wusste, dass er sich beeilen musste.

Er wollte die Küche und anschließend die Wohnung bereits verlassen, als ihm die Kiste auffiel. Es war eine Holztruhe, die seltsam im Raum stand. Am Deckel befand sich kein Vorhängeschloss, sondern lediglich ein Bügel mit einem Holzkeil.

Aus irgendeinem Grund entschloss er sich, einen Blick ins Innere zu werfen. Es war purer Zufall, dass Herzig in die luftdicht verschlossene Truhe hineinschaute und den gefesselten und schlafenden Jungen von Maria entdeckte. All die Jahre hatte die Mutter ihn beschützen wollen, doch als ihre Kraft nicht mehr zum Weiterleben ausreichte, wollte sie ihrem Sohn eine unsichere und gleichfalls grausame Zukunft ersparen. Sie hatte ihn betäubt, gefesselt und in die Truhe gelegt. Bald wäre der Sauerstoff aufgebraucht gewesen und er wäre erstickt.

Es war eine Verzweiflungstat – genau wie der Sprung von der Brücke. Das Schicksal wollte es, dass Maria in dem Moment ums Leben kam, als Herzig den Deckel der Truhe öffnete. Er fand den Jungen und eine Münze, die seine Mutter als Glücksbringer für ihren Sohn hatte anfertigen lassen. Eine Münze mit einem Engel auf der einen und dem Bildnis ihres Sohnes und seinem Geburtsjahr auf der anderen Seite.

Schlussendlich hatte Herzig nur Marias Sohn retten können, den Achtjährigen, der bereits in jungen Jahren ein erstaunliches Sporttalent besaß und bei ihm im Leichtathletikteam trainierte. Über ihn hatte Herzig Maria kennengelernt.

Noch am selben Tag erfuhr Herzig, dass ein Polizist namens Franz Donner ihren Tod nicht verhindert hatte, obwohl er dazu verpflichtet gewesen wäre und man ihn für solche Fälle ausgebildet hatte. Das zumindest glaubte Herzig. Schon zuvor hatte die Polizei seine anonyme Anzeige ignoriert. Fortan sah er in Franz Donner den Mann, der ihm seine große Liebe geraubt hatte. Sieben Jahre später forderte er seinen Widersacher in einem tödlichen Wettstreit heraus, bei dem Herzig unter dem Namen Spielmann bekannt wurde. Doch diese Mordserie – bei der er sich an den Leuten rächte, von denen er wusste, dass sie in der Videothek die abscheulichen Vergewaltigungen von Maria gekauft hatten – war nur der Anfang seines eigentlichen Plans gewesen. Die gesamte Zeit über hielt er einen Trumpf in der Hand, der sein Rachewerk zum Abschluss führen sollte.

Marias Sohn sollte das vollenden, was er begonnen hatte. Er sollte Franz Donner ebenfalls ins Unglück stürzen, indem er ihm geliebte Menschen nahm. Vielleicht seine Ehefrau oder seinen Sohn oder etwa dessen spätere Freundin …

Nach Marias Tod kam der Junge in die Obhut seines leiblichen Vaters. Des Mannes, der bereits Maria verprügelt hatte und seine Aggressionen nun an dem Achtjährigen ausließ. Das Jugendamt tat nichts zum Schutz des Kindes, doch darüber wunderte Herzig sich nicht mehr. Er wusste, wie blind sich Behörden stellen konnten. Statt dagegen aufzubegehren, plante er seine Rache präzise und mit äußerster Geduld. Und er stand dem Jungen die ganze Zeit als Trainer bei. Beinahe fühlte er sich wie ein richtiger Vater. Doch bis auf ein paar Mannschaftsfotos bei der Leichtathletik gab es keine gemeinsamen Bilder. Nichts, was einem Vater-Sohn-Verhältnis nahekam. Herzig blieb im Hintergrund und beobachtete das Martyrium des Jungen. Zum Glück besaß der Junge einen starken Charakter. Die Schläge seines Erzeugers machten ihn nur noch stärker.

Als er alt genug war und bald eine Ausbildung anfangen sollte, erzählte Herzig ihm die Leidensgeschichte seiner Mutter. Dabei ließ er nichts aus. Aufmerksam hörte der Sohn zu. Er unterbrach ihn nicht, er reagierte nicht schockiert oder verstört. Nach außen hin wurde er nicht einmal wütend. Am Ende, als Herzig ihm alles berichtet hatte, was er von Maria wusste, fragte der Junge nur, was er tun könnte.

Daraufhin sagte Herzig ihm: »Wenn du wirklich etwas tun willst, dann tritt in den Polizeidienst ein.«

Kapitel 67

Fitz lauschte von außen an der Wohnungstür, während Franz Donner das Treppenhaus im Auge behielt. Wie erwartet war es in der Wohnung still. Nach einer Weile nahm Fitz das Ohr vom Türblatt und musterte die Verriegelung.

»Sie haben nicht zufällig Werkzeug dabei?«, fragte er.

»Früher haben wir für solche Türen keine Werkzeuge gebraucht.«

»Früher gab es auch nicht so viele Tageswohnungseinbrüche.«

Franz Donner schob sich an ihm vorbei. »Bisher war ich keine große Hilfe, aber falls das hier der größte Irrtum Ihres Lebens ist, kommen Sie vielleicht halbwegs glimpflich davon, wenn Sie sagen können, ich hätte die Tür eingetreten.«

Damit warf Franz Donner sich mit der Schulter gegen die Tür. Es knackte. Sofort darauf krümmte er sich vor Schmerzen.

»Bitte«, seufzte Fitz. »Erzählen Sie mir jetzt nicht, Sie haben sich die Schulter gebrochen.«

»Nein, ich denke, es ist eher das Schlüsselbein.«

»Gott, wir zwei sind das traurigste Duo, das ich kenne. Und glauben Sie mir, ich habe Toto und Harry live bei einer Gala von Deutschlands Super-Cop erlebt.«

»Wen?«

Da der ältere Mann so schaute, als kannte er die beiden Reality-Fernsehkommissare tatsächlich nicht, winkte Fitz bloß ab und knöpfte den Trenchcoat auf, um sich besser bewegen zu können. »Lassen Sie mich ran, ich habe das richtige Schuhwerk für die Tür.«

Das stimmte nicht ganz, denn die Herrenschuhe waren leicht und entsprechend mit dünner Sohle ausgestattet. Trotzdem wollte er sich vor dem Pensionär nicht blamieren. Er biss die Zähne zusammen, nahm einen kurzen Anlauf und wuchtete den Fuß knapp unterhalb des Schlosses gegen die Tür. Ähnlich wie sein Partner schrie auch er vor Schmerzen auf. Danach hüpfte er auf einem Bein, weil er sich den Oberschenkel gezerrt hatte.

»Bravo«, konnte Franz Donner sich einen Kommentar nicht verkneifen. »In Ihrem Alter war vor mir keine Tür sicher.«

»Ja, die sind bestimmt vor Lachen umgefallen.«

Fitz humpelte auf dem Gang herum. Zudem hustete er, weil selbst die kleinste Anstrengung ihm bereits alles abverlangte. Die Tür dagegen saß fest.

Vom Krach geweckt, trat ein mutiger Nachbar aus seiner Wohnung und drohte, die Polizei zu rufen. An einer Leine hielt er ein besonders scharfes Untier. Es war ein Mops, der durch die Nase mindestens genauso schlecht Luft bekam wie Fitz.

»Los, zeigen Sie dem Mann Ihren Ausweis«, wies Fitz Franz Donner an, während er sich den Krampf aus dem Oberschenkel massierte.

Der Angesprochene kämpfte sichtlich um Haltung wegen des gebrochenen Knochens und hielt seinen GdP-Seniorenausweis hoch. Bei einem flüchtigen Blick konnte der Stern der Polizeigewerkschaft jeden Normalbürger täuschen. »Wir sind gerade mit einem Polizeiproblem beschäftigt«, fügte er an. »Also gehen Sie zu Ihrer eigenen Sicherheit lieber wieder in Ihre Wohnung.«

»Aber der Mann, der dort drüben wohnt, ist selbst Polizist«, wandte der Nachbar ein.

»Eben«, bekundete Fitz, gereizt vor Schmerz und Atemnot. »Und jetzt mopsen Sie sich!«

Der Nachbar und sein Hund verschwanden.

»Gemeinsam?«, fragte danach Franz Donner.

Fitz nickte. »Aber ich gebe das Kommando.«

Diesmal warf er sich mit der Schulter gegen das Türblatt und Franz Donner trat mit dem Fuß dagegen. Das Holz splitterte direkt am Riegel. Nach zwei weiteren kräftigen Stößen schwang die Tür vollständig nach innen und gab den Blick auf den unbeleuchteten Korridor frei.

»Das nenne ich Altherrenpower«, sagte Fitz und klopfte dem größeren Mann auf die lädierte Schulter, was einen Jammerlaut heraufbeschwor.

Hintereinander betraten sie den Wohnungsflur. Obwohl niemand zu Hause war, rief Fitz in die Stille der Wohnung hinein. Die Einrichtung wirkte modern. Möbelfarben in Schwarz und Weiß. Kaum Pflanzen, dafür jede Menge Technikkram. Der Teppich war staubfrei und in den Zimmern roch es dezent nach Duftstäbchen. Erdbeeraroma vielleicht. Fitz konnte es nicht genau einordnen. Er hatte auch so schon mit der Luftaufnahme zu kämpfen. Ein paar geöffnete Briefe und alte Zeitungen stapelten sich akkurat auf einer Ablage. Nirgendwo lag Bekleidung herum. Die Dreckwäsche lag in einer Box im Bad und die sauberen Sachen befanden sich ordentlich gebügelt in den Schränken. Keine Damenutensilien, keine Hinweise auf Kinder, die im Haushalt lebten. Das alles passte zu einer Singlewohnung.

Fitz ließ sich von der Ordnung und Sauberkeit jedoch nicht blenden. Serienmörder waren in der Regel geordnete und penible Menschen. Das mussten sie sein, damit sie keine Fehler machten. So wie der Killer, der *Death Rescue* erschaffen hatte.

»Und Sie sind sicher, dass er Maria Burgschicks Sohn ist?«, flüsterte Franz Donner, als er die Wandfotos mit dem Porträt des Wohnungsinhabers betrachtete.

»Er trägt den Nachnamen seines Vaters. Seine Mutter hat ihn nicht ändern lassen, als sie Burgschick geheiratet hat. Deshalb ist uns die Verwandtschaft nicht aufgefallen.«

Während Franz Donner im Flur verweilte, schaute Fitz in jeden Raum. Er warf auch einen Blick ins Schlafzimmer. Als er sich gerade umdrehen wollte, entdeckte er die Truhe, die hinter der Tür stand. Zuerst hielt er sie für eine Wäschetruhe, doch dann bemerkte er, dass sie mit einer Art Folie bespannt war.

Ein schrecklicher Gedanke schoss ihm durch den Kopf. Er schloss die Augen und rief sich die Videosequenz ins Gedächtnis, die ihm die App gezeigt hatte, bevor Level 5 gestartet war. Auf dem Handydisplay hatte er für wenige Sekunden einen gefesselten Jungen in einer Kiste gesehen.

»Kommen Sie her, Donner!«, brüllte er in den Flur. »Ich glaube, der Junge ist hier drin.«

Vergeblich wollte er den Deckel anheben, die Truhe war verschlossen. Als Verriegelung diente ein Sicherheitsschloss, wie man es gewöhnlich an Wohnungstüren fand. Hektisch schob er die Fingernägel in den winzigen Spalt, doch er bekam sie einfach nicht auf.

»Gott, hoffentlich haben Sie unrecht«, sagte Franz Donner, der nun neben ihm stand und trotz des gebrochenen Schlüsselbeins mithalf, den Deckel aufzubekommen.

»Ohne den Schlüssel schaffen wir das nie«, sagte Fitz, weil alle Versuche mit bloßen Fingern scheiterten. »Wir müssen etwas zum Hebeln finden. Ein Stemmeisen oder wenigstens einen Schraubendreher.«

»Haben Sie sich die Wohnung mal genau angesehen? Hier gibt es garantiert kein Werkzeug.«

»Dann stehen Sie nicht herum, sondern gehen Sie in die Küche und holen ein stabiles Messer.«

»Das ist vermutlich gar nicht nötig.«

»Was soll das werden?«, fragte Fitz und beobachtete, wie Franz Donner hektisch sein Portemonnaie aus der Gesäßtasche zog. »Wollen Sie mich etwa bezahlen, damit ich in die Küche renne?«

»Ich habe vielleicht damals Fehler gemacht, wer weiß, aber eine Sache kann mir niemand vorwerfen: dass ich dumm sei.«

Mit diesen Worten hielt er einen Schlüssel ins Licht. Am Griff erkannte Fitz die eingeprägten Buchstaben EETT. Er sah aus wie der, mit dem Franz Donner einst die Drehorgel hätte öffnen können, in der Peter Peschels fünfjähriger Sohn ums Leben gekommen war.

»Wann hat Staatsanwalt Krause den aus dem Archiv geholt und Ihnen gegeben?«

Franz Donner winkte ab. »Hat er nicht. Nein, ich habe mir damals vom Original einen Ersatzschlüssel anfertigen lassen. Jonny Herzig hat mir geraten, ihn aufzuheben, das habe ich getan. Seit vierzehn Jahren trage ich ihn mit mir herum.« Zitternd näherte er sich dem Schließzylinder. »Ich hatte immer gehofft, ihn nie benutzen zu müssen, doch für den Fall, dass es einmal so kommt, wollte ich vorbereitet sein.«

Ein leises Klicken ertönte. Der Schlüssel passte. Gemeinsam schoben sie den Deckel auf und fanden den reglosen Malte.

Kapitel 68

Als der Widerhall des Schusses verklang, wurde es um Donner still. So still, dass er die Toten in den Gräbern flüstern hören konnte. Selbst die Regengeräusche waren verstummt.

Er sah, wie das Blut aus Annes Kopf sickerte und in einem roten Rinnsal vom Regen weggespült wurde. Sie hatte keine Chance gehabt. Aus nächster Nähe hatte die Kugel ihren Schädel durchschlagen. Von hinten. Sie hatte nicht geschrien. Sie war einfach nach vorn gekippt. Ihr Gesicht und der Rest des Körpers waren im Matsch aufgeschlagen. Donner hatte nicht einmal mehr »Ich liebe dich« sagen oder sich von ihr verabschieden können. Nun lag sie leblos da.

Dafür bewegte sich Donner. Er ließ die zerdrückte Blechdose fallen, die er am Fuße der Engelsstatue gefunden hatte – den Energydrink mit dem krakeligen Buchstaben als Logo. Ein M.

M wie Monster.

M wie Mord.

Er stemmte sich aus der knienden Position, wirbelte herum und stürzte auf Jens Wagner zu.

Der junge Kommissar feuerte sofort. Donner spürte den Einschlag im Oberkörper nicht, raste wie ein wild gewordener

Stier auf den Mörder zu. Erst der dritte Schuss stoppte ihn. Donner sackte zu Boden. Er fasste sich an die Brust und den Bauch. Seine Hände waren voller Blut. Erst als er realisierte, dass Wagner ihn mehrmals getroffen hatte, kamen die Schmerzen.

Sie verrieten ihm, dass er noch lebte.

Er wollte erneut aufspringen und Wagner den Hals zerdrücken und den Schädel einschlagen, aber der Wille war eine Sache, sein Organismus die andere. Unaufhaltsam und ruhig wie der zu Boden fallende Regen strömte das Leben aus seinem Körper. Schon jetzt trübte sich sein Blickfeld ein. Sein Herz, das unbeugsame Biest, wurde schwächer.

»Krassikowski, ist das geil!«, äußerte Wagner voller Übermut. »Ich habe das Monster gezähmt – den großen Erik Donner, der zu eitel ist, eine Waffe bei sich zu tragen. Nun sieh dir an, was dabei herauskommt. Ich kann dir die Birne wegpusten und du mir nicht. Ist das nicht blöd?«

Donner kroch über die nasse Erde. Jede Bewegung schmerzte. Selbst die Finger zu Krallen zu krümmen, fiel ihm unendlich schwer.

»Ach, Erik, du gibst wohl nie auf, was? Zu schade, dass mir die Zeit davonläuft, denn bald wird es hier von Polizisten wimmeln. Du musstest mir aber auch meinen schönen Plan vermasseln. Ursprünglich wollte ich mir mehr Zeit mit Annegret nehmen, aber wie du siehst, musste ich *Death Rescue* vorzeitig abschalten. Olaf *The Brain*, den ich persönlich als Computergenie vorgeschlagen habe, hat das System tatsächlich geknackt. Na ja, wenigstens hat Anne es bereits hinter sich. Im Gegensatz zu dir ...«

»Warum?«, stammelte Donner.

»Warum?« Wagner lachte freudlos auf. »Ich fürchte, dafür bleibt uns nicht genügend Zeit. Und selbst wenn, würdest du es vermutlich niemals begreifen. Es wäre zu leicht gewesen, deinem Vater die Ehefrau zu nehmen, es hätte keinen Spaß gemacht. Deine Mutter ist alt und krank, ihr bleiben ohnehin nur noch wenige Jahre. Nein, damit kann ich Franz Donner nicht heimzahlen, dass er meine Mutter hat sterben lassen. Aber es wird ihn zweifellos zerstören, wenn er erfährt, dass du, Annegret und ihr Sohn aus Rache ermordet wurdet. Mein damaliger Trainer und Mentor Jonny Herzig hatte alles exakt so geplant. Mit Ausnahme seines Todes natürlich.«

»Rache ändert nichts«, flüsterte Donner. Er klatschte mit dem Gesicht zur Erde. Er schmeckte Gras, Laub und Steinchen. Langsam richtete er sich wieder auf, versuchte auf die Beine zu kommen. »Man wird dich kriegen.«

»Abwarten! Hey, ich habe auch Opfer bringen müssen. Ich musste meinen Ziehvater Jonny umbringen. Weißt du, wie viel Überwindung es mich gekostet hat, ihm während der letzten Vernehmung Aconitin in den Wasserbecher zu kippen? Aber ich musste ihn vergiften, weil er mich sonst verraten hätte. Und meinen richtigen Vater musste ich im Urlaub von einem Felsen abstürzen lassen. Natürlich ließ ich es so aussehen wie einen Unfall. Da war ich gerade achtzehn. Niemand kam auf die Idee, dass sein Sohn die Klettergurte manipuliert haben könnte. Dabei bin ich dem alten Schläger sogar dankbar. Er hat nicht nur meine Mutter, sondern auch mich oft verprügelt, doch dadurch konnte ich an Willenskraft und Ehrgeiz wachsen. Nur durch seine Züchtigung bin ich Polizist geworden. Ich wollte auch Macht über andere bekommen und ausüben. Du hättest besser meinen Lebenslauf studieren sollen, dann wäre dir aufgefallen, dass ich vorher im Cybercrime Competence Center gearbeitet und mich mit Internetkriminalität beschäftigt habe. Während dieser Zeit habe ich *Death Rescue* und natürlich die dazugehörige Storyline entwickelt. Aber nein, du bist nicht darauf gekommen, weil du dich nicht für andere Menschen interessierst, sondern einzig und allein für dich selbst. Das scheint mir ein Problem unter Bullen zu sein. Keiner hat gemerkt, dass ich mich für einen anderen Kriminalbeamten ausgegeben habe. Ich konnte unter falschem Namen Telefonate führen, E-Mails verschicken, im Geheimen ermitteln und Gefängnisbesuche machen. Sogar einen gefälschten Dienstausweis besitze ich.«

Er hat sich als Hanno Sieber ausgegeben! Weil er keinen Fehler gemacht hat, ist die Doppelidentität nie aufgeflogen.

Donner hörte kaum noch, was Wagner redete. Schon jetzt verstand er nicht alle Zusammenhänge, aber es war egal. Er hatte Anne umgebracht, dafür sollte er in der Hölle schmoren. Und zwar in dem Kreis, in dem bereits Donners dunkle Seele wartete, um ihn zu packen.

Es stimmte, was die Kollegen über ihn sagten, Donner war ein Monster. Dank Anne hatte er es nur einige Zeit lang verdrängt.

Ich werde dich töten. Auch wenn man mich dann selbst einen Mörder nennt. Ich werde dich töten, dich zerstückeln und verscharren.

Während er Mordfantasien hegte und den Verstand verlor, tastete er seinen Mantel ab.

»Wenn alle tot sind«, sagte er schwer atmend, »dann beginnt die Leere für dich. Du wirst keinen Frieden finden, sondern wahnsinnig werden.«

»Oder ich arbeite einfach weiter bei der Mordkommission.« Aus gut vier Metern Entfernung richtete er den Pistolenlauf auf Donners Kopf. »Ich habe nämlich gehört, es sind gerade zwei Stellen frei geworden.«

In Erwartung des tödlichen Schusses bäumte Donner den Oberkörper auf. Er spuckte Blut und zeigte danach seine Zähne.

Er hatte keine Angst vor dem Tod, lediglich vor der Einsamkeit. Obwohl er seine Umgebung verschwommen sah, bemerkte er die sich bietende Chance. Er musste nur noch …

»Du hast verloren«, sagte er und Blut lief ihm dabei aus dem Mund.

Wagner schaute kurz irritiert und lächelte dann. »Nein, eher du.«

Er kam nicht mehr dazu, rechtzeitig abzudrücken. Hinter ihm schlich Konopka über die Wiese. Statt Wagner hinterrücks und aus sicherer Distanz mit der Waffe niederzustrecken, wählte er die dümmste aller Optionen: Er trat nah an den Killer heran.

Zu nah.

Aufgeschreckt wirbelte Wagner herum. Konopka schaffte es gerade noch, mit dem Holzkreuz wie mit einer Sense auszuholen. Die Spitze der Querstrebe traf Wagner mitten im Gesicht, trat durch die Wange in den Mundraum ein, zertrümmerte etliche Zähne und riss die Zunge halb ab. Doch statt ihn zu töten, verletzte ihn das Kreuz nur schwer. Zur gleichen Zeit krümmte er den Abzugsfinger. Konopka sackte zusammen. Er winselte wie ein getretener Hund. Unkontrolliert hatte Wagner ihm direkt in die Hoden geschossen. Die Hose des Obermeisters färbte sich im Schritt dunkelrot.

Donner blieb keine Zeit, seinen Retter zu bedauern. Das Adrenalin ließ ihn selbst seine eigenen Wunden vergessen. Von Vergeltung und Hass getrieben, richtete er sich vollends auf.

Ich werde dich töten.

Donner machte keine halben Versprechen.

Niemals.

Durch den Treffer mit dem Kreuz war Wagner zur Seite getaumelt und hatte die Pistole verloren. Schwer verwundet stolperte er auf die Waffe zu.

»Da… Spie… is… vo…bei!«, schrie er, während er den Arm hochriss und erneut schießen wollte.

Doch in der Zwischenzeit hatte Donner längst Annes Dienstwaffe gezogen, die er ihr im Rettungswagen zusammen mit dem Handy abgenommen hatte.

»Ich gewinne.«

Er drückte ab und traf Wagner direkt ins linke Auge.

Danach verlor Donner die Besinnung.

Kapitel 69

Eigentlich wäre Fitz schon vor Tagen abgereist, doch der Polizeipräsident höchstpersönlich hatte ihn darum gebeten zu bleiben. Nach der tödlichen Katastrophe hatte Fitz noch in derselben Nacht Börnemann angerufen und ihm alles erzählt. Irgendwie hatte er seine Seele erleichtern müssen. Sogar geweint hatte er ein bisschen. Am Ende hatte Börnemann leise gesagt, Fitz könne – trotz aller Tragik – stolz auf sich sein.

Gemeinsam mit Franz Donner hatte er einen Siebzehnjährigen kurz vor dem Erstickungstod aus einer luftdicht abgeschlossenen Holztruhe gerettet. Der herbeigerufene Notarzt hatte den Jungen mit Sauerstoff beatmen müssen, weil er die kritische Schwelle fast überschritten hatte.

Es war eine Sache von Minuten, hatte der Arzt gemeint.

Was nun aus Malte werden sollte, darauf bekam Fitz keine zufriedenstellende Antwort. Seine Mutter war tot und einen Vater gab es auch nicht mehr. Wenn Fitz sich selbst wie gelähmt und unendlich traurig fühlte, sobald er an den Tod von Annegret Kolka dachte, wie würde es dann erst ihrem Sohn ergehen? Fraglos würde er nach dem Erleben in der Truhe dauerhaft mit posttraumatischen Belastungsstörungen zu kämpfen haben. Und das in dem Alter!

Einmal mehr sehnte Fitz sich nach dem Ruhestand. Wobei Franz Donner für einen Pensionär keinen besonders glücklichen Eindruck hinterlassen hatte. Vor allem nicht nach den schrecklichen Ereignissen. Als er von den tödlichen Schüssen auf dem Schlossfriedhof erfahren hatte, war er zusammengebrochen.

Automatisch hatte Fitz selbst danach seine Arbeit getan und die hiesige Kripo bei der Aufarbeitung der Morde unterstützt. Dabei hatte er es sich nicht verkneifen können, Staatsanwalt Krause als Komiker der übelsten Sorte zu bezeichnen, als der von ihm verlangt hatte, neben ihm bei einer Pressekonferenz zu posieren. Krause hatte gemeint, die Medien würden gnädiger sein, sobald ein Held anwesend sei. Und laut Krauses Aussage war Fitz ein Held, denn er hatte einen Teenager gerettet. Schlussendlich hatte Fitz zugesagt, jedoch zum Pressetermin absichtlich mit Abwesenheit geglänzt. Im Fernsehen hatte man Krauses hochroten Kopf leuchten sehen wie ein Ampelsignal.

Nun saß Fitz zusammen mit einem Dutzend Kollegen in einem Raum und alle warteten gespannt auf das knapp zweiminütige Video. Polizeipräsident Magerhans hatte neben sich extra einen Stuhl für Fitz freigehalten. Auch er suchte Antworten. Jeder der Anwesenden wollte Jonny Herzigs letzte Worte hören.

Der KPI-Leiter hielt eine kurze Einführungsrede und gab dann das Zeichen, das Video zu starten.

Es handelte sich um die Aufzeichnung, die der Rechtsanwalt Arnolf Spieker im Auftrag von Herzig zusammen mit dem Foto vom Rabensteiner Viadukt in einem verschlossenen Umschlag aufbewahrt hatte. Fitz hatte erst später erfahren, dass Marie Lehnhard unwissentlich Jens Wagner beauftragt hatte, den USB-Stick von Spieker zu holen. Wagner hätte es sicher auch getan und die Aufnahme verschwinden lassen, wenn Annegret Kolka ihn nicht zur selben Zeit angerufen hätte, damit er sie vom Krankenhaus abholte. Durch eine Verkettung unglücklicher Umstände hatte sie sich damit dem Mörder freiwillig ausgeliefert.

Im Raum kehrte Ruhe ein. Die Stille drückte schwer auf Fitz' Gemüt. So sehr, dass er kaum Luft bekam. Er schaute auf seine Schuhspitzen. Was er da sah, gefiel ihm noch weniger als die Aussicht auf die anstehende Unterhaltungssendung. Das Leder war ramponiert und eine Öse locker. Mürrisch wendete er den Blick ab, drehte sich noch einmal um und blickte in die Reihe hinter sich. Zu seinem Bedauern befand sich Erik Donner nicht unter den versammelten Ermittlern. Lehnhard hatte Fitz alles über den Kommissar erzählt, den manche Monster nannten. Nun wusste er, woher Donners Gesichtsentstellungen und das leichte Hinken stammten und was mit seiner Familie geschehen war. Fitz wusste auch von dem Glück, das er mit Annegret Kolka gefunden zu haben schien …

Ein letztes Mal flackerte das Grau des Fernsehers, dann tauchte das Gesicht von Jonny Herzig auf. Das Video war in der Gefängniszelle des Spielmanns aufgenommen worden. Der KPI-Leiter hatte bei seiner Einleitung davon berichtet. Außerdem sah man es an der spartanischen Einrichtung im Hintergrund.

Zu Beginn des Films stellte Herzig sich mit Namen vor und zählte seine Taten auf.

»Ich bin ein Mörder«, gab er zu, aber das wussten alle im Raum. Bereits vor Gericht hatte er gestanden.

Das war vierzehn Jahre her. Trotzdem lief Fitz ein Schauer über den Rücken. Es war Herzigs Lächeln, das jedem Angst machen konnte, weil es eine geradewegs brutale Überlegenheit ausdrückte.

Wie alle anderen lauschte Fitz, was der Spielmann im Video sprach.

»Ich habe meine Sünden vor der Justiz gestanden und ich bereue keine einzige davon. Ich habe getötet, das leugne ich nicht. Polizei, Staatsanwalt und Richter haben mir immer wieder die eine Frage

gestellt: Warum habe ich all das getan?« Herzig machte eine bedeutungsschwere Pause und fuhr sich mit dem Daumen über die Lippen, als müsste er sie zuerst wie bei einem Reißverschluss öffnen, um die Wahrheit aussprechen zu dürfen. *»Meine Opfer waren vielleicht unschuldig, aber nicht ihre Verwandten, die meine Bestrafung treffen sollte und die ich dadurch ins Unglück und in Verzweiflung stürzen konnte. Es ist grausamer, wenn man mit dem Verlust eines geliebten Menschen leben muss, als selbst zu sterben. Ich wollte mich lediglich an den Menschen rächen, die mir meine Maria genommen haben. Daran ist nichts Verwerfliches. Es ist keine Entschädigung, sondern logische Konsequenz. Ein Produkt von Ursache und Wirkung.«* Er hob entschuldigend die Hände und lächelte dabei. *»Falls mich die sieben Toten jetzt fragen könnten, warum sie sterben mussten, dann antworte ich: weil die Menschen in ihrer Nähe Böses getan haben. Sie haben meine Maria gedemütigt, misshandelt, sich an ihrem Elend aufgegeilt und sie in den Tod getrieben. Sie waren Kunden, Angestellte oder sogar Betreiber der Videothek des Ekels. Sie haben meine Maria wie eine Ware gehandelt. Wie eine Schauspielerin in besonders perversen Produktionen, deren Filme man sich ausleihen, ansehen und zurückgeben konnte, wie man mochte.«*

Herzigs Lächeln war verschwunden. Auf einmal kämpfte der eiskalte Killer mit den Tränen.

Fitz empfand kein Mitleid mit dem Spielmann und er verstand seine Motivation für die Morde nicht im Geringsten. Jedoch verdrängte er den Gedanken, was er getan hätte, wenn von einem geliebten Menschen Vergewaltigungsvideos aufgetaucht und über einen Ladentisch gegangen wären. Genau das war vor zwei Jahrzehnten passiert. Peter Peschel hatte eine Videothek betrieben und den Schweinkram, den Thomas Burgschick gefilmt hatte, unter der Hand verkauft. An ihm hatte der Spielmann sich gerächt, indem er ihm den Sohn nahm.

Eine Angestellte von Peschel wusste von dem schmutzigen Geschäft mit den Filmen, schwieg jedoch. Deshalb tötete Herzig ihren Mann.

Die restlichen fünf Mordopfer waren Angehörige – Ehefrauen und Kinder – von den Männern, die für die Videos bezahlt hatten.

All das war den Ermittlern inzwischen bekannt. Blieb also noch die Frage, weshalb Jonny Herzig einen solchen Hass auf Franz Donner gehabt hatte, dass er ihn herausgefordert und mithilfe von Jens Wagner bestrafen musste.

Nein, eigentlich war es längst kein Geheimnis mehr, nicht für Fitz. Er wusste, was damals auf der Eisenbahnbrücke passiert war. Der alte Donner hatte es ihm detailliert erzählt. Auch von seinen Schuldvorwürfen, weil er sich oft gefragt hatte, ob er Maria Burgschick hätte retten können.

Fitz hatte versucht, ihm die Schuldgefühle zu nehmen, indem er hoch und heilig versichert hatte, dass er richtig gehandelt hatte.

»*Urteilen Sie selbst*«, sprach Herzig aus dem Fernseher. »*Was hätten Sie getan, wenn Ihnen jemand die Liebe Ihres Lebens nimmt? Ist das eine ausreichende Motivation für einen oder mehrere Morde?*« Er schluchzte und wischte sich die Nase. »*Herr Donner.*« Er meinte Franz Donner, doch der saß nicht im Zimmer. Überhaupt war es fraglich, ob er das Video jemals zu Gesicht bekommen würde. »*Wenn Sie das hier sehen, bin ich hoffentlich tot. Ich habe es dann geschafft. Sie jedoch ... Sie müssen mit der Schuld und dem Verlust geliebter Menschen leben. Na, wie fühlt sich das an? Sind Sie immer noch von Ihrem Beruf überzeugt? Halten Sie sich immer noch für großartig?*« Unverhofft lachte und weinte Herzig gleichzeitig. Seine Sätze kamen nur noch verwaschen. »*Herr Donner, Sie haben meine Maria umgebracht. Ich behaupte, Sie hätten mehr tun können. Wenn Sie sie wenigstens*

hingehalten hätten, bis ich gekommen wäre. Dafür sind Sie aus-
gebildet. Deshalb sind Sie Polizist, um verzweifelte Menschen vom
Sprung aus dem Leben abzuhalten. Sie hätten es gekonnt. Deshalb
nehme ich Ihnen als Ersatz einen Teil Ihrer Familie.«

Herzigs Arm schnellte ins Bild. Nach einer Minute achtundvierzig Sekunden war das Video zu Ende.

Im Raum hatte sich eine unbehagliche Stille ausgebreitet. Keiner
sagte etwas. Selbst der Polizeipräsident stierte mit erschütter-
ter Miene auf den schwarzen Bildschirm in der Hoffnung, da
käme noch mehr. Wenn überhaupt, hatte Herzigs Monolog
mehr Fragen aufgeworfen als beantwortet. Fitz hatte jedenfalls genug gesehen und erlebt. Er war der Erste, der aufstand.
Er wusste mehr als die meisten, sogar von dem verblichenen
Mannschaftsfoto, das Kolka in ihrer Jackentasche getragen
hatte und das den erwachsenen Herzig als Trainer und daneben
Wagner als blutjungen Sportler zeigte. So vieles hätte man früher erkennen können, aber erstens war die Aufarbeitung nicht
mehr Fitz' Problem und zweitens waren Polizisten auch nur
Menschen.

»Wo wollen Sie hin?«, fragte Magerhans.

Fitz deutete eine Verbeugung an und erwiderte: »Wenn Sie
nichts dagegen haben, Herr Polizeipräsident, würde ich mir
jetzt gern neue Schuhe kaufen gehen.«

KAPITEL 70

Mutterseelenallein ging Donner über den städtischen Friedhof. Annes Beerdigung lag mittlerweile zwei Wochen zurück. Er war nicht unter den Trauergästen gewesen, sondern in seinem Krankenbett immer tiefer in Verbitterung verfallen. Selbst wenn ihm der Arzt gestattet hätte, an der Beerdigung teilzunehmen, hätte er wohl nur aus der Ferne den düsteren Trompetenklängen gelauscht und nur mit Mühe ertragen, wie die Musiker ein trübsinniges Kirchenlied nach dem anderen spielten.

Abgesehen davon, dass ihn zeitweise unerträgliche Schmerzen infolge der längst noch nicht überstandenen Schussverletzungen quälten, suchte er seit Wochen verzweifelt die Einsamkeit, einen Lebenssinn und eine Antwort auf das Warum. Mehrfach hatte er daran gedacht, wenigstens Malte anzurufen. Einfach um seine Stimme zu hören und ihm zu sagen, dass er, Donner, ein guter Vater oder bester Freund für ihn hätte sein können. Doch selbst für diesen einen Anruf fehlte ihm der Mut.

Wir standen so kurz davor, eine Familie zu werden …

Seit sich alles verändert hatte, aß und schlief er kaum. Und wenn er schlief, dann nur, weil ihm der Alkohol für wenige Stunden die Besinnung raubte. Literweise füllte er sich mit

Wodka ab in der Hoffnung, er könnte dadurch den seelischen Schmerz betäuben. Vergeblich wartete er darauf, dass Anne sich in seine Wohnung schlich, ihn wachküsste und ihm ins Ohr hauchte, er habe nur schlecht geträumt. Zuletzt hatte er oft geweint. Eine Sache, die er sonst nie tat. Auf entmutigende Weise verdeutlichte es ihm, dass er selbst überlebt hatte.

Jens Wagner hatte mit der Pistole drei Mal auf ihn gefeuert. Drei Mal hatten die Kugeln lebenswichtige Organe verfehlt. Bei Anne hatte dafür ein einziger Schuss gereicht. Hinterrücks hatte er die Waffe auf sie gerichtet und abgedrückt. Einfach so. Völlig gnadenlos. Exakt zu dem Zeitpunkt, als Donner an der Maria-Statue von der zerdrückten Blechdose abgelenkt war. Da hatte der Mörder zugeschlagen. Und immer wenn Donner schreiend aus dem wiederkehrenden Albtraum erwachte, fühlte es sich an, als hätte die Patrone seinen eigenen Schädel durchschlagen.

Er wünschte, es wäre so. Doch stattdessen war Anne gestorben.

Es gab niemanden mehr, an dem er sich hätte rächen können. Er hätte es getan, wenn es möglich gewesen wäre. Selbst das Wissen, den Mörder in letzter Sekunde erschossen zu haben, brachte ihm keine Genugtuung, im Gegenteil. Immerzu wünschte er sich, er hätte Wagner für sehr lange Zeit leiden lassen können.

Übrig blieben die Angst in seinem Kopf, weil er nicht wusste, wie er ohne Anne weiterleben konnte, und der Zorn in seinem Herzen, weil er sich vom Schicksal verraten fühlte. Und sein Oberkörper glich einem Sieb, wenn man die Stellen betrachtete, an denen die Projektile eingeschlagen waren.

In meinem Zustand sollte kein Mann leben müssen.

Er stand an dem Grab und der Geruch von frischer Erde stieg ihm in die Nase.

»Anne«, flüsterte er.

Keine Erwiderung. Keine Stimme aus der Tiefe. Dabei konnte er sonst mit den Toten reden. Doch hier war es, als verweigerte sie absichtlich eine Reaktion.

Er hatte keinen Blumenstrauß mitgebracht. Wozu auch? Er hatte ihr im Leben viel zu wenige Blumen geschenkt und im Tod brauchte sie keine mehr. Symbolträchtige Gesten empfand Donner seit jeher als unnütz. Anne hatte das gewusst. So, wie sie über seine anderen Eigenheiten Bescheid gewusst hatte. Sein aufbrausendes Wesen, seine grobe Ausdrucksweise, seine Schwarz-Weiß-Malerei. Für seine Unzulänglichkeiten hatte sie ihn geliebt. Auch über seine Hässlichkeit hatte sie hinweggesehen. Sie hatte ihn geliebt und darauf vertraut, er könnte sie beschützen.

Schwachsinn, sie war eine starke Frau und konnte auf sich selbst aufpassen.

Konnte sie das wirklich?

Eine Fliege landete an seinem Kinn. Er schlug nach ihr. Zu langsam.

Ob Fliegen an Schicksal glauben?

Er betrachtete seine Hände. Es waren kräftige Hände, aber zu behäbig, um eine Fliege zu erwischen, zu ungeschickt, um das Glück festzuhalten. Es waren seine Hände und sein Verstand, die versagt hatten.

Immer und immer wieder betrachtete er ihr Bild auf dem Holzkreuz.

»Ich liebe dich, Anne.«

Als er das Sterbedatum sah, fing er an zu weinen. Nun gab es in seinem Leben zwei tote Frauen, die er geliebt hatte.

Irgendwann bemerkte er den dunkel gekleideten alten Mann. Wie lange der bereits hinter ihm stand, hätte er nicht sagen können.

»Es tut mir so unendlich leid, mein Junge.«

Franz Donner trat auf ihn zu. Demonstrativ blickte Donner in eine andere Richtung. Was sollte sein Vater auch sonst sagen? Es waren die Worte, die jeder gesagt hätte.

Noch mehr symbolträchtige Gesten.

Wie Blumengebinde auf einem Grab oder Gedichte und Bibelverse auf Trauerkarten.

Donner wischte die Tränen ab und biss die Zähne zusammen, um nicht in Zorn auszubrechen. Er gab seinem Vater eine Mitschuld an dem Tod von Anne. Fair oder nicht, es war ihm egal.

»Ich habe Annegret sehr gemocht«, hob Franz Donner abermals an. »Auch wenn ich es nie ausgesprochen habe, so habe ich euch wirklich alles Glück der Erde gewünscht. Das musst du mir glauben.«

Donner blieb stumm, rührte sich nicht vom Fleck. Am Tag, als Anne gestorben war, hatte er aufgehört, an etwas zu glauben.

Weil er nichts erwiderte, redete sein Vater weiter.

»Es ist ungerecht, was dir widerfahren ist, und ich verstehe nicht, warum ausgerechnet du das durchstehen musst, aber bitte, hör nicht auf zu leben. Ich möchte nicht meinen einzigen Sohn vor meiner Zeit betrauern müssen. Du weißt, wie viel Kraft es mich kostet, deine Mutter zu umsorgen. Einen zweiten Pflegefall könnte ich nicht ertragen.«

Pflegefall. Nein, du irrst dich gewaltig. Ich komme klar. Schließlich bin ich unbesiegbar. Ich könnte von einer Brücke springen und würde unten meine Glieder einsammeln und nach Hause gehen.

Franz Donner griff ihm behutsam an die Schulter und blickte ihn wehmütig an. »Bitte, Erik, rede mit mir! Es ist auch so schon schwer, das Geschehen zu verarbeiten. Glaubst du, Annegret hat mir nichts bedeutet?«

Donner blieb eisern stehen, schaute an ihm vorbei über die unzähligen Gräber hinweg. Auf einmal fühlte er sich wie der

Herr über die Toten, der dazu verdammt war, auf ewig über die Erde zu wandeln und Tod und Leid zu ertragen.

»Was wirfst du mir denn eigentlich vor, du sturer Hund?«, wurde Franz Donner deutlicher. »Was denkst du, wie es jetzt weitergeht? Willst du dich erneut vor Selbstmitleid in deine Höhle zurückziehen? Das kommt mir alles sehr bekannt vor. Willst du das wirklich?«

Schließlich überwand Donner seinen Stolz und er schaute seinem Vater direkt in die Augen. Schlagartig war es, als betrachtete er sich in einem Spiegel. Im Gesicht seines Vaters waren die Widrigkeiten des Lebens eingemeißelt und er zeigte den gleichen unbeugsamen, freudlosen Blick. Selbst an Statur hatte Donner in den letzten Wochen eingebüßt, wodurch er seinem Gegenüber auch darin ähnelte.

Weil sein Vater auf eine Antwort pochte, hatte er tatsächlich einen Satz für ihn. Einen allerletzten Satz, bevor er den Friedhof verlassen würde.

»Sprich nie wieder mit mir.«

KAPITEL 71

Tage später klingelte es, als Donner auf dem Klo saß und einer Fliege, die ihn vom Waschbeckenrand anglotzte, sein Leid klagte.

Scheiße, hier kann man nicht mal in Ruhe den Alkohol von sich geben.

Während er die letzten Tropfen abschüttelte, überlegte er, wer ihn besuchen wollte. Bestimmt war es Frau Schmidt aus dem Erdgeschoss. Die alte Witwe umsorgte ihn wie ihren eigenen Sohn und achtete darauf, dass er wenigstens ein Tomaten- oder Hühnersüppchen löffelte, auch wenn er noch immer selten Hunger verspürte. Inzwischen hasste er ihre Suppen mehr als sein eigenes Leben. Dabei wog er nicht einmal mehr achtzig Kilo. Bei seiner Körpergröße kam er damit allmählich in den Bereich, wo sich die Aasgeier bereits die Schnäbel wetzten.

Erneut schrillte die Klingel.

Verpiss dich!

Etwas in der Art wollte er nach draußen brüllen. Diese Taktik hatte in den vergangenen Wochen mehrmals Erfolg gezeigt. Heute besann er sich.

»Ja, ja, ich hoffe, es geht nicht um irgendein dubioses Abogeschäft.«

»Nah dran!«, antwortete die Männerstimme aus dem Hausflur. »Sie schulden mir noch einen Karton mit illegalen Liquids.«

Fitz!

»Malchius Fitz?«, fragte Donner, wobei er seinen Ohren kaum traute. Er wankte durch den Korridor und riss die Wohnungstür auf. »Was zum Teufel suchen Sie denn noch in dieser beschissenen Stadt? Ich dachte, Sie seien wieder bei Ihren Weißwurstfressern.«

»Haben Sie sich etwa den Verstand weggesoffen? Habe ich nicht eben erwähnt, weshalb ich hier bin?«

Der Mann sah deutlich erholter aus, als Donner ihn seit der letzten Begegnung in Erinnerung hatte. Nach der schrecklichen Nacht, über die er mit niemandem reden wollte, hatte er Fitz nur noch einmal im Krankenhaus gesehen. Und da hatten sie nur wenige Worte gewechselt.

»Von mir bekommen Sie gar nichts außer einen Tritt in den Hintern«, nuschelte Donner. »Ich bin krankgeschrieben.«

»Ach ja? Was fehlt Ihnen denn? Eier? So wie Ihrem Kollegen Ulf Konopka? Wenn einer klagen kann, dann ja wohl er.«

Beinahe hätte Donner sich sogar gefreut, den bayerischen Oberkommissar zu sehen, denn der hatte verdammt gute Arbeit geleistet und er hatte Malte gerettet. Angesichts des vorwurfsvollen Tonfalls verdunkelte sich Donners Stimmung jedoch gleich um zwei Stufen. Er wollte zu einer Verteidigungsrede ansetzen, doch aus seinem Mund kam nur ein Rülpser.

Fitz keuchte daraufhin und wedelte mit der Hand vor seiner Nase. »Ich bin wahrlich nicht scharf darauf, Ihre Wohnung zu betreten, aber darf ich?«

Nee, du kommst hier nicht rein.

Was sollte Donner darauf erwidern? Auch wenn sein Kopf halb benommen vom Wodka war, konnte er noch so weit klar denken, dass der Kommissar offenbar extra seinetwegen aus

Bayern angereist war. Urlaub machte in dieser Stadt nämlich niemand freiwillig.

Somit hielt Donner ihm die Tür auf.

»Hübsch erbärmlich haben Sie es hier«, sagte Fitz beim Betrachten der Wohnung. »Und dazu haben Sie das passende Körperdeo aufgetragen.«

Donner krachte hinter sich die Tür zu, roch unter seinen Achseln und ruderte mit den Armen. »Okay, wie oft wollen Sie mich noch beleidigen? Los doch, immer her damit. Ich kann jede Menge vertragen.«

»Ja, in der Tat, Mister Kugelsicher, das habe ich auch schon mitbekommen, dass nur Sie selbst sich zerstören können. Gibt es für einen alten Mann ein Plätzchen, wo er nicht anklebt?«

Mit einer unwirschen Handbewegung deutete Donner ins Wohnzimmer. Er räumte benutztes Geschirr vom Tisch, einen übervollen Aschenbecher und einen Fliegenkadaver, der unter einem Kronkorken zum Vorschein kam. Dann klopfte er für Fitz Staub von einem Sessel.

»Hier!«, sagte Fitz und stellte den Karton mit dem Logo eines namhaften Sportartikelherstellers auf den Tisch. »Ich konnte Ihre Schuhgröße nur schätzen. Größe sechsundvierzig dürfte Ihnen passen.«

»Sie sind echt der mieseste Schuhverkäufer, den ich kenne. Ich trage nämlich fünfundvierzigeinhalb.«

»Vor mir steht doch kein Leistungssportler, also spielt das keine Rolle.«

Donner zog den Karton zu sich und öffnete ihn. »Was soll ich mit Sportschuhen?«

»Ich dachte mir, Sie wollten vielleicht laufen gehen. Um endlich vorwärtszukommen.«

Donner knurrte und schob den Karton von sich. »Wer hat Sie zu mir geschickt?«

»Annegret.«

Im ersten Moment glaubte Donner, er hätte sich verhört, doch Fitz hatte den Namen im vollen Ernst gesagt.

»Jetzt reicht es mir. Sie sind ein kleiner Drecksack, der denkt, mit seiner miesen Trotteltour könnte er bei mir landen.«

»Annegret hätte gewollt, dass ich Sie aufsuche. Das mit den Schuhen war die Idee eines Trottels. Wie lange wollen Sie eigentlich nicht mehr mit Ihrem Vater sprechen?«

»Ach, jetzt verstehe ich! Mein alter Herr schickt Sie, damit Sie mir ins Gewissen reden.«

»Ihr Vater ist ein genauso hartnäckiger Knochen wie Sie, das sollten Sie wissen. Eher würde er sich die Zunge abbeißen, als mich um diesen Gefallen zu bitten. Nein, Ihre Kollegen machen sich Sorgen. Am Telefon legen Sie auf, Ihre Krankenscheine schicken Sie per Post und den einen und anderen haben Sie bereits an der Haustür mit Ihrer so freundlichen Art abgewimmelt.« Fitz zeigte auf eine fast leere Wodkaflasche. »Glauben Sie ernsthaft, die da könnte Ihnen helfen?«

»Ist mir scheißegal.«

»So, das ist Ihnen also scheißegal …« Fitz lehnte sich im Sessel zurück. »Bei unserem Kennenlernen habe ich Sie für einen Unsympathen gehalten, und meine Meinung über Sie hat sich nur geringfügig gebessert, aber eines kann ich wahrlich nicht von Ihnen behaupten: dass Ihnen etwas scheißegal wäre.«

Donner wollte etwas erwidern, doch Fitz schnitt ihn ab.

»Ich habe viele Polizisten kommen und gehen sehen, deshalb erkenne ich Leute, die Leidenschaft besitzen. Sie haben wirklich viel Herz, Herr Donner. Das macht Sie rastlos und tüchtig, weil Ihnen manche Dinge extrem wichtig sind. Dinge wie Gerechtigkeit, Wahrheit, Verlässlichkeit, Treue, vielleicht sogar Liebe, entscheiden Sie selbst, was davon stimmt. Und entscheiden Sie vor allem, ob Ihnen der Junge noch etwas bedeutet. Malte könnte wahrlich einen starken Kerl an seiner Seite brauchen. Erinnern Sie sich an die geschmacklose Frage, die mir *Death Rescue* immerzu gestellt hat?«

Donner nickte. Die App hatte ihn gezwungen, auf die Frage zu antworten, welche schlimmen Dinge er in seinem Leben gemacht hatte.

»Bis auf die Sache mit der überfahrenen Katze habe ich gelogen«, sagte Fitz. »Nichts davon stimmt. Dafür habe ich andere Fehler begangen. Fehler, die ich bereue, die jedoch zu meinem Leben dazugehören. Fehler, durch die ich geliebte Menschen verloren habe. Wir Menschen sind nicht fehlerfrei. Auch Sie nicht.« Er beugte sich vor und schob Donner den Karton wieder ein Stück näher. »Sie sollten unbedingt joggen gehen.«

»Haben Sie noch mehr Weisheiten für mich?«

»Wollen Sie wissen, was meine Frau immer sagt?«

»Scheiße, nein! Ich will nicht wissen, was Ihre Frau dazu sagen würde.«

»Scheiße, es spielt auch keine Rolle.« Er stand auf und breitete die Arme aus. »Kommen Sie schon her, Sie großes Kuschelmonster.«

Bevor Donner reagieren konnte, kam es zur Umarmung. Und dann liefen ihm die Tränen und er wimmerte bitterlich. Für ihn war die Szene unendlich peinlich, aber er ließ es geschehen. Schon aus Eigeninteresse würde Fitz garantiert niemandem davon erzählen.

»Sie fehlt mir so«, schluchzte Donner.

»Das glaube ich Ihnen. Trotzdem sollten Sie weitermachen.«

»Natürlich mache ich weiter. Das mache ich immer.«

Nachwort und Danksagung

Spätestens nach diesem Buch sollte auch der letzte Erik-Donner-Fan wissen, dass man mir nicht trauen kann. Für die unbarmherzigen Momente in meinen Thrillern ist jedoch ausnahmslos mein Autoren-Ich verantwortlich. Als Autor entscheide ich von Geschichte zu Geschichte, wer stirbt und wer davonkommt. Entsprechend gebe ich auch für keine meiner Figuren eine Überlebensgarantie ab. Denn auch davon lebt diese Thrillerreihe. Wenn Sie den Tod in meinen Büchern als bitter oder sogar schmerzlich empfinden, dann habe ich alles richtig gemacht. Was das nun für Erik Donner bedeutet und wie es mit ihm weitergeht, wollen Sie wissen? Ich habe keine Ahnung. Eine Eintagsfliege ist er jedenfalls nicht, also gehen Sie davon aus, dass er mindestens neun Leben hat, ähnlich wie eine Katze. Die landet schließlich auch immer auf ihren Pfoten.

Im Nachwort erwähne ich wie gewohnt ein paar Lokalitäten, die sowohl im Buch als auch in der Realität auftauchen, darunter das Sportforum (das früher tatsächlich eines der größten Stadien Europas war), das ehemalige Polizeirevier West (dessen Gebäude allerdings keine Ruine ist, sondern in dem inzwischen eine Firma für Elektrotechnik sitzt), das Hochhaus am Rosenhof (mir ist nicht bekannt, dass dort ein fettleibiger

Computerfreak wohnt, der sich über Schläuche ernährt), der Rabensteiner Viadukt (bereits bekannt aus dem vorherigen Erik-Donner-Band) und der Schlossfriedhof (auf dem es keine Maria-Statue gibt).

Falls Sie sich von der Geschichte gut unterhalten gefühlt haben und der Meinung sind, dass Erik Donner unbedingt weitermachen muss, dann drücken Sie Ihre Begeisterung doch einfach durch eine Rezension aus. Gern können Sie mir auch per E-Mail Lob, Kritik oder einfach einen Gruß zukommen lassen (autor@eliashaller.com).

Mein Dank geht auch diesmal an die Menschen, die mich beim Entstehen des Thrillers unterstützt haben: Alexandra Scherer, Jennifer Bruno, Kerstin Gilbert, Björn »The Brain« Baumann, meine Arbeitskollegen sowie Lektorin und Korrektor des Verlags Lutz Garnies und das Team von Amazon Publishing.

Elias Haller, Oktober 2018

www.eliashaller.com
www.facebook.de/HallerKrimis

Zeitfracht Medien GmbH
Ferdinand-Jühlke-Straße 7
99095 Erfurt, Deutschland
produktsicherheit@kolibri360.de

Druck:
CPI Druckdienstleistungen GmbH
im Auftrag der
Zeitfracht Medien GmbH
Ein Unternehmen der Zeitfracht - Gruppe
Ferdinand-Jühlke-Str. 7
99095 Erfurt